JULIE McGOWAN

Die Glücksammlerin

Buch

Cornwall ist Allies Zufluchtsort. Mit der traumhaften Landschaft und dem Rauschen des Meeres verbindet sie einige ihrer schönsten Erinnerungen, denn hier hat sie mit ihrem Vater als Kind unvergessliche Momente verbracht. Nachdem sie von ihrem Mann betrogen und verlassen wurde, flüchtet sie über den Sommer in diese idyllische Abgeschiedenheit. Doch mit der erhofften Ruhe ist es nach ihrer Ankunft schnell vorbei: Als sie der lebenslustigen Mittfünfzigerin Marsha begegnet, nimmt ihr Leben eine abrupte Wende. Marsha sprüht nur so vor Lebensfreude, Energie und Enthusiasmus – und steckt Allie damit förmlich an. Außerdem schart Marsha eine Horde jüngerer Leute um sich, die zunehmend mehr Allies Interesse wecken. Vor allem zu einem aus dieser Gruppe fühlt sie sich hingezogen: dem gut aussehende Adam, der seine eigenen Geheimnisse zu haben scheint. Und je mehr Zeit sie mit dieser so bunt gemischten Gruppe von Menschen verbringt, desto mehr Glück scheint in Allies Leben zurückzukehren. Als die Vergangenheit jedoch über Allie hereinbricht, wird nicht nur ihr eigenes Leben auf den Kopf gestellt …

Autorin

Julie McGowan wurde in Blaenavon, Wales, geboren. Nach Jobs als Krankenschwester, Gesundheitsbeauftragte und Theaterlehrerin an einer Schule fand sie letztendlich zum Schreiben. Seit über zwei Jahrzehnten verfasst die Autorin Kurzgeschichten, Unterrichtsmaterialien und Zeitungskolumnen, *Die Glücksammlerin* ist ihr erster Roman bei Blanvalet. Inzwischen hat Julie McGowan vier Kinder und lebt mit ihrem Mann und ihren zwei Hunden in Usk, Wales.

Julie McGowan

DIE GLÜCK-SAMMLERIN

Roman

Deutsch von Carolin Müller

blanvalet

Die Originalausgabe erschien 2008 unter dem Titel
»Just One More Summer« bei Sunpenny Publishing.

MIX
Papier aus verantwortungsvollen Quellen
FSC® C014496

Verlagsgruppe Random House FSC® N001967
Das FSC®-zertifizierte Papier *Holmen Book Cream*
für dieses Buch liefert Holmen Paper, Hallstavik, Schweden.

1. Auflage
Deutsche Erstveröffentlichung Dezember 2015 bei Blanvalet, einem
Unternehmen der Verlagsgruppe Random House GmbH, München

This work of fiction is completely a product of the author's
imagination. Any resemblance to actual characters, dead or alive, is
purely coincidental. Likewise, there is no such village as Tremorden,
which is created from a gathering together of the author's knowledge
and memories of several Cornish experiences.

Umschlaggestaltung: www.buerosued.de
Umschlagmotiv: Getty Images/www.galerie-ef.de; www.buerosued.de
Redaktion: Stefanie Lemke
ue · Herstellung: sam
Satz: Buch-Werkstatt GmbH, Bad Aibling
Druck und Einband: GGP Media GmbH, Pößneck
Printed in Germany
ISBN: 978-3-7341-0194-6

Besuchen Sie uns auch auf www.facebook.com/blanvalet und
www.twitter.com/BlanvaletVerlag.
www.blanvalet.de

In Erinnerung an Sally, eine sehr gute Freundin.
1953–2008

1. Kapitel

Okay … Ich will gleich von Anfang an etwas klarstellen. Erstens, das hier ist keine von diesen Geschichten über eine Frau Anfang dreißig, die verzweifelt auf der Suche nach einem Mann zum Heiraten ist und wenn sie eigentlich arbeiten sollte, an nichts anderes denkt, als wie sie ihm begegnen soll, oder ständig heult, weil sie denkt, sie hätte ihn bereits gefunden, aber wieder verloren. Die nach der Arbeit mit Make-up zugespachtelt in irgendeiner Bar herumlungert, in der Hoffnung, dass heute die Nacht der Nächte ist – und falls doch nicht, dann kann sie ja immer noch das beste Angebot mitnehmen … Ich meine, wofür haben die Frauen mindestens die letzten drei Jahrzehnte eigentlich gekämpft?

Zweitens wird hier nicht über Designermode geredet – außer vielleicht von meiner Mutter, aber die hat es mehr mit *Mondi* und *Jaeger* als mit *Gucci* und *Chloe.* Das mag vielleicht gehen, wenn eine einen netten kleinen Job in der Werbung oder den Medien hat – den man irgendwie ergattert und auf wundersame Weise behalten hat, obwohl man nicht mal den Computer richtig bedienen kann und unverhältnismäßig viel Zeit auf der Toilette verbringt. Aber wenn man eine kleine Rechtsanwaltsgehilfin ist, die noch nicht mal ihre neue Küche abbezahlt hat, sieht das leider ganz anders aus. Was in meinem Kleiderschrank am nächsten an Designerklamotten rankommt, sind ein Pashmina-Schal zweifelhaften Ursprungs und ein Paar Nike-Turnschuhe aus dem Schlussverkauf – aber zumindest ist meine Unterwäsche von H&M und nicht von Marks & Spencer. Irgendwo ziehe selbst ich eine Grenze.

Drittens habe ich keine wallenden rotgoldenen Locken, die beim ersten Regentropfen bezaubernd widerspenstig werden, keine grünen Augen und zarte, sonnenempfindliche Haut oder einen definierten, durchtrainierten Körper. Ich bin eher klein, habe dunkles, glattes Haar, bin einigermaßen fit, weil ich viel zu Fuß gehe, und habe einen Teint, der in der Sonne einen schmutzig braunen Ton annimmt. Wenn wir vor gut fünfzig Jahren leben würden, hätte meine Mutter mein Äußeres wohl als ›gewöhnlich‹ bezeichnet, aber heute muss sie widerwillig einräumen, dass ich wenigstens braun werde, ohne lange in der Sonne braten zu müssen und Falten zu bekommen.

Ach ja, und ich habe auch nicht den obligatorischen atemberaubend gut aussehenden, aber schwulen besten Freund, bei dem ich mich ausheulen kann – oder er sich bei mir –, wenn sich mal wieder einer unserer Freunde verkrümelt hat. Das hat sicher auch damit zu tun, dass die Rechtsanwaltskanzlei einfach auf der falschen Seite des Flusses liegt, nämlich in Purley, wo es, zumindest in meinem Teil davon, einfach nicht so von Männern wimmelt, die sich ›geoutet‹ haben.

Und wo wir schon mal dabei sind, ich werde auch nicht mit sexuell konnotierten Schimpfwörtern um mich schmeißen, nur um Glaubwürdigkeit zu suggerieren. Ja, ich weiß, heutzutage benutzt die angeblich jeder, aber ehrlich gesagt hat sich das in meinem beschaulichen Vorort noch nicht richtig rumgesprochen. Okay, Will hat ein paarmal welche verwendet, als wir einen Megastreit hatten, aber das war ein Extremfall. Und ich hatte eine gute

Freundin, die einen Hang zum Fluchen hatte, aber die sehe ich in letzter Zeit kaum noch. Will konnte sie nicht besonders gut leiden, also verlief sich unsere Freundschaft ein bisschen. Warum er sie nicht mochte? Wahrscheinlich wegen ihrer vulgären Ausdrucksweise, die er bei Frauen nicht so schätzt ... was wohl mehr oder weniger beweist, dass ich mit meiner Haltung recht habe. Vielleicht ist aber auch hier die triste Welt der Anwaltskanzleien schuld – ich hab einfach nichts mit Leuten zu tun, die so kühn und verwegen sind.

Ich habe nicht mal einen attraktiven, aber einschüchternden Chef, dessen wortkarge Art bloß die Tatsache verschleiert, dass er auf den kleinen Typ Frau mit dunklen, glatten Haaren etc. pp. und außerdem auf meine reizende Unbedarftheit steht. Mein Chef ist korpulent und onkelhaft, und er schnauft auch nicht aus Leidenschaft so laut, sondern aufgrund seiner Nebenhöhlenprobleme. Zumindest bis gestern, denn seit gestern ist er nicht mehr mein Chef.

Seit gestern bin ich nämlich keine Anwaltsgehilfin und auch keine Ehefrau mehr. Jetzt bin ich eine Ex-Anwaltsgehilfin und eine Ex-Frau, zumindest läuft die Scheidung, und ich sitze auf dem Boden meiner bald Ex-Wohnung und wünschte, meine Mutter wäre nicht auch noch just in dieser Situation aufgekreuzt.

An diesem Punkt in meinem Leben hätte ich wirklich nichts gegen eine Mutter, die nicht ganz so beherrscht und klug und kultiviert ist wie meine. Wenn ich es mir recht überlege, gab es schon viele Momente in meinem Leben, in denen ich mir gewünscht hätte, meine Mutter wäre eine von diesen unscheinbaren Menschen, die immer einen guten Rat parat haben, ohne zu sehr nach Kummerkastentante zu klingen, und an deren tröstendem

Busen ich mich jederzeit ausweinen könnte. Dies war ein weiterer solcher Moment.

Meine Mutter ist eher klein gewachsen – unsere einzige Gemeinsamkeit – und stand ausgesprochen elegant in ihrem makellosen, cremefarbenen Leinenkostüm vor mir und sah mir missbilligend dabei zu, wie ich noch ein paar T-Shirts in meine bereits überquellende Tasche stopfte.

»Aber *Cornwall!«,* rief sie immer wieder so entsetzt, als hätte ich ihr eröffnet, dass ich mich ins kriegszerrüttete Bagdad absetzen wollte. »Warum denn bloß *Cornwall?«*

»Weil ich von London genug habe und eine Pause brauche – was du mir übrigens vor ein paar Wochen selbst geraten hast.«

»Aber den *ganzen* Sommer? Allie, *Schätzchen,* was um Himmels willen willst du denn da so lange *anfangen*?«

Ich zog einen Riemen am Koffer fest und wandte mich ihr wieder zu. »Sehr wenig, hoffe ich. Für den Anfang zumindest. Falls mir langweilig werden oder mir das Geld ausgehen sollte, finde ich sicher einen Job in einem Pub oder so – vielleicht beschließe ich aber auch, für immer dortzubleiben. Wer weiß.«

»Aber warum denn nicht etwas Exotischeres? Kreta oder so – wo die Sonne scheint und viel los ist.«

»Und es jede Menge Männer auf der Suche nach einer Urlaubsbekanntschaft gibt, was mir dann das Gefühl geben soll, immer noch begehrenswert zu sein, oder was?«

Meine Mutter ignorierte meinen sarkastischen Unterton. »Na ja, das wäre doch so schlecht auch wieder nicht, oder?«

»Doch, das wäre es. Ich hab dir schon gesagt, dass ich niemand Neues kennenlernen will – und ganz sicher nicht irgendeinen Urlaubscasanova, der das Gehirn in der Hose hat und bloß an einer schnellen Nummer interessiert ist.«

Juliet (seit der Scheidung von meinem Vater, als ich zwölf war, bestand sie darauf, dass ich sie bei ihrem Vornamen nannte, denn sie hatte gehofft, einen jüngeren Mann zu finden, und war dabei sogar so weit gegangen, wenn nötig mich und sich selbst auch mal ein paar Jahre jünger zu machen) hatte ihre erste Hochzeitsreise 1970 in einer Villa in Lindos verbracht, weit oberhalb der einzigen florierenden Disko des kleinen Städtchens, und glaubte, dass sich die griechischen Inseln seitdem kein bisschen verändert hätten. Bei meiner Ausdrucksweise zuckte sie zusammen.

»Aber *Cornwall*«, wiederholte sie, während ich unbeirrt mein Gepäck um sie herumstapelte. »Da sind doch bestimmt bloß jede Menge Familien, und wahrscheinlich regnet es die ganze Zeit.«

Seufzend unterbrach ich mein Tun, damit ich sie direkt ansehen konnte. Sie erinnerte sich offensichtlich wirklich nicht mehr, und ich würde es ihr auch nicht wieder ins Gedächtnis rufen, nur um mal wieder eine Diskussion vom Zaun zu brechen, die mit *Ach, dein Vater* … beginnen und voll bissiger Kommentare sein würde, die ich nicht mehr hören wollte.

»Aber es wird *normal* sein«, sagte ich stattdessen. »Ich will nicht für ein paar Monate leben wie im Märchen, vor irgendeiner künstlichen Kulisse, umgeben von künstlichen Leuten, wenn ich mich hinterher doch wieder der Realität stellen muss. Und irgendwo ins Ausland zu jetten macht alleine sowieso keinen Spaß, und selbst wenn ich jemanden hätte, der mitkommen würde – was nicht der Fall ist –, wäre ich ziemlich schlechte Gesellschaft und würde dem anderen bloß den Urlaub verderben. *Du* hast mir doch selbst gesagt, dass ich mir eine Auszeit nehmen soll«, fuhr ich hastig fort (bevor Juliet einhaken konnte:

Aber Schätzchen, ich kann dich doch begleiten, wenn du sonst einsam bist), »und dass ich mal alles hinter mir lassen soll. Und genau das mache ich jetzt.« Ich zwang mich zu einem strahlenden Lächeln. »Also müsstest du doch eigentlich zufrieden sein, weil ich deinen Rat befolge. Lass mich das jetzt durchziehen und kümmere du dich lieber um deine *Floral Society* und um die Männer aus dem *Conservative Club,* die eine ehrbare Frau aus dir machen wollen.«

Diesmal war es an Juliet zu seufzen. »Tja, wenn du dir so sicher bist …«, sagte sie zweifelnd.

»Natürlich bin ich sicher«, sagte ich überzeugter, als ich es in Wirklichkeit war, weil ich nicht wollte, dass Juliet wieder mit ihrem *Aber Cornwall!* anfing. »Und wenn du mir wirklich helfen willst, dann kannst du ein Auge auf die Wohnung haben, solange Sarah hier wohnt, und vergiss nicht, deinen Anrufbeantworter anzuschalten, für den Fall, dass ich dich erreichen möchte.«

Okay … Mittlerweile dürfte klar sein, dass ich Anfang dreißig bin und womöglich Liebeskummer habe, aber eindeutig niemand Neues zum Heiraten suche. Einmal hat mir gereicht, und ich verschwende meine Zeit sicher nicht damit, nach Ersatz zu suchen. Hier ist also von einer ganz gewöhnlichen Ehe die Rede, die mir aber trotzdem alles bedeutet hat und die vor die Hunde gegangen ist, weil mein Mann Will festgestellt hat, dass er die Gesellschaft (und nicht zu vergessen das Bett) einer anderen vorzieht. Es ist doch immer wieder das Gleiche: eine pompöse Hochzeit, gefolgt von einer exotischen Hochzeitsreise, möglicherweise noch etwas gemeinsam verbrachte Zeit, bis ein oder zwei Kinder da sind (sollte man sie nicht schon vor der Heirat bekommen haben), und dann die Scheidung. Nur, dass wir noch nicht bis zu den Kindern gekommen waren, bloß bis zur Einbauküche, und die wird letztendlich von Will abbezahlt werden, als Teil der Wiedergutmachung, die auch mit einschließt, dass er mir seine Hälfte der Wohnung überlässt.

Während ich meine Taschen in den Flur verfrachtete, schwirrte Juliet noch immer unentschlossen herum und gestikulierte auf diese ›Ich bin ein hilfloses Weibchen‹-Art, die ihr zur zweiten Natur geworden ist. Niemand würde vermuten, dass sich dahinter ein stahlharter Kern verbirgt, mit dem sie ihren zweiten Ehemann mit einer noch höheren Abfindung als den ersten abserviert hatte, um danach von den beträchtlichen Geschenken ihrer zahlreichen wohlhabenden Verehrer zu profitieren, und dass sie auch aktuell einen oder zwei reiche Konservative an der langen Leine hatte, die ihr wie übergewichtige Möpse hinterherhechelten. All das führte natürlich dazu, dass sie meine missliche Lage bloß als Berufsrisiko betrachtete, dem man am besten damit begegnete, dass man sich so schnell wie möglich einen potenten Nachfolger angelte.

»Ich ruf dich Anfang der Woche an«, versprach ich, während ich sie zur Tür begleitete. »Und mach dir keine Sorgen – Newquay ist gar nicht weit weg. Und es soll die ›neue Riviera‹ sein, da wimmelt es bestimmt nur so von Surfern, also kann man nie wissen …«

2. Kapitel

Warum sieht die Realität eigentlich immer anders aus, als man sich eine Situation oder einen Ort vorgestellt hat? Zum Beispiel die Pension, für die ich mich entschieden hatte, weil sie keinen Aufschlag fürs Einzelzimmer berechnete, von der ich aber nicht gedacht hatte, dass sie so weit vom Meer entfernt sein würde. In der Beschreibung, in der von ›Meerblick, Frühstück und eigenem Bad‹ die Rede war, hätte besser ›Mehr Blick …‹ stehen sollen, denn, welche Aussichten auch immer die Zimmer boten, das Meer war eindeutig nicht zu sehen.

Von der Villa aus der Zeit Edwards VII. führte eine schmale Straße, deren Asphalt an den Rändern schon hier und da etwas bröckelte, steil in die grünen Hügel hinauf, die einem den Blick auf Tremorden Bay selbst aus den oberen Fenstern versperrten. Doch ich konnte die salzige Luft riechen, verführerisch genug, um mich mit einer kindlichen Vorfreude zu erfüllen, die mich sofort dazu trieb, dem Fenster den Rücken zu kehren und das Auspacken meiner Koffer in Angriff zu nehmen.

Es war kurz nach Mittag; der Morgenzug der *Western Railway* war ungewohnt pünktlich gewesen, und vor dem Bahnhof hatte bereits ein Taxi gestanden. Nun lag der ganze restliche Tag vor mir.

Nachdem ich meine wenigen Habseligkeiten in dem riesigen Schrank verstaut hatte, der aussah, als stammte er noch aus der Zeit, in der das Haus erbaut worden war, eilte ich die Treppe hinunter, um mich auf die Suche nach dem Meer zu machen. Dabei verscheuchte ich den ungebetenen Gedanken, dass es schön wäre, jetzt mit Will ans Meer zu gehen. Was allein schon deshalb ein lächerlicher Gedanke war, da wir unser sauer verdientes Geld, wären wir noch zusammen, für eine Reise an einen viel exotischeren Ort ausgegeben hätten, mit dem sogar Juliet einverstanden gewesen wäre.

Im Hausflur lagen auf einem halbrunden, glänzenden Tisch verschiedene Faltblätter, die Wanderungen, Ausflugsmöglichkeiten und allerlei andere Dinge zum Zeitvertreib anpriesen, doch ich kümmerte mich nicht darum. Mir war absolut nicht nach organisierten Ausflügen, Busreisen und geselligen Menschen mit Sonnenhüten und weißen Sandalen zumute. Ich würde mich schon selbst zurechtfinden.

Doch ich konnte dem forschenden Blick der Pensionsbesitzerin nicht entgehen, die sich von meinem kurzen Nicken wohl nicht abwimmeln lassen würde. Noch eine zerstörte Illusion, denn sie war das genaue Gegenteil der einheimischen Wirtin, die in meiner Fantasie herumgegeistert war. Gwen Jarrett war keine vollbusige Bauersfrau mit rundem, rosigem Gesicht und kräftigen Armen wie aus einer Puddingwerbung, sondern hatte ein langes, schmales Gesicht mit einem markanten Kinn, das ihr ein so pferdeartiges Aussehen verlieh, dass man ihr am liebsten einen Sack Heu angeboten hätte. Ihr Körper war flach wie ein Brett und steckte in einem makellos weißen Kittel, der die Vermutung nahegelegt hätte, die Tür zu meiner Linken führe zu einer Zahnarztpraxis, wäre da nicht das Schild gewesen, auf dem *Aufenthaltsraum für Gäste* stand.

Sie schob sich mir in den Weg und schirmte so das Licht ab, das aus der offen stehenden Haustür hereinfiel.

Sie baute sich auf Zehenspitzen vor mir auf, was gar nicht nötig gewesen wäre, da sie sowieso schon einige Zentimeter größer war als ich. Einen Moment lang schwankte sie, fand dann aber schnell ihr Gleichgewicht und murmelte lächelnd: »Alles zu Ihrer Zufriedenheit?«

»Ja, danke«, erwiderte ich, ohne mich zu rühren, während ich eindringlich auf das Stück Stoff ihres Kleides, das hinter dem V-Ausschnitt ihres Kittels zu sehen war, starrte, damit sie mir aus dem Weg ging. Es war eine blaue Seidenkreation durchzogen von Wirbeln aus Pastellfarben wie die Palette eines impressionistischen Malers.

Doch sie wich nicht von der Stelle. »Erkunden Sie die Gegend ein wenig?«

»Das hoffe ich.«

»Es ist noch ein bisschen ruhig hier, für junge Leute, während der Vorsaison.« Sie klang wie Margaret Thatcher, betont kultiviert, um ihre Herkunft zu verbergen, ohne dass es ihr wirklich gelang.

»Ich wollte es auch ruhig.«

Ihr musternder Blick aus blassen Augen verriet, dass sie Spekulationen darüber anstellte, warum ich wohl alleine hier war. Sie trat zur Seite und lächelte mich milde an, was sie jedoch noch mehr wie ein Pferd aussehen ließ, weil dadurch ihre Zahnprothese sichtbar wurde.

»Wir bieten kein Abendessen, aber Sie können gerne Tee bekommen, falls Sie später zurückkommen, um sich etwas auszuruhen«, sagte sie. Vielleicht dachte sie, ich müsse mich von einer langen Krankheit erholen, und wenn ich erst einmal ein paar Tage hier wäre, würde sie wahrscheinlich versuchen, sich mit mir über ihre Gallensteine oder Ähnliches auszutauschen.

»Danke«, antwortete ich und drückte meine Strandtasche an mich, als ich mich an ihr vorbeizwängte. Ich spürte ihren Blick noch immer auf mir, als ich durch die Tür ging, und so empfand ich es als wohltuend, in die frische Luft hinauszutreten. Das würde doch zu mir passen, in einem Hotel zu landen, das Cornwalls Version vom *Bates Motel* war! Kurz sah ich Will vor mir, der früher nachgiebig über mein Talent für solche Fehler gelächelt hatte, als er es noch für eine liebenswerte Macke und nicht für ein Ärgernis hielt.

Statt der steilen, schmalen Straße zu folgen, ging ich querfeldein durch das wuchernde Gras. Die kräftigen Halme pikten mich an den nackten Beinen, und die leichte Meeresbrise wehte vereinzelte kleine Schäfchenwolken über den Himmel. Irgendwann wurden die Hügel zu Sanddünen, in die sich hier und da Familien zurückgezogen hatten, um vor dem Wind oder zu viel Sonne oder vor den forschenden Blicken anderer Urlauber geschützt zu sein, wenn sie sich umzogen. Ich schlängelte mich zwischen ihnen hindurch, und der weiche lose Sand brannte an meinen Füßen, als meine Sandalen darin einsanken. Hin und wieder blieb ich stehen, um zum Horizont zu blicken und tief und genüsslich durchzuatmen. All das entsprach genau meiner Erinnerung. Einen Moment lang hatte ich das Gefühl, wieder acht zu sein.

Es war Ebbe, und ich streifte die Sandalen ab, um auf dem kühlen, festen Untergrund zu laufen, den das Wasser zurückgelassen hatte. Die Ferien hatten noch nicht begonnen, also gab es bloß vereinzelt Familien mit kleinen Kindern, die Sandburgen bauten oder Strandkricket mit willkürlichen Regeln und Schaumstoffbällen spielten, doch ich wollte es noch einsamer. Zielstrebig folgte ich der Biegung des Strandes bis zum Anfang einer Landspitze, wo große Felsen bis ins Wasser ragten. Dort angekommen suchte ich mir einen großen, flachen Stein aus, dessen dunkelgraue Vorderseite, gegen die gerade erst eine Welle geschwappt war, so glatt und glänzend wie Seehundfell aussah.

Diesen Felsen belagerte ich, breitete mein Handtuch darauf aus und ließ meine Segeltuch-Schultertasche daneben fallen. Auch meine Sandalen stellte ich feinsäuberlich daneben ab, und ein Taschenbuch (das ich mir unter Zeitdruck und ohne großes Interesse am Inhalt ausgesucht hatte) fand ebenfalls auf dem Handtuch Platz. All diese Handlungen führte ich mit möglichst sparsamen Bewegungen aus, so wie ich es mir angewöhnt hatte, seit ich alleine war. Schon oft hatte ich mich während der vergangenen Monate dabei beobachtet, wie ich Aufgaben mit einer Genauigkeit erledigte, die der Person, die ich einmal war, vollkommen fremd gewesen war.

Ich saß auf dem Felsen, spürte seine trockene Wärme durch das Handtuch, schlang die Arme um die Knie und blickte blinzelnd hinaus aufs Meer, denn die Mittagssonne war selbst mit meiner sehr dunklen Sonnenbrille zu grell. Alles war friedlich. Ein großes, dampferartiges Schiff bewegte sich träge am Horizont, und die Stimmen der Familien am Strand, die von der Brise in die andere Richtung getragen wurden, waren kaum auszumachen, es waren nur leise, helle Laute.

Ich atmete bewusst aus. Deshalb war ich hier. Endlich hatte ich Zeit, meine Gedanken zu sortieren, nachzudenken, Pläne zu fassen, jetzt, da ich frei war.

Frei? Dieses Wort empfand ich als höhnisch, ein plattes Wort für *leer, einsam,* eine Beschönigung für *verschmäht.*

Ich hatte nicht gedacht, dass es so schlimm sein würde. Als ich den ersten Schock darüber, dass Will mich verlassen hatte, überwunden, seine erklärte Absicht, mit Lauren zusammenzuziehen, einigermaßen verkraftet und schließlich eingesehen hatte, dass es sinnlos war, an einer Ehe festzuhalten, die offensichtlich gescheitert war, hatte ich erwartet, dass ich die Sache genauso schnell verarbeiten würde, wie die Trennung an sich über die Bühne gegangen war.

Es gab allerlei gut gemeinte Plattitüden von Freunden und Leuten aus meiner Familie, die allesamt dachten, sie würden es verstehen, obwohl das ganz klar nicht der Fall war. Ihre tröstenden Worte nagten nur an meinen ohnehin schon überspannten Nerven, und ich musste mir so manche schroffe Antwort verkneifen, die sich stattdessen in meinem Kopf festsetzte.

»Wenigstens bist du noch jung genug, um noch mal neu anzufangen. Es wäre viel schlimmer, wenn du schon zehn Jahre älter wärst.« *Und warum? Weil es dann viel schwieriger wäre, einen Ersatz für das offensichtlich mangelhafte Modell zu finden, das ich mir beim letzten Mal habe andrehen lassen? Nach dem Motto: ›Sie sind nicht zufrieden, gnädige Frau? Keine Sorge, wir haben schon bald wieder neue Modelle auf Lager.‹*

»Gott sei Dank habt ihr noch keine Kinder. Das macht doch alles viel einfacher.« *Und schließlich hätten mich Kinder ja auch nur ständig daran erinnert, dass ich einmal in einem Glück geschwelgt habe, das offensichtlich auf Sand gebaut war.*

Und meine Großmutter meinte: »Es hätte schlimmer kommen können. Du hättest auch Witwe werden können wie ich und für immer ein gebrochenes Herz haben können.« *Wer sagt denn, dass die Trauer bei einer Scheidung bloß vorübergehend ist?*

Manchmal wollte ich hinausschreien, dass ich mir wünschte, Will *wäre* gestorben. Denn dann wäre er in meiner und der allgemeinen Vorstellung derjenige geblieben, der es verdient hatte, dass ich ihm mein Leben hatte widmen wollen, und die Werte, an denen mir so viel lag, wären unverletzt und in der Unantastbarkeit der Toten bewahrt geblieben. Dann hätten alle anderen meine Klagen über die verlorenen glücklichen Zeiten akzeptiert; man hätte sich geduldig meine endlosen Erinnerungen an unsere berauschenden ersten Jahre angehört, und es wäre mir erlaubt gewesen, eine Vergangenheit zu haben, die der Rede wert ist. Meine Trauer wäre von den anderen als natürlicher Gefühlszustand anerkannt worden und nicht als Verbitterung abgetan und deshalb verdrängt worden. Und es wäre auch nicht immer wieder in ihren Reden und den Worten, die sie sich nur mühsam verkniffen, durchgeklungen, dass die Ehe, die ich mit all dem Optimismus von jemandem eingegangen war, der ehrlich liebte und zu diesem Zeitpunkt auch noch geliebt wurde, durch eine Unzulänglichkeit meinerseits ins Straucheln geraten sein musste.

»Gib dir mal einen Ruck«, hatte Jodie, die einzige jüngere Kollegin aus dem Büro, gesagt und darauf bestanden, mich mit in Bars und Clubs zu schleppen und mich ihren Freunden vorzustellen. Doch meine bissigen Antworten auf die wenig einfallsreichen Anmachsprüche von Männern, die meine Unnahbarkeit anfangs verführerisch fanden, waren von Jodie und ihren Freunden als Undankbarkeit aufgefasst worden, sodass sie mich schließlich nicht mehr gefragt hatte, ob ich mit ihnen ausgehen wolle. Und als ich dann auch noch anfing, die endlosen Bürozeiten damit zu füllen, meine Ablage immer sofort zu erledigen, meinen Posteingangskorb stets leer und meinen Schreibtisch penibel sauber zu halten, legte sie mir dringend nahe, mir therapeutische Hilfe zu suchen.

Doch ich hatte mein Tun bereits analysiert und brauchte niemanden, der mir die Gründe für meine Verhaltensänderung erklärte. Ich empfand die monotonen Aufgaben als tröstend, wie ein vernachlässigtes Kind, das sich in seinem Bettchen hin- und herwiegt. Indem ich mich ganz auf die gerade vor mir liegende Aufgabe konzentrierte und sie abarbeitete, konnte ich das unliebsame Nachgrübeln darüber, was geschehen war, den Schmerz über die Zurückweisung und die hässlichen Bilder meines hoffnungslosen Flehens, um ihn vom Gehen abzuhalten, abblocken.

Die Ruhe der vor mir liegenden Aufgabe besänftigte nach und nach die wirren Gedanken, die sich in meinem Kopf drehten, und ich wusste, dass sie mich, nachdem ich ihnen einmal ihren Lauf gelassen hatte, zumindest heute nicht mehr heimsuchen würden. Jetzt war mein Kopf erfüllt von Leere, ein schwebender Zustand, in dem ich nur wenig denken und fühlen konnte und in den ich in letzter Zeit häufig in den unmöglichsten Situationen verfiel, sodass es mir fast unmöglich wurde, auch nur die einfachsten Entscheidungen zu treffen, beispielsweise was ich zu Abend essen sollte.

Plötzlich bemerkte ich auf meinem Felsen aus den Augenwinkeln eine leichte Bewegung, weigerte mich jedoch strikt, mich danach umzudrehen.

»Alles in Ordnung«, ertönte eine raue Stimme. »Ich will gar nicht stören, aber es gibt hier bloß zwei flache Felsen, und die liegen fast direkt nebeneinander. Und da der, auf dem ich sonst immer sitze, nun nicht mehr frei ist, nehme ich einfach den da drüben.«

Jetzt drehte ich mich doch um. Mir lag eine spitze Bemerkung auf der Zunge, für den Fall, dass versteckte Feindseligkeit in den Worten lag. Eine große, dünne Frau, ich schätzte sie auf Ende fünfzig, hatte ihre Sachen bereits auf den Felsen geworfen und knöpfte sich nun ihre sehr verwaschene kurze Hose auf, unter der ein ebenso ausgeblichenes Bikiniunterteil zum Vorschein kam. Ihre Sonnenbräune war so tief in ihre Haut gebrannt wie bei einem Fischer, also musste sie eine Einheimische sein, die den ganzen Sommer draußen verbrachte. Sie hatte hellbraune Haare, die teilweise von der Sonne ausgebleicht waren und hie und da bereits Anzeichen von grauen Strähnen zeigten. Die Haare hatten entweder eine leichte Naturwelle oder waren seit Tagen nicht mehr gekämmt worden. Unter einem breiten Haarband lagen saphirblaue Augen, mit denen die Frau mich einen Moment lang eindringlich musterte. Dann zog sie sich, ohne ein Anzeichen von Befangenheit, das T-Shirt über den Kopf, und ihre nackten, leicht hängenden Brüste kamen zum Vorschein, genauso braun und verwittert wie der Rest von ihr.

»Keine Sorge«, sagte sie grinsend, »weiter gehe ich nicht. Kein FKK – schließlich sind wir hier in Cornwall!«

Ihr Grinsen war ansteckend, und ich antwortete mit einem Lächeln. »Möchten Sie lieber Ihren Felsen haben?«, erkundigte ich mich.

Doch die Frau hatte es sich bereits auf dem anderen Felsen bequem gemacht. »Nein, der hier ist vollkommen in Ordnung. Ich brauche bloß meine tägliche Dosis an ultravioletter Strahlung und von all diesen anderen schrecklich schädlichen Strahlen, die an meinen armen Gelenken Wunder wirken, und dann bin ich auch schon wieder weg.« Sie hatte die Augen geschlossen, doch als ich mich abwandte, fuhr sie unverblümt fort. »Aber wir können uns ruhig duzen. Und wenn du leicht einen Sonnenbrand bekommst, dann schmier dich besser ordentlich ein. Bei dem Wind merkt man nicht, wie stark die Sonne ist.«

Ich streckte mich auf meinem Felsen aus – in meiner kurzen Hose und dem Top fühlte ich mich ziemlich overdressed – und hing wieder meinen Gedanken nach. Meine Absicht, alleine wegzufahren, war je nach Stimmungslage und Hormonspiegel so unterschiedlich gewesen, dass ich jetzt, da ich hier war, nicht mehr recht wusste, was ich hier eigentlich wollte. Der Wunsch nach Einsamkeit, in der ich mich in meinem Leid suhlen, mir aber vormachen konnte, dass ich auf dem Weg der Besserung war, wetteiferte mit meiner pragmatischen Seite, die mir sagte, ich solle besser ein paar konkrete Entscheidungen über meine Zukunft treffen.

Und ganz gleich, was ich Juliet erzählt hatte, ich verspürte nach Monaten der unfreiwilligen Enthaltsamkeit sehr wohl immer wieder das Verlangen nach einem heißen Flirt mit einem unglaublich gut aussehenden Unbekannten, der mich unwiderstehlich fände und dadurch mein Selbstbewusstsein wieder aufmöbeln und als Rache für Wills Verrat herhalten würde, selbst wenn ich die Einzige wäre, die davon wüsste.

Meine Unentschlossenheit verwandelte sich durch das tröstende Geräusch der Wellen und die Hitze der Sonne in Trägheit. Ich hatte keine Ahnung, wie lange ich vor mich hingedöst hatte, als die Stimme der Frau wieder in mein Bewusstsein sickerte. »Es wird Zeit zu gehen, die Flut kommt, und das geht hier ziemlich schnell. Die Felsen hier werden bald überspült sein.«

Sie stand bereits, zog sich ihr T-Shirt über, als ich mich noch im Halbschlaf und leicht benebelt kerzengerade aufsetzte.

Die Frau lachte. »Keine Sorge. Du wirst nicht gleich von den Wassermassen verschlungen werden. Ich dachte bloß, ich sollte dich vorwarnen.«

»Danke«, sagte ich, erhob mich von ihrem Felsen und sammelte meine Sachen betont gemächlich zusammen, um der Frau zu zeigen, dass ich die Lage vollkommen einschätzen konnte. Ich wandte ihr den Rücken zu, während ich alles wieder in die Segeltuchtasche packte, und ging davon aus, dass sie davonschlendern würde, doch sie blieb solange stehen und sah mir zu, bis ich fertig zum Gehen war.

»Wo wohnst du denn?« Sie schloss sich mir an und gemeinsam sprangen wir von Stein zu Stein über die Felsen, und ihre langen, gebräunten Beine und die schlanken Hüften wirkten wie die einer Zwanzigjährigen. Der verwundete Teil von mir hatte eigentlich nicht die Absicht, mit Fremden ins Gespräch zu kommen, denen ich dann womöglich meinen aktuellen traurigen Status erklären müsste, doch es war unmöglich, ihr nicht zu antworten.

»Im Lansdowne.«

Die Frau blieb stehen und starrte mich ungläubig an. »An diesem grässlichen Ort? Ganz allein?« Und bevor ich ein Wort zu meiner Verteidigung sagen konnte, fuhr sie fort: »Jetzt sagst du bestimmt gleich, dass Gwen Jarrett deine Lieblingstante ist und ich mal wieder mitten ins Fettnäpfchen getreten bin!«

Doch ihr anhaltend breites Grinsen verriet, dass sie nicht wirklich ein Problem damit hätte, wenn es so wäre. Wieder merkte ich, wie ich lächelte. »In der Beschreibung klang es ganz nett.«

»Oh, das ist es auch zweifellos, wenn man über sechzig ist und Lärm und Kinder nicht ausstehen kann und das Meer eigentlich auch nicht mag, aber trotzdem herkommt, weil man es schon sein ganzes Leben so macht.«

»Ich war ja auch auf der Suche nach Ruhe und Frieden, als ich es gebucht habe«, hörte ich mich preisgeben, obwohl ich das gar nicht wollte.

Die Frau kniff scharfsinnig die Augen zusammen, während sie mich von der Seite ansah. »Und jetzt, wo du hier bist?«

Ich blieb stehen. »Jetzt bin ich mir nicht mehr so sicher«, sagte ich.

»Na ja, wenigstens ist es bloß mit Frühstück, also kannst du tagsüber hingehen, wo du willst. In der Bucht hier gibt es viel zu entdecken, viele Restaurants, wo man Leute kennenlernen kann – solltest du zu dem Entschluss kommen, dass es das ist, was du willst.« Sie streckte mir die Hand entgegen: »Ich bin übrigens Marsha. Hier in der Gegend kennen mich alle. Bin vor über dreißig Jahren mit einer Gruppe von Hippies und Anhängern der freien Liebe hierhergekommen, aber die hat es alle irgendwann zurück nach London gezogen, wo sie dann Bankangestellte oder so was in der Art wurden, und ich ...«, sie lachte kurz auf, »... na ja, ich bin einfach hiergeblieben. Wenn du ein wenig Gesellschaft willst, kannst du dich gern an mich wenden.«

Ihr Händedruck war fest und trocken. Wenn wir uns in offiziellem Rahmen getroffen hätten, hätte ich sie mit ihrer geradlinigen Art und der etwas exzentrischen lockeren Zugänglichkeit wohl für die Frau eines Armeeoffiziers gehalten, wie sie in früheren Zeiten wohl auf dem indischen Subkontinent anzutreffen gewesen wären.

»Ich bin Allie«, sagte ich. »Danke. Vielleicht komme ich darauf zurück.«

Marsha nickte und marschierte dann zielstrebig und schnellen Schrittes über den Strand davon, was wohl signalisierte, dass sie ihrerseits momentan keinen weiteren Bedarf an meiner Gesellschaft hatte.

Als sie bereits ein Stück entfernt war, drehte sie sich noch einmal um, legte die Hände wie einen Trichter an den Mund und rief: »Ich bin heute Abend mit ein paar

Freunden im Smugglers'. Komm doch auch, wenn du magst!« Sie wartete meine Antwort nicht ab, winkte mir nur noch einmal kurz zu und marschierte weiter. Ich beneidete sie für ihre lässige Art, freundlich zu sein.

Es war lange her, dass ich mich einer Gruppe von Freunden zugehörig gefühlt hatte.

3. Kapitel

Ich hatte natürlich nicht vorgehabt, auf Marshas Angebot zurückzukommen. Vermutlich sprach sie solche Einladungen allen gegenüber aus, die ihr über den Weg liefen. Ich verbrachte den Nachmittag damit, die Ansammlung von mehrheitlich weiß getünchten Häusern zu erkunden, die sich steil an der Strandpromenade erhoben, getrennt von schmalen Straßen und verlockenden Treppchen, die zu kühlen Gassen hinaufführten. Aus mehr bestand das kleine Städtchen, das bei den Einheimischen nur »Bay« hieß, nicht. Durch die anhaltend herunterbrennende Sonne hätte man es auch für einen Ort am Mittelmeer halten können, wenn man einmal von dem urenglischen Anblick der Vorgärten voller rankender Rosen und Fleißiger Lieschen in bröckelnden Terrakottatöpfen absah.

Ich gönnte mir ein riesiges Eis mit Sahne, um das Magenkurren durch ein verpasstes Mittagessen zu lindern, während ich in die verschiedenen Souvenirshops und Kunsthandwerksläden spähte und all die Tischchen mit Sonnenschirmen umrundete, die vor den vielen Cafés und Pubs standen. In einigen Läden entdeckte ich Schalen und Krüge und andere Töpferwaren mit lebhaften Farbklecksen, auf deren Kärtchen *Handgefertigt von der hiesigen Töpferin Marsha Stubbs* stand, und wunderte mich erneut über die Frau, deren Bekanntschaft ich am Strand gemacht hatte.

Während ich meinen Gedanken nachhing, klingelte das

Handy in meiner Umhängetasche. Die Störung und mich verfluchend, weil ich zu willensschwach war, den Anruf einfach zu ignorieren, wühlte ich in den Tiefen meiner Segeltuchtasche. Warum löst ein Telefonklingeln bloß diesen Pawlow'schen-Reflex in uns allen aus? Abgesehen natürlich von Versicherungsbüroangestellten und Callcenter-Mitarbeitern, die sich die Fähigkeit, Anrufe hartnäckig zu ignorieren, wahrscheinlich während ihrer Ausbildung aneignen.

Es war Juliet. »Schätzchen! Wo *bist* du?«

»In Cornwall. Das weißt du doch«, antwortete ich nüchtern, in der Hoffnung, dass wir nicht noch einmal unser Gespräch von gestern Abend aufrollen mussten.

»Also bist du wirklich gefahren. Geht es dir gut, Schätzchen?«

Tja, bis vor einer Minute schon.

»Mutter«, sagte ich entschieden, in dem Wissen, dass es sie ärgerte, wenn ich sie an unser Verwandtschaftsverhältnis erinnerte. »Mir geht es hervorragend. Ich bin bloß ein paar Hundert Kilometer weg, die Einheimischen sind freundlich, und man kann das Leitungswasser trinken, also denke ich, dass ich schon überleben werde.«

»Du musst doch nicht gleich flapsig werden, Alison«, sagte meine Mutter aus Rache, denn sie konnte meinen richtigen Vornamen auch nicht leiden. Sie hatte mich eigentlich ›Ali‹ taufen wollen, nach Ali MacGraw, die in dem Film *Love Story* so mühelos und schön starb, aber mein Vater hatte eingewandt, das sei kein richtiger Name, und auf ›Alison‹ bestanden. Aber ich war immer ›Allie‹ gewesen, außer wenn ich getadelt wurde.

»Hör zu«, sagte ich jetzt, »ich hab dir doch gesagt, dass ich dich Anfang der Woche anrufen würde, und das mache ich auch. Oder davor, falls es irgendein Problem geben sollte. Was aber nicht der Fall sein wird, weil es mir gut geht. Das Wetter ist gut. Die Pension ist okay. Der Strand ist schön … Es ist wirklich alles in Ordnung.«

»Ach, es hat einfach keinen Sinn, mit dir zu reden, wenn du so eine Laune hast«, sagte sie und legte auf.

Was wollte sie denn von mir hören? Eine endlose Geschichte von verpassten Zügen und verplanten Hotelbuchungen, mit der sie dann die Mitglieder des *Conservative Club* erheitern konnte, wo ich mittlerweile bestimmt schon als ›die arme Allie‹ geführt wurde; eine Geschichte, die als Vorwand für einen weiteren Gin Tonic herhielt und die ihr als leidgeplagter Mutter mitfühlenden Zuspruch einbrachte, weil sie nicht wusste, wie sie mich mit solch einer Einstellung je wieder unter die Haube bringen sollte.

Ich machte mich auf den Weg zurück zur Pension, verärgert über meine Mutter und verärgert über mich selbst, weil ich verärgert war. *Und dabei war ich gerade so entspannt gewesen!*

Ich hatte das Telefon noch in der Hand, und als ich daraufblickte, wurde meine Verärgerung noch größer. Warum hatte ich es überhaupt mitgenommen, wo ich doch alle anderen Aspekte meines jämmerlichen Lebens hinter mir gelassen hatte?

Leider war ich von zu vielen Menschen umgeben, als dass ich dem Drang hätte nachgeben können, es hinzuschmeißen und darauf herumzutrampeln, bis nur noch Stücke davon übrig waren – und bei meinem Glück wäre es vermutlich auch noch schrecklich robust gewesen, und dann hätte ich es bloß wieder aufheben müssen, was ziemlich peinlich gewesen wäre. Also schmiss ich es vor einem Hotel in einen großen offenen Abfallbehälter. Ich hatte es zuvor nicht ausgeschaltet, damit Juliet, sollte sie wieder anrufen, eine interessante Unterhaltung mit dem Finder, wer auch immer das sein mochte, führen könnte.

Plötzlich fühlte ich mich ganz beschwingt. Es war die letzte Verbindung zu meinem alten Leben – meinem alten Ich – gewesen, und jetzt war sie weg. Niemand wusste, wohin genau ich gefahren war, keiner konnte mich erreichen. Also gab es niemanden mehr, der mich an all das erinnern konnte, was in meinem Leben schiefgegangen war. Am liebsten wäre ich auf den nächstbesten Menschen zugelaufen, hätte ihn gepackt und ihm erzählt, was ich gerade getan hatte, doch mir war klar, dass das Wegwerfen meines Handys für andere wenig Bedeutung haben würde. Stattdessen strahlte ich bloß alle, denen ich begegnete, an, sodass sie denken mussten, hinter der dunklen Sonnenbrille verberge sich wohl jemand, den sie zwar kannten, aber gerade nicht richtig zuordnen konnten.

Mrs. Jarrett stand noch immer an exakt derselben Stelle auf dem Teppich im Flur, wo ich sie vor einigen Stunden zurückgelassen hatte. Doch zu irgendeinem Zeitpunkt dazwischen musste sie sich bewegt haben, da der weiße Arbeitskittel jetzt fehlte, sodass zurückkehrende Gäste nun die ganze Pracht der blaurosa Wirbel auf ihrem Kleid bewundern durften. Sie leuchtete geradezu im Dunkel des Hauseingangs nach dem hellen Licht draußen.

»Die Teestunde ist leider bereits vorbei«, sagte sie bedauernd und grübelte vermutlich bereits über das Gallensteinthema.

»Kein Problem.« Ich beschloss, freundlich und großmütig zu sein. »Ich mach mir auf dem Zimmer welchen. Ich bin bloß zurückgekommen, um kurz zu duschen und mich umzuziehen, bevor ich essen gehe.«

»Freunde oder Familie?«, fragte sie, als ich bereits zur Treppe ging.

»Bitte?«

»Freunde oder Familie?«, wiederholte sie. »Ich nahm an, dass Sie aus einem der beiden Gründe hier sind.«

Der Großmut verließ mich. Rätselhaft zu sein erschien mir jetzt die verlockendere Variante.

»Nein. Weder noch.« Ich lächelte verkniffen. Dann schlenderte ich die Stufen hinauf und verschwand um die Treppenbiegung, während sie noch dastand und offenbar unschlüssig war, ob sie weiter nachbohren sollte.

Diesmal nahm ich die Straße in Richtung Bay, vorbei an Bungalows mit Kieselputz und Hortensien im Vorgarten, die zwischen Bed-and-Breakfast-Hotels mit Meerblick kauerten. Marshas Einladung schwirrte noch immer in meinem Kopf herum, aber ich war entschlossen, mich nicht davon verleiten zu lassen. Ich war ganz bewusst hierhergekommen, um mich und mein Leben wieder auf die Reihe zu bekommen, und nicht, um Zuflucht bei einer Frau zu suchen, die altersmäßig meine Mutter hätte sein können, und ihren zweifellos bereits in die Jahre gekommenen Hippiefreunden. Das wäre nichts anderes als Juliets *Conservative Club,* wenn auch mit mehr Bräune und weniger Klamotten.

Stattdessen saß ich lange Zeit auf der Strandpromenadenmauer der Bay und starrte in *Die Geliebte des französischen Leutnants*-Manier hinaus aufs Meer, allerdings ohne den Umhang natürlich.

Zur Abwechslung dachte ich einmal nicht an meine verlorene Liebe, sondern an meinen Vater – was wohl auf eine ähnliche Art interpretiert werden könnte.

Okay, bringen wir auch diesen Teil meiner Vergangenheit hinter uns. Meine Eltern trennten sich, als ich etwa neun Jahre alt war – genau genommen neun Jahre und zwei Monate –, und was mich immer wieder betroffen macht, ist die Tatsache, dass ich damals keine Ahnung hatte, dass etwas nicht stimmte, bis sie es mir mitteilten. Kinder sollten so etwas doch spüren, oder? Sie fangen an, wieder ins Bett zu machen, oder machen Ärger in der Schule oder weigern sich, auf die Geburtstagfeier ihrer Freunde zu gehen, weil sie Angst haben, dass ihre Eltern verschwunden sein könnten, wenn sie wiederkommen. Aber bei mir? Nichts dergleichen. Ich lebte einfach weiter in diesem Kokon der heilen Welt mit meinem lebenslustigen Vater und meiner glamourösen Mutter, die alle anstrahlte und sie ›Schätzchen‹ nannte, meinen Vater eingeschlossen, bis zu dem Tag, an dem er ging. Erst Jahre später wurde mir bewusst, dass ein Lächeln auch verkrampft und unversöhnlich und ›Schätzchen‹ auch sarkastisch gemeint sein konnte.

Nach der Trennung zogen Juliet und ich mehrmals innerhalb von Surrey um, bis sie Ehemann Nummer zwei kennenlernte – Dan, einen großen rauen und herzlichen Amerikaner, der sich in sie verliebte, weil sie so zart und so englisch war, zwei Eigenschaften, die noch deutlicher als sonst zum Vorschein kamen, wenn er in der Nähe war.

Dan war sehr reich und sehr nett, doch er langweilte Juliet schon bald schrecklich. Zur Krise kam es, als er auf seinem Plan beharrte, mit uns zusammen in die Staaten zurückzukehren, woraufhin sie ihm mitteilte, dass ich urplötzlich eine Antipathie gegen alles Amerikanische entwickelt hätte und mich strikt weigerte, meinen Freundeskreis aufzugeben. (Zu diesem Zeitpunkt war ich dreizehn und hatte natürlich jede Menge Freundinnen, hauptsächlich wegen der Großzügigkeit meines Stiefvaters und der Märchen, die ich um das neue, uns bevorstehende wundervolle Leben in den USA gestrickt hatte, wo mich ausgewählte Freundinnen in den Ferien hin und wieder sollten besuchen kommen dürfen.)

Als Juliet also in tragischer Pose zu Dan sagte: »Verstehst du, Schätzchen, ich kann sie *unmöglich* ihrem Zuhause entreißen und von ihren Freundinnen trennen«, leistete die Leichenblässe, die sich auf mein Gesicht legte, als ich mich fragte, wie um Himmels willen ich das meinen Freundinnen erklären sollte, Juliets Plan auch noch unabsichtlich Vorschub und überzeugte Dan davon, dass er uns beiden zu viel abverlangte. Am Ende kehrte er alleine in die Staaten zurück, traurig, aber unendlich beeindruckt von Juliets Mutterliebe, die bereit war, zum Wohle ihres Kindes auf alles zu verzichten.

Mein Vater hatte sich mittlerweile in Frankreich auf dem Land niedergelassen. Er war schon immer sprachbegabt gewesen, und durch seine anfängliche Arbeit als Übersetzer gelang es ihm rasch, in das französische Idyll einzutauchen. Nicht lange nachdem er uns verlassen hatte, lernte er Yvon kennen und heiratete sie. Daraufhin widmete er sich mit vollem Einsatz der Restaurierung eines alten Bauernhauses mit einigen Morgen Land und schmiedete allerlei Pläne, wie er damit Geld verdienen könnte, doch keiner davon wurde je wirklich umgesetzt. Was teilweise daran lag, dass er seine Zeit hauptsächlich auf einen ganzen Wurf schwarzhaariger, olivhäutiger Kinder verwendete, und ständig ein neues Kinderzimmer eingerichtet oder angebaut werden musste.

Anfangs hielt er noch engen Kontakt zu mir, mit Briefen und lustigen Zeichnungen und indem er immer wieder nach England kam, um mich für die Ferien nach Frankreich zu holen. Aber ich war Yvon gegenüber befangen, die genauso schlecht Englisch sprach wie ich Französisch, und auch mit ihrer schnatternden, weitläufigen Familie, die immer ein großes Tamtam um das stille kleine englische Mädchen machte, tat ich mich schwer. Das führte aber bloß dazu, dass ich mich hinter meinem Vater noch kleiner machte. Und als sie dann eigene Kinder bekamen, fühlte ich mich bei jedem Besuch noch fremder, denn ich brachte den Vater, den ich gekannt hatte, nicht mehr recht zusammen mit diesem Französisch sprechenden, *Gauloises* rauchenden, überschwänglichen Mann, dem unwohl dabei zu sein schien, wenn er versuchte, seine englische Tochter dazu zu bewegen, Teil seiner neuen Familie zu werden.

Am Ende war es einfacher, diese Besuche einfach im Sande verlaufen zu lassen und sich nur noch auf das Ritual zu freuen, zu den Geburtstagen und zu Weihnachten Geschenke auszutauschen, was mir den Trost verschaffte, dass mein Vater wenigstens noch an mich dachte. Natürlich war Juliet, was dieses Thema betraf, redseliger. »Auf deinen Vater«, sagte sie gern, »war nie Verlass. Kein Wunder, dass er sich mit diesem Haufen Kinder verzettelt hat. Es war klar, dass er im Leben nichts erreichen würde.«

Doch wenn ich sie nach den Gründen befragte, warum er uns verlassen hatte, fiel ihre Antwort weniger deutlich aus. »So was passiert«, sagte sie dann mit gekünsteltem Schulterzucken. »Die Menschen ändern sich … lernen neue Leute kennen … so ist der Lauf der Dinge.«

Ich dachte noch immer über meinen Vater nach, während ich auf der Suche nach einer Einkehrmöglichkeit die Uferpromenade entlangging, denn mein Magen erinnerte mich daran, dass ich den ganzen Tag kaum etwas zu mir genommen hatte. Ich ging durch die schmalen Gassen und hielt nach kleinen Cafés Ausschau, in denen es nicht so kläglich wirken würde, allein zu essen, doch Läden wie das *Copper Kettle* oder der *Harbour Tea Room* konnten abends offenbar nicht gegen die Konkurrenz der Pubs und Restaurants bestehen und hatten bereits geschlossen. Als ich aus einer sich dahinschlängelnden Gasse trat, stellte ich fest, dass sie direkt gegenüber des Smugglers' Arms endete, und da war Marsha. Sie saß mit einer lebhaften Gruppe von Leuten draußen an Holztischen, auf denen jede Menge Biergläser standen.

Marsha entdeckte mich sofort. *Mist!*

»Oh, hallo! Leistest du uns doch Gesellschaft! Großartig! Komm, setz dich her und lern die anderen kennen! Und ich hoffe, du hast Hunger – hier gibt es die besten Fischgerichte der ganzen Bay. Adam, rück auf, dann kann Allie neben mir sitzen, bis sie die anderen kennengelernt hat.«

Alle am Tisch drehten sich um und sahen mich an, und die Erinnerung daran, wie ich mich in Frankreich als Fremde gefühlt hatte, während mich ein Haufen dunkeläugige Kinder ernst musterten, kehrte wieder. Ich machte den Mund auf, um irgendeine Entschuldigung vorzubringen, dass ich bereits gegessen hätte und gerade wieder ins Lansdowne zurückwollte, doch sie rutschten bereits auf, um mir am Tisch Platz zu machen.

Ein braun gebrannter junger Mann mit staubigem ärmellosem T-Shirt grinste mich an und rutschte gehorsam zur Seite, damit ich mich neben Marsha setzen konnte. Seine Schönheit haute mich um – und ich hatte einen Mann noch nie als ›schön‹ bezeichnet. Kurz geschnittene hellbraune Haare, durchzogen von einigen blonden Strähnen, unterstrichen sein vollendet geschnittenes Gesicht, und sein Oberkörper, der unter dem schlecht sitzenden Shirt gut sichtbar war, wirkte schlank und muskulös zugleich.

Du bist sexmäßig bloß total ausgehungert, sagte ich mir. *Und wahrscheinlich ist er der erste Schwule, den du je persönlich kennenlernst.*

Ich lenkte meine Aufmerksamkeit auf die Vorstellungsrunde, die Marsha bereits begonnen hatte. »Das ist Adam« (der Schöne), »das sind Chris, Marie, Kate und Simon. Und das ist Allie – wir haben uns heute am Strand kennengelernt.«

Sie waren alle jung und wirkten nicht etwa überrascht über meine Einbeziehung, sondern begrüßten mich mit freundlicher Lockerheit.

»Was zu trinken, Allie?«, fragte Chris und stand auf.

»Weißwein, bitte«, antwortete ich reflexartig und dachte sofort, dass ich vielleicht besser um ein Bier gebeten hätte.

»Gute Wahl«, meinte Marsha sofort. »Jetzt, wo wir unseren Durst gelöscht haben, sollten wir gleich ein paar Flaschen zum Essen bestellen.«

Auf der Stelle brach eine lebhafte Diskussion darüber los, welche Gerichte man bestellen sollte, und alle bemühten sich, mir zu erklären, was das Beste auf der Karte war.

»Magst du Miesmuscheln, Allie? Die sind super hier.«

»Bestellen wir doch ein paar Meeresfrüchteplatten, dann kann sie von allem etwas probieren.«

»Und alles, was übrig bleibt, isst Simon!«

»Und Pommes – wir brauchen unbedingt Pommes.«

Sie waren die Gruppe von Leuten, die man im Pub immer dann sieht, wenn man selbst den langweiligsten Abend seines Lebens hat. Und dann verbringt man den Abend damit, Gesprächsfetzen von ihrem Tisch zu erhaschen, fragt sich, was sie wohl gerade zum Lachen gebracht hat, und wünscht sich, dass man einer von ihnen wäre. Kurz bevor Will sich endlich ein Herz fasste und mir sagte, dass er mich verlassen würde, hatte es viele solcher

Abende gegeben, an denen ich in meiner Verzweiflung vorgeschlagen hatte auszugehen, weil ich spürte, dass etwas nicht in Ordnung war, aber nicht die Kraft gehabt hatte, mich der Sache zu stellen.

Und jetzt saß ich hier, inmitten der Leute, die ich damals immer beneidet hatte und die sich über meine Gegenwart zu freuen schienen, als würden sie mich schon seit Jahren kennen. Nach all den Bemühungen in letzter Zeit, mich aus dem Trott zu befreien, in den ich seit Wills Überlaufen zum Feind verfallen war, bot sich mir hier nun *die* Gelegenheit, mich selbst neu zu erfinden. Ich konnte sein, wer immer ich wollte. *Und ergriff ich diese Chance? Natürlich nicht!*

Ich saß dort und stürzte meinen Wein zu schnell hinunter, vollkommen überwältigt vom Glanz der Gruppe, versuchte krampfhaft, wann immer sich die Gelegenheit bot, einen geistreichen Kommentar abzugeben, und klang dabei wie ein Trottel. Keiner der Männer versuchte mich anzumachen – vernichtende Bemerkungen waren zu meiner Spezialität geworden, also hätte ich damit kein Problem gehabt –, aber welcher von diesen Kerlen, die selbst allesamt gebräunt waren und nur so strahlten, interessierte sich schon für eine kleine, dunkle Frau, deren Teint bereits nach ein paar Stunden Sonne ins schmutzig Braune ging?

Marsha saß zurückgelehnt am Kopfende des Tisches und rauchte mit einem leisen zufriedenen Lächeln um die Lippen französische Zigaretten. Ich wandte mich an sie.

»Ich habe heute Nachmittag lauter Töpferwaren von Marsha Stubbs in den Läden gesehen. Bist du das?«

»Ja, das bin ich. Aber leider besteht keinerlei Verwandtschaft mit dem großen George Stubbs. Und ich kann leider auch nicht malen. Aber mit den Keramikarbeiten und dem bisschen Schmuck, den ich nebenbei noch mache, kann ich mich gerade so über Wasser halten.«

»Was sie eigentlich damit sagen will«, mischte Adam sich ein und lächelte Marsha liebevoll zu, »ist, dass sie den ganzen Winter, wenn das Wetter vollkommen trostlos ist und es hier nichts zu tun gibt, in ihrer Werkstatt verbringt und schuftet, damit sie den Sommer über den hedonistischen Lebensstil pflegen kann!«

»Ganz genau!«, stimmte Marsha ihm lachend zu. »Ich bin vor langer Zeit zu dem Schluss gekommen, dass mein mittelmäßiges Talent an einem Ort wie diesem am besten zum Einsatz kommt, wo die Leute immer auf der Suche nach etwas Ausgefallenem sind, das sie mit nach Hause nehmen können, und es sie auch nicht stört, wenn der Rand ein bisschen schief ist oder die Steine nicht in gleichmäßigem Abstand gesetzt sind.«

»Sie ist bloß bescheiden«, sagte Adam. »Du solltest mal ihre Werkstatt besuchen. Da gibt es ein paar wirklich schöne Stücke.«

»Ginge das?«, fragte ich, und als ich wieder Marsha ansah und den von tiefer gegenseitiger Zuneigung zeugenden Blick, den sich die beiden zuwarfen, bemerkte, musste ich beinah nach Luft schnappen. Adam war bestimmt nur halb so alt wie Marsha. War eine Beziehung mit einem so viel jüngeren Mann etwa auch Teil ihres sorglosen Lebensstils?

Marsha nickte und wandte sich wieder mir zu. »Natürlich. Im Gegensatz zu dem, was diese Bande von Faulenzern behauptet, arbeite ich jeden Morgen für ein paar Stunden, suche Stücke für die verschiedenen Läden aus und so weiter. Komm doch einfach morgen vorbei, wenn du magst, gleich nach dem Frühstück.« Dann beschrieb sie mir noch den Weg.

»Ich könnte dich auch abholen«, bot Adam an.

»Nein!«, sagte Marsha schnell und sah mich mit ihren saphirblauen Augen prüfend an. »Nein, ich denke, es ist besser, wenn Allie alleine kommt.«

Das Essen wurde gebracht, und alle stürzten sich darauf. Simons Teller war, wie vorhergesagt, voller als alle anderen, doch er legte auch Wert darauf, dass ich von allem, was es gab, probierte.

»Lass sie mal in Ruhe, Simon«, mahnte ihn Kate, die neben ihm saß. »Nicht jeder ist so ein Vielfraß wie du!« Daraufhin machte sie sich über ihren Teller her, der fast genauso voll war wie seiner, und ich fragte mich, wie sie dabei so gertenschlank bleiben konnte.

Marsha dagegen aß, wie mir auffiel, sehr wenig, doch das wurde von niemandem kommentiert.

Das Essen war genauso gut, wie sie gesagt hatten, und saugte etwas von dem Wein auf, den ich bis dahin bereits in mich hineingeschüttet hatte. Ich versuchte, eine zusammenhängende Unterhaltung zu führen, doch das Einzige, was mir gelang, war, dass ich wie Juliet bei einem Sektempfang klang.

»Wohnst du auch in Tremorden Bay?«, war die fesselnde Frage, die ich Adam stellte.

»Nein, eigentlich in London, aber ich bin den ganzen Sommer über hier.«

»Ooh, *London!«* (Zu viel Begeisterung – als hätte ich gerade herausgefunden, dass wir aus derselben Straße in einem abgelegenen Dorf auf den Hebriden stammten.) »Und woher genau?«

»Crouch End. Kennst du das?«

»Äh, nein. Ich komme aus Purley.«

Er nickte höflich, auf eine *›Ja, das habe ich mir gedacht‹*-Art, die mich auf meinem Platz wieder tiefer sinken ließ.

»Siehst du, Adam«, kam Chris mir zu Hilfe. »Ich sag dir doch immer, dass Crouch End niemand kennt. Es müsste eigentlich ›Dead End‹ heißen. Du solltest mal in ein trendigeres Viertel ziehen, Kumpel.«

Es war offensichtlich, dass auch Chris aus der Metropole war, aber ich wollte ihn nicht auch noch fragen, woher genau. Stattdessen erkundigte ich mich, ob auch er den ganzen Sommer über hier war.

»Ja, so was in der Art. Mit Unterbrechungen.« Er warf einen kurzen Seitenblick auf Marsha, die mit gesenktem Kopf Marie lauschte, die gerade leise etwas zu ihr sagte. Er hatte doch nicht etwa neben Adam auch noch etwas mit Marsha? »Aber solange das Wetter so schön ist, denk ich nicht mal dran zurückzufahren.« Er lehnte sich zurück und blickte in den Himmel, als prüfe er die Wahrscheinlichkeit, ob auch morgen wieder die Sonne scheinen würde.

Simon stopfte sich seine letzte Fritte in den Mund und lehnte sich ebenfalls zurück. »Mmh, das war lecker, oder, Allie? Aber wir brauchen noch mehr Wein! Chris! Du hast heute Abend Weindienst! Bestell doch noch mal ein paar Flaschen.«

Ich versuchte, den Absprung zu finden, doch mein Glas wurde schnell wieder aufgefüllt, und Simon fing an, eine witzige, verwickelte Geschichte von einem Steuerprüfer und einem Mechaniker zu erzählen. Zumindest glaube ich, dass sie davon handelte.

Als die anderen lachten und ihn scherzhaft anstupsten – während er protestierte: »So war's. Ich schwöre es euch!« –, versuchte ich mitzulachen, musste dann aber ein paar kräftige Schlucke Wein nehmen, denn plötzlich verspürte ich das überwältigende Bedürfnis zu weinen.

Vielleicht hätte ich vorher erwähnen sollen, dass ich

nie weine. Zumindest fast nie. Und ganz sicher hatte ich nicht geweint, als Will mich verließ. Dabei machen das die Heldinnen in Büchern und Filmen heutzutage doch so, oder? Der Freund oder Mann verlässt sie, sie erzählt alles einer bestärkenden Horde von Freundinnen, die immer für einen Plausch zu haben sind, auch während der Bürozeiten, und dann verbringt sie den Rest ihrer Zeit damit, sich die Augen auszuheulen oder im Bett jede Menge Schokolade zu essen, bevor sie sich in den Schlaf weint. Und das tagelang. Und dabei setzt sie je nach Handlungsverlauf entweder überflüssige Pfunde an, je nachdem, wie viel Schokolade sie in sich reinstopft, oder magert bis auf die Knochen ab. So oder so heult sie am Ende wieder. Tja, tut mir leid. Aber für mich klingt das nicht besonders heldenhaft. Oder auch nur realistisch. Und abgesehen davon sind Anwaltskanzleien im Randbezirk von Großstädten nicht gerade die Orte, an denen man über einem Übertragungsvertrag in Tränen ausbrechen und dafür irgendeine Form von Mitgefühl erwarten kann.

Ich weiß noch, dass ich viel geweint habe, als ich irgendwann begriffen hatte, dass meine Eltern sich trennten, was bei einem Kind durchaus verständlich ist. Aber seitdem kann ich mich an keine solche Situation mehr erinnern. Was vielleicht auch damit zu tun hat, dass ich danach so lange mit Juliet zusammengelebt habe. Sie hatte Tränen nämlich schon immer zu ihrem Vorteil eingesetzt – besonders wenn sie ein männliches Publikum dafür hatte, das dann garantiert zu ihrer Rettung eilte – und hatte die Kunst des geräuschlosen Weinens perfektioniert, ohne hässliche Gesichtsakrobatik, geschwollene Augen oder fleckige Haut. Ihr liefen bloß ein paar edle Tränen über die Wangen, die sie anmutig mit einem Taschentuch abtupfte und dann murmelte: »Tut mir leid, ich sollte nicht so töricht sein …«

Aber wenn ich mir aus echtem Kummer, Wut oder sonst was die Augen ausheulte, war das etwas ganz anderes und ein weiteres Beispiel für Situationen, in denen ich gut eine etwas mitfühlendere Mutter gebraucht hätte. Doch bei diesen Gelegenheiten in meiner Kindheit hatte meine Mutter immer nur ungehalten geseufzt und gerufen: »Meine Güte, Allie, tu mir das nicht an! Ich hab so schon genug, mit dem ich klarkommen muss, auch ohne dass du hier weiter rumheulst!« Gemerkt? Darin kam kein ›Schätzchen‹ vor.

Also wurde Weinen einfach zu etwas, was ich nicht machte. Wills Überlaufen zum Feind hatte mich natürlich wütend gemacht, und als mir bewusst geworden war, wie erbärmlich mein Flehen, er möge doch bei mir bleiben, geklungen haben musste, schämte ich mich auch, aber statt zu weinen, hatte ich bisher nur etwas Ziehendes, Krampfendes in mir gespürt, das regelrechte körperliche Schmerzen und ein heftiges Panikgefühl verursachte. Und die einzige Möglichkeit, damit umzugehen, bestand für mich darin, mein Leben einfach so normal wie irgend möglich weiterzuleben und niemandem zu zeigen, dass ich der ganzen Sache eigentlich nicht gewachsen war.

Doch nun saß ich hier inmitten einer Gruppe von Fremden und musste mir einen unerbittlichen Heulkrampf verkneifen! Ich stand hastig auf und murmelte mitten in Simons Satz hinein: »Tut mir leid, aber ich muss jetzt los.« Doch dann setzte ich mich genauso schnell wieder hin, denn von dem vielen Wein drehte sich alles. Natürlich, das war es! Der Wein war mir zu Kopfe gestiegen und hatte diesen unbändigen Missmut in mir ausgelöst.

Marsha legte ihre kühle, beruhigende Hand auf meine. »Du bist wahrscheinlich müde. Du bist heute Morgen bestimmt sehr früh aufgebrochen, wenn du aus London angereist bist.«

In ihrer Stimme lag Güte, was mir wieder die Tränen in die Augen trieb, also beschloss ich, es als gönnerhaft von ihr abzutun, und übertrug dieses Gefühl in meinem benebelten Zustand gleich auf die ganze Gruppe. Was wussten die schon? Sie saßen bloß hier rum, lachten und machten Witze und behandelten mich wie eine von ihnen, obwohl wir rein gar nichts voneinander wussten! Das war bloß ihre Art, mir zu zeigen, was für tolle Leute sie doch waren! *Wärst du nicht auch gern eine von uns?* Ich zog meine Hand weg. »Ich bezahl bloß noch schnell meinen Teil der Rechnung, dann bin ich weg«, sagte ich.

»Ach, das ist doch nicht nötig«, warf Simon in seiner einwandfreien netten Kumpel-Art ein. »Schließlich haben wir dich ja eingeladen, dich zu uns zu setzen.«

Gönnerhaft. Hab ich doch gesagt.

»Und ich mag keine Almosen«, sagte ich kühl und zog mein Portemonnaie aus der Tasche – zusammen mit einem Kamm, in dessen Zinken ein zerfetztes Taschentuch hing, einem Supermarkt-Bon und einem stummeligen Lippenstift, was alles unter die Bank fiel, auf der ich saß.

Ich beugte mich vor, um die Sachen wieder aufzuheben. Es war mir unglaublich peinlich, und ich fühlte mich immer noch ganz benommen. Währenddessen fingen die anderen am Tisch an, eilig die Rechnung aufzuteilen. Als ich mich nach dem Lippenstift ausstreckte, wäre ich beinahe komplett von der Bank gerutscht, doch Adam packte mich noch rechtzeitig am Arm und hielt mich fest, bis ich mich wieder aufgerichtet hatte.

»Sind elf Pfund fünfundsechzig für jeden«, sagte Marsha, aber wenigstens fragte sie mich nicht, ob das in Ordnung für mich wäre.

Ich legte das Geld auf den Tisch und erhob mich dann wieder, wobei ich mich so unauffällig wie möglich am Tisch festhielt.

»Soll ich dich noch zu deinem Hotel begleiten?«, erkundigte sich Adam. Ich schaute in sein schönes, forschendes Gesicht und plötzlich überkam mich die Sehnsucht, meinen Kopf an seine gebräunte Schulter zu legen.

»Nein, danke, ich komm schon alleine klar.« Ich sah einen verschwommenen See aus Gesichtern und keines davon wirkte so, als würde es mir glauben.

»Wir müssen sowieso in die Richtung«, sagte Marie. »Da können wir genauso gut zusammen gehen.« Sie und Kate hatten sich bereits erhoben, sodass selbst ich in meinem fortgeschrittenen kratzbürstigen Zustand merkte, wie unhöflich es wäre, ihren Vorschlag abzulehnen.

»Danke euch allen für den schönen Abend«, sagte ich zu Marsha und den anderen, mit der übertriebenen Förmlichkeit von jemandem, der sich sehr bemühte, einen zunehmenden Zustand von Trunkenheit zu kaschieren.

An den Weg zur Pension kann ich mich nur noch vage erinnern, weil der Wind, der jetzt vom Meer herüberwehte, mich noch konfuser machte und ich all meine Konzentration aufs Gehen verwenden musste. Allerdings kam mir noch der Gedanke, woher die Mädels eigentlich wussten, wo ich wohnte.

»Marsha hat uns davon erzählt, wie sie dich getroffen hat, kurz bevor du aufgetaucht bist«, erklärte mir Kate.

»Und ich wohne gleich die Straße hoch vom Lansdowne – und Kate ist für eine Weile bei mir untergekommen«, sagte Marie.

Vor der Pension verabschiedete ich mich von ihnen.

Gwen Jarrett kam in den hell erleuchteten Eingangsbereich, sobald ich das Haus betreten hatte, und meine Augen brauchten eine Weile, bis sie sich an die Lichtverhältnisse gewöhnt hatten.

»Ah, gerade noch rechtzeitig, bevor ich absperre! Sie müssen einen Schlüssel mitnehmen, wenn Sie vorhaben, erst nach elf wiederzukommen.«

»Tut mir leid«, sagte ich würdevoll. »Mir war nicht klar, dass es hier einen Zapfenstreich gibt.«

Dann ließ ich sie mit offenem Pferdemaul stehen, erklomm die Treppe zu meinem Zimmer und begab mich direkt ins Bad, wo ich mich heftig übergab, bevor ich auf den Fliesenboden sank und in Tränen ausbrach.

Aber das war natürlich nur das Resultat daraus, dass ich betrunken war und mich hatte übergeben müssen.

Denn ich weine nie.

4. Kapitel

Glücklicherweise ließ sich Gwen Jarrett am nächsten Morgen nicht in dem kleinen Esszimmer blicken, in dem ich in einer Ecke saß und mich ziemlich mitgenommen fühlte. Ein junges Mädchen aus der Gegend, das aussah, als käme es direkt von einem Hockeyspiel, servierte das Frühstück. Es ging immer wieder durch die Schwingtür, die zur Küche führte, und gab sich vollkommen unbeeindruckt von der fordernden Stimme seiner Chefin, die zusammen mit dem Duft von gebratenem Speck herüberwehte.

»Morgen! Bitte bedienen Sie sich am Büfett mit Fruchtsäften, Cornflakes und Müsli, möchten Sie Tee oder Kaffee, Sie haben die Auswahl zwischen englischem Frühstück – also Spiegeleiern mit gebratenem Speck, Würstchen, Pilzen, Tomaten und Toast oder Blutwurst – oder mit Rührei, pochierten Eiern oder gekochten Eiern und Toast und Marmelade –, und einem kleinen Frühstück, also Brötchen und frischen Croissants – und könnte ich bitte Ihre Zimmernummer haben?«, leierte sie, ohne Luft zu holen, herunter, als sie an meinen Tisch trat und dabei die Bodendielen zum Knarzen und das Geschirr zum Klappern brachte. Ich war so hingerissen von ihrer kornischen Aussprache, dass ich das meiste, was sie sagte, gar nicht mitbekam, also bestellte ich aus Rücksicht auf meinen Magen, der noch immer die Tendenz hatte zu rebellieren, bloß Toast und Tee. Sie sprang federnd wieder davon und stieß beinahe mit einer blassen älteren Frau ganz in Schwarz zusammen, die vermutlich eigentlich hier war, um ihr zu helfen, die aber jedes Mal, wenn sie durch die Schwingtür kam, den Teller in ihrer Hand anstarrte, als wüsste sie nicht, was um Himmels willen sie damit anfangen sollte, und dann wieder in der Küche verschwand. Ich fragte mich, ob sie die Pension mit dem Altersheim verwechselt hatte, doch bei erneuter Überlegung und nachdem ich mich genauer umgesehen hatte, kam ich zu dem Schluss, dass das hier wahrscheinlich das örtliche Altersheim *war* und ich diejenige, die sich vertan hatte.

Ich war eine der Letzten gewesen, die zum Frühstück erschienen waren, und langsam leerte sich der Raum. Eine füllige Frau mit rundem, gebräuntem Gesicht und schneeweißem Haarschopf lächelte mir beim Hinausgehen zu – warum war *sie* eigentlich keine kornische Wirtin? »Es ist wieder gutes Wetter angesagt«, sagte sie zu mir. »Wir wollen nach Tintagel Castle ... König Artus' Burg«, fügte sie hinzu, als würde sie erwarten, ihn dort noch anzutreffen.

»Schönen Tag wünsche ich Ihnen«, erwiderte ich und nickte auch ihrem Mann zu, der von dem Ausflug gar nicht begeistert zu sein schien. Eigentlich war seine Frau, abgesehen von der jungen Bedienung, die Einzige mit einem Lächeln im Gesicht. Marsha hatte vollkommen recht gehabt mit dem, was sie über die Gäste hier gesagt hatte.

Marsha! Ich zuckte innerlich zusammen, als ich mich an mein Benehmen am Vorabend erinnerte. Mein dämlich überbemühtes einschmeichelndes Lachen kam mir wieder in den Sinn und meine ruppige Art, bevor ich ging. Tja, mit dieser möglichen angehenden Freundschaft hatte ich es mir wohl komplett und wahrhaft verdorben. Aber bei meinem Glück würde ich dem einen oder anderen der gestrigen Runde sicher während meines Aufenthalts hier schon bald wieder über den Weg laufen, und dann würde ich mir wohl ein höflich kleinlautes ›Hallo‹ abringen müssen, bevor ich schnell die Straßenseite wechseln oder mich in einen Laden verkrümeln würde.

Ich schenkte mir noch etwas Tee nach und nahm mir eine Zeitung von dem Stapel neben dem Büfett, um mich von gestern Abend abzulenken und mich vor der Entscheidung zu drücken, was ich heute machen sollte. Ich war eine große Anhängerin von Scarlett O'Haras Philosophie: Morgen ist auch noch ein Tag. Ich vertiefte mich in einen Artikel über den jüngsten Comeback-Versuch des Schriftstellers Jeffrey Archer im Fernsehen und dachte darüber nach, woran es wohl liegen mochte, dass seine Romane sich lasen wie Zeitungsberichte, während sein Leben wie ein Roman klang.

Ich saß noch immer da, als sich der Raum bereits komplett geleert hatte und Gwen Jarrett ihr Pferdegesicht hereinstreckte und rief: »Da ist jemand, der Sie sehen will. Im *Aufenthaltsraum für Gäste*.« Mit der deutlichen Betonung auf den letzten Worten wollte sie offensichtlich darauf hinweisen, dass in den Zimmern selbst keine Besucher gestattet waren. Wie war ich bloß hier gelandet?

Mit beklommenem Gefühl begab ich mich zu besagtem Aufenthaltsraum. Es konnte sich nur um Marsha handeln, die wahrscheinlich nachsehen wollte, ob es mir gut ging. Offensichtlich war sie von der hartnäckigen Sorte. Na ja, ich würde ihr versichern, dass mit mir alles okay war, und ihr dann sagen, dass ich die nächsten Tage schon vollkommen verplant war. Dass ich Tintagel Castle besuchen wollte und so.

Vor dem Fenster stand Adam.

Verdammt! Obwohl ich weiterhin darauf beharrte, keinen neuen Mann finden zu wollen, registrierte mein Hirn sofort, dass ich gerade wie das absolut Letzte aussah. Das einzige Zugeständnis, das ich vor dem Frühstück der Tatsache, dass ich mich der Welt stellen musste, gemacht hatte, war, mir die Haare zu kämmen. Während er natürlich genauso blendend aussah wie gestern Abend.

»Hi!«, sagte er mit einem umwerfenden Lächeln. »Ich wollte dich abholen und zu Marsha bringen. Sie meinte, du könntest dich vielleicht nicht mehr so genau an die Wegbeschreibung erinnern.«

»Und machst du immer, was Marsha will?«, erwiderte ich in meinem besten Abwimmel-Tonfall, um meine Verlegenheit zu überspielen.

»Nein«, sagte er gelassen. »Du warst doch diejenige, die ihre Arbeiten sehen wollte.«

Touché.

»Ich … ich wollte ihr keine Umstände machen … nach gestern Abend … ich glaube nicht …«, wand ich mich und spürte, wie ich rot anlief.

»Sie würde sich wirklich freuen, dich wiederzusehen.« Diesmal schwang in seinem Lächeln leises Bedauern mit.

»Ich bin aber noch nicht ganz fertig … Ein paar Minuten bräuchte ich noch …«

»Kein Problem. Ich warte auf dich.« Er ging hinüber zu einem mit Chintz bezogenen Sessel, setzte sich und musterte dabei die helle Blumentapete, den wild gemusterten Teppich und die zahlreichen Porzellantierfiguren, die überall herumstanden. »Wenn ich's mir recht überlege – die Sonne lacht, ich warte lieber draußen auf den Stufen.«

Er hielt mir die Tür auf und ließ mir den Vortritt, also hatte es keinen Zweck, mich weiter zu zieren – außerdem erinnerte ich mich nicht mal mehr an den Spruch mit Tintagel Castle.

Ich schlüpfte schnell in eine hübschere kurze Hose als die verknitterte, die ich vorhin angezogen hatte, kämmte mir die Haare noch einmal und putzte mir die Zähne. Dann legte ich bloß einen Hauch Lipgloss und Rouge auf – nur weil ich doch ziemlich verkatert aussah, versteht sich – und stopfte noch einen Badeanzug und ein Handtuch in meine Strandtasche. Falls ich es nicht lange bei Marsha aushalten sollte, könnte ich mich unter dem Vorwand, schwimmen gehen zu wollen, wieder verkrümeln.

Adam drehte sich um, als ich durch die Eingangstür nach draußen trat.

»Wow!«, rief er, und mein Herz machte einen kleinen Satz, weil ich glaubte, er würde damit mein Aussehen meinen. »Das ist ja wirklich eine Seltenheit! Eine Frau, die sagt, sie braucht bloß ein paar Minuten, und das auch einhält!«

»Ich wollte eben auch raus in die Sonne«, sagte ich für den Fall, dass er dachte, ich hätte mich seinetwegen so beeilt.

»Super. Wir können an den Dünen entlanglaufen, bis dahin, wo es felsig wird«, sagte er, während wir uns in Bewegung setzten.

»Wegen gestern Abend«, sagte ich hastig, da ich es hinter mich bringen wollte. »Normalerweise trinke ich nicht so viel ... oder führe mich so undankbar auf. Ihr müsst alle gedacht haben, ich bin unmöglich ... Ich muss mich wohl entschuldigen ...«

»Nicht nötig«, sagte er leichthin. »Wir schauen alle mal ein bisschen zu tief ins Glas. Vergiss es einfach. Wir haben's schon alle vergessen.«

Echt nett. Echt verständnisvoll. Ich fragte mich, was diesen Mann, wenn überhaupt, je erschüttern könnte. Auch Marsha schien sehr gelassen zu sein, das hatten sie offensichtlich gemeinsam. Dann musste ich wieder an meinen Verdacht vom Vorabend denken, dass die beiden vielleicht ein Paar waren. Da war auf jeden Fall etwas zwischen ihnen.

Plötzlich kam mir ein Gedanke, und ich erstarrte.

»Ihr seid eine Sekte, oder?«, fragte ich. »Eine von diesen Gruppierungen, die sich einsame Leute suchen und sie einer Gehirnwäsche unterziehen, damit sie ihre Familien vergessen, um sie dann in irgendeine seltsame Kommune zu verschleppen, wo die Männer mit allen Frauen schlafen und so Zeug!«

Er warf den Kopf zurück und brach in schallendes Gelächter aus. »Wie kommst du denn darauf? Obwohl, das mit den Frauen klingt eigentlich nicht schlecht!«

»Na ja, offenbar hattet ihr schon über mich gesprochen, bevor ich gestern überhaupt im Pub aufgetaucht bin!«, erwiderte ich, verärgert darüber, dass er mich auslachte.

Seine Gesichtszüge entspannten sich wieder. »Hör zu«, meinte er, und blickte mich mit seinen Augen, die weder richtig braun noch richtig grün waren, direkt an, »wir haben bloß darüber geredet, was uns am Tag so passiert ist, und Marsha erwähnte eben, dass sie dich kennengelernt hat und du in dieser beschissenen Pension wohnst. Sie meinte auch, dass du vielleicht ein bisschen einsam hier wärst, so ganz allein. Also haben wir uns gefreut, dass du ihrer Einladung gefolgt bist und dich zu uns gesetzt hast.« Seine Augen funkelten. »Klingt das glaubwürdig?«

»Klar«, antwortete ich, wandte mich ab und ging rasch weiter, damit er den Restzweifel auf meinem Gesicht nicht sehen konnte. »Es ist bloß … na ja … ihr habt alle so verdammt *glücklich* gewirkt!«

»Aber das kommt ja nicht unbedingt bloß davon, dass man mit vielen Frauen schläft!« Er fing wieder an zu lachen, doch als er mein unwirsches Gesicht bemerkte, räusperte er sich schnell.

»Es liegt an diesem Ort, glaube ich.« Mit ausladender Geste zeigte er auf den Strandabschnitt, dem wir uns näherten. »Er wirkt einfach entspannend. Wer wäre nicht glücklich, wenn er tagtäglich das Meer, die Sonne, den Sand und nette Leute um sich herum hätte?«

Und Marsha, dachte ich. *Macht sie dich auch glücklich?*

»Und wenn's regnet?«, fragte ich stattdessen. »Bist du dann immer noch glücklich?«

»Ach, an solchen Tagen erledigt man einfach all die langweiligen Dinge, die man aufschiebt, wenn die Sonne scheint, wie einkaufen gehen oder sich die Haare schneiden lassen, damit man dann das Beste rausholen kann, wenn die Sonne zurück ist.«

»Also ist Marsha hier nicht die einzige Hedonistin, was?«

»Ertappt! Schuldig im Sinne der Anklage.« Er hob die Hände, und diesmal konnte ich mit ihm lachen.

Er führte mich den Strand entlang und hinüber zu den Felsen, wo mir Marsha zum ersten Mal begegnet war. Etwas weiter kletterten wir einen steilen Hang zu einer Straße hinauf, die parallel zum Ufer verlief.

»Geht's?« Adam drehte sich zu mir um, als ich abrutschte und mit dem linken Fuß in einem Gezeitentümpel landete.

»Schon okay«, japste ich und fragte mich, ob es wohl zu würdelos wäre, wenn ich auf allen vieren von Fels zu Fels kriechen würde.

Er ergriff meine Hand, zog mich ein Stück hoch und hielt mich fest, bis wir die Straße erreicht hatten. Doch als wir die Kletterei hinter uns hatten, ließ er mich sofort los.

»Tschuldige«, sagte er. »Ich hatte vergessen, wie steil

dieses letzte Stück ist. Normalerweise gehe ich hier nicht lang.«

»Hat Spaß gemacht«, beteuerte ich und versuchte, nicht zu auffällig nach Luft zu schnappen. Ich schwor mir, dass ich mir zurück in Purley ein paar Hügel suchen würde, auf denen ich meine Kondition trainieren könnte, obwohl ich mich bisher eigentlich für recht fit gehalten hatte. Wir liefen noch ein kurzes Stück die Straße entlang, bis Adam vor einem blau gestrichenen Tor stehen blieb.

»Jetzt lass ich dich alleine weitergehen«, sagte er mit einem Nicken in Richtung Tor.

»Wieder einer von Marshas Befehlen?«, fragte ich und bereute sofort meinen recht scharfen Tonfall.

Er nickte ernst und beugte sich dann zu mir. Einen Moment lang dachte – hoffte – ich, er würde mich auf die Wange küssen, doch stattdessen flüsterte er: »Marsha will dich allein haben – damit sie gleich mit der Gehirnwäsche loslegen kann!« Er zwinkerte mir zu, und dann marschierte er rasch die Straße entlang davon, noch bevor ich mich entscheiden konnte, ob ich grinsen oder verärgert sein sollte. Also drehte ich mich um und ging durch das blaue Tor.

Das Haus war weiß und sehr hoch und schmal. Es schmiegte sich so eng an eine steile Klippe, dass es nur nach vorne hin Fenster hatte, aus denen man bestimmt einen imponierenden Blick über die Felsen und die rauschenden Wellen hatte. Hohe ausgetretene Stufen führten von der Straße hinunter auf eine breite Terrasse vor dem Haus, und zu beiden Seiten befanden sich terrassenartig angelegte Blumenbeete. Sie waren vollkommen willkürlich mit Hängepflanzen in sich beißenden Farben bepflanzt, die sich im gleißenden Licht jedoch gut machten.

Da kam Marsha durch eine von der Sonne ausgeblichene Holztür heraus, um mich zu begrüßen. »Komm rein! Perfektes Timing, ich habe gerade Kaffee gemacht.«

Ich machte ein paar zögerliche Schritte auf sie zu, denn ich rechnete damit, dass sie noch eine Bemerkung über gestern Abend machen würde, aber ich täuschte mich. Also folgte ich ihr durch die Tür in einen großen Raum, der offensichtlich ihre Werkstatt war. Auf der einen Seite befanden sich eine Töpferscheibe, ein Brennofen, eine steinerne Spüle und reihenweise Regale und Bänke voller Gefäße und Geschirr in verschiedenen Stadien der Fertigstellung. Auf der anderen Seite, der ›schicken Seite‹, wie Marsha sie nannte, als sie mir alles zeigte, befanden sich Tische und noch mehr Regale, in denen sie die fertigen Objekte aufbewahrte, darunter winzige Schnupftabakdosen mit aufklappbaren Deckeln, die innen mit Aquamarin oder Amethyst ausgekleidet waren.

»Wie schön!«, hauchte ich und hielt eine davon ins Licht.

»Und du bekommst auch noch eine, bevor du wieder abreist«, sagte Marsha und reichte mir einen Becher Kaffee.

»Oh … ich wollte nicht … Das sollte keine Andeutung sein! Ich …«

»Ich weiß. Komm, trinken wir unseren Kaffee lieber draußen in der Sonne, nachher ist Schatten auf der Terrasse.«

Wir saßen auf ausgebleichten Segeltuchstühlen und nippten an unseren Bechern. Marsha spülte zwei große Tabletten mit ihrem Kaffee hinunter. »Kater!«, sagte sie mit einem Grinsen. »Dabei sollte man meinen, ich wäre es langsam gewöhnt.«

»Ich hab vorhin auch was genommen«, gestand ich

kleinlaut. Dann atmete ich tief durch. »Ich war gestern Abend total ätzend. Tut mir leid.«

Masha wedelte abwehrend mit der Hand, während sie noch einen großen Schluck Kaffee nahm. »Wir haben dich auch in eine unmögliche Situation gebracht. Zu erwarten, dass du dich in einem Haufen vollkommen Fremder gleich wohlfühlst … da musstest du dich ja praktisch auf den Wein stürzen, damit das einigermaßen erträglich war! Wahrscheinlich wäre es besser, wenn du einen nach dem anderen von uns kennenlernst – falls du nicht schon genug von uns hast.«

Ich musste wieder an ihre entspannte Vertrautheit denken, und mir wurde klar, dass es bloß mein Neid darauf gewesen war, der mich gestern Abend so verbittert und reizbar gemacht hatte. Und heute Morgen war Marsha auch überhaupt nicht gönnerhaft, sondern nett und großzügig.

»Ich denke, damit könnte ich mich abfinden«, sagte ich mit einem Lächeln und war erleichtert, als Marsha mein Lächeln erwiderte.

»Wunderbar.« Sie lehnte sich auf ihrem Liegestuhl zurück und schloss die Augen. »Mmm, die Sonne fühlt sich gut an heute Morgen.«

Ich lehnte mich ebenfalls zurück, hielt die Augen aber geöffnet und genoss den Ausblick. Riesige schäumende Wellen brachen sich unten an den Felsen, und hin und wieder kreiste eine Möwe über uns. Das Ganze hatte eine fast einschläfernde Wirkung auf mich. Abgesehen vom Meeresrauschen und den Möwen waren kein Geräusch und kein anderes Lebenszeichen zu hören.

»Was für ein idyllischer Ort«, seufzte ich. »Kein Wunder, dass du hiergeblieben bist.«

»Ich hatte Glück«, sagte sie, ohne die Augen zu öffnen.

»Ich hab mir dieses Haus schon vor Jahren geschnappt, noch bevor Tremorden Bay so gefragt war, wie es heute ist. Damals wollte niemand ein Haus wie dieses, denn es eignet sich weder für junge Paare mit Kindern noch für ältere Leute. Aber da ich keine Familie hatte und auch nicht vorhatte, jemals alt zu werden, war es geradezu perfekt für mich.«

Mir schossen allerlei Fragen durch den Kopf. Warum gab es da keine Familie? Welche Rolle spielten Adam und die anderen in dieser Geschichte? Wohnte er oder einer der anderen mit ihr in diesem Haus?

Aber ich wollte nicht nachbohren. Vielleicht war Marsha ja genauso wenig scharf darauf, über ihre Vergangenheit zu reden, wie ich.

»Bist du nie einsam?«, erkundigte ich mich stattdessen.

»Im Winter ist es ein bisschen ruhig hier, wenn all die Urlauber weg sind«, gab sie zu. Sie öffnete die Augen und setzte sich auf. »Aber manchmal ist mir nach einem betriebsamen Sommer auch nach ein bisschen Alleinsein. Dann komme ich gut zum Arbeiten. Und es kommen auch immer wieder Freunde zu Besuch – oder manchmal, wenn ich mich dazu aufraffen kann, besuche ich auch sie.«

Ich fragte mich, ob ich in ein paar Jahrzehnten genauso sein würde. Allein und in jeder Hinsicht ein wenig eigenwillig, aber im Grunde ganz zufrieden mit meinem Schicksal? Vielleicht war Marsha ja eine frühe Feministin gewesen, die beschlossen hatte, allein klarzukommen. Sie erinnerte mich ein wenig an Germaine Greer, die lebte heute auch allein, umgab sich allerdings mit jungen Studenten und war augenscheinlich zufrieden mit ihrem Leben. Aber hatte ich nicht erst kürzlich irgendwo ein Zitat von ihr gelesen, in dem sie sagte, dass sie es bereue, keine Kinder bekommen zu haben?

Mir war bewusst, dass Marshas Augen mich prüfend musterten, und ich konzentrierte mich darauf, meinen restlichen Kaffee ganz langsam zu trinken, während ich verzweifelt versuchte, mir irgendeine heitere Bemerkung einfallen zu lassen, die sie ablenken würde. Aber natürlich fiel mir in meinem leicht verkaterten Zustand nichts ein.

»Also«, sagte sie schließlich mit energischer Stimme, »willst du mir erzählen, was mit dir los ist? Ich seh dir an, dass es dir guttun würde, mit jemandem zu reden.«

Ich fuhr abrupt herum und starrte sie an. Mein Mund formte bereits etwas Abwehrendes. Doch als mich Marshas Blick traf, lag darin etwas Bezwingendes, als würde eine Zurückweisung sie unglaublich verletzen.

Ich atmete tief durch. »Mein Mann hat mich für eine Andere verlassen, und jetzt läuft die Scheidung. Ich habe meinen Job hingeschmissen und meine Wohnung und mein Auto an eine Freundin verliehen. Jetzt bin ich für unbestimmte Zeit hier, um mir darüber klar zu werden, was ich will. Das ist, grob gesagt, alles.«

Marsha nickte bedächtig. »Manchmal tut es gut, etwas Abstand von allem zu gewinnen. Gib dir selbst die Zeit. Besonders«, fügte sie hinzu, »wenn deine Familie und Freunde dir nicht viel Unterstützung entgegenbringen.«

»Ach ja, die Familie! Meine besteht aus einem Vater, der glücklich in zweiter Ehe in Frankreich auf dem Land lebt – und den ich seit meiner frühen Jugend kaum noch zu Gesicht bekommen hab, außer kurz bei meiner Hochzeit –, und einer Mutter, die nach zwei Scheidungen ein recht komfortables Leben führt und seitdem mit jedem anbandelt, der ihr Entsprechendes zu bieten hat. Und einer Großmutter, die findet, ich solle mich *mal am Riemen reißen.* Und was meine Freunde betrifft …«, fuhr ich fort, unfähig, den giftigen Ton in meiner Stimme zu unterdrücken. »Das Problem ist, dass nach acht Jahren Ehe meine Freunde *unsere* Freunde sind, und wer will da schon klar Stellung beziehen? Ich habe eine alte Freundin, Sarah, die jetzt übergangsweise in meiner Wohnung wohnt, damit sie näher bei Rob ist, der zufälligerweise ein alter Freund von meinem Mann Will ist und mit dem sie eine leidenschaftliche Affäre hat, also ist sie zwar recht verständnisvoll, aber meistens auch sehr beschäftigt. Und dann ist da noch eine alte Freundin, Gina, die in den letzten Jahren zwei Kinder bekommen hat und die gerade erfahren hat, dass die Firma ihres Mannes ihn nach Schottland versetzt. Also hat sie gerade andere Sorgen. Deswegen habe ich beschlossen, dass ich alleine besser dran bin.«

»Und warum Cornwall?«, wollte Marsha wissen, doch bei ihr klang es ganz anders als bei Juliet.

»Ach«, antwortete ich etwas verlegen, »bloß dumme Nostalgie. Ich war mit meinem Vater hier, als Kind, kurz bevor sich meine Eltern trennten. Ich hatte es immer als schöne Zeit in Erinnerung – so wie bei *Die Kinder aus Bullerbü,* wie man seine Kindheit eben gern idealisiert –, und außerdem ist kurz drauf, nachdem wir wieder in London waren, die Beziehung meiner Eltern in die Brüche gegangen, also erschien mir die Zeit in Cornwall danach noch magischer. Danach hab ich mich wohl einfach wieder gesehnt.«

Marsha nickte noch einmal nachdenklich.

»Und?«, fragte ich unwirsch, denn die Enthüllungen über mich brachten mich in Verlegenheit. »Sagst du mir jetzt auch, dass ich doch Glück habe, weil ich jung genug bin, noch mal neu anzufangen, oder dass er eben nicht der Richtige war?«

»Nein«, meinte Marsha, stand auf und dehnte ihren dünnen Körper. »Ich wollte gerade sagen, dass es höchste

Zeit ist, dass wir an den Strand gehen. Und diesmal«, rief sie, als sie die Kaffeebecher nach drinnen brachte, »sollten wir unbedingt eine Runde schwimmen gehen.«

Das Wasser war kalt und erfrischend, mit starken Wellen, die uns zurück ans Ufer drängten. Marsha war eine gute Schwimmerin, doch nach einer Weile stellte sie sich keuchend ins seichte Wasser. »Ich hab genug. Zu viel geraucht gestern – das rächt sich jetzt. Aber bleib ruhig noch drin, wenn du magst.«

Doch mir wurde es bald zu kalt im Wasser, und so folgte ich ihr an den Strand. Dort wickelte ich mich in mein Handtuch, bis mich die Sonne wieder ein wenig aufgewärmt hatte. Marsha hatte sich bereits ausgestreckt, die Augen hinter einer dunklen Sonnenbrille verborgen, sodass ich nicht sagen konnte, ob sie wach war oder schlief.

Ich legte mich neben sie, konzentrierte mich auf das Gefühl von Sonne auf meiner Haut und das Kribbeln, als die Strahlen meinen nassen Badeanzug trocknen ließen, bis ich wieder in dieses schwebende Nichts abdriftete, meinen Lieblingszustand.

»Liebst du ihn noch?«

Marshas Stimme riss mich abrupt aus meiner Träumerei.

»Wen? Will?«, fragte ich, als könne sie irgendjemand anderen meinen. »Nein. Natürlich nicht. Wie könnte ich, so wie er mich behandelt hat?« Ich versuchte, so viel Überzeugung wie möglich in meine Stimme zu legen, doch Marsha sagte erst mal nichts dazu.

»Ich hab mich das bloß gefragt«, meinte sie schließlich, »weil es manchmal schwer ist loszulassen, auch wenn sie sich wie miese Ratten aufgeführt haben.«

Ich setzte mich auf, das friedliche Gefühl war dahin.

Ich wollte schon wütend dementieren, doch Marsha blieb vollkommen unbeeindruckt, ungerührt, und irgendwie wollten mir die Worte nicht recht über die Lippen kommen. Wie war es möglich, dass diese vollkommen Fremde, die bloß ein paar schemenhafte Informationen über mich und Will hatte, direkt den Punkt traf, der mich noch immer beschäftigte?

Denn bisher hatte niemand, der mich kannte, das angesprochen – zumindest nicht direkt. Hinter meinem Rücken hatte es vermutlich jede Menge *›Arme Allie, sie himmelt ihn immer noch an!‹* gegeben, aber keiner hatte mich jemals danach gefragt. Also hatte ich angenommen, dass sie alle glaubten, ich würde ihn jetzt hassen und wäre froh, wenn ich ihn niemals wiedersehen müsste.

Was die meiste Zeit auch genau zutraf. Aber dennoch war da noch immer diese quälende Frage: Was würde ich tun, wenn er Lauren verließe und wieder zu mir zurückwollte?

Ich hatte schon jede Menge Zeit damit verschwendet, mir diese Situation auszumalen. In meiner Fantasie sagte ich ihm dann manchmal, dass es zu spät sei, weil ich schon eine andere (nicht näher beschriebene) Liebe gefunden hätte; manchmal ersann ich mir auch Wege, wie er mir seine unsterbliche und diesmal auch unvergängliche Liebe beweisen müsste, und manchmal hatte ich mich in meinen Träumen auch in eine solche Schönheit verwandelt, dass er viel zu eingeschüchtert war, um mich wieder um die Ehre meiner Gesellschaft zu bitten. Doch leider endete jedes dieser Szenarien immer auf dieselbe Weise: Ich vergab ihm, er schwor mir seine ewige Liebe, zusammen mit seinem unendlichen Bedauern darüber, dass er mich so verletzt hatte, und wir beide lebten glücklich zusammen bis ans Ende unserer Tage.

Es war ein Geheimnis, das ich nur ungern mit irgendjemandem teilte. Ich meine, wie tief konnte man sinken? Mein Mann betrügt mich und tischt mir, als ich ihn damit konfrontiere, alle möglichen Gründe dafür auf, warum er sich auf zu neuen Ufern machen musste, und doch gibt es da einen Teil von mir, der ihn immer noch liebt!

Vielleicht sollte ich an diesem Punkt noch ein bisschen mehr über Will erzählen.

Man stelle sich Pierce Brosnan vor oder Robbie Williams oder, wenn man ein bisschen weiter zurückdenkt, den frühen Sean Connery – aber nicht so weit zurück wie Clark Gable, der war zu schmierig. Auf jeden Fall sollte man dann eine ungefähre Vorstellung von ihm bekommen haben. Groß, sehr dunkel und schlank, mit diesem bestimmten Funkeln in den Augen und einem unglaublich attraktiven Lächeln. Und sehr weltmännisch. Warum entscheidet sich so einer für eine Sekretärin aus Purley, könnte man jetzt natürlich denken. Das habe ich mich in der Tat auch selbst gefragt, und sogar Juliet war angenehm überrascht. Bloß, dass ich noch keine Rechtsanwaltsgehilfin war, als wir uns kennenlernten. Wir sind uns an der Uni begegnet, was nun sicher Assoziationen eines wilden Studentenlebens weckt, in dem wir beide unseren gerechten Anteil an sinnenfreudigen Affären hatten, bevor wir nach einer Reihe von Missverständnissen zusammenfanden. Doch so war es natürlich nicht. Will setzte ein Jahr aus, um dürregeplagte Orte in Afrika zu bereisen, also beendete ich mein Studium bereits ein Jahr vor ihm und arbeitete erst einmal in der Unibibliothek und wartete darauf, dass sich etwas Interessanteres ergeben würde. Und das war schließlich Will.

Anscheinend verliebte er sich in mich und nicht in eine aus der Schar der langbeinigen, einschüchternd schönen Mädchen, die ihn auf dem Campus immer umringten, weil ich nicht vollkommen überwältigt von seinem Charme war. Außerdem kannte ich ein paar gute Witze und konnte sie ausreichend unterhaltsam wiedergeben, um alle zum Lachen zu bringen, trank lieber Guinness als Wodka und stand eine komplette Sendung *Match of the Day* durch.

Mein Leben mit Juliet hatte mich gelehrt, meine Gefühle unter Kontrolle zu halten, also hatte Will keine Ahnung, dass mein Magen einen Dreifachsalto vollführte, als er sich über die Bücherausgabe der Bibliothek zu mir beugte und mit einem entwaffnenden Grinsen fragte: »Kannst du mir vielleicht helfen?« Oder dass ich später, als ich ihm dabei half, die Bücher für seine Abschlussarbeit herauszusuchen, in den engen Gängen zwischen den Regalen so überwältigt von der unverhofften Nähe zu ihm war wie eine gefühlsduselige Figur aus einem Jane-Austen-Roman.

Und sehr viel später, als wir uns des Anderen schon sicherer waren, ich mein Herz schon auf der Zunge trug und er mich davon überzeugt hatte, dass er mich allen anderen vorzog, fragte ich ihn sogar, warum ich und keine der langbeinigen Schönen.

»Weil du echt bist«, sagte er. »Und weil du so zierlich und feminin bist und meinen männlichen Beschützerinstinkt weckst.« Und ich freute mich wahnsinnig.

Natürlich erlag er dann bei meiner Nachfolgerin Lauren doch noch primitiveren männlichen Bedürfnissen, denn Lauren ist, wer hätte das gedacht, groß, langbeinig und wunderschön, aber das war erst nach acht Jahren Beziehung, von denen ich *weiß*, dass die ersten glücklich waren.

Will war immer sehr ehrgeizig gewesen und wollte unbedingt seine Firma aufbauen, und ich war glücklich, wenn ich ihm dabei behilflich sein konnte. Folglich waren mein Job in der Anwaltskanzlei, der vielleicht recht gewöhnlich, aber doch gut bezahlt war, und mein uneingeschränkter Zugang zum Bürokopiergerät für Wills geschäftliche Ambitionen recht nützlich gewesen – und so richtig zum Laufen war seine Firma erst gekommen, kurz bevor wir uns getrennt hatten.

Ich versuchte Worte zu finden, mit denen ich Marsha begreiflich machen könnte, dass Will so attraktiv war, dass es einem kleinen Teil von mir einfach unmöglich war, ihn nicht mehr zu lieben, doch dann sah ich Kate und Marie in der Ferne auftauchen und ergriff diese Ausflucht beim Schopf.

»Ich glaube, die beiden kommen zu uns rüber«, sagte ich. Marsha setzte sich auf, spähte kurz in ihre Richtung und fing dann lebhaft zu winken an, bis sie ihr Winken erwiderten.

»Ach, was ist er eigentlich von Beruf, dein Ex-Mann?«, erkundigte sie sich, während wir zusahen, wie die beiden Mädels näher kamen.

Ich war entschlossen, nicht noch mehr Gefühle preiszugeben. »Er knöpft Leuten ungeheuer viel Geld für etwas ab, was sie mit etwas Einsatz auch selbst machen könnten«, erklärte ich ruhig.

Sie nahm die Sonnenbrille ab und zog fragend eine Augenbraue hoch. »Prostituierter?«

»Nein. Immobilienmakler«, erwiderte ich und versuchte, nicht zu grinsen.

»Fast das Gleiche«, sagte sie, bevor wir beide loskicherten, gerade als Kate und Marie sich neben uns fallen ließen. Sie sahen genauso toll aus wie gestern Abend. Kate war groß, schlank und erdbeerblond – auch wenn ich nie verstanden habe, was diese Farbe mit Erdbeeren zu tun haben soll – und hatte einen Hauch Sommersprossen auf der leicht gebräunten Haut, was ihr das gesunde Aussehen von jemandem verlieh, der gerne draußen ist. Marie hatte feinere, zartere Züge, karamellbraune Augen und Haare, die weder hell noch dunkel waren, die aber zu viele Sonnensträhnchen hatten, als dass man sie als mausgrau bezeichnen konnte.

»Es gibt warme Baguettes zu Mittag«, sagte Marie und tauchte in eine große Tragetasche ab. »Und kaltes Mineralwasser. Ist eins mit gemischtem Salat okay für dich?« Sie hielt mir ein Baguette hin.

»Super«, sagte ich. »Aber hast du denn überhaupt genug, dass es auch für mich reicht?«

»Wir wussten doch, dass du heute Vormittag Marsha besuchst, und uns war klar, dass sie dich nicht so schnell wieder aus ihren Klauen lässt«, erklärte Kate und grinste, als Marsha eine Grimasse schnitt.

Marie reichte auch Marsha ein Baguette. »Vielleicht riecht es ein bisschen nach Pferd – ich hatte nicht genug Zeit, mich umzuziehen, und wollte lieber so schnell wie möglich herkommen.«

Sie biss hungrig in ihr belegtes Baguette und wandte sich direkt an mich. »Ich arbeite jeden Morgen im Stall an der Padstow Road. Ich bin schon seit halb sieben auf den Beinen und am Verhungern.« Sie nahm noch einen Bissen. »Magst du Pferde, Allie?«, fragte sie, sobald sie wieder sprechen konnte.

»Sag um Himmels willen Ja, sonst ist sie schrecklich enttäuscht«, meinte Kate. »Sie ist ganz verrückt nach den Viechern.«

»Ich kann nicht behaupten, dass ich je viel mit Pferden zu tun gehabt habe«, gab ich zu. »Was machst du? Gibst du Urlaubern Reitstunden?«

Marie lachte. »Das wäre schön. Ich befinde mich leider eher am anderen Ende der Skala. Oder besser gesagt am anderen Ende des Pferdes. Ich bin bloß ein bescheidenes Stallmädchen. Ich kümmere mich ums Ausmisten, und zur Belohnung darf ich hin und wieder mal reiten, wenn nicht allzu viel los ist.«

»Oh.« Ich wusste nicht, was ich sonst sagen sollte, und wollte meine Überraschung darüber verbergen, dass eine gepflegte, elegante junge Frau wie sie freiwillig so einen schmutzigen Job übernahm.

Marsha sah meinen Gesichtsausdruck und musste schmunzeln. »Überrascht, weil sie nicht nach Pferdehintern aussieht, was?«

»Na ja, es ist bloß …« Ich beschloss, ehrlich zu sein. »Als ich euch gestern Abend kennengelernt habe, dachte ich, ihr müsst Models sein oder irgendetwas ähnlich Glamouröses, weil ihr beide so fantastisch ausseht … Ich kann mir einfach nicht vorstellen, dass ihr euch die Hände schmutzig macht …« Ich verstummte, weil ich fürchtete, sie könnten denken, ich wollte mich einschleimen, aber sie schienen es nicht so aufzunehmen.

»Wenn du ein bisschen Ahnung von Pferden hättest, dann würdest du wissen, dass sie oft nettere Zeitgenossen sind als die meisten Menschen, also macht mir der Mist nichts aus«, erklärte Marie. »Wenigstens muss ich keine Bettpfannen auf der Krankenstation ausleeren!«

Kate stupste sie spielerisch an und sagte, an mich gerichtet: »Ich hab gerade meine Krankenpflegerinnenprüfung in Exeter abgeschlossen. Das ist auch der Grund, warum ich hier bin. Ich warte, ob ich bestanden habe, und dann hoffe ich, dass ich irgendwo eine gute Anstellung bekomme. Und wenn du mich am Ende einer Schicht in meiner Uniform mit zurückgebunden Haaren und einer Plastikschürze sehen würdest, dann würdest du mich auch alles andere als glamourös finden!«

Ich wollte sie schon nach den Männern fragen, besonders nach Adam, doch Marie kam mir zuvor.

»Bist du bloß zwei Wochen auf Urlaub hier?«

Marsha hatte sich wieder zurückgelegt, doch ich spürte, dass sie auf meine Antwort lauschte.

»Eigentlich nicht. Ich habe meinen Job geschmissen und …« – ich hob resolut mein Kinn – »… und meine Ehe ist gerade gescheitert … für immer«, betonte ich noch einmal für Marsha, »also bin ich so lange hier, bis ich mich entschieden habe, was ich mit meinem restlichen Leben anfange.«

»Wow! Ich kann mir nicht mal vorstellen, verheiratet zu sein, und schon gar nicht, was ich *danach* machen sollte«, behauptete Marie.

»Deshalb hast du ja auch schon Probleme, wenn es darum geht zu entscheiden, was du nächste Woche tun sollst«, meinte Kate zu ihr.

»Stimmt«, räumte Marie ein. Dies schien offenbar kein neues Thema für sie zu sein. »Aber zu entscheiden, was man mit seinem restlichen Leben anfangen soll! Das ist doch fast zu viel Freiheit, oder? Als würde einem jemand sagen, man könne sich ein beliebiges Kleidungsstück aus einem riesigen Klamottenladen aussuchen. Bei einer so großen Auswahl hätte man schon Probleme, sich zu entscheiden. Besonders wenn man nichts und niemanden hat, was einen an einen bestimmten Ort bindet.«

»Genau«, stimmte ich ihr zu. »Und wenn man dann noch so ein Zauderer ist wie ich, dann bleibt man am Ende ewig in seinem Trott und macht dasselbe wie immer, weil man sich einfach zu nichts entschließen kann.

Und deshalb habe ich beschlossen, erst mal wegzugehen. Ich dachte, etwas Abstand könnte mir helfen.«

Marie nickte nachdenklich. »Wieder zu heiraten kannst du wahrscheinlich erst mal von deiner Liste für die nähere Zukunft streichen. Darauf hast du bestimmt so schnell keine Lust mehr. Das macht es doch schon mal ein bisschen übersichtlicher.«

Ich verschluckte mich, als ich gerade versuchte, aus der Wasserflasche zu trinken.

»Oh Gott, tut mir leid!«, rief Marie. »Hab ich mal wieder das Falsche gesagt, und hinter den Kulissen steht schon der nächste Mann für dich bereit? Und du bist hergekommen, um dir darüber klarzuwerden, ob du ihn haben willst oder nicht?«

»Nein, nichts dergleichen«, wehrte ich ab und musste über ihre Freimütigkeit grinsen. »Du hast absolut recht, ich will überhaupt keinen neuen Mann in meinem Leben. Das hatte ich alles schon und brauch ich nicht noch mal. London war bloß so voller Erinnerungen an mein altes Leben, und ich dachte, es wäre gut, erst mal von all dem wegzukommen.«

»Solange du nicht auch hier in irgendeinen Trott verfällst, weil du dich immer noch nicht entscheiden kannst, was du sonst tun sollst – so wie ich«, sagte Marsha. Ihre Stimme war gedämpft, weil sie sich auf den Bauch gedreht hatte.

»Du bist doch noch nie in deinem Leben in irgendeinen Trott verfallen!«, sagte Marie entschieden.

»Und wir sind sehr froh darüber, dass du hiergeblieben bist«, fügte Kate hinzu, bevor sie Marie aufs Knie tippte. »Komm. Wird Zeit, dass wir schwimmen gehen, bevor die Ebbe einsetzt.«

Marie stand seufzend auf, und beide zogen gleichzeitig ihre T-Shirts aus, und zum Vorschein kamen nichts anderes als Bikinihöschen, wie am Vortag bei Marsha. »Kommst du mit?«, fragte mich Kate.

Ich schüttelte den Kopf. »Diesmal nicht, danke. Ich hab mich gerade erst von vorhin wieder aufgewärmt.«

Ich sah zu, wie die beiden ins Wasser rannten, und war froh, dass ich meinen Badeanzug trug. Den würde ich jetzt immer zum Strand anziehen, damit ich gar nicht erst in das Dilemma geriet, entscheiden zu müssen, ob ich auch oben ohne ging oder nicht. Oder besser, damit ich mir nicht komisch vorkam, die Einzige mit Bikinioberteil zu sein.

Ich habe mich noch nie zu ›oben ohne‹ durchringen können. Zumindest nicht, wenn noch andere Leute in der Nähe waren. Vielleicht, wenn es nur Will und ich waren, irgendwo, wo es mir egal war, sagen wir mal auf einem Hotelbalkon oder so. Aber ich kann mir einfach nicht vorstellen, dass ich lässig genug wäre, meine Brüste in der Öffentlichkeit zu zeigen. Ich meine, irgendwie wären sie dann ja immer *da,* zwischen mir und der Person, mit der ich mich gerade unterhalte, oder? (Im übertragenen Sinne, versteht sich, denn so groß sind sie nun auch nicht.) Jedenfalls wäre ich nicht in der Lage, mich so natürlich zu verhalten wie Kate und Marie. Ich würde immer überlegen, ob ich die Arme davor verschränken sollte, wenn ich mit jemandem spreche. Ich könnte meine Brüste einfach nicht vergessen. Und schließlich ist es am Strand so schon schlimm genug, wenn ich dauernd daran denken muss, den Bauch einzuziehen, oder mich frage, ob ich nicht Cellulite an den Stellen meiner Schenkel habe, die man nicht mal im Spiegel genau sieht, auch ohne dass ich mir zusätzlich noch den Kopf darüber zerbrechen muss, ob die anderen Leute finden, meine Brüste hätten eine komische Form oder meine Nippel würden seltsam aussehen. Nein, da war es doch viel besser, man zog einen schmeichelhaften Einteiler an und achtete immer auf ein ordentliches Waxing.

Marsha unterbrach meine gedanklichen Ausführungen. »Ich glaube, Marie war zu lange in meiner Gesellschaft. Sie neigt dazu zu sagen, was sie denkt, ohne vorher darüber nachzudenken.«

»Das ist schon okay«, erwiderte ich. »Ich finde es ziemlich erfrischend, mit Leuten zusammen zu sein, die nicht gleich automatisch denken, man sei verzweifelt auf der Suche nach einem Ersatz für das Vorgängermodell. Ich meine, wenn man einen Hund abgegeben hat, weil er einen gebissen hat, dann ist man doch auch nicht so scharf drauf, gleich wieder loszuziehen und sich einen neuen zu holen, oder?«

»Aber wenn du von einem von Maries netten Pferden gefallen wärst, dann würde man dich ermuntern, gleich wieder aufzusitzen«, meinte Marsha und zog verschmitzt den Mundwinkel hoch. »Vielleicht sind die Leute, die du kennst, ja eher Pferde- als Hundetypen!«

»Ah! Hab ich euch endlich gefunden!«, ertönte Simons Stimme hinter mir.

»Sehr scharfsinnig, Mr. Livingstone«, sagte Marsha trocken. »Wo sollten wir auch sonst sein?«

Er trug Shorts mit so knalligem Muster, dass ich froh war, eine Sonnenbrille aufzuhaben. »Na, ihr hättet ja auch oben in der Bay sein können«, erklärte er. »Hi, Allie, wie geht's?«

Doch bevor ich antworten konnte, redete er einfach weiter. »Warum ich eigentlich gekommen bin: Ich habe deinen alten Grill gefunden. Hinten im Schuppen. Ich wusste, dass wir ihn letztes Jahr benutzt haben.«

»Im Schuppen? Was wolltest du denn da? Der ist doch total vollgestopft«, meinte Marsha.

»Ach, na ja, jetzt nicht mehr. Ich hab ein bisschen klar Schiff gemacht. Adam brauchte einen Schraubenzieher für den losen Fenstergriff in seinem Zimmer, und wir konnten keinen finden, also hab ich im Schuppen nachgeschaut. Und als ich das Chaos gesehen hab, habe ich ihn ausgemistet – *und* habe den Grill gefunden. Also, wie wär's, wenn ich ein paar Würstchen besorge und wir ihn heute Abend anschmeißen?«

»Klingt gut«, warf ich ein.

Die beiden Mädels kamen über den Strand zurückgelaufen, und das Wasser tropfte von ihren glitzernden Körpern, als sie sich ihre Handtücher schnappten und gleichzeitig Simon begrüßten. Er berichtete ihnen von dem geplanten Grillabend, während sie sich abtrockneten, und ich beneidete sie erneut um ihre Unbefangenheit.

»Wir haben leider schon alle Baguettes aufgegessen«, sagte Marie.

»Kein Ding. Ihr glaubt doch wohl nicht, ich würde das Risiko eingehen zu verhungern, oder?«, sagte Simon und tätschelte sich seinen erstaunlich straffen Bauch. »Adam und ich haben noch was gegessen, bevor wir aus dem Haus sind.« Das wurde ja immer verquerer. Gestern Abend hatte ich gedacht, dass Adam und Chris vielleicht Marshas Gespielen waren, und jetzt schien es so, als würde nicht bloß Adam bei ihr wohnen, sondern als hätte auch noch Simon freien Zugang zum Haus. Es gab Dutzende von Fragen, die ich ihnen gerne gestellt hätte, aber wie am Vorabend fühlte ich mich etwas eingeschüchtert durch ihre Vertrautheit miteinander – eine Situation, in der ich normalerweise entweder zu viel sagte oder gar nichts mehr herausbrachte. Und da sie mich gestern schon von meiner redseligen und bissigen Seite kennengelernt hatten, beschloss ich, diesmal lieber den Mund zu halten. Also tat ich so, als sei ich vollkommen damit beschäftigt, aufs Meer hinauszublicken, während ich ihrem trägen Geplauder zuhörte und mich voller Unbehagen fragte, ob ich besser noch bleiben sollte (denn es hätte ja ziemlich unhöflich gewirkt, mich so kurz, nachdem die anderen gekommen waren, zu verabschieden) oder ich besser gehen sollte (anstatt so etwas wie das fünfte Rad am Wagen zu sein).

Schließlich sprang Kate auf, fischte ihr Bikinioberteil aus der Tasche und verkündete, sie wolle ein wenig am Strand laufen gehen.

»Kommst du mit?«, fragte sie Marie.

»Nein, du Sportfreak!«, rief diese, legte sich hin und bedeckte ihr Gesicht mit einem T-Shirt. »Ich hatte für heute genug Bewegung. Wenn ich heute noch irgendwas verbrennen will, dann höchstens meine Haut.«

»Okay, dann bis später«, rief Kate und joggte mit einem Kopfhörer auf den Ohren über den Strand davon.

»Sie telefoniert mit ihrem Freund«, stellte Simon fest, während wir zusahen, wie sie mühelos über den harten Sand unten am Wasser entlanglief.

»Ich dachte, sie hört Musik«, erwiderte ich.

Marie kicherte unter dem T-Shirt auf ihrem Gesicht. »Es klingt bestimmt wie Musik in ihren Ohren. Sie ist total vernarrt in Carl.«

»Wohnt er weit weg?«, fragte ich.

»In Exeter«, erklärte Simon. »Wir treffen uns im Sommer immer hier bei Marsha«, fuhr er fort, als könne er meinen ratlosen Gesichtsausdruck lesen. »Carl wird wahrscheinlich auch noch nachkommen, sobald er wegkann.«

»Kommen Adam und Chris noch?«, wechselte Marsha das Thema, als sie sich aufsetzte und eine Zigarette anzündete.

»Adam wird jede Minute hier sein, und Chris habe ich heute noch nicht gesehen. Ich hab ihn bloß ziemlich schief in der Dusche singen hören, bevor ich das Haus verlassen hab«, berichtete Simon grinsend.

Das war jetzt wirklich mein Stichwort zu gehen. Auf keinen Fall wollte ich mich heute noch mal mit Adams grünbraunen Augen konfrontiert sehen und all meine entschlossenen Beteuerungen – zumindest mir selbst gegenüber – in Frage gestellt wissen, nie wieder etwas mit der männlichen Spezies zu tun haben zu wollen. Ich stand auf und wickelte mir einen dünnen Sarong um die Hüften. »Wird Zeit, dass ich gehe«, sagte ich, als hätte ich noch jede Menge dringender Termine. »Danke für den Kaffee und das Mittagessen.«

»Gern geschehen«, sagte Marsha bloß und sah blinzelnd zu mir hoch.

»Kommst du später zum Grillen?«, fragte Simon. »Es wird nicht bloß Würstchen geben. Ich mache auch ausgezeichnete Riesengarnelen mit Pfirsich-Dattel-Ingwer-Marinade.«

»Klingt gut«, sagte ich. »Hast du auch eine von diesen Plastikschürzen, die aussehen, als hättest du einen BH und Strapse an?«

»Äh … nein«, erwiderte er zögerlich.

»Dann muss ich deine Einladung leider ausschlagen«, erklärte ich. »Ein Grillabend ist nur ein echter Grillabend, wenn der Koch eine von diesen Schürzen trägt.«

»Also wärst du gekommen, wenn ich gesagt hätte, ich hätte so eine?«

»Oh nein«, sagte ich grinsend. »Wenn du Ja gesagt hättest, hätte ich natürlich gesagt, dass ich unmöglich zu einem Grillabend kommen kann, bei dem es so geschmacklos und Frauen verachtend zugeht.«

Er erwiderte mein Grinsen. »Ich nehme an, du hast schon andere Pläne.«

»So ungefähr. Aber im Ernst, danke für die Einladung.«

»Du weißt ja, wo du uns findest, und die Türen stehen offen«, sagte Marsha. »Komm einfach vorbei, wenn dir danach ist.«

»Mach ich. Und danke noch mal.«

Ich spazierte über den Strand davon, erleichtert darüber, dass ich ein unbeschwertes Gespräch hatte führen können, ohne mich selbst in Verlegenheit zu bringen, und ich fragte mich, ob sie mir auch nachblickten, wie wir zuvor Kate nachgeschaut hatten, was mich wiederum auf verkrampfte Art gehen ließ und mich veranlasste, den Strand früher als nötig zu verlassen.

5. Kapitel

Natürlich hatte ich überhaupt keine anderen Pläne, und eigentlich hätte ich nichts lieber getan, als Simons Einladung anzunehmen. Doch ich erinnerte mich daran, dass ich nach Cornwall gekommen war, um mein Leben wieder auf die Reihe zu bekommen, und dazu bräuchte ich Zeit zum Nachdenken, allein. Also ging ich ihnen entschlossen aus dem Weg, nicht bloß an diesem Abend, sondern die ganzen nächsten drei Tage, auch wenn es mir schwerfiel. Ich ging fernab von Marshas Haus an den Strand, obwohl es dort steiniger war und es jede Menge Algen gab, und hielt mich auch vom Smugglers' fern – selbst an dem Abend, als sie bei Marsha grillten, für den Fall, dass etwas schiefging und sie doch noch beschlossen, auswärts zu essen. Ich machte lange Spaziergänge zur Landspitze und saß lange da und starrte hinaus aufs Meer, während der Wind meine Haare zerzauste. Ein bisschen wie Pauline Collins im Film *Shirley Valentine,* allerdings ohne Dehnungsstreifen, und ich fand auch keinen Felsen, mit dem ich reden konnte. Und auch keinen Doppelgänger von Tom Conti.

Tatsächlich sprach ich fast gar nicht, mit niemandem. Ein kurzes Verhör durch Gwen Jarrett am Morgen und eine Nachbesprechung am Abend – auch wenn ihr Interesse langsam nachließ, weil ich ihr jedes Mal berichtete, bloß spazieren gegangen zu sein – und der übliche Austausch von Höflichkeiten mit den seltsamen anderen Gästen, das war's.

Und was war ich gelangweilt! Nicht von der tollen Umgebung, dem unglaublich schönen Wetter und den Geräuschen und Gerüchen des Meeres, sondern von mir selbst. Besonders weil es ganz in der Nähe eine verlockend interessante Gruppe von Leuten gab, die gar nichts dagegen hätten, wenn ich in ihr Leben platzen würde, sollte ich mich denn dazu entschließen.

Ich versuchte wirklich, über meine Zukunft nachzudenken, und ging auch in Gedanken ein paar Optionen durch. Noch mal zu studieren und Lehrerin zu werden, war eine davon … Doch ich verwarf es wieder, weil es in der aktuellen Lehrsituation zu schwierig wäre. Ich könnte auch wieder als Bibliothekarin arbeiten, doch das wäre eindeutig der Weg des geringsten Widerstandes, noch dazu mit einem altmodischen Beiklang von Röcken mit Blumenmuster, Sandalen und Katzen …

Nichts davon konnte mich wirklich überzeugen. Während ich dasaß und auf den Atlantik hinausschaute, spielte ich sogar mit dem Gedanken, nach Amerika zu reisen und den Kontinent in einem Greyhound-Bus zu erkunden. Doch ganz ehrlich, war ich taff genug, das zu machen? Vielleicht. Und Amerikaner sind ja sehr kontaktfreudig, also würde es wahrscheinlich nicht mal eine so einsame Angelegenheit …

Natürlich konnte ich zwischen diesen Erwägungen nicht verhindern, auch über die Katastrophen meines Lebens nachzugrübeln und, wenn ich ganz ehrlich bin, dachte ich auch an Marsha und ihre Freunde. Es war offensichtlich, dass sie sich mit allen drei Männern das Haus teilte, aber teilten sie auch sonst noch etwas? Warum umgab sie sich ausschließlich mit Leuten, die locker halb so alt waren wie sie, aber mit ihr genau auf einer Wellenlänge zu sein schienen? Und warum hatte es sich heute Morgen, als ich für kurze Zeit mit ihr alleine war, so friedlich angefühlt und in mir das Bedürfnis geweckt, ihr all meine Befürchtungen und Ängste anzuvertrauen?

Als ich genug von meinem einsamen Grübeln hatte, erkundete ich weiter die Seitengassen von Tremorden Bay. Auch wenn es kein großes Städtchen war, gab es abseits des Zentrums mit all seinen Läden, Pubs und Cafés mehr schmale Sträßchen und Verbindungsgassen, als ich erwartet hätte. Diese Straßen waren gesäumt von Reihenhäusern, die alle ein bisschen unterschiedlich waren, als hätte jeder seine bevorzugte Bauweise immer seitlich an ein bestehendes angefügt und so weiter. Durch seine Zufälligkeit ergab das einen hübschen Anblick, mit den bunt gestrichenen Haustüren und duftig-weißen Gardinen, die sich in so manchem geöffneten Fenster bauschten. Die Hausfrauen von Tremorden Bay waren offensichtlich sehr gewissenhaft. Überall sah man Bed-&-Breakfast-Schilder, selbst an den kleinsten Häusern, die viel zu winzig aussahen, als dass mehr als zwei Bewohner darin Platz fänden, aber dennoch wirkten sie allesamt freundlicher als das Lansdowne mit seinem ›Meerblick‹. Von Zeit zu Zeit versuchte ich, die verblassten Erinnerungen an meine Ferien als Kind in mir wachzurufen, und gelegentlich kam es mir auch so vor, als weckte etwas Gefühle in mir, ein flüchtiger Eindruck, der, wenn ich mich zu sehr bemühte, ihn wieder aufleben zu lassen, davonflatterte und sich mir kokett entzog. Aber vielleicht waren es auch bloß die Geräusche und Gerüche des Meeres und der Anblick der in Sonnenlicht getauchten Bay, die diese Gefühle hervorriefen, wie es in jedem beliebigen Ferienort in Cornwall der Fall gewesen wäre.

Doch es gab eine Straße oben in Tremorden Bay, die steil von der Hauptstraße abzweigte, wo ich tatsächlich ein starkes Déjà-vu erlebte. Und es gab ganz speziell ein

Haus, das meine Aufmerksamkeit auf sich zog: ein hohes, schmales, unscheinbares Haus in der Mitte der Häuserzeile, zu dessen Haustür zwei Stufen hinaufführten. Mich überkam die starke Erinnerung, dass ich schon einmal am Fuße dieser Stufen gestanden hatte, meine Hand fest in der meines Vaters, während er mit einer Person sprach, die über uns im Türrahmen stand. Und irgendwie schien die Unterhaltung dringlich zu sein, die Stimmen erklangen über meinem Kopf, während ich darauf wartete, dass mein Vater das Gespräch zu Ende brachte, damit wir irgendwo hingehen könnten. Aber wohin? Ich hatte keine Ahnung.

Am Ende des dritten Tages, den ich exklusiv in meiner Gegenwart verbracht hatte, schien es so, als würde Juliet mit ihrer Behauptung, alleine würde mir die Sache keinen Spaß machen, recht behalten. Doch natürlich war ich noch immer wild entschlossen, mir zu beweisen, dass sie damit falschgelegen hatte. So entschlossen, dass ich sie gleich anrufen wollte, um ihr glaubhaft zu machen, wie toll es doch allein in Cornwall sei. Also kaufte ich mir eine Telefonkarte und marschierte direkt zu einer Telefonzelle, bevor ich es mir anders überlegen konnte.

»Schätzchen! Haben sie dich endlich gefunden!«, kreischte sie, sobald sie meine Stimme vernahm. »Geht es dir gut? Bist du auf der Polizeiwache?«

»Natürlich geht es mir gut. Welche Polizeiwache? Wovon redest du?«, erwiderte ich und bereute meine impulsive Handlung schon wieder.

»In der Polizeiwache von Newquay. Ich habe die Polizei gebeten, nach dir zu suchen, weil ich Angst hatte, dass du in irgendwelchen Schwierigkeiten steckst.«

Ich fragte mich, ob ich nicht besser auflegen und sie später noch einmal anrufen sollte, wenn das Gespräch vielleicht ein wenig mehr Sinn ergäbe.

»Aber ich bin doch überhaupt nicht in Newquay«, sagte ich, dem Drang aufzulegen widerstehend.

»Bist du nicht? Warum hast du dann gesagt, du würdest dort hinfahren? Ich erinnere mich noch, dass du gesagt hast, dort gebe es ›jede Menge gut aussehende Surfer‹. Aber, wie dem auch sei, Schätzchen, du klingst, als würde es dir gut gehen, und sie haben dich ja gefunden. Was ist denn passiert?«

»Mutter!«, sagte ich, so streng ich konnte. »Ich bin nicht auf der Polizeiwache in Newquay, und ich steckte auch nicht in irgendwelchen Schwierigkeiten, also würdest du mir bitteschön sagen, wovon du redest?«

»Na ja, ich hatte versucht, dich auf dem Handy zu erreichen«, erklärte sie etwas schroffer, jetzt, da sie wusste, dass mit mir alles in Ordnung war. »Und da nahm dieser schreckliche Kerl ab, und als ich sagte, ich wolle mit dir sprechen, meinte er, ich solle ihn … na ja … ›in Ruhe lassen‹, wenn du verstehst, was ich meine.«

»Ist dir denn nicht in den Sinn gekommen, dass ich mein Handy vielleicht bloß verloren habe?«

»Tja, das hat der Polizist auch erst gesagt, aber ich habe ihm versichert, dass du dir, wenn dem so wäre, ein neues besorgt und mich angerufen hättest, weil du ja versprochen hast, dich bei mir zu melden.«

»Aber ich bin doch erst fünf Tage weg!«, rief ich und sorgte dafür, dass Wut an die Stelle der kleinen Schuldsplitter trat, die anfingen, mich zu piksen.

»Ja, das meinte er auch und wollte erst mal nichts unternehmen, doch als ich ihm dann sagte, dass ich eine Freundin des Polizeichefs von Surrey bin – was natürlich nicht wirklich der Fall ist, aber eine meiner Bridgepartnerinnen kennt ihn, und das ist ja fast dasselbe –, da versprach er, er würde sehen, was er tun könne.«

»Tja, dann solltest du jetzt besser in Newquay anrufen und ihnen sagen, dass sie die Spürhunde und Hubschrauber wieder zurückrufen können, weil es mir gut geht und auch keine Gefahr besteht, dass ich entführt werde«, sagte ich.

»Siehst du, das kommt davon, dass du so ein Geheimnis um deinen Aufenthaltsort machst und mir deine Adresse nicht gibst«, klagte meine Mutter, und mir war klar, dass sie gleich wieder in ihr ›Wenn du nur wüsstest, was für Sorgen du mir bereitest‹-Lamento verfallen würde, wie so oft in den letzten Monaten.

»Nein, das kommt daher, dass du einfach nicht begreifen willst, dass ich mein Leben selbst regeln kann«, konterte ich, denn ich wollte mir nur ungern eine Mitschuld an ihrem übertriebenen Verhalten eingestehen.

»Na ja, wie dem auch sei, Schätzchen, ich bin sehr froh zu hören, dass du nicht in Newquay bist«, sagte sie, geschickt der Auseinandersetzung ausweichend, »denn ich habe in der Zeitung darüber gelesen. All diese Surfer wollen doch bloß ihren Spaß mit irgendeinem Mädchen, und dann ziehen sie weiter an andere Surforte der Welt, und Geld haben sie ohnehin keins. In Rock wärst du besser aufgehoben.«

»Aber das ist doch auch voller Surfer«, meinte ich.

»Ja, schon, aber die *Prinzen* fahren auch dorthin. Genau genommen geht das Gerücht, dass Harry auf dem Weg dorthin ist.«

»Juliet«, ich beschloss, großmütiger zu sein, und verwendete deshalb ihren bevorzugten Namen, da sie offensichtlich unter post-klimakterischer Umnachtung litt. »Ich glaube nicht, dass sich Prinz Harry auch nur ansatzweise für eine Tippse aus Purley interessieren wird.«

»Red keinen Unsinn«, erwiderte sie ungehalten.

Ich redete Unsinn?

»Natürlich bist du nichts für ihn, aber die Prinzen sind doch immer von unzähligen Leuten umgeben. So viele andere werden von dem Ort angezogen werden, aufgrund seiner Verbindung zum Königshaus. Dort wimmelt es jetzt bestimmt nur so von Männern, die kennenzulernen sich lohnt.«

Das war natürlich eine Option, die ich bei meiner Verschleppungstaktik gar nicht bedacht hatte. Ich könnte mit den angesagten Leuten abhängen, reiche Männer aus besseren Kreisen kennenlernen, sie mit meinem Charme umgarnen und ein Luxusleben inmitten der fischenden, jagenden, golfenden und jetzt vermutlich auch noch surfenden Schickeria führen. Da gab es bloß zwei Probleme: Erstens, ich wollte momentan überhaupt keine Männer umgarnen, und zweitens, mein Charme hatte nicht einmal ausgereicht, um den Mann, den ich wirklich wollte, zu halten. Bei welchem Oberschichtentrottel sollte ich also landen? Ach, und drittens konnte ich weder jagen, fischen, golfen oder surfen noch interessierte ich mich besonders für Leute, die das taten. Ich dachte eigentlich, das hätte ich Juliet schon oft genug erklärt, doch diesmal war sie richtig in Fahrt.

»Du könntest so nette Freunde unter diesen Leuten finden«, beteuerte sie. »Und immerhin verfügst du doch über sehr gute Verbindungen – also zumindest über mich.«

»Ich habe hier schon ganz nette Freunde gefunden. Darunter übrigens auch eine Nachfahrin von Stubbs.« *Ja, ich weiß, was Marsha gesagt hat, aber ich sage ja auch nichts von ›George‹, oder?* »Sie hat ein sehr exklusives Atelier«, fuhr ich fort. Denn bestimmt gab es keines, das ihrem vollkommen ähnlich war.

»Das freut mich aber für dich, Schätzchen«, sagte Juliet,

und ich muss sagen, es war schön, sie endlich mal beeindruckt zu haben. Ich beschloss, Schluss zu machen, bevor sie mir noch verfängliche Fragen stellen konnte.

»Meine Telefonkarte ist gleich leer. Wie läuft es denn bei dir so?«

»Ach, weißt du«, antwortete sie, »ich bin mit allem Möglichen beschäftigt, wie immer. Philip möchte, dass ich mit ihm nach Cowes fahre, also denke ich darüber nach.«

Ich hätte beinahe gefragt: »Meinst du etwa *Prinz* Philip?«, doch ich wusste, dass sie das nicht lustig gefunden hätte.

Stattdessen sagte ich: »Von einem Philip habe ich bisher ja noch gar nichts gehört.«

»Ach, wir kennen uns von früher«, sagte sie leichthin, »aber jetzt ist er Witwer, und wir haben uns wieder angefreundet. Er ist Feuer und Flamme für diese Reise nach Cowes.«

»Klingt nach einer guten Idee«, befand ich. »Du solltest fahren, es gefällt dir bestimmt. Ich muss jetzt auflegen, Juliet.«

»Gut, Schätzchen, aber halt mich auf dem Laufenden. Wo, hast du noch mal gesagt, bist du untergekommen?«

Aber darauf fiel ich nicht herein. Ich wollte schließlich nicht, dass sie auch noch die Polizei von Tremorden Bay nerven würde.

»An der Küste ganz in der Nähe von Newquay. Aber mach dir keine Sorgen. Wo ich jetzt kein Handy mehr habe, ruf ich dich von Zeit zu Zeit einfach an und lass dich wissen, dass ich noch am Leben bin.«

»Ich schätze, das muss dann wohl reichen«, meinte sie widerstrebend. »Aber du hast mir immer noch nicht gesagt, was mit deinem Handy passiert ist. Ob es jemand gestohlen hat …«

An dieser Stelle hängte ich einfach ein und hoffte, sie würde es auf die Telefonkarte schieben. Meine Mutter war in kleinen Dosen wirklich besser zu vertragen, und dieses Gespräch war lang genug gewesen. Ich fragte mich, ob ich bei der Polizei von Newquay vorstellig werden sollte, für den Fall, dass Juliet nicht Bescheid gab, entschied mich dann aber dagegen, weil ich fürchtete, damit nur mehr Probleme zu erzeugen – falls die Polizei überhaupt je vorgehabt hatte, der Bitte meiner Mutter nachzukommen. Denn irgendwie konnte ich mir nicht vorstellen, dass die Suche nach einer erwachsenen Frau, die angekündigt hatte, sich für unbestimmte Zeit in Cornwall zu verkriechen, auf der Prioritätenliste der Polizei sehr hoch rangierte.

Stattdessen wollte ich mich mit einem Tee dafür belohnen, dass ich Juliet angerufen hatte. Ich entschied mich für ein Café oben an Tremordens verwinkelter Hauptstraße. Es befand sich mitten auf der Straße, die sich teilte und darum herumführte, was dem Café einen dreieckigen kleinen Vorgarten bescherte, von dem aus man einen hervorragenden Blick auf das Treiben um sich herum hatte.

Ich beobachtete die Menschen, die zu beiden Seiten in die Läden hinein- und wieder herausschwirrten, und versuchte anhand ihrer Kleidung und ihres Verhaltens zu erraten, ob es Einheimische oder Urlauber waren. Die Einheimischen hatten die Köpfe beim Gehen eher gesenkt, denn sie wussten bereits, wohin sie gingen, während die Urlauber oft zu einem Ladenschild aufblickten oder eine Weile die Schaufenster betrachteten, bevor sie eintraten, und manchmal blieben sie mitten auf dem Gehsteig stehen und steckten die Köpfe zusammen, um zu besprechen, wohin sie als Nächstes gehen sollten. Wehmütig musste ich daran denken, wie Will und ich dieses Ratespiel in Paris, auf den Stufen von La Madelaine sitzend, gespielt hatten, bloß damals hatten wir versucht, auf die Nationalität der Menschen zu schließen.

Ich befand, dass es eindeutig mehr Spaß machte, wenn man es mit jemand zusammen spielte. Ohne es anfangs zu merken, begann ich, nach Marshas Freunden Ausschau zu halten. Ich fragte mich, ob eine Person nicht vielleicht Marie war oder der blonde Haarschopf dort zu Kate gehörte … oder ob jener Mann nicht Adam war … Wie bescheuert! Warum erlegte ich mir diese Einsamkeit auf, wenn ich mich ganz offensichtlich nach der Gesellschaft von anderen sehnte? Ich würde mich wieder mit ihnen treffen und einfach Spaß haben!

Ich fühlte mich ein bisschen wie als Teenager, wenn man hofft, dass der Junge, auf den man steht, einen zu einem Rendezvous einlädt, und man komplizierte Pläne schmiedet, wie man ihm zufällig über den Weg laufen und dann ganz überrascht tun könnte. Vielleicht sollte ich einfach mal zum Strand runtergehen und sehen, ob sie da waren. Oder ich könnte bei Marsha vorbeigehen und über das blaue Tor linsen, für den Fall, dass jemand auf der Terrasse saß. Oder ich könnte heute Abend am Smugglers' vorbeischlendern und hoffen, dass sie mich zu sich rufen würden. Aber noch besser wäre sicher, wenn ich schon recht früh ins Smugglers' gehen und mich prominent draußen platzieren würde. Wenn die anderen dann kämen, könnten sie angenehm überrascht sein, mich zu treffen, und danach könnten wir weitersehen. Ja, genau, das war es.

Natürlich setzte dieser Plan zwei Dinge voraus: Erstens, dass mindestens einer aus Marshas Clique an diesem Abend vorhatte, ins Smugglers' zu gehen, obwohl es mindestens ein Dutzend vergleichbare Anlaufstellen gab, für die sie sich entscheiden konnten, und zweitens, dass sie wieder Wert auf meine Gesellschaft legen würden.

Doch mein Hirn auf Gesellschaftsentzug zog nichts dergleichen in Betracht und funktionierte, das muss ich zugeben, ähnlich wie das von Juliet, wenn sie denkt, sie hätte den perfekten Plan. Also eilte ich zurück in mein Hotel des Grauens, um zu duschen und mich umzuziehen.

Als ich zur Eingangstür hineinstürmte, trug Gwen Jarrett gerade wie ein Traumbild der Abscheulichkeit in einem beißend gelben Kleid und – man möchte es nicht glauben – dazu passender Strumpfhose einen Teller Butterkekse in den Aufenthaltsraum für Gäste. Sie machte den Mund auf, um etwas zu sagen, aber ich kam ihr mit einem »Tut mir leid, keine Zeit, ich treffe mich gleich mit ein paar Freunden« zuvor.

Doch natürlich arbeitete Murphys Gesetz an diesem Abend gegen mich, und niemand Bekanntes tauchte im Smugglers' auf. Ich parkte mich zwei Tische von dort, wo wir am ersten Abend alle zusammengesessen hatten, bis nach der Dämmerung die Dunkelheit einbrach und es schließlich ganz dunkel war. Anfangs waren noch viele Familien auf der Suche nach einer schnellen Pizza unterwegs – Väter und Söhne im Partnerlook mit Fußballshirts und Buggy schiebende Mütter, die in knappen Outfits ihre Sommerbräune zur Schau stellten (und die entweder froh darüber waren, dass sie ihre Rückbildungsgymnastik gemacht hatten, oder bereuten, es nicht getan zu haben). Später wichen die Familien langsam Grüppchen von flirtenden jungen Leuten mit Ohrringen und gegelten Haaren und jungen Pärchen, die entweder eng umschlungen die Straße entlangbummelten oder aneinandergeschmiegt herumsaßen und sich leise unterhielten.

Und ich wartete … Und wartete … Ich war so überzeugt davon gewesen, dass der Abend so verlaufen würde, wie ich es geplant hatte, dass ich nicht einmal ein Buch mitgenommen hatte, um mir die Zeit zu vertreiben. Zuerst war ich noch voller Erwartung, sodass alles, was ich betrachtete, funkelte und strahlte: die späte Abendsonne, die auf dem dreieckigen Stück Meer glitzerte, das man unten in der Bucht erkennen konnte, bevor sie in einem orange-rosafarbenen Dunst am Horizont unterging; das Geißblatt, das eine Mauer in der Nähe erklomm, und eine Clematis, die sich bis in die obersten Äste eines Baumes verschlungen hatte. Doch als der Abend fortschritt und der Mantel des Alleinseins sich immer schwerer auf mich legte, konnte ich bloß noch die runden Gläserabdrücke auf dem abgenutzten Holztisch vor mir sehen, die schlechte Verarbeitung des schwarzen Rocks der Kellnerin und die staubige Sandschicht, die der Abendwind überall verteilte, während er mit der Verpackung eines Clotted-Cream-Toffees spielte und es immer wieder auf der Straße hin- und herwehte.

Mein erstes Glas Weißwein wurde warm, doch ich weigerte mich, auf die leise Stimme in meinem Kopf zu hören, die mir sagte, dass sie nicht auftauchen würden. Das zweite Glas folgte einem Nudelgericht, von dem ich noch nicht mal probierte und das ich nur bestellt hatte, damit es nicht so aussah, als würde ich auf jemanden warten. Ich verbrachte einige Zeit damit, mir verschiedene Abfuhren zu überlegen, für den Fall, dass einer der vielen gut gelaunten Männer, die auf dem Weg in den Pub oder wieder hinaus waren, auf die Idee käme, zu mir zu sagen: »Na, hat er dich versetzt, Süße?« Und dann ärgerte es mich ziemlich, dass mich keiner von ihnen ansprach. Vielleicht verschreckte viele schon mein Gesichtsausdruck.

Stattdessen debattierte ich mit mir selbst in einer Art Endlosschleife. *Sie kommen nicht mehr. Warum lässt du's nicht einfach gut sein und gehst zurück in deine Pension?* Weil die alte Jarrett mich bestimmt fragen würde, was aus meinem Abend mit Freunden geworden ist, wenn ich zu früh nach Hause komme. *Dann zieh doch einfach weiter durch die anderen Pubs. Vielleicht sind sie ja woanders.* Aber dann sind sie vielleicht gerade auf dem Weg hierher, und ich verpasse sie. *Dann geh doch rüber zu Marshas Haus, vielleicht triffst du sie auf dem Weg.* Ich käme mir total bescheuert vor, wenn sie mitbekommen würden, dass ich sie suche. *Na ja, du siehst auch ziemlich bescheuert aus, wenn du den ganzen Abend allein hier rumsitzt.* Wer hat dich eigentlich gefragt?

Und dann wurde ich wütend. Warum war ich zwischen all diesen fröhlichen Urlaubern eigentlich die Einzige, die ganz allein war? Ich hatte nicht einen einzigen anderen Menschen gesehen, der allein herumlief oder so wie ich allein vor einem Pub herumhockte. (Bestimmt blieben alle anderen einsamen Leute mit einem Single-Mikrowellengericht zu Hause vor dem Fernseher und behielten ihre Traurigkeit für sich, aber zu diesem Zeitpunkt dachte ich schon nicht mehr rational.) Und warum musste ich, die doch überhaupt nichts Böses getan hatte, überhaupt alleine hier rumsitzen, während Will und Lauren wahrscheinlich gerade mit Freunden in irgendeiner trendigen Weinbar waren und alle mit Details über dieses Schmuckstück einer Wohnung, die sie in Islington ergattert hatten, beeindruckten (denn für Will war es wichtig, jetzt eine bessere Wohnadresse zu haben, seit er so geschickt darin geworden war, leichtgläubigen Hipstern winzige Appartements anzudrehen, für die sie, wenn sie in einer ähnlichen Butze hätten Urlaub machen sollen, bei ihrem Reiseveranstalter Schadensersatzansprüche geltend gemacht hätten)? Und *warum* bitte schön, wo ich schon begriffen hatte, dass das ewige Alleinsein auch nicht die von mir erhoffte Lösung war, hatten die Leute, mit denen ich gerne meine Zeit verbringen würde, nicht wenigstens den Anstand aufzutauchen?

Am frühen Abend war ein geplagtes Paar eilig mit einem brüllenden Kleinkind an mir vorbeigelaufen. Der Vater hatte Mühe, das Kind festzuhalten, das mit wutverzerrtem, puterrotem Gesicht heftig mit Armen und Beinen ruderte. Inzwischen wünschte ich mir, ich könnte mich wie dieses Kind einfach auf den Boden werfen und schreiend um mich schlagen, bis mir die Luft ausginge und ich zu erschöpft wäre, mich überhaupt noch an den Grund meines Frusts zu erinnern.

Als ich schließlich zurück zum Lansdowne »mit Meerblick« stapfte, hatte ich den Punkt erreicht, an dem man seine schlechte Laune schon wieder genießt und man überzeugt ist, dass rein gar nichts auf der Welt einen mehr beschwichtigen kann. Ich dachte schon, ich wäre Gwen Jarrett entkommen, doch dann tauchte sie, griesgrämig wie immer, doch noch auf, als ich die Treppe hinaufging.

»Es hat jemand für Sie angerufen«, sagte sie in einem Ton, der mir bei meiner Laune vorwurfsvoll vorkam, »aber ich habe ihm gesagt, Sie sind mit Freunden aus.«

Ihm? Oh nein!

Meine schlechte Laune verwandelte sich in tiefes Elend.

»Hat er eine Nachricht hinterlassen?«, fragte ich kleinlaut.

»Er meinte bloß, Sie hätten hoffentlich einen schönen Abend. Und ich soll Ihnen sagen, dass Adam angerufen hat.«

6. Kapitel

Am nächsten Morgen brauchte ich mir nichts vorzumachen. In der Nacht hatte ein schlechter Traum den anderen gejagt. Es waren Träume gewesen, in denen ich mich wieder vor dem schmalen Haus befand, bloß war mein Vater diesmal hineingegangen. Er hatte mich draußen stehen lassen, und ich hämmerte mit meiner kleinen Faust gegen die Tür und flehte darum, eingelassen zu werden, doch niemand hörte mich. Es waren Träume, die mir Angst machten, und als ich panisch daraus hochschreckte (wobei mich der stockdunkle Raum noch zusätzlich verwirrte und mir die Luft abschnürte, sodass ich nicht mehr wusste, wo ich eigentlich war), konnte ich mich nicht mehr erinnern, was mir solche Angst eingejagt hatte, und doch war das Gefühl so stark, dass ich nicht mehr einschlafen wollte, um nicht wieder mit dem Grund für meine Angst konfrontiert zu werden. Gleich nach dem Frühstück ging ich zu Marshas Haus. Ich war bereits seit einer unchristlichen Uhrzeit wach und hatte aus meinem Zimmerfenster zugesehen, wie die Welt draußen langsam erwachte, bis es endlich Zeit gewesen war, zum Frühstück hinunterzugehen.

Jetzt eilte ich den Strand entlang und probte immer wieder, was ich zu Marsha sagen würde, denn ich hatte beschlossen, ihre Sympathie zu gewinnen – obwohl sie mir bei den bisherigen drei Begegnungen sowieso schon recht wohlgesonnen schien. Als ich durch das blaue Tor und die ausgetretenen Stufen hinunterging, war ich angespannt wie eine Sprungfeder.

Die verwitterte Holztür zur Werkstatt war bloß angelehnt, und Marsha war drinnen und packte Töpferwaren in Kisten. Als ich im Türrahmen stehend einen Schatten quer über den Steinboden warf, blickte sie auf.

»Oh, du hast aber eine gesunde Farbe bekommen!«, rief sie, und ich war erleichtert, als ich ihren willkommen heißenden Ton hörte. »Du hast wohl geahnt, dass ich gerade eine Pause machen wollte. Komm rein!« Ich schob mich weiter in den Raum, während sie den Wasserkocher einsteckte.

»Also, es ist folgendermaßen …« Ich konnte mein Anliegen gar nicht schnell genug loswerden. »Ich bin hierher nach Cornwall gekommen, um Abstand von allem zu bekommen und mein Leben zu überdenken, wie ich dir ja schon gesagt habe, aber es funktioniert nicht, weil ich hier auch nicht klarer denken kann als in Purley, obwohl es hier natürlich viel idyllischer ist – und heiß! –, aber ich kann auch nicht schon wieder zurückfahren, weil ich Sarah meine Wohnung für mindestens einen Monat versprochen habe, und selbst wenn ich jetzt zurückginge, wäre ich nicht besser dran, also weiß ich nicht so recht, was ich tun soll, und wahrscheinlich hatte Juliet recht, und ich habe seit drei Tagen kaum mit einer Menschenseele gesprochen, und ich dachte, das wäre das, was ich will, aber das ist es nicht … und … und jetzt fühl ich mich wie eine totale Heulsuse, weil ich hier reinspaziert komme und dich volljammere, ohne überhaupt Hallo gesagt zu haben!«

Was machte ich da? Es war, als hätte jemand einen Stöpsel gezogen, und während ich so ohne Punkt und Komma redete, trat ich nervös von einem Fuß auf den anderen wie ein Kind, das dringend auf die Toilette muss. Sie hielt mich sicher für durchgeknallt. Doch man musste ihr zugutehalten, dass sie sich nichts dergleichen anmerken ließ, sondern einfach zwei Tassen mit Kaffee und ihre Katertabletten nahm und mich zu den Stühlen auf der Terrasse dirigierte.

»Aber Adam hat dich doch gestern Abend angerufen, und da hieß es, du wärst mit Freunden aus«, sagte sie.

Ich wurde rot. »Das war nur, um Gwen Jarrett ruhigzustellen.«

»Ah«, sagte sie verständnisvoll. Dann schwieg sie einen Moment.

»Es tut mir leid«, sagte ich. »Ich hätte hier nicht einfach so reinplatzen und dich mit meinen Problemen belasten sollen. Ich kenne dich ja kaum.«

Sie lächelte. »Aber das ist doch der Vorteil, weißt du? Oft ist es besser, die Dinge mit jemandem zu bereden, den man nicht kennt. Dann muss man nicht den Schein wahren, deshalb funktioniert ja so etwas wie die Telefonseelsorge auch so gut. Und ich hatte dir ja gesagt, dass du jederzeit herkommen kannst, Probleme hin oder her.«

Ein Gedanke durchfuhr mich. »Bist du bei der Telefonseelsorge?«

Sie lachte leise. »Ich glaube nicht, dass die mich nehmen würden! Dazu bin ich wohl viel zu ungeduldig und mische mich zu gerne ein. Und außerdem wäre es nur zu wahrscheinlich, dass ich einem armen Alkoholiker zu einem ordentlichen Drink raten würde! Aber ich bin hier, ich bin allein, ohne Verpflichtungen und ich liebe Gesellschaft. Also können die Leute gern auf einen Plausch bei mir vorbeischauen. Ich selbst bin ja viel zu faul, mich selbst zu ihnen zu bewegen, wie du vermutlich schon gemerkt hast. Und wenn es hilft, dann ist das doch toll. Und falls nicht, dann ist auch nichts verloren, aber vielleicht hat man eine neue Freundschaft gewonnen. Das ist doch auch was wert.«

Ich nippte an meinem Kaffee und war schon viel ruhiger als bei meiner Ankunft. Vielleicht war es die friedliche Atmosphäre des Hauses, das sich schon seit Ewigkeiten an dieses Kliff zu schmiegen schien. Oder vielleicht war es auch das rhythmische Rauschen der Wellen an den Felsen unten.

Oder vielleicht, musste ich einräumen, während ich Marsha verstohlen über den Tassenrand hinweg ansah, war es auch die Ruhe, die diese Frau mir gegenüber ausstrahlte, und dass sie so unbeeindruckt von meinem Überfall schien, als wäre das eine Alltäglichkeit für sie.

Was es vielleicht auch war.

»Und die anderen?«, fragte ich, als meine trägen Gedankenprozesse wieder in Gang kamen. »Hast du denen auch geholfen?«

»Ach, das können bloß sie selbst beantworten«, meinte sie schulterzuckend. »Aber wir kennen uns alle schon seit vielen Jahren, und seitdem hatten wir vermutlich alle schon das eine oder andere Hoch und Tief und etwas Unterstützung nötig.«

Ich dachte darüber nach.

»Also«, sagte sie einen Augenblick später. »Was machen wir jetzt mit dir?« Sie klang wieder so lebhaft wie bei unserer ersten Begegnung und musterte mich prüfend mit zusammengekniffenen Augen. »Du weißt schon, dass du dich zu sehr unter Druck setzt, oder?«

»Was?«, fragte ich ebenso lebhaft. Seit Will mich verlassen hatte, hatten mir alle immer bloß den Eindruck vermittelt, ich würde mich zu sehr hängen lassen. Als würde ich mir nicht genug Mühe geben, darüber hinwegzukommen, mein Leben wieder auf die Reihe zu bekommen, wieder rauszugehen und zu versuchen, neue Leute kennenzulernen und es den Leuten nicht übel zu nehmen, dass sie mir ständig sagten, was ich als Nächstes zu tun hätte. Marshas stechend blaue Augen waren direkt auf mich gerichtet.

»Du bist anscheinend hierhergekommen, um zu vergessen oder ein ähnliches Fremdenlegion-Klischee zu erfüllen. Aber das ist Quatsch, weil du so einen wichtigen Teil deines Lebens sicher nicht vergessen wirst, und wenn du denkst, dass du den Kerl noch immer liebst, dann wirst du das noch nicht mal wollen …«

Wann hatte ich das denn gesagt? Wenn ich mich recht erinnerte, hatte ich das neulich am Strand heftig abgestritten … offensichtlich aber nicht entschieden genug!

»… und bloß vom ganz allein Herumhängen werden dir noch lange keine weltbewegenden Erkenntnisse kommen, also warum setzt du dich weiter unter Druck?«

»Jetzt klingst du wie Juliet. Sie meinte auch, es wäre lächerlich, mich in Cornwall zu verkriechen«, sagte ich etwas abwehrend, weil ich mich angegriffen fühlte. Verdammt, ich war doch hergekommen, um etwas Kaffee und Mitgefühl zu bekommen.

»Und wer ist noch mal Juliet?«

»Meine Mutter. Aber sie wird nicht gern daran erinnert, weil sie findet, dass sie das älter macht. Oder vielleicht kommt mir das auch bloß so vor«, fügte ich hinzu.

»Deine Mutter … oh …« Marsha schien einen Moment tief in Gedanken versunken zu sein und kam dann wieder aufs Thema zurück.

»Ich glaube, es war richtig, dass du London mal hinter dir gelassen hast«, sagte sie jetzt behutsamer. »Aber du versuchst zu verbissen, die Dinge zu regeln, dabei lösen sich viele Probleme ganz von selbst, wenn man sich nur mal etwas zurücklehnt und es ruhig angeht.«

»Du meinst wohl, wenn man sich locker macht?«

Marsha grinste. »Wenn du so willst, ja.«

»Aber ich dachte, dass ich genau das tue – am Strand rumliegen, lange Spaziergänge oben am Kliff, solche Sachen eben …«

»Und an was hast du währenddessen gedacht? Du hast verbissen versucht zu entscheiden, was du mit deiner Zukunft anfangen sollst. Gleichzeitig habe ich das Gefühl, dass du es kategorisch ablehnst, in irgendeiner Form über deine Vergangenheit zu reden, die dir dabei helfen könnte, die ganze Sache wirklich hinter dir zu lassen. Du versuchst zu verbissen, alles mit dir allein auszumachen. Vielleicht bist du zu …«

»Fixiert darauf?«

Sie grinste wieder. »Ich wollte sagen ›verkrampft‹!«

»Aber ich hab dir doch das letzte Mal erzählt, dass es niemanden gibt, mit dem ich alles bereden konnte! Und überhaupt, wohin soll einen das ganze Gerede schon führen? Ich habe versucht, mit Will zu reden – das war bloß masochistische Zeitverschwendung –, und ansonsten war ich auf mich allein gestellt«, sagte ich hitzig zu meiner Verteidigung. Warum hatte ich gedacht, dass man mit dieser Frau friedlich auskommen konnte? Obwohl man fairerweise sagen musste, dass sie immer noch genauso gelassen war wie in dem Moment, als ich vorhin reingeplatzt war.

Sie wartete einen Augenblick, bis ich mich wieder beruhigt hatte.

»Also, wie wäre es mit folgender Abmachung?«, schlug sie vor. »Du kommst vormittags zu mir, wenn ich alleine bin, und wir bereden ein paar Dinge – natürlich nicht jeden Vormittag, das wäre wohl für uns beide zu viel –, und die restliche Zeit verbringst du mit uns allen, hast Spaß, behandelst uns wie Freunde und lernst wieder, dich zu amüsieren.«

Der Verdacht, dass ich hier über irgendeine komische Sekte gestolpert war, machte sich wieder in mir bemerkbar. Schließlich war ich gerade emotional verletzlich, alleine, offenbar ohne Freunde und verunsichert. Ist das nicht genau die Art von Person, auf die es solche Leute abgesehen haben? Aber die anderen kamen mir überhaupt nicht komisch vor oder als wären sie einer Gehirnwäsche unterzogen worden. Eigentlich schienen sie vollkommen bei sich zu sein, und ich fühlte mich sehr zu ihnen hingezogen. Und Marsha, die mir gegenübersaß, strahlte eine Geduld und eine Güte aus, aber nicht auf klebrige Art, sondern ganz im Gegenteil – sie durchdrang den ganzen Mist besser als jeder, mit dem ich mich seit meiner Zeit vor Will unterhalten hatte.

Verschiedene Leute hatten mir nahegelegt, eins der vielen Beratungsangebote in Anspruch zu nehmen, unter anderem meine bereits erwähnte Kollegin Jodie, doch ich hatte das hochmütig von mir gewiesen. Das war doch nur was für Luschen und Ausdruck des lächerlichen Anspruchsdenkens unserer Gesellschaft gegenüber dem Staat, wovon bloß irgendwelche Quacksalber und Rechtsberater profitierten. *Und das hatte ich nicht nötig.*

Doch irgendetwas brauchte ich ganz offensichtlich, und zwar nicht nur, wie es einer von Jodies Freunden ausgedrückt hatte, zu dem ich besonders gehässig gewesen war, dass ›es mir mal wieder einer richtig besorgt‹. Ich konnte unmöglich im selben Zustand nach Purley zurückkehren, wie ich es verlassen hatte, doch wenn ich so weitermachte, würde genau das passieren.

Eine Weile studierte ich das Muster auf meiner Kaffeetasse. Plötzlich kam mir ein Bibelspruch in den Sinn – was seltsam war, denn ich war noch nie besonders religiös und weiß außer vom Religionsunterricht früher in der Schule nichts über die Bibel. Ich konnte mich auch gar nicht mehr richtig an den Spruch erinnern, aber es war irgendetwas von wegen einer schweren Bürde, die man trägt und ablegen muss, um Frieden zu finden.

»Versteh ich das richtig, dass du mir das nur als Gesamtpaket anbietest?«

»Leider ja. Du wirst keine bessere Einstellung zu dir und deinem Leben bekommen, solange du nicht ein wenig von deiner Bürde losgeworden bist.«

Da war das Wort schon wieder, keine zwei Minuten nachdem mir dieser Spruch in den Sinn gekommen war. War das Zufall?

Ich kämpfte eine Weile gegen meine Zweifel an. Ich dachte wieder an die vergangenen paar Tage und wie einsam und allein ich mich gefühlt hatte. Und wenn ich es mir recht überlegte, war ich schon die ganzen zehn Monate, seit Will mich verlassen hatte, einsam und allein gewesen. Aber ich war noch immer misstrauisch. »Aber das wird keine Gruppentherapie. Ich muss nicht aufstehen und sagen ›Hallo, ich bin Allie und eine Versagerin‹ oder irgend so was?«

»Nein. Nur du und ich, und wir unterhalten uns bei einem Kaffee. So wie jetzt.«

»Keine New-Age-Lehren oder irgendwelches Psychogeschwätz?«, hakte ich nach.

»Nichts dergleichen«, bestätigte sie. »Auch keine Energiekristalle oder Glaspyramiden, und du musst auch nicht dein Innerstes nach außen kehren – was sowieso irgendwie unappetitlich klingt. Keine Analyse deines Gesichts, deiner Füße oder irgendwelcher anderer Körperteile. Oh, und auch kein Tantrasex.«

»Was genau soll das eigentlich sein, Tantrasex?«, fragte ich unwillkürlich. »Ich lese das immer wieder in der Zeitung.«

»Ich bin mir nicht ganz sicher«, sagte sie in verschwörerischem Ton, »aber ich glaube, man muss ganz stillhalten, und das macht wahrscheinlich überhaupt keinen Spaß.«

Wir mussten beide lachen, was die ganze Situation entspannte.

»Hör zu«, sagte Marsha. »Wie lange hast du bei Gwen Jarrett gebucht?«

»Zwei Wochen«, antwortete ich, woraufhin sie zusammenzuckte.

»Also, wie wär's, wenn du es einfach ausprobierst, bis die zwei Wochen um sind? Mit etwas Glück hast du bis dahin gemerkt, dass unsere Art von Hedonismus die beste Medizin gegen alle Arten von Beschwerden ist, und wenn nicht, hast du auch nichts verloren, und du kannst wieder nach Purley abzischen oder wohin auch immer du willst.«

»Und den anderen macht es wirklich nichts aus, mich mitzuschleppen?«

»Meine Freunde sind auch ihre Freunde«, sagte sie bestimmt. »Was meinst du, wie die sich alle kennengelernt haben? Und du hast doch bestimmt schon gemerkt, dass sie ganz umgänglich sind.«

Ich blickte direkt in ihre blauen Augen und erkannte darin vollkommene Aufrichtigkeit.

Also holte ich tief Luft. »Okay«, sagte ich.

»Gut. Warum hilfst du mir nicht eben mit den restlichen dieser verdammten Kisten, und dann können wir was zu Mittag essen und uns überlegen, was wir mit dem restlichen Tag anfangen, okay?«

Wir gingen wieder hinein, doch bevor wir die Kisten in Angriff nahmen, sagte Marsha: »Komm, ich zeig dir erst mal das eigentliche Haus, damit du dich hier richtig wohlfühlen kannst.«

Wir gingen durch eine Tür im hinteren Teil der Werkstatt und eine schmale Treppe hinauf in ein geräumiges Wohnzimmer, aus dessen Fenstern, die sich über eine komplette Zimmerwand erstreckten, man einen herrlichen Ausblick hatte.

»Da ist die Küche«, Marsha zeigte mit einem Kopfnicken zu einer Tür auf der anderen Seite, »und dann gibt es hier noch eine Toilette, und die Schlafzimmer und Badezimmer sind in den beiden oberen Stockwerken. Viel zu viele Stufen, wenn die Knochen anfangen zu ächzen wie bei mir. Aber ich hänge zu sehr an dem Haus.«

Aus der Küche erklang das Geräusch von klapperndem Geschirr, und einen Augenblick später erschien Adam in Boxershorts und T-Shirt mit einer Tasse und einem Teller voller Toasts in der Hand.

»Ach, hi, Allie!«, sagte er lässig. »Ich hab schon gedacht, ich hätte Stimmen gehört, aber Marsha redet immer mit sich selbst. Magst du auch Toast? Ich hab gestern versucht, dich anzurufen. Hat man es dir ausgerichtet? Hattest du einen schönen Abend?«

Ich beantwortete seine Fragen mit *Nein, Ja* und *Nein.*

»Gwen Jarrett macht ihr das Leben schwer, deswegen wimmelt Allie sie mit allen möglichen Geschichten ab«, erklärte Marsha für mich. Dann fragte sie ihn, ob er ihr mit den Kisten helfen könne.

»Klar«, antwortete er mit vollem Mund. »Ich brauch nur fünf Minuten zum Duschen und Umziehen, und dann komm ich runter. Simon hat Chris mitgeschleppt, um sich ein Motorrad anzusehen. Der Typ hat echt zu viel überschüssige Energie. Er ist wie Tigger.«

Er leckte sich die Finger ab und ging zur Tür. »Fangt nicht an, bis ich da bin«, ermahnte er Marsha, grinste mich an und verschwand.

»Mit drei Männern im Haus hast du bestimmt ganz schön was zu tun«, sagte ich, als wir wieder in der Werkstatt waren und auf Adam warteten. »Mit Kochen und Putzen und allem, meine ich«, fügte ich hastig hinzu, damit sie nicht dachte, ich hätte etwas anderes gemeint. Was ich natürlich auch tat und so, auf zugegebenermaßen etwas unbeholfene Art, versuchte, mehr über die Truppe, der ich mich da angeschlossen hatte, herauszufinden.

Ihre Augen blitzten amüsiert – sicher wegen meines Unbehagens.

»Ach«, meinte sie, »wenn du mich erst mal besser kennenlernst, wirst du feststellen, dass ich nichts mache, was mir nicht auch einen Vorteil bringt. Wenn ich darüber nachdenke«, fuhr sie fort, »tut doch niemand etwas, was er nicht wirklich will. Es gibt doch immer irgendeine Art Gegenleistung, selbst wenn es wie Selbstaufopferung aussieht. Ich glaube, sogar Märtyrer müssen ihrem Martyrium irgendetwas abgewinnen, denn es würde ja immer auch einen leichteren Weg geben, gegen den sie sich entschieden haben … Aber ich schweife ab – schlechte Angewohnheit von mir. Was ich eigentlich sagen wollte, ist, dass ich, indem ich den dreien«, sie machte eine Kopfbewegung nach oben, »eine Bleibe für die Ferien zur Verfügung stelle, unterm Strich weniger zu tun habe, als wenn ich alleine hier wäre, denn für die freie Unterkunft kommen sie anderweitig auf. Einer von ihnen kocht immer oder kauft ein, und Simon muss – wie du ja neulich schon mitbekommen hast – immer an irgendetwas herumwerkeln, also wird alles repariert, ob es nötig ist oder nicht, oder es wird ausgemistet oder was auch immer, und das ist natürlich für mich von Vorteil. *Aber …«*, sagte sie grinsend, »weiter geht ihre Erkenntlichkeit dann auch nicht!«

»Oh! Daran hätte ich niemals gedacht …«, log ich und wünschte mir zum x-ten Mal, ich würde nicht so schnell rot werden.

»Tja, dann bist du die Einzige im Umkreis von zehn Kilometern um Tremorden Bay, die das *nicht* denkt«, meinte sie trocken. »Wobei ich gar nichts dagegen hab, dass die Leute das denken, denn es trägt unendlich zu meinem Ruf bei, wodurch ich letztendlich mehr Töpferwaren verkaufe. Und«, fuhr sie verschmitzt lächelnd fort, »welche Frau würde sich da nicht geschmeichelt fühlen, mit einem von den dreien in Verbindung gebracht zu werden, besonders in meinem Alter?«

Bevor ich antworten konnte, gesellte sich Adam zu uns. Als er sich neben mich stellte, erhaschte ich einen Hauch von Aftershave (das ich zwar nicht erkannte, von dem ich aber feststellte, dass es nicht dasselbe war, das Will immer benutzt hatte), obwohl er nicht aussah, als hätte er sich rasiert. Doch mit den leichten Bartstoppeln am Kinn sah er nur noch umso besser aus, und ich musste unwillkürlich daran denken, wie sich die Bartstoppeln wohl an der empfindlichen Haut meiner Brust anfühlen würden. Schließlich hatte ich seit vier Tagen neben keinem Mann mehr gestanden!

Und wenn ich genau darüber nachdachte, hatte mich – abgesehen von Adam, als er mir neulich über die Felsen geholfen hatte –, seit Will gegangen war, kein Mann mehr berührt (außer vielleicht das gelegentliche unbeholfene Tätscheln meines Arms durch meinen ehemaligen

Chef, wenn ich besonders bekümmert aussah). Passierte das etwa mit Witwen und Geschiedenen, die keinen neuen Partner mehr fanden oder wollten? Verbrachten die dann den Rest ihrer Tage, ohne jemals wieder die Berührung eines Mannes zu spüren? Ging es Marsha genauso? Lehnte sie manchmal zum Trost einfach den Kopf an Adams Schulter, so wie ich es mir neulich Abend gewünscht hatte? Bei dem Gedanken machte mein Magen einen kleinen Salto.

»Was packen wir alles ein?«, fragte er Marsha, während ich meinen Fantasien nachhing.

»Alles.«

»Alles?« Sein erstaunter Ton holte mich rechtzeitig in die Realität zurück, dass mir der Blickwechsel zwischen ihm und Marsha nicht entging, von dem ich wusste, dass er etwas damit zu tun hatte, dass ich anwesend war, bevor Adam in seiner üblichen unbekümmerten Art fortfuhr. »Oh … okay … Dann legen wir mal los.«

»Ich nehme mir ein Beispiel an Simon und miste mal ordentlich aus«, erklärte mir Marsha. »Alles muss raus, wie man so schön sagt, und dann möchte ich ein paar Wochen eine Pause einlegen, bevor ich entscheide, wie es weitergeht.«

Wir arbeiteten uns mindestens eine Stunde lang Seite an Seite durch ihre Sachen, wickelten alles behutsam in Luftpolsterfolie ein und klebten Etiketten auf die Kisten.

»Morgen kommt ein Transporter und holt alles ab«, sagte Marsha, als ich mich daranmachte, die letzte der kleinen Schnupftabakdosen einzupacken. »Der Fahrer wird sich freuen, wenn er sieht, wie viele Stufen er alles hochschleppen muss! *Nein, die nicht*«, sagte sie und hob die Hand, als sie die Dose aus Aquamarin und Amethyst sah, die ich neulich bewundert hatte. »Die ist für dich.«

»Echt? Die ist wunderschön. Danke!« Mittlerweile wusste ich, dass es keinen Sinn hätte zu protestieren.

Sie lächelte. »Du hast einen guten Geschmack. Das ist eine meiner schönsten Arbeiten. Sie soll dir ein Andenken an deine Zeit hier sein.«

Ein Hauch Schwermut lag in ihrer Stimme, doch bevor ich mir dessen wirklich sicher sein konnte, drehte sie sich um und betrachtete die leeren Regale.

»Da müsste man wohl mal ordentlich durchputzen«, stellte sie mit wenig Begeisterung fest.

»Aber nicht mehr heute«, sagte Adam bestimmt. »Das ist was für einen Regentag, und dann helfen wir dir alle zusammen.«

»Siehst du?«, sagte sie leise zu mir und zeigte mit dem Kopf in Richtung Adam, und ich freute mich über diesen vertrauten Moment mit ihr.

»Du hast recht«, sagte sie an Adam gerichtet. »So viel habe ich schon seit Tagen nicht mehr gemacht. Ich bin total kaputt. Machen wir eine Pause und essen was zu Mittag.«

Wir setzten uns nach draußen und aßen in freundschaftlichem Schweigen, blickten hinaus aufs Meer mit seinen Möwen, die sich bestimmt gegenseitig zuriefen, dass Futter für sie in Aussicht war.

Dann stellte Marsha ihren Teller auf den Boden und lehnte sich mit geschlossenen Augen auf ihrem Stuhl zurück. Sie sah auf einmal viel älter aus.

»Ich bin ganz schön erledigt«, sagte sie. »Zeit für eine lange Siesta – gleich hier auf dem Liegestuhl, denn ich kann mich nicht mehr vom Fleck rühren, *und*«, sie öffnete kurz die Augen und sah uns an, »*allein*.«

»Okay«, sagte Adam, »schon kapiert. Komm, Allie, verziehen wir uns und lassen dieser griesgrämigen alten Frau ihre Ruhe.«

Sie hatte die Augen schon wieder geschlossen, machte aber eine Grimasse in Adams Richtung, während dieser mich auf die Füße zog, und dann schlichen wir die Treppe zur Straße hinauf.

»Also, was wollen wir jetzt machen?«, fragte er, und natürlich fing ich sofort an, mich zu winden.

»Ich weiß nicht … ist mir gleich. Du musst aber nicht meinen Babysitter spielen, weißt du … wenn du schon was anderes vorhast …«

»Bisher habe ich nur vor, heute Abend wieder hier zu sein, weil wir Chris verabschieden. Er fährt eine Weile zu seiner Familie nach London zurück. Und ich hoffe sehr, dass du auch kommst, denn ehrlich gesagt fangen wir an, uns gegenseitig alle ein bisschen zu langweilen, und da ist es gut, wenn ein neues Gesicht dabei ist.«

Ich unterdrückte die Antwort, die mir bereits auf der Zunge lag, nämlich, dass sie an die Falsche geraten waren, wenn sie auf geistreichen Witz und Unterhaltung hofften, und verscheuchte das Bild von mir, wie ich zu ihrer Freude Musicalstar-mäßig über eine Bühne steppte, so wie ich es mit sechs Jahren einmal gelernt hatte.

Stattdessen sagte ich: »Das wäre nett«, und ich war froh darüber, dass es mir gelang, cool zu klingen, bis er fragte: »Und worauf hast du jetzt Lust?«, und ich am liebsten gerufen hätte: *»Auf dich!«*

Was war bloß los mit mir? Okay, er war der bestaussehende Mann, dem ich seit Ewigkeiten begegnet war – na ja, vermutlich seit ich Will kennengelernt hatte –, aber ich kannte ihn doch kaum. Vielleicht hatte er furchtbare Angewohnheiten, ganz zu schweigen von einer festen Freundin oder gleich zweien, die er irgendwo versteckt hielt; und überhaupt war ich für so was nicht hierhergekommen.

Schnell überlegte ich, in welcher Phase meines Zyklus ich mich befand. Das war es! Mein Körper hielt es offenbar gerade für eine Top-Idee, schnell und gründlich von irgendjemand halbwegs Präsentablem vernascht zu werden, damit meine Hormone auf dem Fortpflanzungstrip bekamen, wonach sie verlangten. (Rache an Will zu nehmen, war da bloß ein befriedigender Nebeneffekt.)

Adam stand immer noch vor mir und wartete auf eine Antwort.

»Jedenfalls nicht auf einen langen Spaziergang«, sagte ich schließlich, was schon etwas besser war, als wieder ›ist mir gleich‹ zu sagen. »Das hab ich in letzter Zeit oft genug gemacht, genauso wie mich zu sonnen. Irgendwas Aktives.«

»Okay, dann Tretboot fahren«, schlug er vor. »Das ist relativ günstig, ein tolles Training für die Beine, wie Kate immer betont, und es macht erst Spaß, wenn man mindestens zu zweit ist. Was meinst du?«

Meine Hormone wären schon glücklich gewesen, wenn er vorgeschlagen hätte, dass wir zusammen ein paar Schornsteine fegen oder uns auf einen Autobahnrastplatz setzen könnten, aber der Rest von mir fand die Idee mit dem Tretboot am besten.

»Na, dann los«, sagte er und ging etwas voraus, sodass es keine Möglichkeit gab, dass sich unsere Arme streiften oder die Finger ineinander verschlangen – nicht dass ich daran auch nur einen Moment gedacht hätte!

Seine Bemerkung darüber, dass Chris zu seiner Familie zurückkehren würde, kam mir wieder in den Sinn, während wir an der Küste entlangstrampelten, und als wir kurz Pause machten, um einen Blick zurück auf die Bucht zu werfen, bekam ich genug Luft, um Adam danach zu fragen.

»Er lebt mit seiner Frau und seinen zwei Töchtern in West London, in der Nähe von Heathrow. Er hat dort ein Autohaus.«

»Warum ist er dann eigentlich allein hier?«, fragte ich, statt nach dem Naheliegenden zu fragen, nämlich ob er der Einzige war, der verheiratet war – denn das war natürlich, was mich wirklich interessierte, wie es wohl jeden interessieren würde, damit man sich ein richtiges Bild von den Leuten machen konnte.

»Marsha ging es Anfang des Jahres nicht so gut, deswegen sind wir alle etwas früher hergekommen, um zu sehen, ob alles in Ordnung ist. Chris konnte bloß für eine gute Woche weg, aber musste allein kommen, weil seine Kinder ja in die Schule gehen – und er kann auch nicht so lange von seiner Arbeit weg. Aber er kommt später noch mal mit der ganzen Familie.«

»Womit ein weiteres Teil des Puzzles geklärt wäre«, sagte ich. »Dann bleibt nur noch das Geheimnis um dich und Simon.«

Er sah mich mit hochgezogener Augenbraue an.

»Na ja«, sagte ich, »du weißt, warum ich diesen Sommer hier bin, und ich weiß jetzt, was Kate und Marie und Chris so machen. Aber was ist mit euch beiden – müsst ihr nicht auch bald zurück, um eure Brötchen zu verdienen?«

Er schmunzelte. »Nein. Da haben wir uns schon drum gekümmert. Simon betreibt eine sehr erfolgreiche Personalagentur – also, wenn ich sage ›betreibt‹, meine ich eigentlich auf dem Papier. Er hat ziemlich viel Geld und das Familienunternehmen geerbt, und er hat einen ausgesprochen fähigen und ambitionierten Manager, der nur froh ist, wenn Simon möglichst lang in Urlaub geht. Und was mich betrifft, ich bin Fotograf. Freier Fotograf. Ich bin ein bisschen wie Marsha. Ich arbeite neun, zehn Monate im Jahr wie besessen, damit ich den Sommer über meine Ruhe habe. Und wenn ich dann nach London zurückkehre, dann bin ich buchstäblich wieder arbeitshungrig.«

»Und fährst du immer nach Cornwall, den ganzen Sommer über?«

Zum ersten Mal seit unserer kurzen Bekanntschaft wirkte sein Gesicht verschlossen.

»Dieses Jahr zumindest«, sagte er und wechselte dann schnell das Thema. »Bald setzt die Ebbe ein. Wir sollten besser zurück, sonst müssen wir uns doppelt anstrengen, um wieder ans Ufer zu kommen.«

Wenigstens hatte er nicht gesagt, dass er verheiratet war.

Nicht dass es mir etwas ausgemacht hätte. Er *wirkte* bloß nicht wie ein verheirateter Mann, und ich mochte es einfach, wenn ich mit meiner Intuition richtiglag. Und wenn mein sexhungriger Körper schon von jemandem fantasieren musste, dann war es mir wirklich lieber, wenn es da keine Ehefrau im Hintergrund gab.

7. Kapitel

Den Rest kann man sich mittlerweile bestimmt denken. Der Sommer in Cornwall verlief idyllisch, während Adam und ich uns immer näher kamen und ich den Schmerz, den Will hinterlassen hatte, überwinden konnte. Nach ein paar Fehlstarts gestanden wir uns unsere gegenseitige Liebe, meine Scheidung ging durch, Marie und Kate waren die Brautjungfern auf unserer Hochzeit (auf der meine Mutter den größtmöglichen Hut trug und versuchte, bei Adams Trauzeugen Simon zu landen, weil er einen Privatschulakzent hatte und zu höflich war, sie auf den Altersunterschied hinzuweisen; doch selbst wenn er es getan hätte, hätte sie einfach auf Joan Collins verwiesen, um zu beweisen, dass der Altersunterschied keine Rolle spielte), und nach einer angemessenen Zeitspanne war Marsha dann die Taufpatin unseres ersten Kindes. Und wir lebten glücklich und zufrieden bis an das Ende dieses Buches.

Bloß, dass es nicht ganz so lief. Genau genommen lief es ganz und gar nicht so. Zunächst einmal waren die Sitzungen mit Marsha alles andere als angenehm, und mir wurde langsam klar, dass sie auch eine gute Verhörexpertin beim britischen Geheimdienst abgegeben hätte. Ich wäre nicht überrascht gewesen, wenn diese ganze Hippie-Sache bloß Fassade gewesen wäre und sie tatsächlich früher einmal ein hartes MI5-Training durchlaufen hätte.

Ganz gleich wie sehr ich mich ihr gegenüber in einem bestimmten Licht zeigen wollte, es gelang ihr immer, mit einem geschickten, klaren Schnitt direkt zu dem Geschwür vorzudringen, dass wir gerade zu entfernen versuchten. Und ich war jedes Mal wieder überrascht. Erst unterhielten wir uns noch über etwas vollkommen Harmloses, und im nächsten Moment befanden wir uns bereits in den unheimlichen Windungen meiner Psyche.

»Langweilt dich das eigentlich nicht?«, fragte ich sie eines Tages, als ich mich über einen Aspekt von Wills Verhalten mir gegenüber ausheulte und mir sogar selbst weinerlich vorkam.

»Wie könnte einen jemand, der einem wichtig ist, langweilen?«, erwiderte sie.

»Aber du kennst mich doch erst seit Kurzem. Warum sollte dich das alles kümmern?«

»Hast du sonst jemanden, der sich um dich kümmert?«, konterte sie. Ganz schön clever. Sie beantwortete solche Fragen fast immer mit einer Gegenfrage, sodass ich mir die Antwort selbst erarbeiten musste. Bei dieser Gelegenheit machte ich den Mund auf und wollte ganz selbstverständlich meine Eltern nennen, doch dann schloss ich den Mund wieder. Kümmerte es Juliet eigentlich, was mit mir los war? Ich wusste, dass sie mich auf diese verwickelte Art und Weise liebte, die für Mütter und Töchter typisch zu sein scheint, selbst wenn sie glauben, sie würden sich nicht gut verstehen. Für mich bedeutete das wohl, dass ich mich, nachdem ich mich fast mein gesamtes Erwachsenenleben hindurch mit ihr gezankt haben würde, trotzdem um sie kümmern würde, wenn sie alt wäre. Aber läge das dann daran, dass sie *mich* liebt oder ich *sie?* Oder würde ich damit nur weiter versuchen, ihre Bewunderung und Zustimmung zu erlangen, und wäre ihre Abhängigkeit von mir dann nicht bloß meine letzte Chance, mir einzureden, dass ihre Dankbarkeit die Liebe war, die sie mir nie besonders gezeigt hatte? Aber dann wäre sie sicher schon zu sehr verstrickt in die selbstsüchtigen Ansprüche des Alters, als dass sie sich noch *um mich* kümmern könnte …

Und all das löste eine einfache Frage von Marsha in mir aus.

Dann war da noch mein Vater, und diesen Fall habe ich ja bereits erläutert. Ich erinnere mich noch an seine starke Zuneigung, doch seine Fürsorge endete, als er nach Frankreich und zu der bezaubernden Yvon zog.

»Nein«, sagte Marsha dazu, »sie endete, als du aufgehört hast, ihn zu besuchen und ihm so das Gefühl gegeben hast, dass du seine Fürsorge nicht mehr brauchst.«

»Aber er hat sich ja nicht mal um mich bemüht, als meine Hochzeit in die Brüche gegangen ist!«, erklärte ich hitzig.

»Hast du das erwartet?«, fragte sie.

»Nein … eigentlich nicht … Ich dachte, er würde eh nicht verstehen, wie ich mich fühle.«

»Also, dann hat er deine Erwartungen doch erfüllt.«

»Du sagst mir also, es wäre meine Schuld, dass mein Vater und ich uns nicht mehr sehen!« Jetzt war ich wütend und suchte Zuflucht im Angriff als der besten Form der Verteidigung.

Doch Marsha blieb vollkommen unbeirrt. »Natürlich nicht«, antwortete sie. »Ich will dir bloß klarmachen, dass zu jeder Beziehung zwei Menschen gehören und alle beide die Möglichkeit haben, diese Beziehung zu beeinflussen.«

Ganz Grundsätzliches, ich weiß, aber ich hatte mehr als zehn Monate damit verbracht, dieses ›die ganze Welt ist gegen mich, obwohl ich überhaupt nichts Böses getan habe, aber wen interessiert das schon, ich komm auch alleine klar‹ um mich herum hochzuziehen und konnte das absolut Offensichtliche gar nicht mehr sehen.

Bei meiner Beziehung mit Will machte sie es genauso. Jedes Ereignis wurde besprochen und einmal umgedreht, sodass ich sehen konnte, wie ich den Ausgang beeinflusst hatte. Selbst sein Fremdgehen mit Lauren wurde nicht ausgespart. Manchmal wurde ich so wütend und war so aufgebracht, dass ich ging und den ganzen restlichen Tag alleine verbrachte und wieder Pauline Collins spielte, aber ich kam jedes Mal zurück. Zum Teil, weil das ganze Drumrum eine unerklärliche Sogwirkung auf mich hatte, die ich mir noch immer nicht richtig erklären kann, und manchmal auch nur deshalb, weil mir irgendeine schlaue Antwort auf eine vorangegangene Auseinandersetzung gekommen war, die ich ihr unbedingt hinschleudern wollte, um sie auf dem falschen Fuß zu erwischen – aber, unnötig zu erwähnen, natürlich gelang mir das nie.

Am schwierigsten wurde es, als wir auf das Thema der Ehe als Institution kamen. Marsha, die, wie sich herausstellte, nie verheiratet gewesen war, nahm selbst eine ziemlich bissige Haltung dazu ein, konnte jedoch verstehen, dass die Ehe für viele einen wünschenswerten Zustand darstellte.

»Das war die einzige Sache, bei der ich mir sicher war, dass ich sie gut machen würde«, gestand ich. »Und die einzige Sache, von der ich wollte, dass sie mir unbedingt gelingt. Nachdem ich gesehen hatte, wie meine Eltern ihre Ehe in den Sand gesetzt haben, war ich in meiner jugendlichen Leichtsinnigkeit wohl überzeugt davon, dass mir das nicht passieren würde.«

Es war immer mein Lebensplan gewesen, jemanden zu finden, den ich so lieben konnte, dass es mir nie langweilig mit ihm werden würde wie meiner Mutter mit ihren Männern, und ich wollte ihn so sehr lieben, dass er mich nie verlassen würde, wie es mein Vater getan hatte. Und natürlich hatte ich gedacht, dass wir nach einer gewissen Zeit ein paar Kinder haben würden, die in einem stabilen Umfeld aufblühen könnten und die in mir die beste Mutter der Welt sehen würden.

Ja, ich weiß, das klingt wie im Bilderbuch, aber malt sich nicht jede Frau, sobald sie ihren Traummann gefunden hat, so eine rosige Zukunft ganz nach ihren persönlichen Vorstellungen aus?

Wenn ich ganz ehrlich war (und mittlerweile war ich an dem Punkt angekommen, wo ich Marsha und mir selbst gegenüber ehrlicher war, als ich es lange Zeit gewesen war), musste ich zugeben, dass meine zerstörten Zukunftsträume – insbesondere die, in denen es um Kinder und Sicherheit ging –, und damit die Durchkreuzung meines lang gehegten Lebensplans, fast genauso schwer für mich zu ertragen waren wie die Tatsache, dass ich Will verloren hatte. Und das war die Sache, über die ich mit Marsha am schwersten sprechen konnte.

»Ich dachte echt, ich hätte es geschafft«, erklärte ich ihr, als mich das Gefühl der Unzulänglichkeit und des Versagens wieder überkam. »Und ich wollte so sehr, dass es klappt … Und Kinder … ich wollte Kinder. Und sag jetzt nicht, dass ich noch jung genug zum Kinderkriegen bin. Das hab ich schon hundert Mal gehört, und es hilft mir nicht! … Und niemand scheint daran zu denken, dass ich erst mal wieder einen Mann treffen muss, dem ich vertrauen kann, bevor ich mit ihm Kinder bekomme … und ich werde nie wieder einem Mann vertrauen können, also werde ich auch nie Kinder bekommen, und das ist echt unfair, weil Will und Lauren jederzeit Kinder haben können … und ich … ich …« Der Schmerz war in meiner Stimme angekommen, die während dieser qualvollen Rede immer lauter geworden war.

»Ich hatte nicht vor, so etwas zu sagen«, meinte Marsha sanft. »Aber ich dachte, du möchtest vielleicht in den Arm genommen werden.«

Sie kam zu mir herüber, wo ich zusammengesunken auf meinem Stuhl saß, legte die Arme um mich und hielt mich fest, während ich schluchzte wie ein Baby, wovon ich so gerne welche haben wollte. Vielleicht gab es Kummerkastentanten, die besser gepolstert waren als Marsha, aber ich konnte mich nicht erinnern, dass mir schon einmal so viel stillschweigendes Mitgefühl von einem anderen Menschen entgegengebracht worden war. Allerdings konnte ich mich auch nicht daran erinnern, dass ich schon einmal vor jemand anderem so zusammengebrochen war.

Wie gesagt: Ich weine nie.

Doch das Ganze hatte auch eine gute Seite, weil es die ja immer gibt. Ja, ich weiß, das klingt jetzt schrecklich nach Klischee, nach dem Motto ›Auf Regen folgt Sonnenschein‹, als wäre ich Julie Andrews in *The Sound of Music* oder als wollte ich von dem Löffelchen Zucker erzählen, das bittere Medizin versüßt, aber in jedem Klischee steckt auch ein Fünkchen Wahrheit. Und ich begann schnell zu verstehen, was Marsha damit meinte, wenn sie sagte, dass sich alles, was man tut, auszahlt. Mit jedem Gespräch, das wir führten, ganz gleich wie traumatisch es mir in der Situation auch erschien, fühlte ich mich wieder mehr wie ein menschliches Wesen. Langsam wurde es zu einer wahrhaft kathartischen Übung, und mir wurde klar, wie es passieren konnte, dass verletzliche Menschen süchtig nach Therapie wurden. Mein Glas sah jedenfalls langsam wieder halb voll aus und nicht mehr halb leer.

Und mein Lohn dafür bestand darin, dass sich zwischen mir und Adam eine Freundschaft auf Augenhöhe entwickeln konnte. Wohlgemerkt verwende ich hier den Ausdruck ›Freundschaft‹, denn das war es.

Mittlerweile verstand ich mich mit allen von Marshas Freunden gut und fing an, sie als individuelle Persönlichkeiten zu sehen statt als ununterscheidbare Gruppe besonders glücklicher Menschen, und ich verbrachte auch mit einzelnen von ihnen Zeit, wenn die anderen anderweitig beschäftigt waren. Doch es war Adam, der häufiger als alle anderen auf mich zukam, und ich muss gestehen, dass es auch Adam war, dessen Gesellschaft ich suchte, wann immer ich konnte.

Und ungeachtet der Hormone war ich eigentlich ganz froh darüber, dass es bloß eine Freundschaft war. Die Tatsache, dass er mich zwar nicht scharf fand, mich jedoch als Mensch zu mögen schien, war eine erfrischende Abwechslung, und mir wurde klar, dass mein Männerbild zeit meines Lebens von meiner Mutter geprägt gewesen war. Also hatte ich im Umgang mit Männern immer darauf geschielt, ob sie geeignetes Heiratsmaterial abgaben, wobei die Bewertung ihrer ›Attraktivität‹ eine wichtige Rolle gespielt hatte. Aber jetzt verband mich zum ersten Mal in meinem Leben eine Freundschaft mit einem Mann, die ich genoss, ohne dass ich zu viel darüber nachdenken musste.

Okay, also wer das glaubt, glaubt wirklich alles. In Wahrheit wünschte ich mir (wider besseres Wissen), je mehr Zeit ich mit ihm verbrachte desto mehr, dass er eine Schwäche für mich verriete. Es fiel mir schwer, die Schmetterlinge in meinem Bauch zu ignorieren, die sein tolles Lächeln auslöste, oder den Schauer der Erregung, wenn er die Arme um meine Schultern legte, um mir zu helfen, den Feldstecher richtig auszurichten.

Ich rief mir (wiederholt) meine Behauptung in Erinnerung, dass ich nicht nach Cornwall gekommen war, um irgendein romantisches Idyll zu suchen. Ich sagte mir (ständig), wie töricht es wäre, wenn ich mich Hals über Kopf in einen Mann verlieben würde, der mit allen gleichermaßen gut Freund war. Ich redete mir (unentwegt) ein, dass er bloß Zeit mit mir verbrachte, weil er von der Gesellschaft der anderen ein wenig gelangweilt war oder er zu Marshas Schützling einfach nett sein wollte. Und manchmal gelang es mir sogar, mich davon zu überzeugen.

Siehst du?, kreischte meine innere Stimme, wenn er Marie seine Zuneigung zeigte oder beiläufig den Arm um Kates Schultern legte.

Wie armselig bist du eigentlich?, fragte ich mich, wenn ich seine Gegenwart so deutlich spürte, dass ich mir sicher war, alle anderen müssten mein stoßweises Atmen und meine Mühe, mich auf das Gespräch zu konzentrieren, bemerken.

Wirklich lächerlich, wo ich doch wusste, was passierte, wenn man sich – oder zumindest wenn ich mich – in einen Mann verguckte, der nur so vor Charme und gutem Aussehen strotzte.

Es ist einfach gut, einen Freund zu haben, sagte ich der inneren Stimme, wenn ich mich auf jede Gelegenheit stürzte, mit ihm Zeit zu verbringen, und die Reaktion der Stimme einfach ignorierte, die sich wohl am besten mit einem ›*Pah!*‹ übersetzen ließ.

Wir stellten rasch fest, dass wir uns in den Dingen, die wir mochten und nicht mochten, so sehr ähnelten, dass ich anfangs wieder misstrauisch wurde.

»Hat dir Marsha gesagt, dass du extra nett zu mir sein sollst, um mich aufzubauen?«, erkundigte ich mich, nachdem wir eine Runde ordinäres Minigolf gespielt hatten, für das wir uns gegenseitig eine geheime Vorliebe eingestanden hatten.

»Nein, hat sie nicht!«, rief er empört.

»Okay, okay«, sagte ich schnell. »Ich wollte nur sichergehen.« Ich war ein wenig angespannt, weil mein Gespräch mit ihr am Morgen ein bisschen schwierig verlaufen war.

»Hat sie dir hart zugesetzt?«, erkundigte sich Adam schmunzelnd.

»Woher weißt du das?«, fragte ich hastig, wieder voller Argwohn. »Ich dachte, sie redet mit niemandem über die anderen.«

»Tut sie auch nicht. Aber das haben wir alle mal durchgemacht. Deshalb sind wir ja hier.«

Ich starrte ihn an und wartete, dass er weiterredete. »Sie hat uns allen geholfen, Allie. So wie sie jetzt dir hilft. Und nicht bloß uns – es taucht immer mal wieder jemand auf, um mit ihr zu reden –, aber wir waren alle ungefähr zur selben Zeit da, deshalb sind wir alle so eng miteinander verbunden. Wir haben alle so unsere Geschichte.«

Ich musste wieder an den ersten Abend im Smugglers' denken, als sie mir so perfekt vorgekommen waren und ich sie beneidet und mich über sie geärgert hatte.

»Und was ist deine Geschichte?«, fragte ich behutsam.

Er schwieg eine Weile.

»Tut mir leid ... ich wollte nicht aufdringlich sein. Du musst nicht ...«, stammelte ich.

»Nein, ist schon okay. Es ist ja kein Geheimnis mehr. Ich hab nur überlegt, wie ich es auf den Punkt bringe ... Also, es ist so: Ich habe meinen Vater nie kennengelernt.

Ich glaube, meine Mutter hat ihn eigentlich auch nicht gekannt. Sie war noch ein Teenager, als sie schwanger wurde, und als ich dann da war, kam sie nicht mit mir klar, also verbrachte ich die meiste Zeit meiner Kindheit im Heim. Das Problem war, dass sie deswegen ein schlechtes Gewissen hatte und immer versuchte, alles auf die Reihe zu kriegen, also bekam sie mich immer mal wieder zurück. Doch dann lernte sie irgendeinen neuen Mann kennen – normalerweise irgendeinen suspekten Typen, der keine Lust auf das Kind eines andern hatte –, und ich landete wieder im Heim. Na ja, und damit kam ich nicht besonders gut klar und wurde ein richtiger kleiner Rabauke. Hab zu viel angestellt, als dass ich es aufzählen könnte.«

»Aber … aber«, warf ich ein, »du bist doch viel zu …« Ich brachte den Satz nicht zu Ende. Ich konnte nichts sagen, was sich nicht herablassend und spießig angehört hätte.

»Zu intelligent, eloquent, erfolgreich, um aus einer heruntergekommenen Siedlung mit Sozialwohnungen zu kommen?«, fragte er grimmig und fügte dann versöhnlich hinzu: »Und ganz abgesehen davon natürlich zu gut aussehend!«

»Gebildet … wollte ich sagen … Obwohl du ja wahrscheinlich, was die Schule angeht, ziemlich viel verpasst hast …«, stammelte ich, denn natürlich hatte ich all das gemeint, was er aufgezählt hatte.

»Ach, weißt du, ich hatte zweimal im Leben richtig Glück«, sagte er, ohne meine Verlegenheit zu beachten. »Das erste Mal war, als die Sozialarbeiter entschieden, mich in eine Pflegefamilie zu geben. Ich schätze, sie hatten schon alle Heime für mich durch, also beschlossen sie, mich irgendeinem arglosen Paar aufzudrücken, weil ich damals noch immer recht engelhaft aussah. Und, soweit es mich betrifft, hatten sie auch das perfekte Paar gefunden. Er war Lehrer, und sie wollte nichts anderes, als Hausfrau und liebende Mutter für dieses nicht gerade liebenswerte Kind sein.«

Mittlerweile waren wir unten am Ufer angelangt, saßen auf den Felsen unterhalb von Marshas Haus und sahen einem Boot zu, das einen Wasserskifahrer hinter sich herzog. Unbewusst ergriff Adam meine Hand und hielt sie ganz fest, während wir zusahen, wie der Wasserskifahrer zum x-ten Mal umkippte.

»Sie waren so gut zu mir, wollten mich sogar adoptieren. Aber die da oben mit ihrer unendlichen Weisheit entschieden letztendlich, dass die beiden zwar gerne all ihre Zeit und Energie auf mich verwenden konnten, aber als Adoptiveltern schon zu alt wären. Wie auch immer, ich habe mit ihrer Hilfe viel gelernt. Ich merkte, dass ich nicht auf den Kopf gefallen war, und fing unter Onkel Teds wachsamem Auge an, Bücher zu verschlingen. Damals entdeckte ich auch mein Interesse an der Fotografie. Die beiden haben mir meine erste Kamera geschenkt.«

Er lachte bitter. »Ich dachte wirklich, ich hätte es geschafft. Welcher Idiot auch immer festgelegt hat, dass Pflegekinder in Familien mit dem gleichen sozialen Hintergrund gegeben werden sollen, damit sie sich besser mit ihnen ›identifizieren‹ können, sollte sich mal untersuchen lassen. Für mich war es das Paradies, und ich schnappte schnell alles von ihnen auf, was ich nur konnte – Tischmanieren, Umgangsformen, wie man richtig spricht –, und ich wollte nicht daran erinnert werden, woher ich kam.« Er lächelte mich an, doch das Lächeln erreichte seine Augen nicht. »Ich war wie ein Oliver Twist des zwanzigsten Jahrhunderts, und ich wollte unbedingt mehr.«

»Und was lief dann schief?«, fragte ich und streichelte seine Hand. Ich war viel zu versunken in seine Geschichte, als dass ich überhaupt bemerkte, was ich da tat.

»Tante Maureen starb. Ganz plötzlich, völlig unerwartet. Weder Onkel Ted noch ich konnten es fassen ... Vielleicht hätten wir es irgendwann durchgestanden, wenn wir hätten zusammenbleiben können. Wenn ich sein Sohn gewesen wäre, hätten wir ja auch allein damit klarkommen müssen. Aber nein, es tauchte eine neue Sozialarbeiterin auf, die wir noch nie zuvor gesehen hatten, und die meinte, dass Ted nicht in der Lage wäre, sich mit der Realität abzufinden, und ich wurde ihm weggenommen. Natürlich nicht ohne Kampf – und das meine ich jetzt im ganz wörtlichen Sinne –, was die Sozialarbeiterin bloß noch mehr in ihrer Überzeugung bestätigte, dass sie recht hatte. Meine Güte, wie ich sie gehasst habe!«

Er presste die Lippen fest zusammen und starrte zum Horizont. Er schien ganz woanders zu sein. Er war wieder ganz der toughe Jugendliche.

»Und dann hast du Marsha getroffen?«, fragte ich nach ein paar Minuten vorsichtig. Ich wollte unbedingt den Rest der Geschichte hören. Ich war wie der Hochzeitsgast aus der Ballade von Coleridge, der wie gebannt dem Bericht des alten Matrosen lauscht.

Er schüttelte den Kopf. »Nein, nicht gleich. Erst trat meine Mutter wieder auf den Plan und überzeugte das Jugendamt, dass ich wieder bei ihr leben sollte. Schließlich kam ich langsam in das Alter, in dem ich Geld verdienen konnte, und sie wurde älter und fand nicht mehr so leicht einen neuen Mann. Also ging ich wieder zu ihr zurück – und fand es schrecklicher als je zuvor. Ich passte da nicht mehr rein, weißt du. Ich redete nun anders und wollte andere Dinge tun. Mein Kopf war voll von all dem, was Onkel Ted und Tante Maureen mir gezeigt hatten. Meine Mutter war entsetzt. Sie fand, ich hätte mich in einen richtigen kleinen Snob verwandelt, und ließ das auch alle Nachbarn und Freunde wissen. Also wurde ich wieder zum Rabauken, schwänzte die Schule, obwohl ich eigentlich unbedingt lernen wollte … Ich tat so, als wäre mir alles egal …

Und als ich sechzehn war, bin ich dann ganz abgehauen. Ich wollte zurück zu Ted und mich um ihn kümmern, aber da war er schon im Pflegeheim, mit präseniler Alzheimer-Demenz. Ich stand ohne alles da. Das Einzige, was ich hatte, war ein hübsches Gesicht, also hätte ich Stricher werden können, wenn ich die Neigung dazu gehabt hätte. Aber selbst mir war klar, welche Gefahr dieser Weg birgt, also hab ich London zusammen mit einer Freundin verlassen, die genauso verkorkst war wie ich, und bin hierhergekommen, um einfach in den Tag hineinzuleben. Da habe ich dann Marsha kennengelernt. Die Freundin war schon wieder mit jemand anderem abgezogen, der ein nicht ganz so schlimmer Loser war wie ich, und ich hab am Strand geschlafen.«

»Und sie hat dich aufgenommen?«

Er lachte wieder, aber es wirkte auch diesmal nicht vergnügt. »Damals dachte ich, ich hätte sie eingewickelt. Ich hatte ein leichtes Opfer in ihr gesehen. Sie war ein weiterer Gutmensch, der keine Ahnung vom echten Leben hatte. Anfangs war ich ganz schrecklich zu ihr, hab ihre Gastfreundschaft schamlos ausgenutzt – und ihr ein- oder zweimal alles vollgekotzt, meine ich, weil ich versucht habe, meinen ganzen Frust in billigem Fusel zu ertränken. Aber sie hat mich nie aufgegeben … am Ende hat sie mich wieder in die Spur gebracht, mich überzeugt, weiter zu lernen, mir das Selbstvertrauen gegeben, ernsthaft übers Fotografieren nachzudenken … Das war das zweite Mal, dass ich richtig Glück gehabt habe.«

Er drehte sich zu mir und sah mich an, seine Augen waren so dunkel, wie ich sie noch nie gesehen hatte. »Ich verdanke ihr alles, Allie. Und bei den anderen ist es genauso, aber sie müssen dir ihre Geschichten selbst erzählen. Das ist der Grund, warum wir immer wieder hierher zurückkommen.«

Wir hielten uns noch immer an den Händen. Zögernd beugte ich mich vor und küsste ihn auf die Wange.

»Wofür war das denn?«, fragte er mit schiefem Lächeln. »Für meine Mitleidstour?«

»Absolut nicht«, sagte ich ernst. »Es war aus reiner Verehrung für den intelligenten, eloquenten, erfolgreichen Menschen, der aus dir geworden ist!«

»Nicht zu vergessen, den gut aussehenden«, murmelte er verlegen.

»Oh, das vor allem!«, erklärte ich mit einem Grinsen.

Er erwiderte mein Grinsen, legte beide Hände an meine Wangen und drückte behutsam, aber nachdrücklich seine Lippen auf meine.

Was soll ich sagen? Dass er genauso gut schmeckte, wie er aussah, und dass mein Mund – ach was, mein ganzer Körper – mit einer Intensität reagierte, die mir, als ich später daran dachte, die Schamesröte ins Gesicht trieb? Dass in mir alles wegschmolz und ich nicht wollte, dass er aufhörte, mich zu küssen? Dass ich ihm erst mit den Händen durch die Haare fuhr und mich an dem Gefühl berauschte, von einem Mann – einem Mann, nach dem ich obendrein ganz verrückt war – geküsst zu werden, begehrt zu werden, nach all den langen, einsamen Monaten?

Alles korrekt. Doch als wir kurz Luft holten und Adam

mich anlächelte, bevor er wieder anfing, mich zu küssen, und mein Körper sich anfühlte, als würde er außer Kontrolle geraten, fing auch mein Kopf an, wie wild zu arbeiten.

Was machte ich da? Adam war nicht der Richtige für einen aufbauenden Urlaubsflirt. Er bedeutete mir bereits zu viel für so ein flüchtiges Abenteuer. Also, was war die Alternative? Dass wir eine tiefe, bedeutungsvolle Beziehung zueinander aufbauten, zu der sich beide Seiten ernsthaft bekannten und die die Annahme nahelegte, dass wir für immer zusammenblieben? Oh nein. Nein. Das machte mir zu viel Angst. Dazu war ich nicht noch mal in der Lage.

Sanft und widerwillig löste ich mich von ihm.

»Was war das jetzt?«, fragte ich und bemühte mich, meine Stimme möglichst unbeschwert klingen zu lassen. »So eine Dankbarkeitssache für all die Komplimente?«

Er strich mir die Haare aus dem Gesicht, die er mit seinen Händen durcheinandergebracht hatte.

»Jedenfalls bin ich froh um diese Gelegenheit«, sagte er. »Ich wollte dich schon seit dem ersten Morgen küssen, als du mich beschuldigt hast, dich in irgendeine Sekte locken zu wollen.«

Tja, das gab mir tatsächlich zu denken. Die ganze Zeit über hatte ich seine Gegenwart so intensiv empfunden und nicht gemerkt, dass diese Gefühle auf Gegenseitigkeit beruhten. Ich schob den Gedanken zur Seite, um ihn abends, wenn ich allein wäre, wieder hervorzuholen und zu überdenken.

Er sah mir forschend ins Gesicht. »Und jetzt wünschtest du, ich hätte es nicht getan, oder?«

»Ach, Marsha hat dir also auch das Gedankenlesen beigebracht, was?«, fragte ich, und mir war klar, dass ich gerade einen von Marshas Tricks anwandte, indem ich eine Frage mit einer Gegenfrage beantwortete.

»Das brauchte sie gar nicht«, meinte er. »Ich sehe es auch so in deinem Gesicht. Tut mir leid, ich wollte nicht, dass du etwas tust, was du gar nicht willst.«

»Oh nein, so ist das nicht. Ich wollte … ich meine … es ist nicht so, als würde ich dich nicht mögen … na ja, das solltest du daran gemerkt haben, wie ich dich eben fast verschlungen hätte … es ist bloß …« Ich wand mich weiter, während er mich forschend ansah.

»Du hast Angst.«

Ich nickte.

»Angst, dass du verletzt werden könntest?«

Ich nickte wieder. »Verstehst du das?«

»Warum glaubst du, bin ich noch immer Single?«, fragte er bitter. »Weißt du was, warum machen wir es nicht wie die Anonymen Alkoholiker? Du weißt schon, einen Schritt nach dem anderen. Ich werde dich nicht unter Druck setzen, und solange du versprichst, dass du mich nicht in einem schwachen Moment vernaschst, können wir die Sache langsam angehen, bis wir beide gelernt haben, uns wirklich zu vertrauen.«

Ich lächelte. »Das mit dem Nicht-Vernaschen könnte ein bisschen schwierig werden, aber ich tue mein Bestes.«

»Dann machen wir uns einfach ganz altmodisch den Hof«, sagte er und erwiderte mein Lächeln, bevor er den Arm um mich legte. »Was aber natürlich die eine oder andere galante Umarmung und einen keuschen Kuss hie und da nicht ausschließt.«

Ich schmiegte mich in seine Arme, während wir uns an die Felsen lehnten, und fühlte mich mit jeder Minute geborgener.

»Aber das gilt natürlich nur so lange«, flüsterte er mir

ins Ohr, »bis mir Marsha genug über Hypnose beigebracht hat, damit ich meine unredlichen Absichten bei dir in die Tat umsetzen kann.«

Eine Weile saßen wir einfach nur da und genossen unsere neue Nähe.

»Haben alle so schlimme Geschichten?«, fragte ich schließlich.

»Oh, einige mussten viel mehr bewältigen als ich«, sagte er.

Ich nickte. »Dann kommt mein Gejammer Marsha bestimmt ziemlich banal vor. So viele Leute lassen sich scheiden und kommen trotzdem klar.«

Er schüttelte den Kopf. »Wenn man kurz vorm Zusammenbruch steht, ist es egal, was der Grund dafür ist. Schmerz ist Schmerz. Aber ich sag dir was …«, seine Stimme bekam einen wütenden Ton. »In vielen Fällen müsste man die verdammten Eltern zur Verantwortung ziehen. Wenn – *falls* – ich mal Kinder haben sollte, dann werden die nicht meinetwegen verkorkst!«

Jetzt lachte ich bitter. »Genau das habe ich auch immer gesagt, nachdem meine Eltern das mit unserer Familie so verbockt haben. Aber wenn alles so gelaufen wäre, wie ich mir das vorgestellt habe, als ich noch glaubte, dass meine Ehe für immer halten würde, dann hätte ich jetzt auch ein paar Kinder am Rockzipfel, die mich fragen würden, wo ihr Papa ist.«

»Ja, aber ich wette, du hättest sie geliebt, ganz gleich was kommt!«

»Oh ja«, sagte ich leise und dachte an die Kinder aus meinem Lebensplan. »Ich hätte sie geliebt.«

Wir starrten beide hinaus aufs Meer und hielten Ausschau nach den Träumen, die uns noch bevorstanden, und denen, die bereits vergangen waren.

»Also, warum verbringt Marsha ihr Leben damit, anderen zu helfen?«, fragte ich dann. »Warum hat sie keine eigene Familie?«

Adam zuckte mit den Schultern. »Da redet sie nicht viel drüber. Ich glaube, es gab vor vielen Jahren einen Mann und ein Kind, das gestorben ist, aber sie spricht nicht gern darüber, und keiner von uns drängt sie dazu.«

»Es ist komisch«, sagte ich, nachdem wir noch eine Weile dagesessen hatten. »Als ich euch kennengelernt habe, dachte ich, ihr seid so eine Art ›shiny happy people‹, wie aus dem Song von R.E.M.«

»Und *jetzt* sind wir das auch«, meinte er und sprang mit einer Rückbesinnung auf seine übliche Ausgelassenheit vom Felsen. »Weil wir die Dämonen ausgetrieben haben. Und dass du R.E.M. magst – noch eine Übereinstimmung!«, fuhr er fort, als wir recht ziellos den Strand entlangspazierten. *Out of Time* oder *Automatic for the People?*

Es war ein Spiel, das wir angefangen hatten, als wir gemerkt hatten, wie ähnlich unsere Vorlieben waren.

»*Automatic for the People*«, sagte ich sofort. »Wegen …«

»›*Everybody Hurts*‹ und ›*Nightswimming*‹?«

»Genau!« Und wir lachten beide, froh darüber, die düsteren Themen der letzten paar Minuten verscheucht zu haben.

»Noddy oder Onkel Willy?«, fragte ich.

»Keiner von beiden. Noddy ist ein kleiner Waschlappen und Onkel Willy ein aufgeblasener Besserwisser.«

»Einverstanden. Und was ist mit *Der Wind in den Weiden* und *Pu der Bär?*

»Hm. Das ist schwierig. Ich glaube, Pu der Bär, weil er so schreckliche Liedchen singt und I-Aah so schön depressiv ist.«

»Und Ferkel so ein Feigling!«, rief ich erfreut, denn meine Wahl fiel genauso aus.

Am Nachmittag hatte es unerwarteten Regen gegeben, und der Abend war kühl, sodass wir es uns alle in Marshas großem Wohnzimmer gemütlich machten. Ich ertappte mich dabei, wie ich mir die anderen genauer ansah, während wir hinaus aufs graue neblige Meer schauten und über Simons stümperhafte Versuche lachten, auf einer ramponierten Gitarre zu spielen, die er zusammen mit dem Grill in Marshas Schuppen gefunden hatte. Es war schwer zu glauben, dass sie alle schwierige Zeiten hinter sich hatten. Bei Simon, zum Beispiel, konnte man sich alles vorstellen, nur nicht, dass er ein unerwünschtes Päckchen aus der Vergangenheit mit sich herumtrug. Er zupfte mit großem Ernst an den Seiten der Gitarre und gab erstickte Laute von sich, die man für Singen halten konnte, doch er interessierte sich keinen Deut für die abfälligen Bemerkungen, die ihm entgegengebracht wurden.

»Nein, hört zu, hört zu!«, protestierte er. »Jetzt hab ich's. Hört zu!«

»Oh, nein! Das erkenne ich sogar! Das soll ›Kumbaya‹ sein!«, kreischte Marie und bewarf ihn mit Bonbonpapier. »Bring ihn mal jemand zum Schweigen, bitte! Das halt ich nicht aus!«

»Das ist das Einzige, was ich noch zusammenbekomme«, meinte er. »Das haben wir immer bei den Pfadfindern gesungen.«

»Okay«, sagte Adam und schnappte ihm die Gitarre weg. »Du hörst jetzt echt auf, sonst singst du als Nächstes wahrscheinlich noch ›Ging Gang Goolie‹, und das ist *noch* schlimmer!«

»Es würde wahrscheinlich helfen, wenn du sie erst mal

richtig stimmen würdest, Simon«, lachte Marsha. »Ich glaube, sie ist nicht mehr angefasst worden seit den Tagen, als ich mich für Joan Baez hielt und meine Protestsongs darauf geübt habe.«

»Warst du gut?«, wollte Kate wissen.

»Na ja, auf jeden Fall gab es neue Proteste«, antwortete Marsha augenzwinkernd. »Aber leider nicht der Art, wie ich sie mir erhofft hatte. Ich glaube, ich habe ungefähr so gut wie Simon gespielt.«

»He! Ihr werdet bestimmt verstehen, dass ihr meine Gefühle so verletzt habt, dass ich meinen Kummer jetzt mit einer sehr guten Flasche Chablis ertränken muss, oder?«, sagte er und sah überhaupt nicht niedergeschlagen aus, als er in die Küche ging, um Gläser zu holen.

Das war natürlich einige Zeit, nachdem meine ursprünglichen zwei Wochen rum waren. Ich hatte bereits beschlossen, noch länger zu bleiben, obwohl ich mir zu diesem Zeitpunkt nicht mehr so sicher war, dass Marshas Plan funktionierte. Aber ich hatte auch keine Ahnung, wohin ich sonst gehen sollte. Außerdem gefiel mir der Gedanke, an einem anderen Ort wieder neu anfangen zu müssen, gar nicht. Jetzt, da Chris weg war, gab es ein freies Zimmer in Marshas Haus, das sie mir sofort angeboten hatte.

»Auch wenn Chris später wiederkommt, wird er in Tremorden Bay wohnen, weil er dann seine Familie dabeihat«, hatte sie mir erklärt.

Doch ich hatte ihr Angebot so höflich wie möglich abgelehnt. Es war zwar sehr verlockend, aber ich hatte noch immer das Bedürfnis, von Zeit zu Zeit Abstand von allem zu haben, und es widerstrebte mir, mich zu sehr an andere zu binden.

Schließlich gelang es mir, mit Gwen Jarrett eine langfristige Vereinbarung zu treffen. Das Lansdowne war zwar ein Loch von einer Pension, aber es war makellos sauber (selbst die hartnäckigsten Keime würden angesichts von Gwen Jarretts Farbenpracht erzittern) und die Hochsaison rückte näher, also wäre es schwierig geworden, eine bessere Unterkunft zu finden.

Abgesehen davon war ich sowieso nicht oft dort. An den Tagen, an denen ich mich mit Marsha traf, verließ ich die Pension direkt nach dem Frühstück und kehrte selten vor dem Abend zurück. Und an den Tagen, an denen ich mich nicht mit ihr traf, unternahm ich immer etwas mit Adam oder mit einem der anderen.

Eines Morgens ertönte vor der Pension schrilles Hupen, als ich soeben mein Frühstück beendete. Ich nahm an, dass es mir galt, denn die anderen Gäste, die sicher alle über achtzig waren, machten einen Busausflug nach St. Ives, und die Hupe klang nicht wie die eines Busses. Einer der Gäste dachte allerdings, es wäre der Feueralarm, und ein anderer hielt es für das Piepsen seines Hörgeräts, das anzeigte, dass die Batterie leer war, und das führte zu einer interessanten surrealen Unterhaltung.

»Ist das der Feueralarm? Vielleicht sollten wir besser gehen.«

»Verdammt, ich habe die Batterie doch erst neulich gewechselt.«

»Also wirklich, ich finde, Mrs Jarrett hätte jemand anderen dafür finden können als einen zahlenden Gast.«

»Warum? Hat sie auch ein Hörgerät?«

»Vielleicht. Auf jeden Fall scheint sie diesen schrecklichen Lärm nicht zu hören. Wenn es nach ihr ginge, könnte das Haus ja genauso gut in Flammen aufgehen. Und was würde dann aus uns allen werden?«

»Ich nehm es erst mal raus.«

»Also, wenn Sie rausgehen, geh ich auch. Ich werde nicht hierbleiben und verkohlen.«

Es war die Art von Unterhaltung, die ich jederzeit auch mit Juliet hätte führen können – und die war noch nicht mal sechzig. Ein beunruhigender Gedanke.

Ich erreichte den Ausgang zur selben Zeit wie Gwen Jarrett, deren längliche Gesichtszüge zu einem missbilligenden Ausdruck verkniffen waren. Auf der Kiesauffahrt warteten Simon, Adam und Kate, die in einer seltsamen Kiste saßen, die aussah wie ein Mini-Land-Rover und mit verblassten psychedelischen Farben bemalt war. Simon betätigte die seitlich befestigte Hupe mit einem solchen Eifer, dass ihm für das perfekte Bild nur noch das Clownsoutfit fehlte.

»Los, komm, wir wollen nach Padstow!«, rief er, sobald er mich erblickte. »Hol deine Sachen!«

»Was in aller Welt *ist* das?«, fragte ich, als ich ein paar Minuten später neben Kate auf den Rücksitz kletterte.

»Mit Geschichte hast du's wohl nicht so?« Adam drehte sich auf seinem Sitz herum und warf mir ein umwerfendes Lächeln zu, während Simon uns gezielt durch jedes Schlagloch der Straße fuhr. »Das ist ein Mini Moke, eins der begehrtesten Accessoires aus den Swinging Sixties.«

»Ah, dann ist es also von Marsha! Hast du das etwa auch im Schuppen gefunden, Simon?«

»Nein«, lachte er. »Normalerweise steht es gemütlich in einer Garage in der Nähe von Maries Haus und darf, wenn es Glück hat, zwei Mal pro Sommer einen kleinen Ausflug machen. Macht aber Riesenspaß, findest du nicht?«

Ich fragte mich, ob Simon je auf dem Rücksitz gesessen hatte, der noch weniger gefedert war als Marshas Liegestühle. »Warum ist Marsha denn nicht mitgekommen?

Oder Marie? Hab ich ihnen ihren Platz weggenommen?« Ich war noch immer in dem Stadium, in dem ich mich wie ein Eindringling fühlte. Zwar nicht immer, aber in solchen Fällen schon.

»Marsha verlässt Tremorden im Sommer eigentlich fast nie«, erklärte Kate. »Sie meint, wegen der Sommermonate sei sie hergezogen, also sieht sie keinen Grund, irgendwohin zu fahren, wenn man sich überall mit den vielen Sommergästen herumschlagen muss. Sie hebt sich die Ausflüge für andere Jahreszeiten auf, in denen man, wie sie sagt, viel besser sehen kann, wie ein Ort wirklich ist. Und Marie arbeitet heute Vormittag, und den Nachmittag verbringt sie dann mit Marsha«, fuhr sie fort.

»Also haben wir den ganzen Tag für uns mit dieser kleinen Schönheit hier«, sagte Simon und gab dem Auto einen liebevollen Klaps auf die Seite. Ich hatte das ungute Gefühl, dass er es am Ende des Tages ›altes Mädchen‹ nennen würde. Aber ich wollte ihm nicht sagen, dass ich den Komfort seines BMW vorgezogen hätte, der bei Marsha um die Ecke geparkt war.

»Und warum Padstow?«, fragte ich.

»Weil wir finden, du solltest die Gegend ein bisschen besser kennenlernen. Und welcher Ort würde sich da besser eignen als Padstow?«, meinte Kate. »Und überhaupt, ich glaube nicht, dass dieses Ding hier recht viel weiter kommen würde.«

»Und am Hafen können wir ein kleines Tuckerboot nach Rock nehmen«, fügte Adam hinzu.

»Also, das würde meiner Mutter gefallen«, sagte ich. Ich erzählte ihnen von meinem letzten Telefonat mit ihr und war ungeheuer froh, als sie lachten.

Padstow war geschäftig und sehr malerisch, und in Rock wimmelte es vor strahlenden Jugendlichen, bei deren Anblick sich selbst Kate alt vorkam. »Und ich bin erst dreiundzwanzig!«, jammerte sie. Wir blieben dort über Mittag, weil Simon zufällig einem alten Freund begegnete, der darauf beharrte, uns alle auf einen Drink einzuladen.

»Das passiert einem ständig, wenn man mit Simon unterwegs ist«, erklärte Adam. »Seine Familie hatte schon immer Häuser hier unten, also kennt er jede Menge Leute. Und sieh ihn dir an! Ich glaube, Networking liegt ihm einfach in den Genen!«

»Und dann wohnt er gar nicht hier unten bei seiner Familie?«, erkundigte ich mich und bekam als Antwort bloß eine hochgezogene Augenbraue und eine Grimasse, die so viel sagten wie: *Falsche Frage.* »Oh, okay.« Also hatte Simon Probleme mit seiner Familie. Wieder fühlte ich mich ein bisschen mehr, als wäre ich jetzt Mitglied in einem Club. Was mich wieder an Juliet denken ließ, also kaufte ich eine Postkarte von Rock, die ihr meiner Ansicht nach gefallen würde, konnte mir jedoch nicht verkneifen dazuzuschreiben: *Prinzen und Gefolgschaft noch nicht eingetroffen, aber ich halte die Augen offen.*

Als wir wieder zurück in Padstow waren, schlug Kate vor, eine Fahrradtour zu machen.

»Komm schon, das wir dir guttun«, sagte sie, als Simon stöhnte. »Und Allie wird es gefallen. Wir können am Hafen Räder mieten und dann entlang der alten Gleise nach Wadebridge fahren.«

»Das ist ewig weit!«, protestierte er, als Kate ihn wegzerrte.

»So weit ist es auch wieder nicht, und die ganze Strecke ist flach«, beteuerte sie.

»Was meinst du, Allie?«, fragte Adam.

Ich war seit Jahren nicht mehr Fahrrad gefahren, aber plötzlich erschien es mir eine tolle Idee. »Klingt gut. Aber ich weiß nicht so genau, ob meine Beine das morgen früh auch noch finden werden.«

»Um deine Beine musst du dir keine Sorgen machen«, sagte Simon. »Eher um diese zwei kleinen Knochen am Hintern, die die ganze Zeit auf dem Sattel scheuern. Morgen wirst du Kate um einen dieser Luftkissen-Sitzringe anbetteln, die sie im Krankenhaus haben.«

»Längst nicht mehr. Wann warst du denn zum letzten Mal im Krankenhaus?« Kate lachte.

»Seit ich deine Horrorgeschichten gehört habe, meide ich diese Orte. Also gut, okay, ich komm ja schon mit.« Und er lief mit Kate vorneweg, viel weniger widerwillig, als er vorgab.

»Ist Kate wirklich so vernarrt in ihren Carl?«, fragte ich Adam, während wir den beiden folgten. »Sie und Simon passen doch eigentlich ganz gut zusammen.« Ich mochte den Männern ja langfristig abgeschworen haben, aber das hinderte mich noch lange nicht daran, andere zu verkuppeln.

»Keine Chance. Kate und Carl gehören einfach zusammen. Vielleicht lernst du ihn ja bald kennen. Er ist ein netter Kerl. Und abgesehen davon schwärmt Simon schon seit Ewigkeiten für Marie.«

Das sagte viel über meine weibliche Intuition, denn das war mir noch gar nicht aufgefallen, und das sagte ich Adam auch.

»Er hängt das nicht an die große Glocke«, antwortete er. »Für Marie ist es immer noch schwer, einem Mann – egal welchem – genug zu vertrauen, um eine echte Beziehung einzugehen, auch wenn sie weiß, dass Simon zuverlässiger wäre als jeder andere.«

»Gehört das zu ihrer Geschichte?«, wollte ich wissen.

Adam nickte. »Glaub schon. Vielleicht hattest du am

ersten Tag gar nicht so unrecht mit deiner Vermutung, ich wäre Teil einer Sekte. Wir sind echt ein seltsamer Haufen. *Anwärter müssen Beweise für echte Störungen vorlegen, um für eine Mitgliedschaft infrage zu kommen.*«

»Aber ihr seid doch alle so *glücklich*«, beharrte ich, weil ich unbedingt wollte, dass sie diese strahlenden, sorglosen Leute blieben, die ich von Anfang an beneidet hatte.

»Ja, das sind wir auch«, räumte er ein. »Das sind wir. Aber dann und wann tauchen die kleinen Dämonen wieder auf, hocken sich auf unsere Schultern und müssen wieder vertrieben werden. Dafür laufen wir normalerweise wieder zu Marsha und holen uns Bestätigung. Das klappt immer.«

»Vielleicht ist Simon einfach zu rücksichtsvoll«, gab ich zu bedenken. »Vielleicht wäre es besser, er würde Marie einfach richtig den Kopf verdrehen. Wenn er ihr einfach keine Zeit ließe, überhaupt darüber nachzudenken … Das würde vielleicht klappen. Manchmal … na ja, manchmal wollen Frauen das …« Ich verstummte.

Hört, hört! Ein paar Wochen mit Marsha und schon klang ich wie eine richtige Kummerkastentante! Als wüsste ich die Lösung für anderer Leute Probleme – als ob!

Doch Adam nickte bloß nachdenklich und sah mich an.

»Hm. Den Kopf verdrehen … Wär 'ne Idee. Das muss ich mir merken.«

Ich schaute verlegen auf meine Füße, denn ich wusste, dass er nicht mehr von Simon und Marie redete.

»Hast du den Film gesehen?«, fragte er plötzlich und grinste dann über meinen ratlosen Gesichtsausdruck. *»Was Frauen wollen?«*

»Ach ja. Ja. Nicht schlecht«, antwortete ich, erleichtert darüber, dass er sich nicht über meine amateurhaften Versuche als Kummerkastentante lustig machte.

»Okay – Mel Gibson oder Bruce Willis?«

»Ähm, vor ein paar Jahren wäre es noch Bruce Willis gewesen, bevor er so viele Haare verloren hat und angefangen hat, sich selbst so wichtig zu nehmen. Jetzt ist es wohl eher Mel Gibson.«

Mittlerweile waren wir am Hafen angekommen. Die nächsten Stunden gab es keine Chance auf eine richtige Unterhaltung, während ich den anderen hinterher nach Wadebridge strampelte, denn wie bereits erwähnt, war es lange her, dass ich auf einem Fahrrad gesessen hatte. Doch dafür hatte ich Gelegenheit, Adams Rückenmuskeln zu bewundern, und als er mich über die Schulter fragte, wie ich die Aussicht fände, gab es meiner Antwort eine ganz eigene Bedeutung.

Simon sollte recht behalten mit den Knochen im Hintern, wobei sich die Rückfahrt im Mini Moke auch nicht gerade als hilfreich erwies, aber das machte nichts. In mir drin hatte ich ein wundervoll warmes und entspanntes Gefühl, wie als Kind, wenn wir abends vom Strand zurückkamen, mit salzigen Haaren und vom Wind ausgetrockneten Gesichtern, und man fast ein bisschen weinen wollte, weil es so schade war, dass der Tag endete.

Das war wahrscheinlich auch der Grund dafür, dass ich wieder diesen Traum hatte, in dem ich mit meinem Vater vor diesem Haus stand. Doch diesmal stand eine große, gertenschlanke Gestalt auf den Stufen über uns, und ich hätte eigentlich wissen müssen, wer es war, aber ich konnte das Gesicht nicht richtig sehen.

8. Kapitel

»Schätzchen! Du klingst großartig! Wie geht es all deinen neuen Künstlerfreunden? Ich habe deine Postkarte erhalten. Ich wusste doch, dass dir Rock gefallen würde!«

Wie nicht schwer zu erkennen ist, telefonierte ich mal wieder mit meiner Mutter, was ich mittlerweile ungefähr einmal die Woche tat.

»Siehst du genauso gut aus, wie du klingst, bei der ganzen Seeluft?«, fuhr sie fort. »Es war sehr klug von dir, dich für Cornwall zu entscheiden, bei dem schönen Wetter, das wir dieses Jahr haben. In Griechenland herrscht eine schreckliche Hitzewelle, da hättest du nie in die Sonne gekonnt, und in Frankreich sind überall schlimme Gewitter ...«

Philip schien sie offenbar sehr gut zu behandeln, denn das versetzte sie immer in großmütige Stimmung. Wenn es so weiterginge, würde sie sicher bald sich selbst und alle anderen davon überzeugt haben, dass es eigentlich *ihre* Idee war, mich ›zur Erholung‹ nach Cornwall zu schicken. Aber das sollte mir nur recht sein. Ich mochte sie lieber, wenn sie so beschwingt war wie jetzt.

»... besonders dort, wo dein Vater lebt«, sagte sie nun mit einer gewissen Selbstgefälligkeit, die alles ein bisschen verdarb. »Ich habe Sarah getroffen, und sie kümmert sich gut um deine Wohnung, aber sie will wissen, wie lange sie noch bleiben soll. Wann *kommst* du denn wieder, Schätzchen?«

»Ich ruf Sarah an«, sagte ich nur und wich ihrer Frage damit geschickt aus. Dann wechselte ich das Thema und fragte, wie es ihr in letzter Zeit so ergangen war, was bei Juliet nie schwer war. Ich wusste einfach noch nicht, wann ich wieder nach Hause fahren würde.

Nach Hause. Ich war jetzt schon seit über sieben Wochen in Tremorden, und Purley kam mir schon vor wie eine andere Welt. Es fühlte sich gar nicht mehr an wie mein Zuhause. Es war mitten im August, und wie Juliet bereits erwähnt hatte, war das Wetter hervorragend. So wie alles andere. Es war so, als wäre meine Kindheit dadurch, dass ich sie mir fest genug zurückgewünscht hatte, wieder aufgelebt. Jeder Tag war wie eine Geschichte von Enid Blyton. Uns fehlte nur noch ein Hund namens Timmy. Und rückblickend war es schwierig zu sagen, was wir wann gemacht hatten, denn die Tage flossen einfach ineinander.

Manchmal ging ich mit Kate einkaufen, aber öfter mit Marie, nachdem nun auch Carl mit in dem kleinen Haus nur ein paar Straßen vom Lansdowne entfernt wohnte. Manchmal trafen wir uns alle in großer Runde mit Chris und seiner jungen Familie, nachdem er, wie angekündigt, nach Tremorden Bay zurückgekehrt war und nun auf einem Campingplatz gleich am Rande des Städtchens wohnte. Wir lachten viel und hatten jede Menge Spaß, und Marsha war immer mittendrin: Sie kümmerte sich liebevoll um die kleinen Mädchen, spielte mit ihnen im Sand oder ließ sie an ihre Töpferscheibe und lobte dann ihre unförmigen Versuche, die nichtsdestotrotz gebrannt und bemalt wurden. Sie beteiligte sich an all den albernen Scherzen, die den Leuten, angeheitert von einem Glas Wein und angenehmer Gesellschaft, so in den Sinn kamen, oder lehnte sich auch immer öfter einfach zurück, wie damals am ersten Abend, rauchte ihre französischen Zigaretten, die sie schrecklich zum Husten brachten, und beobachtete uns aus blinzelnden Augen und mit einem gütigen Lächeln auf den Lippen.

Manchmal stahlen wir uns aber auch mal eine Stunde davon und lagen zu zweit auf den Felsen, wo ich sie kennengelernt hatte. Meine Befangenheit von damals war verschwunden, denn sie wusste mittlerweile wohl mehr über mich als sonst jemand.

Abgesehen von Adam. Mit ihm konnte ich über all die dummen Dinge reden, die uns zu dem machten, was wir waren. Wir entdeckten, dass wir die gleiche Liebe für Filme teilten; mittlerweile dürfte durchgeklungen sein, dass ich eine Schwäche für romantische Schnulzen habe. Na ja, ich finde sie eigentlich nicht schnulzig, aber Will hat das immer behauptet. Ich hatte sie mir immer alleine angesehen, wenn er nicht zu Hause war, sondern Squashspielen, glaube ich. Er mochte diese Macho-Actionfilme, die ich mir auch manchmal gern anschaute – denn wer konnte schon Arnies *»Hasta la vista, Baby!«* widerstehen –, aber es wäre ab und zu auch mal schön gewesen, wenn ich einen Film für uns beide hätte aussuchen dürfen.

Und Bücher – zeitgenössische wie Klassiker. Adam mochte Shakespeare, ich Dickens, aber wir beide liebten die Brontë-Schwestern und Jane Austen und hatten auch einiges von Hardy gelesen. Nicht, dass Will nicht belesen gewesen wäre, aber er bevorzugte Science-Fiction, womit ich nichts anfangen konnte, und Autoren wie Salman Rushdie, für den ich mich auch nicht richtig begeistern konnte, und das nicht nur, weil mir sein Foto in den Zeitungen nicht gefiel.

Okay … Mittlerweile stellt sich wohl die Frage, wieso ich Will überhaupt geheiratet habe, wo wir doch so wenig gemeinsam hatten. Tja, hier möchte ich noch einmal an den Pierce-Brosnan-/Robbie-Williams-Effekt erinnern und den wunderbaren Selbstwertschub, den so ein Mann auf eine ziemlich unscheinbare Bibliothekarin haben kann.

Im Gegenzug liebte Will auch den Auftrieb, den sein eigenes Selbstbewusstsein durch meinen stets anhimmelnden Blick auf ihn bekam. Damals musste er seinen Weg in der großen Welt da draußen noch suchen, und so begehrenswert die langbeinigen Schätzchen auch waren, sie waren auch anspruchsvoll, und dafür hatte er keine Zeit. Und als wir uns kennenlernten, hatte ich ihm noch das Gefühl gegeben, als wäre ich überhaupt nicht beeindruckt von seinem hübschen Gesicht und seinem Ruf, was für ihn wiederum eine unwiderstehliche Herausforderung darstellte. Das Problem war nur, sobald ich seinem sexy Charme erlegen war, konnte ich die Show nicht aufrechterhalten und verfiel stattdessen ins Türmatten-Verhalten: *Bitte putz dir doch die Füße an mir ab!*

All das konnte ich jetzt klar erkennen, aber damals natürlich nicht. Doch die Monate allein und die Wochen, die ich nun mit Marsha und Co. verbracht hatte, hatten auch meine Sichtweisen verändert.

›Charakterbildung‹, hätte es meine Großmutter genannt. ›Sturheit‹, nannte es meine Mutter.

Es war sicher ein bisschen von beidem. Zu dem Zeitpunkt, als ich in Cornwall ankam, kümmerte es mich schon nicht mehr besonders, was andere über mich dachten; und Marsha und Adam hatten mir seitdem gezeigt, dass ich mich wirklich selbst leiden konnte, wenn ich es nur lange genug versuchte. Ich hatte das Gefühl, gewachsen zu sein. Ein bisschen wünschte ich mir ja, Will könnte mich jetzt so sehen, damit ich ihm zeigen könnte, wie ich mich verändert hatte, und dass er mir nichts mehr bedeutete (außer vielleicht hin und wieder in einer schlaflosen Nacht, wenn ich seine Arme um mich herum gebraucht hätte, aber daran arbeitete ich).

Nach und nach erfuhr ich das Wesentliche der Geschichten aller anderen, die sich zusammengenommen anhörten wie der Bericht eines Sozialarbeiters.

Da war Marie, die regelmäßig von ihrem Vater misshandelt worden war, bis sie – mit Marshas Hilfe – den Mut fand, ihn anzuzeigen, was letztendlich zu einem Gerichtsverfahren und zum Ende der Alibi-Ehe ihrer Eltern führte. Trotz Marshas Hilfe hatte Simon seine liebe Mühe mit dem Versuch, sie auch davon zu überzeugen, dass ihr nicht alle Männer solche emotionalen Wunden zufügen würden.

Simon war, wie ich mir gedacht hatte, ein ehemaliger Privatschulzögling, der wegen Drogenproblemen von der Schule verwiesen worden war, obwohl er vermutlich eher eine Schulter zum Ausweinen gebraucht hätte, weil seine Eltern damals gerade einen schmutzigen Scheidungskrieg führten. Er war in das Haus der Familie nach Cornwall geschickt worden, bis eine neue Schule aufgetan werden konnte. Dort war Marsha auf ihn gestoßen, als er einen Ladendiebstahl begehen wollte, um seine Drogensucht zu finanzieren. Er kehrte nie mehr ins Internat zurück. Auch Kate war als Teenager nach Cornwall gezogen, in ihrem Falle jedoch zur Behandlung einer schweren Magersucht. Daher rührte auch ihr noch immer recht zwanghaftes Bedürfnis, Sport zu treiben und in einer Besessenheit à la Lady Di ihren Körper zu kontrollieren.

Auf Chris war Marsha gestoßen, als sie gebeten worden war, Töpferunterricht in einer Jugendstrafanstalt zu geben. Ihre Tätigkeit dort hatte nicht lange gedauert, da sie zu viele kritische Bemerkungen über die Art und Weise gemacht hatte, wie die Anstalt geführt wurde, aber sie war lange genug dort, um Chris unter ihre Fittiche zu nehmen und ihm ein Zuhause zu geben, als er entlassen wurde.

»Nach dem trostlosen Ort, den ich zuvor mein Leben lang in London mein Zuhause genannt hatte, war es wie im Himmel«, beschrieb er es mir. »Wir waren vier Kinder von vier verschiedenen Vätern, und unsere Mutter hatte Schwierigkeiten, aus dem Pub nach Hause zu kommen, wenn sie neun Stockwerke hochsteigen musste, weil der Aufzug mal wieder genauso wenig funktionierte wie ihre Beine.«

Langsam verstand ich, warum Adam so entschieden über die Verantwortung von Eltern gesprochen hatte.

Am Morgen nach dem Ausflug nach Padstow passte mich Gwen Jarrett ab, als ich den Frühstücksraum verließ.

»Meine Liebe, ich konnte nicht umhin zu bemerken«, begann sie, diesmal ohne ihr typisch kornisches Näseln, »dass Sie sich mit diesen jungen Leuten angefreundet haben, die bei Marsha Stubbs verkehren.«

Ich sagte nichts dazu, sondern wartete einfach ab, sodass es ihr ein wenig unangenehm wurde.

»Es ist nur so … Ich denke, ich sollte Sie warnen, da Sie ja ganz alleine hier sind … Nun ja, es handelt sich nicht gerade um die Art von Leuten, deren Gesellschaft diejenigen von uns, die hier schon länger wohnen, Ihnen anraten würden …« Sie rückte näher an mich heran und senkte verschwörerisch die Stimme, obwohl sonst niemand mehr im Raum war. »Es gibt alle möglichen Gerüchte darüber, was die so treiben. Vermutlich nehmen sie *Drogen* und machen andere *illegale Dinge* … Sie übt einen sehr schlechten Einfluss auf die Leute aus …« Mein Impuls war, Marsha entschieden zu verteidigen, doch dann erinnerte ich mich daran, wie sehr sich Marsha über ihren schlechten Ruf freute.

»Das ist sehr aufschlussreich«, sagte ich also und senkte dabei ebenfalls meine Stimme, sodass sich Gwenn Jarrett vorbeugte und ihre Augen erwartungsvoll blitzten. »Wussten Sie übrigens, dass aktuell sogar gegen sie ermittelt wird? Mitarbeiter bestimmter … sagen wir mal *Organisationen* beobachten ihre Aktivitäten sehr genau. *Deshalb bin ich hier*«, flüsterte ich und zwinkerte ihr vielsagend zu.

»Ah!«, hauchte sie in irrtümlichem Verständnis, richtete sich auf und nickte wissend. Sie sah mich mit neuer Achtung an, bevor sie mein Zwinkern feierlich erwiderte und ich schnell den Raum verlassen musste, damit ich nicht vor Lachen losplatzte.

Marsha lachte herzhaft, als ich ihr davon erzählte, bis ihr Raucherhusten einsetzte, und ließ mich alles noch einmal berichten, als Carl und Kate auftauchten, denn ihr gefiel, wie ich Gwen Jarretts Stimme imitierte.

Auch Adam lachte und machte es sich von da an zur Gewohnheit, mich abends zur Pension zu begleiten und sich noch lange mit mir zu unterhalten, wenn wir wussten, dass Gwen Jarrett uns beobachtete, und mir Abschiedsküsse zu geben, die immer länger und ausgedehnter wurden, wenn wir wussten, dass sie es nicht tat.

Sie sagte nie etwas, wenn ich in die Pension kam, also warf ich ihr bloß ein kleines verschwörerisches Lächeln zu und zog dabei eine Augenbraue hoch (das hatte ich als Teenager Ewigkeiten vor dem Spiegel geübt, weil ich dachte, dass ich damit cooler rüberkäme), bevor ich ihr Gute Nacht wünschte.

Eines Abends, als wir von Marsha zurückschlenderten,

gestand ich Adam meine Hemmungen, mich oben ohne am Strand zu zeigen.

»Ah! Dafür gibt es eine einfache Lösung«, sagte er. »Du gehst nachts mit jemandem an den Strand, von dem du weißt, dass du dir vor ihm nicht blöd vorkommst, und dann zieht ihr euch beide aus und rennt nackt ins Wasser. Danach sind deine Hemmungen verschwunden.« Er grinste schief.

»Du meinst … eine Nacht wie heute? Und vermutlich mit jemandem wie dir?«

»Na ja, jetzt, wo du es sagst – warum nicht?«

»Nacktbaden – du und ich – jetzt?«

»Du vertraust mir doch mittlerweile, oder?«, wollte er wissen.

»Jaaaa …«

»Vertraust du mir richtig, in allem?«

Ich holte tief Luft. Er hatte mir nie auch nur einen Moment Anlass zu Zweifeln an seiner Aufrichtigkeit gegeben, und wir waren uns mit jedem Tag nähergekommen.

»Ich vertrau dir richtig«, bejahte ich.

»Es ist eine schöne Nacht heute. So warm werden die Nächte bald nicht mehr sein.«

»Und du glaubst, dass ich mich danach unbekümmert vor den anderen am Strand oben ohne präsentiere?«

»Hm, das ist jedenfalls die Theorie …« Ich konnte seine weißen Zähne im Mondlicht aufblitzen sehen. »Und selbst wenn es nicht funktioniert, solltest du, wo du schon mal in Cornwall bist, es wenigstens einmal versucht haben …«

»Und wenn wir wieder rauskommen? Dann sind wir klatschnass …«

Die Vorstellung, mit einem nackten Adam im Meer zu baden, wurde immer verlockender.

»Wir trocknen uns schnell mit einem T-Shirt oder so ab und dann rennen wir am Strand rum, bis uns wieder warm ist.«

Ich hatte ja ehrlich gesagt gehofft, er würde eine etwas romantischere Art des Aufwärmens vorschlagen. Andererseits war er immer so bedacht darauf, mich nicht zu verschrecken. Plötzlich wollte ich ihm zeigen, dass ich auch spontan und unbekümmert sein konnte.

»Okay, einverstanden!«

Er lachte, nahm mich bei der Hand, und wir rannten hinunter zum Strand.

»Wer Letzter ist, hat verloren!«, rief er, als wir ankamen, während er bereits sein T-Shirt auszog und an seiner Hose zerrte.

Ich konzentrierte mich darauf, meine eigenen Sachen in den Sand zu schmeißen, und er rannte etwas vor mir ins Wasser.

»Gleich rein und unter den Wellen durchtauchen«, rief er mir zu.

Das kalte Wasser raubte mir den Atem, aber ich machte es, wie er gesagt hatte, stürzte mich in die nächste Welle und tauchte ein paar Meter weiter hinten, prustend und mir das Wasser aus dem Gesicht schüttelnd, wieder auf.

Adam stand direkt neben mir. Erstaunlicherweise stellte auch ich mich aufrecht hin, und es machte mir überhaupt nichts aus, dass meine Brüste zu sehen waren, die Nippel hart vom kalten Wasser.

»Und, was sagst du?«, wollte er wissen.

»Ich glaube, du hattest recht!«, antwortete ich, doch dann überkam mich wieder meine Schüchternheit, aber nicht wegen meines Körpers, sondern weil ich ihm sagen wollte, dass er schön war. »Los, noch mal!«, rief ich und tauchte erneut unter Wasser.

Wir plantschten noch ewig herum, bis meine Zähne so sehr zu klappern anfingen, dass ich kaum noch sprechen konnte.

»Komm«, sagte er und nahm mich wieder bei der Hand. »Ich glaube, das reicht für heute.«

Wir rannten zusammen an den Strand und rubbelten uns wie wild mit unseren dünnen Baumwollshirts ab. Aber ich zitterte so sehr vor Kälte, dass es einfach nicht half.

»Komm her«, sagte er und zog mich in den Sand. Er bedeckte mich mit seinem Körper, während er mein Gesicht mit Küssen übersäte. Ich schloss die Augen, spürte seine Haut auf meiner und atmete den Duft seiner Haare ein.

»Ich dachte, wir wollten rumrennen«, flüsterte ich.

»Findest du das nicht besser?«, fragte er und drückte seinen Mund auf meinen, sodass ich nicht antworten konnte.

»Mmm. Viel besser«, murmelte ich, als ich wieder Luft bekam.

Und ich wollte ihn so sehr. Ich wusste, dass auch er es wollte – na ja, es war auch nicht schwer zu erraten, wo wir beide splitternackt dalagen. Ich drückte meine Hüften gegen seinen harten Körper, und er stöhnte leise.

»Oh, Allie«, raunte er und vergrub sein Gesicht an meinem Hals, während seine Hand meinen Busen streichelte und dann gekonnt hinunter zu meinem Oberschenkel wanderte und meine Hände ihre eigene kleine Erkundungstour antraten. Und dann …

Dann bellte ein Hund ein Stückchen weiter am Strand. Das war doch klar, oder?

Adam fluchte leise. »Wo ein Hund ist, ist bestimmt auch ein Herrchen. Wir sollten besser gehen.«

Er setzte sich auf, schlüpfte schnell in seine kurze Hose und half mir dann behutsam beim Anziehen.

»Nächstes Mal …«, sagte er, »nächstes Mal lieben wir uns ganz ohne Eile in perfektem Ambiente.«

In seiner Stimme lag ein so sinnliches Versprechen, dass ich wohlig erschauderte und mich unheimlich schön fühlte.

Wir standen auf und er nahm mich in die Arme. »Vertraust du mir noch immer?«, fragte er.

»Ich vertrau dir noch immer«, sagte ich.

Arm in Arm kehrten wir zur Pension zurück, aber diesmal bekam Gwen Jarrett nicht zu sehen, wie wir uns Gute Nacht sagten.

Wie erwartet markierte dieser Abend einen Wendepunkt in unserer Beziehung.

Es war unmöglich, länger gegen die Anziehung anzukämpfen, die Adam auf mich hatte, auch wenn ich mich gelegentlich fragte, ob es klug war, mich so schnell und so früh wieder auf jemanden einzulassen. Wie bei einem Trauerfall gab es auch bei einer Scheidung keine Vorschriften, wie schnell man ›darüber hinweg‹ sein sollte.

Den anderen erzählten wir nichts von unserer neuen Intimität, und obwohl ihnen sicher eine Veränderung an uns aufgefallen sein musste – mein Körper jedenfalls erkannte immer neue Bedeutungen für das Wort ›heiß‹, wenn wir zusammen waren –, machte niemand eine Bemerkung darüber. Hin und wieder bildete ich mir ein, ein kleines zufriedenes Lächeln auf Marshas Lippen wahrzunehmen, als hätte sie das Ganze von vorneherein so geplant. Aber auch sie sagte nichts.

Adam drängte mich, doch noch das Angebot anzunehmen, in Chris' frei gewordenes Zimmer zu ziehen – abgesehen von allem anderen deshalb, weil es die einzige

Möglichkeit darstellte, ungestörte Zweisamkeit zu genießen. Sein Versprechen vom Strand war noch immer nicht eingelöst.

Aber ich sah erst einmal noch davon ab, zum einen, weil es mir unangenehm gewesen wäre, wenn Marsha und Simon das wahre Ausmaß meiner Lust für diesen Mann mitbekommen hätten, und zum anderen weil mir gerade die freudige Verheißung an unserer Beziehung so gefiel.

(Anmerkung: Das nächtliche Nacktbaden hatte nicht den angestrebten Effekt, dass ich von da an ungeniert oben ohne am Strand herumspazierte. Wenn Adam dabei war, konnte ich es nicht, weil ich rot angelaufen wäre, wenn sich unsere Blicke getroffen hätten und ich mich an diese Nacht erinnert hätte. Und wenn er nicht da war, konnte ich es nicht, weil ich mir sicher war, dass alle anderen dann irgendwie gewusst hätten, woher ich auf einmal den Mut dazu bekommen hatte. Es gab also noch immer ein paar Komplexe, an denen ich arbeiten musste.)

Okay ... Es ist sicher offensichtlich, dass diese Idylle nicht von Dauer sein konnte. Wie sollte es auch? Niemand lebt wirklich für immer glücklich und zufrieden, weil die ganzen alltäglichen Dinge, banale Sachen wie Geldverdienen, Morgenmuffeligkeit oder Zank darüber, wer das Bad putzt, dazwischenkommen.

Aber Tremorden Bay war zu meinem Camelot geworden, wo Ort und Zeit keine Rolle spielten und auch keines dieser alltäglichen Dinge störte und jeder jeden mochte und vor allem alle Marsha mochten. Sie war die gütige Bienenkönigin, um die wir anderen herumsummten und die uns allen Sinn verlieh. Und ich wollte, dass es für immer so bleiben würde, denn nach der Sache mit Will hatte ich schließlich ein Happy End verdient, und nach allem, was die anderen durchgemacht hatten, galt dasselbe auch für sie.

Bloß hatte ich bei dem ganzen Gerede davon, dass nach dem Regen auch wieder Sonnenschein kommen muss, ganz vergessen, dass es auch andersherum galt. Die letzten Wochen waren für mich wie nicht von dieser Welt gewesen, eine Verkörperung jeden romantischen Klischees, das man sich nur vorstellen konnte. Als dann alles in sich zusammenbrach, beschrieb es, wie es ist, ›wieder auf dem Boden der Tatsachen zu landen‹, nicht mal ansatzweise.

9. Kapitel

Rückblickend lag an diesem Morgen das Ende des Sommers in der Luft. Chris und seine Familie waren nach London zurückgekehrt, und ich hatte mich mit Kate getroffen, nachdem diese Carl nach Exeter verabschiedet hatte, wo sie ihn Ende der Woche wiedertreffen würde. Mein Bankkonto sagte mir, dass es für mich langsam Zeit wurde, ein paar finanzielle Entscheidungen zu treffen, aber das schob ich weiter vor mir her. Wie gesagt, ich wollte, dass mein Camelot ewig so weiterging.

Vom Meer wehte eine frische Brise herüber, und Kate und ich lachten über unseren zerzausten Zustand, als wir die alte Holztür zu Marshas Haus öffneten und uns auf etwas Warmes zu trinken freuten.

»Kate! Bist du das?«, ertönte Simons besorgte Stimme aus dem oberen Stock. »Komm rauf, schnell!«

Er stand mit einem blutbefleckten Tuch in der Hand am Ende der Treppe.

»Marsha hat Nasenbluten. Ich kann es nicht stoppen!«

Ich wollte ihm schon sagen, dass er sich erst mal beruhigen solle. Schließlich war es bloß Nasenbluten, und vielleicht gehörte er ja zu den Männern, die beim Anblick von Blut sofort in Panik gerieten. Doch glücklicherweise tat ich es nicht.

Kate war bereits an ihm vorbei ins Wohnzimmer gestürmt, und ich folgte ihr. Marsha saß zusammengesackt, blass und nach Luft ringend im Sessel. Sie sah mindestens zehn Jahre älter aus, und überall war Blut.

»Ruf den Notarzt, sie muss ins Krankenhaus«, rief Kate Simon zu.

»Ich hab das Auto draußen stehen«, erwiderte er. »Können wir sie nicht …?«

»Wir würden sie die Treppe nicht richtig hochbekommen, und das würde es nur noch schlimmer machen«, erklärte Kate. »Los – mach schon!«

»Allie!«, sagte sie zu mir. »Hol mir was Kaltes aus dem Gefrierschrank, gefrorene Erbsen oder irgendwas, und den Erste-Hilfe-Kasten aus der Werkstatt.«

Das musste sie mir nicht zweimal sagen. Ihr Ton ließ keinen Widerspruch zu, doch als sie sich wieder Marsha zuwandte, sprach sie sanft und beruhigend. »Alles okay. Das wird gleich wieder. Versuch, langsam zu atmen. Genau … schön langsam … alles wird gut …«

Marsha musste sich so sehr aufs Atmen konzentrieren, dass sie nur ein paar Worte hauchen konnte, die ich aber nicht verstand.

Als der Krankenwagen schließlich eintraf, schien Kate die Situation unter Kontrolle gebracht zu haben. Sie hatte Marsha in beide Nasenlöcher Pfropfen aus Mullverband geschoben, die sich bereits hellrot färbten, und während ich Marsha die Packung gefrorene Erbsen an den Nasenrücken hielt, schälte Kate sie aus dem blutigen Oberteil und half ihr in eine saubere Bluse. Ich wagte nicht, Kate zu fragen, was mit Marsha los war.

»Wo ist Adam?«, erkundigte ich mich stattdessen bei Simon, als Kate dem Notarzt in unverständlicher Medizinsprache ein paar Angaben machte.

»Er wollte nur kurz los, um ein paar Besorgungen zu machen. Er müsste eigentlich längst zurück sein.« Sein

Gesicht war fast so aschfahl wie das von Marsha. »Er muss wissen, was passiert ist …«

»Simon, ist schon okay. Die bekommen doch Nasenbluten in den Griff. Im Krankenhaus ist das bestimmt gleich erledigt«, sagte ich beruhigend.

Ich wollte ihm gerade teilnahmsvoll auf die Schulter klopfen, doch der Gesichtsausdruck, mit dem er mich ansah, ließ meine Hand zurückschrecken.

»Du weißt es noch nicht?«, fragte er.

»Was weiß ich noch nicht?« Langsam wurde ich doch etwas beunruhigt. »Simon, wovon redest du?«

Doch in diesem Moment war das Notarztteam bereit, mit Marsha, die jetzt in eine rote Decke gewickelt auf einer Trage lag, aufzubrechen. Ihre sonst hochgewachsene, schlanke Gestalt wirkte wie geschrumpft.

»Hör zu«, sagte ich zu Simon. »Lass mir deinen Autoschlüssel da und fahr mit Kate und Marsha mit. Ich warte hier auf Adam – und Marie, wenn du willst –, und dann kommen wir so bald wie möglich nach. Wer weiß, vielleicht geht es ihr bis dahin ja schon wieder gut, und wir können sie mit nach Hause nehmen.«

Meine Stimme klang zu zuversichtlich, das wusste ich, denn hier ging es ganz offensichtlich um mehr als bloß ein bisschen Nasenbluten, aber Simon würde es mir jetzt nicht sagen, und Kate war zu beschäftigt damit, sich um Marsha zu kümmern, als dass ich sie darauf hätte ansprechen können.

Simon gab mir seinen Schlüssel und umarmte mich. »Danke, Allie. Bis später«, sagte er und folgte dem kleinen Tross, der erst die Treppe nach unten und dann die Stufen wieder hinauf bis zum Tor bewältigen musste.

Kaum hatte ich das Chaos im Wohnzimmer ein wenig beseitigt und die blutverschmierten Handtücher zum

Einweichen in die Spüle gelegt, tauchte Adam auf. Er kam mit großen Schritten und pfeifend die Treppe herauf, die Arme voller Einkaufstüten.

Als er meinen Gesichtsausdruck sah, hörte er sofort auf zu pfeifen. »Was ist los?«, fragte er. »Wo sind die anderen?«

Ich berichtete ihm kurz, was geschehen war.

»Wie schlimm ist es?«, fragte er mit einer Eindringlichkeit, die ich sonst nicht von ihm kannte.

»Es sah aus wie ziemlich schlimmes Nasenbluten«, antwortete ich. »Aber ich weiß nicht, *wie* schlimm schlimm ist, wenn ich nicht weiß, warum es alle für so ernst halten! Ich habe gehört, wie Kate etwas von Medikamenten gesagt hat. Was ist *los,* Adam?«

Er zog mich neben sich aufs Sofa und sah mich an. Sein Gesichtsausdruck war so düster, wie ich es noch nie bei ihm gesehen hatte, und er hatte Mühe, Worte zu finden.

»Sie hat Krebs, Allie. Überall. Man kann nichts dagegen tun. Er ist schon zu weit fortgeschritten für eine Behandlung …«

»Krebs? Du meinst, sie wird sterben? Marsha stirbt?«

Er nickte. »Deshalb sind wir alle hier. Sie weiß es schon eine Weile, und als sie es uns sagte, haben wir beschlossen, wie immer herzukommen, aber diesmal so lange zu bleiben, wie wir können – einen letzten Sommer lang. Es war das Einzige, was sie sich gewünscht hat – dass alles so sein soll wie immer –, und es ist das Einzige, was wir noch für sie tun können.« Seine Stimme war ein stoßweises Flüstern.

Es fiel mir wie Schuppen von den Augen. So wie damals, als mir meine Eltern sagten, dass sie sich scheiden lassen würden. Warum brauchte ich immer so lange, bis ich solche Dinge sah?

Weil, sagte eine leise Stimme in meinem Kopf, *du im Moment nur an deine eigene Heilung gedacht hast und an niemanden sonst.*

Es erschien mir jetzt alles so offensichtlich – die Tabletten gegen den Kater, obwohl ich Marsha nie viel hatte trinken sehen; der trockene Raucherhusten, den nie jemand thematisierte; die Fahlheit, die sich an manchen Abenden über ihre beständige Bräune legte, von der ich vermutet hatte, dass es einfach die Farbe war, die man eben bekam, wenn man ein gewisses Alter erreicht hatte und sich jahrelang der Sonne ausgesetzt hatte; der zunehmende Widerwille, Tremorden zu verlassen und manchmal sogar das Haus; dass immer jemand bei ihr war …

»Deshalb hat sie ihre Werkstatt zusammengepackt«, stellte ich mehr fest, als dass ich es fragte. »Sie wird dort nicht mehr arbeiten.«

Adam nickte. »Der Krebs hat in der Lunge angefangen und von dort aus gestreut, und ihr wurde gesagt, dass er sogar schon ihr Gehirn befallen hat. Sie wusste, dass sie sich irgendwann nicht mehr richtig bewegen können wird, also wollte sie rechtzeitig aufhören.«

Da packten mich Wut und Angst. »Und keiner von euch hat mir was gesagt! Warum habt ihr mir nichts *gesagt?*«

Ich dachte daran, was wir uns alles anvertraut hatten, Adam und ich. All diese banalen, aber essenziellen Dinge, die zwei Menschen eng miteinander verbinden. Ich hatte gedacht, es gäbe nichts, worüber wir nicht reden konnten.

»Ich hab dir vertraut! Ich dachte, wir haben Vertrauen zueinander«, rief ich und sprang auf. »Wir wollten doch ehrlich zueinander sein. Warum warst du dann *damit* nicht ehrlich?«

»Sie wollte nicht, dass du es weißt«, erklärte er. »Sie hat

uns gebeten, dir nichts zu sagen. Sie wusste, dass du Hilfe brauchst, und sie dachte, wenn du wüsstest, dass sie sterben wird, würdest du nicht so offen mit ihr sprechen. Ich meine, mal ehrlich, bis man sich an diese Situation gewöhnt hat, geht uns das doch allen so, oder?«

Ich sagte nichts, hielt an meiner Wut fest, denn sie umfasste alles. Ich war wütend darüber, dass Adam mir nichts gesagt hatte, wütend auf mich selbst, weil ich so blind gewesen war, und auf Marsha, weil sie mich dazu gebracht hatte, sie zu brauchen – ja, und sie zu lieben –, obwohl sie nicht mehr lange für mich da sein würde. Das alles vermischt mit Dankbarkeit dafür, was sie mir gegeben hatte, Entsetzen bei dem Gedanken, was ihr bevorstand, und Angst davor, dass meine neue, glückliche, sichere Welt auseinanderbrechen würde.

»Sie hatte recht damit, Allie«, sagte Adam. »Denk mal drüber nach. Meinst du, du hättest uns alle kennengelernt – wir zwei hätten uns gefunden –, wenn sie dir anfangs gesagt hätte ›Komm jederzeit vorbei und erzähl mir deine Sorgen. Oh, und übrigens, ich habe Krebs im Endstadium, aber mach dir deswegen mal keinen Kopf. Ist keine große Sache‹?«

Ich schüttelte den Kopf, denn ich musste zugeben, dass er recht hatte.

»Aber inzwischen hättest du es mir doch sagen können, oder wenigstens andeuten, dass sie krank ist«, rief ich barsch. »*Marsha wird sterben!* Und du konntest mir das nicht sagen?«

Ich trat von einem Fuß auf den anderen und fuchtelte mit den Händen, wie ich es immer mache, wenn ich mich aufrege.

Er legte die Arme um mich und hielt mich fest. »Das wollte ich, so oft«, gestand er. »Aber wir hatten so eine schöne Zeit zusammen, du warst so glücklich, Marsha schien es gut zu gehen, und der Sommer war fast vorbei. Ich dachte, wir beide gehen eh bald wieder nach London zurück, und dass ich es dir eben dann sagen würde. Aber wenn ich ehrlich bin, hab ich auch gehofft, dass Marsha es dir selbst sagen würde, bevor du dich verabschiedest.«

»Aber ihr wart alle so unbekümmert, so fröhlich«, sagte ich. »Wie konntet ihr das sein, wenn ihr wusstet, dass sie sterben wird?« Der Cornwall-Effekt setzte wieder ein. Ich war den Tränen nah.

»Wie schon gesagt, wir hatten alle schon länger Zeit, uns daran zu gewöhnen, und es war das Einzige, was wir noch für sie tun konnten. Und selbst wenn man weiß, dass jemand sterben wird, kann man nicht die ganze Zeit Trübsal blasen. Marsha hat das jedenfalls nicht getan, also haben wir uns alle ein Beispiel an ihr genommen. Hör zu, ich will dich nicht drängen, weil ich weiß, was für ein Riesenschock das jetzt alles für dich ist, aber ich denke, wir sollten uns langsam auf den Weg ins Krankenhaus machen.«

»Oh … ja, klar … tut mir leid.« Ich versuchte, meine fünf Sinne zusammenzunehmen. »Was ist mit Marie?«

»Wir sammeln sie auf dem Weg ein. Die verdammten Pferde müssen dann halt mal einen Tag in ihrem Mist stehen.«

Ich saß auf dem Rücksitz des BMW, als Adam uns drei nach Wadebridge fuhr, und die Ereignisse der vergangenen zwei Monate spielten sich kaleidoskopartig vor meinem geistigen Auge ab und wirbelten meine Gefühle durcheinander. Fassungslosigkeit und Leugnung zankten sich in meinem Kopf. Ich wünschte mir, es wäre gestern, als alles noch bestens und die Welt noch in Ordnung war. Ich wollte diese Traurigkeit nicht, dieses Wissen, das die anderen schon die ganze Zeit mit sich herumgetragen hatten. Mussten denn Bürden, die man abgeworfen und mit denen man seinen Frieden gemacht hatte, immer wieder durch neue ersetzt werden?

Kate und Simon warteten in der Notaufnahme. »Im Moment geht es ihr ganz gut«, antwortete Kate sofort auf unsere unausgesprochene Frage. »Sie haben ihr etwas gegeben, das die Blutung stoppt, aber sie muss ein paar Tage hierbleiben, damit sichergestellt werden kann, dass es nicht wieder anfängt. Und sie wollen ihr wahrscheinlich etwas Flüssigkeit aus der Lunge holen, damit sie sich wohler fühlt.«

»Können wir sie sehen?«, fragte Marie.

»Wir können hoch auf die Station und ein paar Minuten zu ihr rein. Aber wir wollten damit auf euch warten.«

Doch als wir auf die Station kamen, wurde uns gesagt, dass nur ein oder zwei zu ihr hineindürften, weil noch einige Untersuchungen bevorstanden.

»Wir haben vorhin in der Unfallstation schon kurz mit ihr gesprochen, also geht ihr«, sagte Simon. »Ihr drei geht rein.«

Aber ich blieb unter dem Vorwand zurück, dass drei zu viel wären. In Wahrheit konnte ich ihr jetzt nicht gegenübertreten. Adam hatte recht, verdammt. Im Moment wusste ich nicht, wie ich mich verhalten sollte. Was sagte man? »Fühlst du dich besser?«, »Ich hoffe, dir geht's bald wieder gut.« Ich konnte mir Marshas aufrichtigen Blick vorstellen und ihre ehrliche Antwort auf jede dieser Floskeln.

Aber Adam und Marie kamen sogar lächelnd wieder aus ihrem Zimmer.

»Sie hat uns eine Liste von Dingen gegeben«, sagte Marie, »die sie für ihre Zeit hier haben möchte, Bücher und so. Aber bloß keine Weintrauben, die kann sie nicht ausstehen.«

»Und wir sollen nicht alle zusammen herkommen, weil sie nicht will, dass wir alle um ihr Bett herumstehen und sie höfliche Konversation mit uns betreiben muss. Die Krankenschwestern tun mir jetzt schon ein bisschen leid!«

Wir lächelten alle erleichtert, und auf dem Nachhauseweg redeten wir intensiv darüber, wer was übernehmen würde, solange sie im Krankenhaus war, und wer sie wann besuchen würde, aber vermieden jedes Gespräch darüber, was längerfristig geschehen würde. Den Nachmittag über hockten wir alle im Haus herum, also erklärte ich mich bereit, etwas zu kochen, und scheuchte die anderen aus der Küche, sogar Adam. Ich musste für mich sein, aber paradoxerweise wollte ich das Haus jetzt nicht verlassen.

Ich hatte mit so vielen Emotionen zu kämpfen, und keine davon war edelmütig genug, um sie mit anderen zu teilen. Außerdem war da dieses schleichende Gefühl der Isolation. Während die anderen so viel mehr mit Marsha verband, war ich erst vor kurzer Zeit in ihr Leben getreten, dass ich das Gefühl hatte, es stehe mir nicht zu, hier zu sein; dass ich still und leise abreisen sollte, damit sich die anderen um Marsha kümmern konnten, solange das noch ging, und dann um sie trauern könnten. *Ohne* Eindringlinge.

Ich würde gerne sagen können, dass diese Gedanken ehrenhaft gewesen wären – dass ich bloß Rücksicht auf Marshas Gefühle und die der anderen nehmen wollte, aber das wäre gelogen. Was ich in der Küche dort am meisten empfand, war Selbstmitleid. Selbstmitleid darüber, dass in dem exklusiven Club, den sie bildeten, kein Platz für mich war. Ich war immer bloß eine Art Ehrenmitglied gewesen, und nun schien diese Mitgliedschaft ins Wanken zu geraten.

Aber andererseits konnte ich nicht einfach abhauen. Der Gedanke, Marsha bald nicht mehr zu haben, war schlimm genug. Der Gedanke, auch Adam nicht mehr zu sehen, war unerträglich. Es schien, als sei ich wieder da angelangt, wo ich vor Wochen angefangen hatte; meine Zukunft war noch immer unsicher und meine Fähigkeit, damit zurechtzukommen, genauso fraglich.

So viel zu Marshas Behauptung, dass sich schon alles finden würde, wenn ich bloß weniger verkrampft wäre. Und so viel zu meiner Behauptung, ich wäre in diesen vergangenen Wochen gewachsen und jetzt wirklich unabhängig. Ein weiterer Aspekt meines Lebens, der wohl nur auf Sand gebaut war.

Ich fing erst an, das Ganze aus Marshas Perspektive zu betrachten, als ich wieder in meinem trostlosen Zimmer im ›Ohne Meerblick‹ war. Simon und Kate hatten Marsha am Abend noch einmal besucht, und als ich wusste, dass es Marsha für den Moment so weit gut ging, hatte ich beschlossen, früh zu Bett zu gehen.

»Ich bring dich noch«, hatte Adam sofort gesagt.

Ich hätte es beinahe abgelehnt, bis ich mein eigenes Elend so weit abgeschüttelt hatte, dass ich seines erkannte. Da wurde mir klar, was für eine gefühllose Kuh ich war, denn ihm bedeutete Marsha schließlich schon seit langer Zeit sehr viel. Für ihn war es wahrscheinlich so, als müsste er sich mit dem bevorstehenden Tod eines Elternteils auseinandersetzen – oder sogar noch schlimmer, denn Marsha war für ihn keine Verpflichtung, die ihm qua Geburt auferlegt war.

Sobald wir das Haus verlassen hatten, fingen wir beide zu reden an.

»Tut mir leid …«

»Ich hätte nicht …«

Wir lachten zum ersten Mal an diesem Tag.

»Ich zuerst, weil ich größer bin als du«, sagte er in dem Versuch, das Lächeln auf meinem Gesicht zu erhalten. »Ich hätte dich nicht darüber im Dunkeln lassen sollen.«

Ich streckte mich zu ihm hoch und küsste ihn ganz sanft auf die Lippen.

»Ist schon okay«, sagte ich. »Ich verstehe, warum du es gemacht hast – glaube ich. Es war bloß ein Riesenschock, das ist alles. Ich kann es noch immer nicht richtig fassen. Und ich habe irgendwie das Gefühl, dass ich eigentlich nicht hier sein sollte … dass ich störe …« Ich hatte es gesagt. »Ich denke, ich sollte abreisen. Du hast ja selbst gesagt, dass wir beide bald wieder nach London zurückgehen würden …«

Er sah mich mit seinen schönen grünbraunen Augen eindringlich an. »Allie, bitte denk so was nicht. Marsha möchte, dass du hier bist. Warte wenigstens noch, bis sie wieder nach Hause kommt, und rede dann mit ihr, über alles. Sie wird es verstehen. Und ich brauche dich hier, Allie. Ich glaube, ich habe noch nie im Leben jemanden so sehr gebraucht wie dich jetzt.«

Das war natürlich absolut überzeugend. Also versprach ich zu bleiben, bis Marsha aus dem Krankenhaus käme, und dann schlenderten wir über den Strand bis zur Pension. Ausnahmsweise war Gwenn Jarrett nirgends zu sehen, worüber ich erleichtert war, denn wer weiß, wie ich diesmal reagiert hätte, wenn sie eine bissige Bemerkung über Marsha gemacht hätte.

Oben auf meinem Zimmer kam ich nicht zur Ruhe. Nachdem ich mir in Marshas Haus noch ein wenig überflüssig vorgekommen war, wünschte ich mir jetzt, ich wäre über Nacht dort geblieben, wo ich in Adams Armen Trost gefunden hätte. Jetzt, da ich das erste Mal an diesem Tag wirklich mit mir allein war, bekam ich Marshas Bild einfach nicht aus dem Kopf und musste die ganze Zeit daran denken, wie das alles wohl für sie war. Wie schaffte sie es, so gelassen und fokussiert zu bleiben? Wie war es ihr gelungen, so gefasst damit zu beginnen, ihr Leben wegzupacken und nicht an der Ungerechtigkeit zu verzweifeln? Wie war es ihr möglich gewesen, sich an dem Tag, als wir ihre Werkstatt zusammenpackten, meine Probleme anzuhören, statt mit dem Abschied von ihrem Lebenswerk zu ringen? Was dachte sie am frühen Morgen, wenn sie von Angst oder Schmerz geweckt wurde?

Ein paar Tage später kam sie aus dem Krankenhaus nach Hause. Sie sah dünner aus denn je, zeigte aber sonst keinerlei Schwäche. Trotzdem schaffte ich es erst Tage später, allein mit ihr zu reden. Teilweise lag das am verständlichen Beschützerinstinkt von Marie und Kate, die ihr nicht von der Seite wichen, aber eben auch daran, dass ich auf Abstand blieb, weil ich mich angesichts der großen Veränderung unwohl fühlte.

Kate erklärte entschieden, dass sie den Herbst über noch nicht nach Exeter zurückkehren würde und so lange wie nötig bei Marsha bleiben würde, doch Marsha überzeugte sie davon, wenigstens ein paar Tage zu Carl zu fahren, um alles zu überdenken, bevor sie konkrete Pläne machte. Auch Marie wurde überredet, zu ihrer Arbeit zurückzukehren, und sei es nur aus der Notwendigkeit, Geld zu verdienen.

Also fand ich mich eines Morgens mit Marsha alleine auf der Terrasse wieder, wo wir die Wärme der Spätsommersonne aufsaugten, genau wie in meiner Anfangszeit hier, bloß dass Marsha sich nun auf einer bequemen Sonnenliege ausstreckte, statt auf einem ramponierten Liegestuhl. Die beiden Männer waren kurzerhand fortgeschickt worden, sich eine sinnvolle Beschäftigung zu suchen, denn Marsha wollte Zeit mit mir allein verbringen.

Kaum dass sie weg waren, sagte sie, ohne lange darum herumzureden: »Das muss dir neulich einen ziemlichen Schrecken eingejagt haben. Es war nicht richtig, dass du es auf diese Weise erfahren hast.«

»Ich bin nicht erschrocken«, sagte ich direkt, um ihr zu zeigen, dass ich aus härterem Holz geschnitzt war. »Ich hätte mir nur gewünscht, ich hätte Bescheid gewusst, was los ist.«

Doch wenn ich auf eine Entschuldigung gehofft hatte, wurde ich enttäuscht.

»Und jetzt fühlst du dich ausgeschlossen – oder eher so, als wärst du nie richtig Teil unserer kleinen Welt gewesen«, sagte sie.

»Hast du mit Adam gesprochen?«, fragte ich abwehrend.

Sie lachte leise. »Musste ich nicht. Aber so hätte ich mich an deiner Stelle gefühlt.«

Sie seufzte. »Mein toller Masterplan ist wohl leider nicht aufgegangen. Dabei hatte ich mich so gut gefühlt, und der Sommer war fast rum. Ich hatte gehofft, ich würde durchhalten, bis alle wieder weg sind. Und ich wollte, dass es ein besonderer Sommer für dich ist und er nicht von irgendwelchen Katastrophen überschattet wird. Vor allem, wo du dich so gut mit Adam verstehst.«

Jetzt musste ich lachen. »Das ist dir natürlich nicht entgangen. War das auch Teil deines Masterplans?«

»Oh nein, wenn menschliche Gefühle im Spiel sind, kann man nie wissen, was passiert.« Das alte Funkeln war wieder in ihren Augen zu erkennen. »Aber ich freue mich immer, wenn sich in meinem Umfeld eine kleine Romanze entwickelt. Und wenn daraus etwas Größeres und Längerfristiges wird, dann heimse ich natürlich die Lorbeeren dafür ein!«

Ihr Gesichtsausdruck wurde wieder ernst. »So, und jetzt überlegst du also, ob du hierbleiben und mir beim Sterben zuschauen sollst – auch wenn ich dich warnen muss, denn das kann noch eine ganze Weile dauern –, oder ob du zurückkehrst und wieder an dein altes Leben anknüpfst.«

»In diese Richtung hätte ich so oder so irgendwann denken müssen. Ich habe leider nicht finanziell ausgesorgt wie Simon.«

Sie nickte. »Ich kann dir nicht sagen, was du tun sollst. Aber dass du hier willkommen bist, in diesem Haus, wenn es mit dem Geld eng werden sollte, das weißt du. So lange du willst. Aber wenn du beschließt, wieder nach London zurückzugehen, würdest du dann *bitte* Adam überzeugen mitzugehen? Sonst kommt mir der Kerl nicht durch den Winter.«

»Ich glaube nicht, dass ich so großen Einfluss auf ihn habe«, sagte ich.

»Ich denke, da unterschätzt du dich. Habe ich dir denn gar nichts beigebracht?«, zog sie mich auf. Dann fügte sie hinzu: »Hör zu. Die Aussicht auf den bevorstehenden Tod macht uns Kontrollfreaks nur noch schlimmer. Wir wollen dann noch alle offenen Dinge erledigen, bloß weil für uns schon alles klar ist.«

Sie sah mich grinsend an, aber ich konnte ihr Lächeln nicht erwidern.

»Hast du denn keine Angst?«, platzte ich heraus.

»Wovor? Vorm Sterben?« Marsha störte sich nicht an meiner Frage, aber schien einen Moment darüber nachzudenken, sodass ich mich schon für meine vorlaute Neugier entschuldigen wollte.

»Nein. Vor dem Sterben selbst habe ich keine Angst. Mir ist klar geworden, dass es viel schlimmer ist, einem geliebten Menschen beim Sterben zusehen zu müssen, als diesen Prozess selbst durchzumachen.«

Ich musste daran denken, wie Adam erwähnt hatte, dass es wohl mal ein Kind gegeben hatte und dass Marsha nicht gerne darüber sprach, und ich überlegte, wie ich am besten das Thema wechseln sollte, doch sie fuhr bereits fort.

»Aber ich habe Angst davor, einen schweren Tod zu haben. Da kommt dann wohl der Kontrollfreak wieder in mir durch.«

»Kann man so was denn überhaupt kontrollieren?«, fragte ich, als mir plötzlich klarwurde, wie wenig Gedanken ich mir bisher über solche Themen gemacht hatte.

»Ich denke schon, bis zu einem gewissen Punkt«, sagte sie. »Zum Beispiel will ich sichergehen, dass die richtigen Medikamente da sind, wenn ich sie brauche, damit ich nicht allzu viele Schmerzen habe, denn das wäre schrecklich für mich und für alle, die sich um mich kümmern. Und du weißt ja, dass ich lieber hier als im Krankenhaus wäre, weshalb ich auch ernsthaft darüber nachdenke, Kates Angebot anzunehmen, auch wenn es mir schrecklich selbstsüchtig erscheint.«

»Vielleicht wäre es noch selbstsüchtiger, ihr Angebot abzulehnen«, sagte ich sanft. »Vielleicht hätte sie so die Möglichkeit, dir etwas zurückzugeben.«

Sie sah mich einen Moment lang an. »Weißt du was, ich denke, du hast recht! Genau das hätte ich einem anderen geraten, oder?«

Ihr gewinnendes Lächeln war zurück. »Und jetzt lass

uns über etwas anderes reden als über meine bevorstehende Reise ins Jenseits. Obwohl ich mir nicht so sicher bin, was das Leben nach dem Tod angeht. Einerseits ist der Gedanke, wieder mit den Menschen vereint zu sein, die ich geliebt habe, schon sehr verlockend, aber nicht wenn ich die Ewigkeit auch mit denjenigen verbringen muss, die ich schon hier unten nicht ausstehen konnte!«

Doch ich konnte nicht darüber lachen oder es einfach dabei belassen. Es gingen mir noch zu viele Fragen durch den Kopf.

»Wie kannst du hier sitzen und so gelassen Witze darüber machen?«, fragte ich und war nahe daran, über ihr Schicksal zu weinen.

»Ach! Du meinst, ich sollte lieber über die Ungerechtigkeit der ganzen Sache jammern und schimpfen? Nach dem guten alten Dylan-Thomas-Motto *›Geh nicht gelassen in die gute Nacht‹*? Tja, da kommst du zwei Jahre zu spät. Anfangs war ich schrecklich wütend. Schließlich glauben wir doch alle, dass *uns* so etwas nicht passiert, oder? Aber weißt du, letztendlich ist die ganze Wut und Verbitterung doch schrecklich ermüdend. Es gab ziemlich viel, was ich bedauerte – ich hatte mich schon so darauf gefreut, eine alte Skandalnudel zu werden! –, aber am Ende wurde mir klar, dass, wenn ich schon nicht mehr lange zu leben habe, ich wenigstens noch viele Sachen machen sollte, die ich noch machen möchte, und dass ich die mir verbleibende Lebenszeit nicht damit vergeuden will, darüber zu jammern, was alles hätte sein können. Ich glaube, deine Großmutter hätte es ›sich mal am Riemen reißen‹ genannt.«

»Und hast du noch all die Sachen gemacht, die du machen wolltest?«, fragte ich und versuchte mir vorzustellen, wie lang meine eigene Liste wohl ausfallen würde.

»Die meisten davon«, sagte sie. »Letztendlich wird einem alles viel klarer, und es wird einem bewusst, dass man eigentlich am liebsten bloß mit den Menschen zusammen ist, die man liebt, an den Orten, die einem am meisten bedeuten. Es gibt ein oder zwei Menschen aus meiner Vergangenheit, die ich gerne noch einmal getroffen hätte, aber realistisch betrachtet wäre es dazu wahrscheinlich auch nicht mehr gekommen, wenn ich hundert Jahre alt geworden wäre.«

Eine Weile hingen wir beide unseren eigenen Gedanken nach, bis mich Marsha direkt anschaute. Ich konnte die Entschlossenheit in ihrem Blick sehen.

»Also«, sagte sie fröhlich, »hast du Mitleid mit der armen Kranken und holst ihr noch eine Tasse Kaffee?«

Nach diesem Gespräch versuchte ich, mich so normal wie nur irgend möglich zu verhalten, aber irgendwie konnte ich nicht so natürlich damit umgehen wie die anderen, die ja schon Zeit gehabt hatten, sich an den Gedanken zu gewöhnen, dass dies der letzte Sommer mit Marsha war. Während ich nur daran denken konnte, wie schön alles doch gewesen wäre und wie tragisch es bald werden würde und wie unfair es doch war, dass das Leben von jemandem, der so von Grund auf gut war wie Marsha, auf diese Weise vorzeitig enden sollte.

Alles, was mir vorher nicht mal aufgefallen war, schien mir jetzt bedeutungsvoll. Eine Bemerkung, dass wir den Abend besser drinnen verbringen sollten, weil es kühl war, war eine Beschönigung der Tatsache, dass Marsha zu geschwächt war, um einen lebhaften Abend außer Haus zu verbringen. Simons jüngste Begeisterung für das Kochen von köstlichen exotischen Suppen, die ihm jede Menge abfällige Bemerkungen und Sticheleien einbrachte, war bloß ein Vorwand, um Marshas nachlassendem Appetit etwas entgegenzusetzen.

Als Kate dann erfuhr, dass sie ihre Abschlussprüfung bestanden hatte, wurde dies mit einem Essen in Marshas Haus gefeiert, bei dessen Vorbereitung alle mithalfen und sich dabei bereits so heftig betranken, dass es am Ende ganz grässlich schmeckte, aber das kümmerte keinen. Simon drückte es so aus, dass wir uns, wenn wir bei Marsha zu Hause aßen, wenigstens alle abschießen konnten, ohne uns später noch Gedanken über die heimtückische Treppe zum Haus machen zu müssen. Alle pflichteten ihm energisch bei und überspielten so die Tatsache, dass Marsha es nicht mehr geschafft hätte, irgendwo hinzugehen.

Es war wunderbar, die jüngsten Ereignisse einmal vergessen zu können, und stattdessen einen Grund zum Feiern zu haben. Selbst Marsha sah besser aus als die Tage zuvor. Ihre Wangen hatten etwas Farbe bekommen, und ihr lebhafter Witz blitzte wieder auf. Gegen Mitternacht waren wir in dem Stadium angekommen, in dem wir es irrsinnig witzig fanden, *Twister* zu spielen, und Marsha Scherze über die Unfähigkeit von uns allen, Anweisungen zu befolgen, machte.

»Bleib, nur heute Nacht. Die beiden anderen Mädels bleiben auch«, flüsterte mir Adam zu, während wir uns unter viel Gekicher aus einem erneut zusammengebrochenen Haufen vom Boden aufrappelten.

Seine Augen glänzten, nicht bloß vom Wein, sondern auch vor Verlangen, und mein Magen fing wie üblich an zu kribbeln, als ich ihn ansah.

»Okay«, antwortete ich flüsternd.

Wir warteten, bis sich alle anderen schlafen gelegt hatten, wie zwei unartige Kinder, die nicht wollten, dass die Erwachsenen mitbekamen, was sie im Schilde führten.

Schließlich waren keine Schritte und keine quietschenden Türen mehr zu hören.

Adam hielt mir die Hand hin. »Komm.«

Wie aus allen Zimmern des Hauses konnte man auch von seinem aus das Meer sehen. Es war einfach mit zusammengewürfelten Möbeln eingerichtet, die aber dank Marshas künstlerischem Auge trotzdem perfekt zusammenpassten. Durch die offenen Vorhänge war die Mondsichel am Himmel zu sehen, deren schummriger Lichtschein sich über den Boden ergoss.

Zärtlich strich Adam mir über die Wange – eine einfache Geste, die aber so voller Erotik war, dass ich wohlig erschauderte. Dann umfasste er mein Gesicht und küsste mich, bis sich alles in meinem Kopf drehte, vor Wein und vor Lust. Meine Finger zupften ungeduldig an seinem Oberteil, aber er hielt mich zurück.

»Ich hab dir versprochen, dass das hier ganz ohne Eile passieren wird«, sagte er.

Und so war es dann auch. Ich entspannte mich vollkommen in seinen Armen, und nach und nach schälten wir uns aus den Kleidern, die unsere Körper noch voneinander trennten. Dann legte er mich aufs Bett und fing an, genüsslich meinen Körper zu erkunden, mit sanften Küssen und schnellender Zunge, bis die Nervenenden an zuvor unbekannten Stellen vor Verlangen und dem Entzücken, begehrt zu werden, zu kribbeln anfingen.

Ich reagierte mit einer Hingabe, die ich gar nicht von mir kannte. Ich wollte jeden Zentimeter seines Körpers erspüren und für mich beanspruchen.

»Wow!«, seufzte ich einige Zeit später. »Wo hast du denn das alles gelernt?«

Er hob den Kopf von meiner Brust und lachte schelmisch. »Meine vergeudete Jugend hat auch ein paar Vorteile.« Er schob sich ein Stück nach oben und küsste mich zwischen die Schlüsselbeine. »Ich kann dir noch viel mehr zeigen«, flüsterte er lasziv, »… das zum Beispiel … oder das.«

In echter Freundschaftsmanier machte am nächsten Morgen niemand eine Bemerkung darüber, dass ich noch da war, in den Klamotten vom Vorabend. Kurz vor Mittag begleitete mich Adam zurück zur Pension, damit ich mich umziehen konnte, und zog mich auf, weil ich in Verlegenheit darüber geriet, dass Gwenn Jarrett nun wusste, dass ich die Nacht mit einem Mann verbracht hatte.

»Ich hab nur keine Lust auf den missbilligenden Blick, mit dem sie mich als ›diese Art von Frau‹ abstempeln wird«, erklärte ich. »Übrigens glaube ich nicht, dass sie wirklich eine Mrs ist. Ich glaube, das ist bloß ein Höflichkeitstitel, wie das bei Haushälterinnen früher so üblich war.« Ich kicherte böse. »Ich kann mir jedenfalls nicht vorstellen, dass sie jemals gemacht hat, was wir letzte Nacht getan haben.«

Adam zog mich an sich. »Wir könnten es heute Nacht gleich wiederholen, wenn du zu uns ins Haus ziehen würdest.«

Aber ich zierte mich noch immer. Ich wollte diese neue Stufe unserer Beziehung noch eine Weile für mich genießen, sie in den paar Stunden, in denen ich für mich war, auskosten und mich an dem neuen Menschen, der ich gerade wurde, erfreuen.

Kate fuhr für ein langes Wochenende mit Carl und ihrer Familie weg, um ihren Erfolg zu feiern, und hinterließ uns eine lange Liste von Instruktionen für alle Eventualitäten, die Marsha in ihrer Abwesenheit widerfahren könnten.

»Stirb uns bloß nicht dieses Wochenende«, sagte Adam streng zu Marsha, »sonst verzeiht sie uns das nie.«

Kate hatte Marsha schließlich doch davon überzeugen können, dass sie erst einmal wieder zurückkommen und sich um sie kümmern würde, und hatte für die nächste Zeit bei einer Pflegedienstagentur in Wadebridge angeheuert. Simon schien ganz zufrieden damit, sein Geschäft zu betreiben, indem er lange Telefonate mit seinen Managern führte und mit sonorer Stimme jede Menge Business-Sprech über das proaktive Erzielen von Abschlüssen von sich gab. Aber wenigstens sagte er nie etwas über das Starten eines Versuchsballons, um zu sehen, wer darauf anspringt. Die restliche Zeit begnügte er sich damit, die großformatigen Qualitätszeitungen zu lesen, missbilligend mit der Zunge über die Labour-Regierung zu schnalzen und auf seine beiden Frauen, Marsha und Marie, zu warten. Wenn ihm mal langweilig wurde, reparierte er etwas am Haus, egal ob es nötig war oder nicht, oder schlug einen besonderen Ausflug vor – wegen des kühleren Wetters glücklicherweise mit dem BMW statt mit dem Mini Moke.

Ich glaube, Marie fand es fast genauso schwierig wie ich, mit Marshas schleichendem Verfall klarzukommen, denn sie verbrachte zunehmend Zeit im Stall, obwohl der Andrang der Reitgäste dort langsam abflaute. Oder vielleicht kam sie auch nicht so gut mit Simons hündchenhafter Anhänglichkeit klar. Ich wusste es nicht. Sie war zwar immer nett zu mir, aber nie so offen wie die anderen.

Und Adam und ich, wir verhielten uns weiterhin ausweichend, was unsere direkte Zukunft betraf, denn keiner von uns wollte derjenige sein, der eine Entscheidung traf. Obwohl wir glücklich und innig miteinander waren, war sich keiner von uns beiden sicher, ob unsere Beziehung auch den Anforderungen und Belastungen eines Lebens in London standhalten würde. Zumindest war das unsere Entschuldigung. In Wahrheit wollte sich keiner von uns eingestehen, dass ein perfekter Sommer seinem Ende zuging. Also versuchten wir, es so lange wie möglich vor uns herzuschieben, bis Marsha schließlich ungeduldig mit uns wurde.

»Meine Güte, macht mal einen schönen langen Spaziergang, ihr beide«, sagte sie eines Nachmittags Anfang September. »Seht euch an, wie sich die Blätter langsam verfärben, und entscheidet euch, wie ihr den Winter verbringen wollt. Gwen Jarrett wird die Pension Ende der Saison zumachen, und das ist immer in der dritten Septemberwoche«, warnte sie mich. »Dann musst du sowieso etwas ändern. Na los! Und kommt nicht zurück, bevor ihr eine Entscheidung getroffen habt!«

10. Kapitel

Wir taten wie uns geheißen und machten einen Spaziergang durch den Ort. Der Strand wirkte nach ein paar stürmischen, tosenden Tagen verlassen, und der Wind fegte noch immer so heftig, dass man sich nur schwer unterhalten konnte. Also gingen wir über die verschlungenen Straßen zum höchsten Punkt der Stadt hinauf, wo die Häuser sich schließlich lichteten und sie Feldern umsäumt von Hecken und vereinzelten Bäumen Platz machten, die sich allesamt den vorherrschenden Winden entsprechend landeinwärts neigten.

»Siehst du das Haus da drüben?«, fragte Adam, als wir von der Hauptstraße in die Straße einbogen, die oft meine Träume beherrschte. »Da hat Marsha vor vielen Jahren gewohnt.«

Ich packte ihn am Arm. »In welchem Haus?«

Überrascht von der Heftigkeit meiner Stimme starrte er mich einen Moment bloß an. »Das hohe, schmale in der Mitte, mit den Stufen davor.«

Es war das einzige hohe Haus in der bunt durcheinandergewürfelten Reihe, doch eigentlich hätte ich es mir gar nicht näher von ihm beschreiben lassen müssen, um zu wissen, dass es dasselbe Haus war.

Mir lief es heiß den Rücken hinunter, als die Erkenntnis mir langsam dämmerte.

Die schemenhafte, schlanke Gestalt, die in meinen Träumen oben an der Treppe stand, war Marsha. Ich schloss die Augen und hörte wieder die Stimme meines Vaters, und diesmal konnte ich auch Marshas Stimme hören. Nur, was genau sie sagte, blieb undeutlich.

Ich schüttelte den Kopf. Vielleicht täuschte ich mich. Vielleicht war es bloß Einbildung von mir, dass Marsha dort in der Tür stand. Vielleicht überlagerte ich mit ihrem Bild das von jemand anderem …

Aber so war es nicht. Sekunden verstrichen, und das Bild wurde deutlicher. Ich wusste zweifellos, dass es Marsha war.

»Allie! Allie, was ist? Du siehst schrecklich verstört aus. Was ist los?«

Ich öffnete die Augen und sah in Adams besorgtes Gesicht. Doch ich nahm ihn gar nicht wahr. Ich sah noch immer zwei Erwachsene, die sich gegenüberstanden und etwas diskutierten, was das Kind neben ihnen nicht verstand.

Adam nahm mich am Arm und schüttelte mich leicht. »Allie?«

Ich machte mich los und wandte mich zum Gehen.

»Ich muss zu Marsha«, sagte ich und eilte bereits die Straße hinunter. »Ich muss mit ihr reden.«

»Aber warum?«, fragte er und versuchte, mit mir Schritt zu halten. »Warum hat es dich so aus der Fassung gebracht, dass ich dir ihr altes Haus gezeigt habe?«

Ich antwortete ihm nicht, ich war zu sehr in die Flut der unbeantworteten Fragen verwickelt, die meinen Kopf erfüllten, als dass ich seine Anwesenheit noch groß bemerkt hätte. Schließlich stellte er sich mir in den Weg und hielt mich mit einem ebenso entschlossenen Gesichtsausdruck, wie ich ihn gerade haben musste, an den Schultern fest.

»Allie! Stopp. Dich hat offensichtlich irgendwas total aufgewühlt. Sag mir doch was! Vielleicht kann ich dir helfen.«

Ich schüttelte den Kopf. »Du kannst mir nicht helfen. Nur Marsha kann das. Es hat etwas mit meiner Vergangenheit zu tun. Und mit ihrer. Und sie weiß etwas darüber. Ich muss zu ihr.«

Doch er rührte sich nicht. »Mit ihrer Vergangenheit? Aber ihr kennt euch doch erst seit Kurzem! Und sie redet nicht gern über ihr früheres Leben, das weißt du doch. Erzähl es erst mir, vielleicht kann ich etwas tun. Sie ist im Moment so geschwächt, man sollte sie jetzt nicht beunruhigen.«

»Wer sagt denn, dass ich das tue?« Ich erhob meine Stimme abwehrend. »Ich muss ihr bloß ein paar Fragen stellen – wichtige Fragen, zumindest für mich. Aber ich mach das ganz behutsam. Ich krieg das hin.«

»Natürlich. Wenn du ruhig bist – was du im Moment aber nicht bist.« Seine Stimme klang so hart, wie ich es noch nie bei ihm gehört hatte. »Wir sollten uns doch gegenseitig vertrauen, also lass deine Wut, oder was auch immer es ist, an mir aus!«

Ich stieß seine Arme weg. »Ich muss mit ihr reden«, insistierte ich und wollte mich an ihm vorbeidrängen. Doch er blieb, wo er war, und versperrte mir den Weg, also trat ich vom Gehsteig und genau in den Weg eines Autos, das gerade um die Kurve bog.

»Allie! Pass auf!« Adam packte mich gerade noch rechtzeitig, als der Wagen bremste und mit quietschenden Reifen auswich. Der Fahrer starrte mich wütend durch die Windschutzscheibe an und formte mit den Lippen eine Beleidigung, bevor er davonfuhr.

Adam drückte mich gegen eine Hauswand, sein Gesicht war fast so wütend wie das des Autofahrers. »Was soll denn das? Du wärst beinahe überfahren worden. Du bist gerade nicht in der Verfassung, irgendetwas zu machen, schon gar nicht, zu Marsha zu gehen! Also, *was ist los mit dir?*«

Zu jedem anderen Zeitpunkt hätte ich weiche Knie bekommen, wenn ich seinen Körper so nah an meinem und diese Bestimmtheit an ihm gespürt hätte, doch in dieser Situation machte mich seine körperliche Überlegenheit noch wütender.

Ein sanft aussehender Mann mittleren Alters mit einer ledernen Einkaufstasche, der meine Kamikazeaktion beobachtet hatte, blieb zögernd stehen und überlegte offenbar, mich zu fragen, ob dieser Mann mich belästigte.

»Alles in Ordnung. Wirklich. Danke«, sagte ich zu ihm und verzog den Mund zu einer Grimasse, von der ich hoffte, dass sie als beruhigendes Lächeln durchging. Der Mann murmelte etwas und ging widerstrebend davon, nachdem er noch einen genauen Blick auf Adam geworfen hatte, für den Fall, dass er ihn später auf einem Fahndungsfoto identifizieren müsste.

»Du weißt doch, dass ich als Kind mit meinem Vater hier im Urlaub war«, fauchte ich Adam an. »Und ich kann mich daran erinnern, dass wir vor diesem Haus standen – *Marshas Haus* –, und sie und mein Vater sich gestritten haben. Nur war mir bis jetzt nicht klar, dass es Marsha war. Aber sie muss es gewusst haben! Ich hab ihr so viel erzählt, sie muss es gemerkt haben! Sie hat die ganze Zeit gewusst, wer mein Vater ist und es mir nicht gesagt! Und was alles noch schlimmer macht«, fuhr ich fort und strich meine Klamotten glatt, als Adam mich losließ, »ist, dass uns mein Vater kurz nach diesem Urlaub verlassen hat. Also bin ich mir sicher, dass Marsha etwas damit zu tun hat. Warum sind wir sonst überhaupt ohne meine Mutter hierhergekommen und haben Marsha getroffen? Und wenn es bloß reiner Zufall war, warum hat Marsha es dann nicht erwähnt?«

Adam öffnete den Mund, um etwas zu sagen, aber ich hob abwehrend die Hand.

»Verschon mich mit deiner Stimme der Vernunft. Marsha hat mich während unserer vertraulichen Gespräche mit allem Möglichen konfrontiert, aber eines haben wir nie richtig thematisiert, und zwar die Scheidung meiner Eltern. Ich muss wissen, welche Rolle Marsha dabei gespielt hat.«

»Reagierst du jetzt nicht ein bisschen über? Vielleicht hat dein Vater sie ja nur nach einem Zimmer gefragt oder so was. Was machst du, wenn Marsha behauptet, dass sie nichts von ihm und dir und was auch immer geschehen oder nicht geschehen ist weiß?«

»Sie haben sich nicht bloß unterhalten. Ich erinnere mich noch an den Klang ihrer Stimmen, und sie klangen wütend, aufgewühlt. Es hatte etwas zu bedeuten, da bin ich mir sicher.«

»Vielleicht hatten sie ja einen Ferienflirt – so einfach könnte es sein.«

»Dann wäre es ja auch nicht schlimm, wenn Marsha mir davon erzählen würde, oder? Ich nehme mal an, dass sie selbst in ihren Hippietagen nicht so viele Partner hatte, dass sie sich nicht mehr an sie erinnern kann. Ich hab bloß das furchtbare Gefühl, dass sie etwas damit zu tun hatte, dass mein Vater uns dann verlassen hat, nachdem wir nach London zurückgekehrt waren.«

Wir waren schnellen Schrittes die Straße hinuntergangen und jetzt auf Höhe der Teestube angekommen, dort, wo sich die Hauptstraße teilte. Adam nahm mich erneut am Arm und zerrte mich auf die Terrasse.

»Komm, wir trinken erst mal was und besprechen das noch mal, bevor du irgendetwas Übereiltes unternimmst.«

Ich schüttelte seine Hand ab, doch er drückte mich auf einen Stuhl.

»Zwei Tee«, sagte er so kurz angebunden zu der Bedienung, dass sie nicht fragte, warum wir draußen Platz nahmen, wo der Wind pfiff.

»Was soll das?«, fragte ich wütend. »Du redest hier von Vertrauen und davon, dass wir offen und ehrlich zueinander sein müssen, und ich habe dir und Marsha vertraut und war so ehrlich zu euch, wie ich konnte, und jetzt muss ich zum zweiten Mal feststellen, dass Marsha nicht ehrlich mit mir war. Und du findest, das ist okay?«

»Das stimmt doch gar nicht! Ich habe nur das Gefühl, dass du gerade ein bisschen zu emotional reagierst, um noch vernünftig zu handeln, und das wird Marsha nicht guttun. Und abgesehen davon, selbst wenn sie sich noch an deinen Besuch zu Kinderzeiten erinnert, möchte sie vielleicht lieber nicht darüber reden. Vielleicht ist es ja was ganz Privates.«

Ich starrte ihn argwöhnisch an. »Weißt du etwa was darüber? Nimmst du sie deswegen so in Schutz?«

»Nein, ich weiß nichts darüber! Es gibt viele Dinge in Marshas Leben, über die keiner von uns Bescheid weiß, und wir haben immer ihr Recht respektiert, nicht darüber zu reden.«

»Aber es hat ja auch nie jemanden von euch persönlich betroffen, oder?«

»Stimmt. Und bis zu einem gewissen Punkt kann ich auch verstehen, dass du deine eigene Vergangenheit ordnen willst.«

»Und warum nur bis zu einem gewissen Punkt?«, fragte ich.

»Na, weil es eben einfach um die *Vergangenheit* geht. Und wahrscheinlich ist es keine besonders glückliche, sonst würde Marsha doch gern darüber sprechen. Manchmal lässt man die Dinge besser auf sich beruhen. Immerhin …« Doch er brachte den Satz nicht zu Ende und wandte den Blick ab.

»Immerhin *was?*«

»Na ja …« Einen kurzen Moment schien er sich unwohl zu fühlen, doch dann setzte er einen grimmigen Gesichtsausdruck auf. »Du hast doch auch bisher keine großen Anstalten gemacht, dir diese brennenden Fragen zu beantworten, oder? Warum hast du denn nicht mal deine Eltern gefragt, warum genau sie sich damals haben scheiden lassen, wenn dich das so sehr umtreibt?«

»Du weißt ja überhaupt nicht, wie sie sind!«, rief ich aufgebracht. »Ich habe ja versucht, mit ihnen zu reden, aber das ist nicht so leicht.«

»Dann versuch's noch mal. Löchere *sie* doch, statt eine Frau, die im Sterben liegt.« Sein Gesicht war jetzt ganz dicht vor meinem, und ich hätte ihn am liebsten berührt, um die Kluft zu überwinden, die sich zwischen uns aufgetan hatte. Doch stattdessen starrten wir uns unerbittlich an.

»Du wirfst mir vor, ich würde überreagieren? Ich glaub eher, es ist andersrum«, sagte ich.

»Ich reagiere nicht über. Ich mach mir bloß Sorgen um Marsha, das ist alles. Versteh doch, Marsha ist schon seit langer Zeit die einzige Familie, die ich habe. Ich kann gar nicht anders, als sie beschützen zu wollen, besonders jetzt.«

»Dann ist es wohl besser, wenn wir in diesem Fall nicht unser Spiel spielen, oder?« Meine Stimme schien die Fähigkeit entwickelt zu haben, ganz von selbst Worte auszuspucken, ohne jede Verbindung zu meinem Gehirn, das mit dem Gedanken kämpfte, dass ich hier womöglich bloß für lästig gehalten wurde. Vielleicht hatte ich etwas Falsches in unsere Beziehung hineininterpretiert. Vielleicht war es doch einfach bloß ein Ferienflirt. Offenbar täuschte ich mich in so vielem.

»Was meinst du damit?«, unterbrach Adams Stimme mein Gedankengewirr, und ich hörte meine Stimme antworten: »Das Entscheidungsspiel. Für wen würdest du dich entscheiden, für Marsha – oder mich?«

Sobald die Worte heraus waren, konnte ich nicht glauben, diese Frage tatsächlich gestellt zu haben. Voller Entsetzen gewann mein Hirn wieder die Verbindung zu meinem Mund zurück. Was hatte ich da bloß gesagt? Wie konnte ich von ihm erwarten, sich zwischen uns zu entscheiden, und wie konnte ich überhaupt bloß den Wunsch hegen, dass er das tat?

»Ich … ich … Es tut mir leid«, stammelte ich. »Ich wollte nicht … Bitte vergiss, was ich gerade gesagt habe. Ich kann gerade nicht klar denken. Das war wirklich dumm von mir …«

Wir starrten uns eine Weile in die Augen, meine sprudelten über vor Liebe für ihn, seine waren dunkel und unergründlich. Sekunden verstrichen, doch er sagte nichts. Mit ein paar unüberlegten Worten hatte ich alles kaputt gemacht. Ich kramte in meiner Tasche nach Kleingeld. »Für den Tee«, sagte ich, stand auf und legte still die Münzen auf den Tisch, als die Bedienung mit dem Tablett auf uns zugewankt kam.

Ich verließ eilig die Terrasse und rannte den Hügel hinunter, und ein Teil von mir lauschte auf Adams Schritte hinter mir, doch sie waren nicht zu hören.

Marsha saß gemütlich in einem Sessel vor den großen Fenstern und schaute den Wellen zu, die unten zu den klagenden Schreien der Möwen auf den Felsen schäumten. Sie drehte sich um, als ich ins Zimmer platzte.

»Ihr seid aber früh zurück ...« Ihr Willkommenslächeln erstarb, als sie mein Gesicht sah. »Du liebe Zeit, was ist denn passiert? Wo ist Adam? Alles in Ordnung mit ihm?«

Sie stand auf, und der Anblick ihres erschreckend dünnen Körpers, dessen Umriss sich vor dem Fenster abzeichnete, ließ mich wie angewurzelt stehen bleiben und bestätigte Adams Zweifel daran, dass ich sie zur Rede stellen könnte, ohne sie zu sehr aufzuregen. Ich holte tief Luft. »Ich muss mit dir reden. Solange wir unter uns sind.«

»Aber natürlich. Hier ...« Sie setzte sich wieder hin und klopfte auf den Sessel neben sich. »Was ist los? Habt ihr euch gestritten?«

»Nicht wirklich.« Ich ließ mich in den Sessel fallen und drehte mich so, dass ich ihr Gesicht gut sehen konnte. Ich hielt inne, suchte nach den rechten Worten. Ich wollte sie wirklich nicht verletzen, aber ich musste es einfach wissen.

»Es handelt sich um etwas, das lange her ist. Vielleicht möchtest du nicht darüber reden, und ich will dich auch nicht aufregen, aber ...«, ich verstummte, weil ich plötzlich unsicher geworden war.

»Ist schon gut. Rede weiter«, sagte sie mit ruhiger Gelassenheit.

»Wir sind an einem Haus vorbeigekommen. An einem Haus, das mir schon die ganze Zeit bekannt vorkam, seit ich hier bin. Ich erinnere mich aus meiner Kindheit daran. Adam meinte, du hättest dort mal gewohnt. Und dann sind noch mehr Erinnerungen in mir hochgekommen, von dir und meinem Vater, ihr habt euch gestritten, auf der Treppe vor dem Haus, und ich stand daneben. So war das doch, oder?«

»Ah!« Sie senkte den Blick auf ihre im Schoß gefalteten Hände.

»Marsha?«

Sie lehnte sich im Sessel zurück. Eine Weile sagte sie gar nichts, bis ich schon dachte, sie würde überhaupt nicht mehr antworten, doch dann holte sie ein paar Mal tief Luft, als müsse sie all ihre Energie aufbringen.

»Anfangs war ich mir nicht sicher, dass du es bist«, sagte sie schließlich. »Doch dann, als wir uns unterhielten und ich dich immer besser kennenlernte, wurde mir klar, dass du zweifellos Ians Kind bist.« Sie lächelte mich zaghaft an. »Du siehst heute ganz anders aus als damals, als du – wie alt? – vielleicht so acht Jahre warst?«

»Neun«, sagte ich und dann: »Warum hast du nichts gesagt?«

»Weil es zu viel zu sagen gab. Weil ich nicht das Gefühl hatte, dass du in der Verfassung bist, es zu verstehen. Weil ich es für mich behalten wollte. Ich weiß nicht, es gab viele Gründe …«

Und plötzlich legte sich ihre Ruhe wie ein Mantel um meine Schultern; ganz leise kehrten sich unsere Rollen um.

»Erzähl es mir jetzt. Bitte. Ich möchte es wissen.«

»Alles?«

»Alles.«

»Also gut …«

Sie fing an zu reden, als sei ich gar nicht mehr anwesend. »Ian war einer unserer ursprünglichen Clique. Wir sind eines Sommers alle zusammen nach Cornwall gekommen, vor über dreißig Jahren. Es war ein bisschen wie dieser Sommer, zumindest kommt es mir verklärt durch die rosarote Brille so vor. Nur Sonnenschein und blauer Himmel. Es war eine wundervolle Zeit. Wir hatten alle zusammen ein Haus gemietet, in Morwenna Terrace – das Haus, das du heute gesehen hast. Wir wollten eigentlich eins, das näher am Strand war, sodass wir in klaren Nächten hätten draußen schlafen können, aber mehr konnten wir uns nicht leisten. Ian und ich verliebten uns ineinander.«

»Du hattest eine Affäre mit meinem Vater – und hast überhaupt nicht mal daran gedacht, es mir zu sagen?«, unterbrach ich sie fassungslos, und mein Ruhemantel fing an zu knittern.

»Weil es mehr war als das. Nach ein paar Monaten waren wir allesamt vollkommen pleite und mussten langweilige Jobs, zum Beispiel in einer Bar, annehmen, um weiter die Miete bezahlen zu können. Die Idylle bekam kleine Kratzer. Ein paar von uns, darunter auch Ian, fanden, wir sollten nach London zurückkehren und im Jahr darauf zurückkommen. Aber ich hatte damals schon angefangen, Schmuck zu machen, und er verkaufte sich ganz gut, also wollte ich hierbleiben. Aber Ian hatte keine Lust, den Winter hier zu verbringen, wenn alles ruhig war – er war damals sehr lebhaft –, und er wollte mir auch nicht auf der Tasche liegen, was ich verstehen konnte. Er wollte, dass wir nach London zurückgehen und uns zusammen eine Wohnung suchen, wo ich ein richtiges Geschäft aufbauen und er als Lehrer arbeiten könnte. Es klang verlockend, wirklich verlockend. Ich hatte mich in Ian verliebt und wusste, dass auch er mich liebte, aber ich hatte mich auch in mein Künstlerleben verliebt und in diesen Ort. Ich wollte, dass es immer so weitergeht.«

Camelot, Marshas Camelot, vor all den Jahren.

»Wir stritten viel, und je mehr wir zankten, desto mehr

schaltete ich auf stur. Ich war ein richtiger Dickschädel damals.« Sie lachte traurig. »Das bin ich wohl noch immer. Wie dem auch sei, am Ende sagte ich ihm, er solle ohne mich gehen. Aber in Wahrheit wollte ich ihn bloß auf die Probe stellen. Ich dachte, unsere Liebe wäre stark genug, dass er wiederkommen würde. Aber am Ende ging er – und kam nicht wieder.«

Sie wurde von einem Hustenanfall erfasst, und ich ging in die Küche, um ihr ein Glas Wasser zu holen. Meine Hände bewegten sich wie automatisch, während ich versuchte, mir Marsha und meinen Vater zusammen vorzustellen. Irgendwie schienen sie besser zusammenzupassen als mein Vater und Juliet.

»Also, warum konntest du mir nicht sagen, dass mein Vater eine alte Flamme von dir war?«, fragte ich sie, als das Husten nachließ und sie wieder Luft bekam. »Ich bin erwachsen, ich hätte damit umgehen können.«

Sie schüttelte den Kopf. »Es ist komplizierter als das. Möchtest du den Rest hören?«

»Natürlich!«

Diesmal schloss sie die Augen, während sie sprach.

»Nachdem Ian fort war, blieb ich in dem Haus, machte meinen Schmuck und half in einer hiesigen Töpferei aus, um über die Runden zu kommen. Die ganze Zeit über war ich mir sicher, dass er zurückkommen würde. Aber ich hörte nichts von ihm. Dann stellte ich fest, dass ich schwanger war. Das war ein ziemlicher Schock, trotz meiner Propagierung der freien Liebe und so weiter.«

Ich erschauderte. Das Kind, das sie verloren hatte! *Das Kind meines Vaters!*

»Was hat er dazu gesagt, als du es ihm erzählt hast?«

Sie schüttelte den Kopf. »Ich hab es ihm nicht gesagt. Dazu war ich zu stolz. Er war freiwillig nicht zu mir zurückgekommen, also wollte ich ihn auch nicht dazu zwingen, nur weil ich ein Kind von ihm erwartete.«

Ich warf meinen Ruhemantel komplett ab. »Aber es war doch auch sein Kind!«, rief ich. »Er hatte doch das Recht, es zu erfahren.«

»Vielleicht. Aber damals dachte ich nicht so. Ich war der edelmütigen Überzeugung, dass er besser dran wäre, wenn er es nicht wüsste. Damit entließ ich ihn aus jeglicher Verpflichtung, damit er sein eigenes Leben leben konnte.«

»Hast du es ihm dann später wenigstens erzählt? Habt ihr euch deshalb gestritten?«

Sie schüttelte wieder den Kopf, und ihr Gesicht war müde und aschfahl. »Es wird noch schlimmer. Ich bekam das Kind, ein wunderschönes Mädchen, dem ich den Namen Anna gab, und ich liebte sie so, dass ich beschloss, sie ganz für mich zu behalten. Ich wollte sie nicht mit einem Vater teilen, der sowieso nicht wusste, dass es sie gab, und der sich nicht mehr bei mir gemeldet hatte, seit er nach London zurückgegangen war. Doch als sie ein Jahr alt war, bekam sie Hirnhautentzündung und starb. Danach hätte es auch nichts mehr gebracht, ihm von ihr zu erzählen. So wie ich das sah, war es allein mein Verlust, und ich trauerte für mich.«

Draußen nahm alles eine eintönige Farbe an. Wolken zogen auf, sodass Meer und Himmel zu einem Stahlgrau verschmolzen. Drinnen saßen wir in der gedrückten Stimmung dieses trüben Septembernachmittags, und Marsha dachte an das Kind, das sie so sehr geliebt und verloren hatte, und ich an meine Halbschwester, die auf diese Welt gekommen und wieder von ihr verschwunden war, ohne dass irgendjemand aus meiner Familie je von ihr gewusst hatte.

»Und warum … warum sind mein Vater und ich dann in jenem Sommer hergekommen?«, brachte ich schließlich krächzend hervor.

»Anscheinend war die Ehe deiner Eltern kurz davor zu scheitern, und Ian hatte mich wohl, wie er sagte, nie vergessen. Er war auf einem Nostalgietrip –«, sie lächelte mich matt an, »das scheint bei euch in der Familie zu liegen – und wollte, dass wir es noch mal miteinander versuchen. Er kam nach fast zehn Jahren einfach wieder in mein Leben spaziert und hoffte, alles wäre noch beim Alten.«

Sie seufzte. »Nein. Das ist nicht ganz fair. Er hatte eigentlich damit gerechnet, dass ich inzwischen mit jemand anderem eine Familie gegründet und eine Schar Kinder hätte. Als er erfuhr, dass dem nicht so war, wurde er ganz aufgeregt. Er sagte, er hätte genug von seinem falschen Leben in London, und dass er sich hier niederlassen wolle. Er hatte übrigens vor, dich mitzunehmen, auch wenn ich keine Ahnung habe, wie er das mit deiner Mutter vereinbaren wollte. Er wollte unsere Beziehung wieder fortführen …«

»Und hast du ihm dann gesagt, was passiert ist – mit Anna …?«

Sie machte eine ruckartige Bewegung mit dem Kopf, bevor sie wieder von einem Hustenanfall gepackt wurde, der diesmal so lange andauerte, dass ich schon dachte, sie würde nie wieder aufhören. Ich machte uns Tee, während sie wieder Atem schöpfte. Ein Teil von mir lauschte auf die Haustür. Adam war noch immer nicht zurückgekehrt, und eine Welle der Panik überkam mich, wenn ich daran dachte, was zwischen uns passiert war, doch als Marsha anfing weiterzuerzählen, war jeder Gedanke an ihn wieder verflogen.

»Entschuldige«, sagte sie. »Wo waren wir stehen geblieben? Ach ja, du hast gefragt, ob ich Ian dann von Anna erzählt habe.«

Sie lächelte mich traurig an. »Weißt du, da warst dann ja du mit ihm. Ein Teil von mir wollte ihn gern wiederhaben – sogar nach so langer Zeit – und ihm erzählen, was passiert war. Denn genauso wenig, wie ich Anna mit irgendwem geteilt hatte, als sie lebte, hatte ich über ihren Verlust mit irgendjemandem geredet. Nach ihrem Tod hatte es für mich ein paar quälend einsame Jahre gegeben, aber ich redete mir ein, dass ich schon damit zurechtkam, dass ich darüber hinwegkommen würde. Das war lange bevor mir klarwurde, dass man über den Tod eines Kindes nie hinwegkommt. Man lernt einfach, sein Leben weiterzuleben, und der Verlust wird Teil davon. Ian wäre der einzige Mensch auf der Welt gewesen, dem das kurze Dasein meines Kindes auch etwas bedeutet hätte. Aber da stand er, mit diesem hübschen dunkelhaarigen kleinen Mädchen an seiner Seite – Allie, die eigentlich Anna hätte sein sollen –, und zu meiner unendlichen Schande war ich voller Eifersucht. Du hättest *sie* sein können – hättest sie sein *sollen* –, das Kind, das wir gemeinsam hatten. Doch stattdessen warst du das Kind, das er mit einer anderen hatte. Er hatte alles und war mit vielem davon unglücklich, wenn auch nicht über dich, und ich hatte nichts – und er bemitleidete sich auch noch selbst. Also sagte ich ihm, dass er mir nichts mehr bedeute und dass ich ihn nie wiedersehen wolle. Und bis heute weiß er nicht, dass er hier in England eigentlich einmal zwei Töchter hatte.«

»Das war also die Auseinandersetzung auf der Treppe?«

Sie nickte. »Wir hatten uns davor schon einmal in dem Hotel getroffen, wo ihr gewohnt habt, aber da hatte ich dich nicht gesehen und ihm gesagt, dass ich Zeit zum Nachdenken bräuchte. Und am Tag darauf hat er dich mit zu mir gebracht und wollte mich überzeugen, aber ich ertrug es einfach nicht.«

Schweigend saßen wir da.

»Dein Tee wird kalt«, war alles, was mir im Strudel meiner Gefühle einfiel. Gehorsam nippte sie daran.

»Mir hättest du es auch nie gesagt«, bekam ich nach einer Weile heraus.

Sie zuckte fast unmerklich mit den Schultern. »Ich war zu dem Schluss gekommen, dass es keinen Zweck hat. Du warst in einem ziemlich labilen Zustand, als du hier ankamst, und ich wollte dir ja ein bisschen von deiner Bürde nehmen und dir nicht noch mehr aufhalsen. Dann hätte dich wahrscheinlich nur noch die Frage bewegt, ob du es deinem Vater sagen sollst, und ich nehme an, du hättest es getan, und das wiederum hätte jede Menge Erinnerungen und Gefühle aufgewühlt – aber wozu? Es hätte nichts geändert, zu nichts geführt, bloß jede Menge Unruhe gestiftet.«

»Und du hattest nie das Gefühl, dass er vielleicht ein Recht drauf gehabt hätte, von seiner Tochter zu erfahren?«

»Ich hatte das Gefühl, dass *ich* das Recht hatte, selbst zu entscheiden, welche Geheimnisse ich mit ins Grab nehme.« Sie sah mich mit ihren blauen Augen, die trotz ihrer zunehmend schlechten Verfassung noch immer klar waren, ruhig an. »Es ist ein langer Weg, bis man die Art von Gelassenheit aufgebaut hat, die ich erreicht habe, und ich war so egoistisch, sie nicht aufs Spiel setzen zu wollen.«

Ich hörte die Zurechtweisung in ihrer Stimme und musste wegsehen. Ich wusste, dass sie in diesem Stadium ihres Lebens jedes Recht hatte, egoistisch zu sein.

Ich stand auf, denn ich hatte das Bedürfnis zu gehen, wollte das Gespräch aber so nicht enden lassen.

»Warst du dir da immer so sicher?«, fragte ich. »All die Jahre, so sicher, dass du das Richtige getan hast? Hattest du nie Zweifel?«

»Oh, jede Menge, glaub mir! Besonders nach eurem Besuch. Ich quälte mich mit der Frage, ob ich es Ian hätte sagen, ob ich ihn danach noch einmal hätte kontaktieren und es ihm erklären sollen. Aber selbst wenn ich es gewollt hätte, ich hatte keine Ahnung, wo ihr in London gelebt habt. Ich hätte ihn gar nicht finden können.«

»Das Hotel, in dem wir gewohnt haben, hätte es gewusst!«

Sie nickte. »Ja, wahrscheinlich.« Sie blickte aus dem Fenster. »Ich habe so oft an euch gedacht. In gewisser Weise wirkte euer Besuch wie ein Katalysator. Er riss den Panzer weg, den ich in dem fälschlichen Glauben um mich aufgebaut hatte, dass ich ›mein Leben weiterlebte‹. Die Eifersucht war die erste wahre Gefühlsregung, die ich mir seit Jahren zugestanden hatte …«

Sie schwieg eine Weile, dann fuhr sie fort. »Kurz darauf verließ ich das alte Haus und zog hierher. Ich hatte mich schon zu lange an dem Ort festgeklammert, an dem ich erst mit Ian und dann mit Anna glücklich gewesen war. Ich beschloss, dass ich mich nie wieder auf einen Mann einlassen und auch keine Kinder mehr haben würde, weil ich so einen Schmerz nicht noch einmal hätte ertragen können. Und dann lernte ich Chris kennen, als ich in der Jugendstrafanstalt zu unterrichten begann, und fing an, ihm zu helfen. Und da merkte ich, dass das etwas war, was ich vielleicht ganz gut konnte. Es war meine Art, meine unterdrückten Muttergefühle zu sublimieren. Und es gab so viele Jugendliche, deren Eltern sie auf die eine oder andere Art im Stich gelassen hatten …«

Sie drehte sich zu mir und sah mich an. »Es kam mir auch wie Schicksal vor, als du diesen Sommer hier aufgetaucht bist. Es war meine Chance wiedergutzumachen, dass ich Ian damals weggeschickt habe, indem ich seiner Tochter helfe … Es war die zweitbeste Möglichkeit, meinen Frieden mit ihm zu machen.«

Meine Großmutter, die schon seit Jahren prophezeit, dass ihr Ende kurz bevorsteht, hat die Angewohnheit, immer wenn sie etwas Neues zum Anziehen kauft, zu sagen: »Das hält, bis es mit mir zu Ende geht.« An diese Worte musste ich denken, als Marsha davon sprach, Dinge in Vorbereitung ihres Todes zu tun. Doch es lag kein Pathos in ihren Worten, sie sagte es ohne Selbstmitleid oder Jammern. Sie sagte es so fest und geradeheraus wie immer. Sie suchte auch nicht meine Bestätigung dafür, dass sie mir wirklich geholfen hatte. Sie berichtete bloß von den Tatsachen und ihrem Handeln und erwartete keine reflexhaft verständnisvolle Antwort, weil sie im Sterben lag.

Mir kam der Gedanke, dass sie andere Sorgen hatte, als sich den Kopf darüber zu zerbrechen, ob ich ihre Handlungen von damals guthieß oder nicht.

Doch das machte jetzt keinen Unterschied, denn in meinem Kopf herrschte das reinste Chaos, und ich hätte zu diesem Zeitpunkt sowieso keines meiner Gefühle bestimmen können. Und durch das Chaos drangen, wie Zugscheinwerfer in einem Tunnel, Adams Augen voller Bedauern darüber, dass ich ihm die unmögliche Frage gestellt hatte. Diesem Blick konnte ich mich unmöglich noch einmal stellen.

»Ich muss gehen«, sagte ich schließlich.

Sie stand auf. »Zurück nach Hause?«

Nach Hause? Ich hatte keine Ahnung, wo das sein sollte. Meine Wohnung in Purley kam mir in meiner Vorstellung ganz fremd vor, und Juliet war so oft umgezogen, dass es in meiner Erinnerung keinen Ort gab, den ich als ›Zuhause‹ bezeichnen konnte.

Aber ich sagte einfach: »Ja.«

Sie nickte und musterte mich, sodass ich den Blick abwenden musste und zur Tür ging. Doch als ich die Klinke drücken wollte, hielt ich kurz inne. Ich konnte sie nicht einfach so stehen lassen. Ich drehte mich noch einmal um, rannte zu ihr und umarmte sie. Sie drückte mich fest an sich, und ich presste den Kopf an ihre schmale Schulter. Ich wäre so gern für immer dort geblieben.

»Ich wünschte, du wärst … *meine* Tochter gewesen«, flüsterte sie in mein Haar.

Ich löste mich aus ihrer Umarmung, aber traute mich nicht, etwas zu sagen.

Diesmal ging ich durch die Tür, und als ich sie hinter mir zumachte, sah ich, dass sie wieder in dem Sessel Platz genommen hatte und hinaus aufs Meer schaute.

11. Kapitel

Vermutlich würde man jetzt erwarten, dass ich eine schlaflose Nacht verbrachte, mich herumwälzte und versuchte, schlau aus dem zu werden, was ich erfahren hatte – aber dem war nicht so.

Als ich Marsha an diesem Nachmittag verließ, eilte ich zuallererst zum Bahnhof, mit gesenktem Kopf, damit ich auch ja niemanden sah, den ich kannte, obwohl ich nicht aufhören konnte, nach Adams Stimme zu horchen. Ich kaufte mir für den nächsten Morgen ein Ticket nach London und bestellte mir für zwanzig Minuten vor Abfahrt ein Taxi, und all das mit einer Ruhe, die mich selbst überraschte. Danach besorgte ich mir noch ein Prepaid-Handy und zwei Flaschen Weißwein.

Dann kehrte ich zurück in die Pension und teilte Gwenn Jarrett mit, dass ich am nächsten Tag abreisen würde. Sie reagierte erst mit steinerner Miene, bis ich erklärte, dass etwas mit meinem Vater wäre – eine ironische Anspielung auf die Wahrheit, wenn es die überhaupt gab –, und ich mein Zimmer selbstverständlich bis Ende der Woche zahlen würde. Daraufhin bot sie mir überschwänglich noch einen Tee an, und ihre Augen fingen wieder an, so zu glänzen wie bei meiner Ankunft, als sie noch auf eine pikante Geschichte von mir gehofft hatte. Was ich ihr inzwischen hätte erzählen können, hätte ihr bestimmt sehr gefallen!

»Nett von Ihnen, aber nein danke«, sagte ich liebenswürdiger, als ich seit meiner Ankunft je zu ihr gewesen war. Ich wedelte mit dem Handy, ohne sie die Weinflaschen sehen zu lassen. »Ich muss noch ein paar Telefonate erledigen.«

»Ich verstehe, meine Liebe.« Ohne irgendetwas zu verstehen, tätschelte sie mir mit einer Hand, die sich in ihrer Kälte reptilienhaft anfühlte, den Arm und lächelte mich mit einem so teilnahmsvollen Lächeln an, wie es Hinterbliebenen vorbehalten ist.

Kaum in meinem Zimmer angekommen, rief ich Sarah an, noch immer ruhig und beherrscht, teilte ihr mit, dass es für mich an der Zeit war, in meine Wohnung zurückzukehren, und entschuldigte mich dafür, dass ich sie so kurzfristig darüber informierte.

»Stimmt irgendwas nicht?«, erkundigte sie sich.

»Nein, nein … Bloß mein Geld wird früher knapp, als ich dachte, und die Pension schließt demnächst über den Winter.«

»Schon okay, kein Problem. Dann kann ich dir ja auch meine guten Neuigkeiten verkünden«, meinte sie mit unterdrückter Freude in der Stimme. »Rob und ich haben uns verlobt. Er will, dass wir zusammenziehen, also sind wir schon auf Wohnungssuche, und wir haben wahrscheinlich sogar schon eine gefunden. Also, wenn du sofort zurückkommen willst, ist das auch kein Problem, weil ich sowieso schon bald ausziehen würde.« Sie redete in atemloser Freude, und ihr Glück sickerte durchs Telefonkabel.

»Das ist ja wundervoll!«, rief ich, beeindruckter von meinem bis dato unentdeckten Schauspieltalent als von ihrer Neuigkeit. »Ich freu mich so für euch. Und du kannst natürlich noch so lange in der Wohnung bleiben, wie du willst; es war wirklich nett, dass du darauf aufgepasst hast.«

»Eigentlich«, gestand sie, »war ich gar nicht allzu oft hier, ich war ziemlich viel bei Rob. Das ist ein Grund, warum wir beschlossen haben, uns eine gemeinsame Wohnung zu suchen; seine ist nicht allzu groß, und ich wusste ja, dass du irgendwann zurückkommen würdest. Aber wenn du morgen Abend ankommst, werde ich da sein, damit wir alle Neuigkeiten richtig bequatschen können.«

Tja, von meinen wirst du nicht viel zu hören bekommen, dachte ich, als ich das Gespräch beendete und mein Weinglas wieder füllte. Ich spielte mit dem Gedanken, Juliet anzurufen, um ihr mitzuteilen, dass ich zurückkäme, aber ich konnte mich nicht dazu aufraffen, also redete ich mir ein, dass es doch nett wäre, sie zu überraschen.

Bevor ich vollkommen vom Alkohol betäubt war, packte ich meine Taschen für den nächsten Morgen, wobei ich mich voll und ganz auf diese Tätigkeit konzentrierte und alle anderen Gedanken ausblendete, ungefähr so, wie ich es auch getan hatte, als Will mich verlassen hatte. Dann setzte ich mich auf den einzigen Stuhl im Zimmer, dankte dem Schicksal, dass ich Weinflaschen mit Schraubverschluss gekauft hatte, und wartete darauf, dass Adam auftauchen würde. Es war wie eine Wiederholung des Abends im Smugglers'. Anfangs war ich sicher, dass er kommen würde. Ich malte mir Szenen zwischen ihm und Marsha aus, in denen sie ihm berichtete, was zwischen uns vorgefallen war, und wie er voller Verständnis und wohlwissend, dass ich diese schrecklichen Worte nicht so gemeint hatte, zu mir geeilt kommen würde – auch wenn es dazu, räumte ich ein, nachdem es immer später wurde, wohl ein wenig Überzeugungsarbeit von Marshas Seite bedurfte. Aber er kam nicht. Ich schüttete mehr und mehr Wein in mich hinein, der durch meinen leeren Magen ziemlich schnell in meine Blutbahn gelangte, und wurde immer wütender. Während der Regen einsetzte und über mir aufs Dach hämmerte und die Dunkelheit ungewöhnlich schnell hereinbrach – ob nun aufgrund des Wetters oder meiner zunehmend verschwommenen Tunnelwahrnehmung, weiß ich nicht –, konnte ich an nichts anderes denken, als dass ich wieder einmal von denen, denen ich vertraut und die ich geliebt hatte, im Stich gelassen worden war und somit keinen Deut besser dran war als zu dem Zeitpunkt, als ich nach Cornwall gekommen war.

Nach einem verwirrenden und komplizierten Versuch, mich im Bad bettfertig zu machen und mich auszuziehen, schlief ich schließlich ein.

Wie um sich über mich lustig zu machen, brach der nächste Tag mit strahlendem Sonnenschein an, und der intensive Geruch der Meeresluft, die durch die offene Haustür hereindrang, überbot sogar noch den Duft des gebratenen Specks. Ich wankte zum Frühstück, erpicht darauf, so viel Wasser und so viele Tassen Tee wie möglich hinunterzustürzen, und plötzlich rührte mich alles, was mir an der Pension immer auf die Nerven gegangen war, weil ich abreiste. Rosie, die vergnügte junge Bedienung mit dem passenden Namen, lächelte alle an und nahm schwungvoll die Bestellungen entgegen, während die Bodendielen unter ihren Schritten protestierten, und selbst die ältliche Martha brachte mir meinen Tee schon beim ersten Versuch, ohne erst noch einmal in die Küche zurückkehren zu müssen, um nachzusehen, für wen er war.

Ich fuhr nach Hause, und doch kam mir Gwen Jarretts Pension in diesem Moment mehr als irgendein anderer Ort wie mein Zuhause vor, das ich eigentlich nicht verlassen wollte. Was ich wirklich tun wollte, war, über den Strand zum blauen Tor zu laufen – über den goldenen Sand zu rennen und seine nasse, dichte Beschaffenheit unter meinen Füßen zu spüren und hin und wieder die zwischen meinen Zehen durchquellenden Sandwurmhaufen und das Spritzen des Wassers an meinen Waden, wo die Ebbe noch Pfützen zurückgelassen hatte; mit der Sonne im Rücken und der kühlen Morgenbrise im Gesicht über die Felsen zu klettern, an den beiden Steinen vorbei, auf denen Marsha und ich immer gelegen hatten; und mich dann in Adams Arme zu werfen und ihm zu sagen, dass es mir leidtue, dass es nicht wichtig sei, wenn wir uns nur weiter lieben und zusammen sein könnten.

Aber das hätte ich nie getan. Ich hatte einmal zuvor einen Mann angefleht, mich nicht zu verlassen, und das würde ich nicht wiederholen. Ich hatte es total verbockt, und Adam wollte es offensichtlich nicht vergessen, also musste ich damit leben.

Als ich die Rechnung bezahlte, bemerkte Gwen Jarrett meine blutunterlaufenen, geschwollenen Augen und setzte wieder ihr Gesicht für Hinterbliebene auf. Doch heute fand ich sie weder lustig noch lästig, sondern ich betrachtete sie mit einer gewissen Zuneigung. Und als sie ihr Zahnfleisch entblößte und sagte: »Es ist selten, dass ein Gast so lange bleibt – fast schon Teil der Familie wird –, ich hoffe, Sie besuchen uns bald wieder«, da verschwammen die Wirbel ihres grellen Kleides vor meinen Augen, und ich eilte hinaus zum wartenden Taxi.

Im Zug brach ich dann richtig zusammen. Ich setzte mich auf einen Fensterplatz mit Tisch und starrte die anderen Reisenden so grimmig an, dass keiner es wagte, neben oder gegenüber von mir Platz zu nehmen. Tatsächlich erwartete ich – hoffte ich – noch immer, dass Adam wie in einem schnulzigen Liebesfilm doch noch auf den Bahnsteig gerannt käme, wenn der Zug gerade losfuhr, und mich bitten würde, es mir noch einmal zu überlegen, und dann würde entweder ich ohne mein Gepäck aus dem Zug springen oder er noch schnell zusteigen und alles einem verständnisvollen Schaffner erklären müssen.

Was für ein Volltrottel war ich bloß? Er wusste ja nicht einmal, dass ich in diesem Zug saß.

Mein Magen verkrampfte sich so heftig, als wir vom Bahnsteig abfuhren, dass ich schon dachte, ich müsste mich übergeben. Ich schloss die Augen. Wie hatte alles nur so schieflaufen können?

Ein nie gekannter Schmerz überkam mich. Ich konnte mich nicht einmal daran erinnern, dass die Trennung von Will sich so schlimm angefühlt hatte – vermutlich weil sie nicht so plötzlich gekommen war. Eigentlich hatte ich ihm schon länger misstraut, bevor er den Mut gefunden hatte, mir zu sagen, was los war, also hatte ich ein seltsames Gefühl der Erleichterung empfunden, als er schließlich ging.

Aber das hier – da steckten so viele Menschen und so viele Emotionen mit drin. Ich fragte mich, was Marsha den anderen wohl über meine überstürzte Abreise erzählen würde – und was sie Adam letztendlich sagen würde. Wäre es besser gewesen, wenn sie mir nicht die Wahrheit gesagt hätte? Wenn sie einfach behauptet hätte, dass sie und mein Vater bloß eine flüchtige Affäre gehabt hätten, und es dabei belassen hätte? Aber ich hatte ja die Wahrheit gefordert, und Marsha war kein Mensch, der sich vor etwas drückte, was sie für richtig hielt.

Vielleicht würde sie den anderen all das erzählen, was sie auch mir erzählt hatte. Ich konnte mir ihren gemeinsamen Ärger darüber vorstellen, dass irgendein Eindringling aus London Marsha dazu gedrängt hatte, Geheimnisse preiszugeben, die sie lieber für sich behalten hätte. Oder vielleicht behielt sie es auch für sich, aber Adam würde die anderen wissen lassen, dass es Unstimmigkeiten zwischen uns dreien gegeben hatte, und sie würden ihre eigenen Schlüsse daraus ziehen, wessen Schuld es wohl gewesen war. Wie dem auch sei, ich war mir sicher, dass sie alle in ihrer erklärten Entschlossenheit, Marsha zu beschützen und sich um sie zu kümmern, zu ihr halten und mich nie wieder in ihren erlauchten Kreis lassen würden. Es schmerzte mich. Der seelische Kummer wandelte sich in körperlichen Schmerz. Ich spürte es am ganzen Körper. Die Bürde, die ich so erleichtert auf Marshas Schultern abgeladen hatte, schien dreimal so schwer zurückgekehrt zu sein.

Ich dachte über die Beziehung zwischen Marsha und meinem Vater nach und über die schroffen Worte, die vor so vielen Jahren über meinen Kopf hinweg gewechselt worden waren. Mir wurde bewusst, dass ich meine ganze Kindheit und Jugend hindurch insgeheim Verständnis für meinen Vater gehegt hatte, der uns verlassen hatte. Juliet konnte so schwierig sein, und er war immer so lustig gewesen. Wenn man mir die Wahl gelassen hätte (wie bei Kindern heutzutage), hätte ich mich wohl dafür entschieden, mit ihm zu gehen. Erinnerungen an meine rebellischen Teenagerjahre blitzten in mir auf und trugen mich in fast vergessene Zeiten zurück, so gewiss, wie mich der Zug zurück an Orte brachte, an die ich gar nicht unbedingt zurückkehren wollte. Auseinandersetzungen mit Juliet über alles und nichts, infolge derer ich in mein Zimmer stürmte und in schwelendem Zorn Fluchtpläne zu meinem Vater ausheckte – der natürlich meine Notlage mit meiner unmäßigen Mutter erkannt, seine Liebe zu Frankreich zurückgestellt und mich wieder in sein lebenslustiges Herz geschlossen hätte. Denn er hätte mich verstanden, er hatte schließlich das Gleiche durchgemacht – hatte gehen *müssen,* aufgrund der Schmähungen durch meine Mutter. Obwohl die physische Distanz zu meinem Vater auch zu einer emotionalen geworden war, hatte ich mir den Glauben bewahrt, dass uns trotz allem die Tatsache verband, dass wir beide unter Juliet gelitten hatten.

Aber jetzt musste ich in diesem Bild noch etwas anderes berücksichtigen: Vielleicht war die Ehe meiner Eltern ja auch an der Untreue meines Vaters gescheitert. Er musste Juliet bereits kurz nachdem er Marsha verlassen hatte, kennengelernt haben, also konnte ihm diese Beziehung nicht so viel bedeutet haben. Und als er dann gemerkt hatte, dass Juliet doch nicht seine Kragenweite war, war er nach Cornwall geflohen – mit mir als Verhandlungsargument oder um Mitleid zu heischen – und wollte eine Beziehung wieder aufleben lassen, die er zehn Jahre zuvor abgebrochen hatte. Wer weiß, wie viele Liebschaften er schon in der Zwischenzeit gehabt hatte? Er war ein Charmeur, daran bestand kein Zweifel, und Juliet hatte ihn immer als unzuverlässig bezeichnet. Außerdem hatte er nach der Scheidung keine Zeit verloren und, sobald er in Frankreich war, eine Familie mit der exotischen Yvon gegründet.

Die Indizien sprachen mehr und mehr gegen ihn und machten all meine bisherigen bequemen Vorstellungen zunichte. Ich hatte das Bedürfnis, es mit irgendjemandem zu entwirren. Doch ironischerweise hatte ich die einzige Person, die mir dabei hätte helfen können, gerade verlassen, zusammengesunken in einem zu großen Sessel und auf das Meer hinausstarrend, wo sie vermutlich zu einem entfernten Ufer hinüberblickte, das sie schon bald erreichen würde und wo sie für uns andere dann unerreichbar wäre.

»Ich wünschte, du wärst … *meine Tochter* gewesen.«

Ein kleiner Riss in meinem Gedankenstrom erlaubte

mir einen flüchtigen Blick darauf, wie das Leben hätte sein können, wenn Marsha und Ian wirklich meine Eltern gewesen wären. Ich sah Bilder einer glücklichen Kindheit, getaucht in immerwährenden Sonnenschein und voller Ausgelassenheit, vielleicht mit einem Geschwisterchen oder zweien, um die Idylle perfekt zu machen, aber trotzdem mit mir im Zentrum des Ganzen, vergöttert und geschätzt von liebenden und anerkennenden Eltern.

Und in diesem Moment verübelte ich es ihnen beiden – Marsha und meinem Vater –, dass sie diesen Traum nicht verwirklicht hatten, und auch, dass ich mir wünschte, Juliet wäre nicht meine Mutter. Die Tatsache, dass ich mir das in meiner Jugend schon so oft gewünscht hatte, spielte dabei keine Rolle, denn damals schwang in meinen Gefühlen kein Mitleid für eine Frau mit, die von ihrem Ehemann im Stich gelassen worden war.

Okay ... Mittlerweile ist sicher klar geworden, dass ich mich in einem emotionalen Chaos befand, was sich auch in meinem Verhalten widerspiegelte, denn bei jedem neuen Gedanken, der mich packte, rutschte ich unruhig auf meinem Sitz umher, während ich mal blind auf die vorbeiziehende Landschaft starrte, mal ausdruckslos die anderen Fahrgäste im Abteil musterte. Mir fiel eine Mutter mit ihren zwei Kindern auf, die irgendwo in Südwestengland zugestiegen sein mussten und auf der anderen Seite des Gangs saßen. Die Mutter hatte diese klare, geduldige Stimme, die der Welt ihre Tauglichkeit und Fähigkeit als Mutter darlegte. Sie redete mit ihren Kindern in ruhigem, gemäßigtem Ton, und der Junge und das Mädchen von etwa acht Jahren antworteten auf so verständige Weise, dass es mich nicht überrascht hätte, wenn sie die Lernspiele, die ihre Mutter ihnen in regelmäßigen Zeitabständen vorsetzte, beiseitegeschoben und stattdessen das Kreuzworträtsel in der Times aufgeschlagen hätten. Wahrscheinlich waren noch andere Mütter im Abteil, die sie hören konnten und die von Schuldgefühlen über ihre eigene Unzulänglichkeit gepackt wurden und sofort beschlossen, von nun an alle Videospiele zu verbannen und das Fernsehen ihrer Kinder drastisch einzuschränken.

Mir wurde plötzlich bewusst, dass ein Teil meiner körperlichen Schmerzen direkt vom Magen ausgingen, der seit Stunden keine feste Nahrung mehr gesehen hatte. Die Mutter gegenüber hatte mir bereits ein paar verstohlene Blicke zugeworfen, als ich mich abrupt auf meinem Sitz bewegt hatte, und als ich jetzt genauso abrupt aufstand und sie fragte, ob sie ein Auge auf meine Sachen haben könnte, während ich in den Speisewagen ging, zuckte sie kurz zusammen und warf einen beschützenden Blick auf ihre Küken, bevor sie strahlend lächelte.

»Natürlich.«

»Soll ich Ihnen vielleicht etwas mitbringen?«, fragte ich mit mehr Freundlichkeit, als ich verspürte. Aber es war sowieso bloß eine symbolische Frage, denn vor der kleinen Familie standen Brotzeitboxen, ordentlich bestückt mit Schottischen Eiern auf einem Bett aus Salat und Tomaten, und daneben Getränkekartons mit Biosäften.

»Ich glaube nicht, danke«, sagte sie strahlend. »Wir haben alles, was wir brauchen, nicht wahr, Kinder?«

Die Kinder vermieden es, mit vollem Mund zu reden, und nickten brav, und ihre selbstzufriedene Mutter strahlte mich erneut an, bevor ich davonstapfte und mich fragte, ob sie bei der Empfängnis ihrer Kinder wohl dieselbe Ekstase verspürt hatte wie ich mit Adam. Sie erinnerte mich an meine Grundschullehrerin, deren sorgsam formulierte Anweisungen voller ›Mrs Humphries möchte dies nicht‹

und ›Mrs Humphries möchte das nicht‹ waren, und ich hatte wochenlang gerätselt, wer diese unsichtbare Mrs Humphries bloß war, bevor mir klarwurde, dass die Lehrerin von sich selbst gesprochen hatte. Kaum hatte ich das begriffen, stellte sich heraus, dass die meisten Lehrer mit kleinen Kindern so seltsam sprachen. Vielleicht gab es da ein Lehrerhandbuch, das die Verwendung der ersten Person Singular in der Gegenwart von Kindern bis zu einem bestimmten Alter verbot …

Ich kaufte mir einen starken Kaffee und einen großen Cheeseburger mit Pommes gegen den Kater, doch als ich zurück an meinen Platz kam, sah ich, dass der kleine Junge mir – oder vielmehr der Tüte Pommes – verstohlene Blicke zuwarf. Ich beugte mich über die Lehne.

»Jetzt hab ich mir die gekauft und will sie aber eigentlich gar nicht. Vielleicht mögen die Kinder sie ja?«

Ich legte die Pommestüte mitten auf den Tisch, woraufhin sich die Kinder mit einem höflichen Dankeschön sofort darüber hermachten, sodass der Mutter nichts anderes übrig blieb, als in ihren Dank mit einzustimmen.

Der Junge warf mir ein kleines verschwörerisches Lächeln zu, das mein Herz kurz erwärmte, bis freudige Anspielungen auf »Daddy« andeuteten, dass die Frau, ekstatische Empfängnis hin oder her, ihren Mann noch hatte, während mir bloß gelungen war, meinen zu verlieren – mal wieder.

Warum, schalt ich mich zwischen einigen fettigen Bissen Burger (der genauso gut aus Pappe hätte sein können), hatte ich mich dazu hinreißen lassen, so emotional zu reagieren, als Adam mir das Haus gezeigt hatte? Warum hatte ich nicht auf den richtigen Moment warten und mit Marsha reden können, sobald sich die Gelegenheit dazu ergeben hätte, und somit auch die bittere

Auseinandersetzung vermieden, mit dem Mann, in den ich mich – das musste ich mir schmerzvoll eingestehen – verliebt hatte? Ich hatte die Wahrheit zwanzig Jahre nicht gekannt; da hätten ein paar Stunden mehr oder weniger doch nichts ausgemacht …

Wenn ich mich mit Adam bloß darüber verkracht hätte, ob und wann ich mit Marsha darüber sprechen sollte, wäre die Situation wiedergutzumachen gewesen.

Aber nein, ich hatte alles aufs Spiel setzen und ihn vor die Wahl stellen müssen, und seine Verweigerung einer Antwort war mir Aussage genug gewesen. Jetzt gab es keinen Weg zurück, und als ich mir das klarmachte, schob ich die Reste meines Essens von mir und stöhnte laut, woraufhin die perfekte Mutter alarmiert aufblickte, aus Angst, ich könnte mich auf ihre Abteilseite übergeben.

Ich drehte mich zum Fenster, schlang die Arme um mich, schloss die Augen und quälte mich damit, was hätte sein können, bis ich das Gefühl hatte, mein Herz würde gleich brechen.

12. Kapitel

»Schätzchen! Du siehst toll aus! Warum hast du mir denn nicht gesagt, dass du zurückkommst? Was für eine schöne Überraschung! Hast du schon gegessen? Du siehst so gut aus! Sieht sie nicht toll aus, Philip? Die Meeresluft scheint dir wirklich gutgetan zu haben! Oder steckt vielleicht mehr dahinter als die gute Luft? Was meinst du, Philip? Sieht sie nicht *großartig* aus? Und was hast du denn mit deinen Haaren gemacht? Das steht dir ja viel besser so!«

Philip machte zweimal den Mund auf, um auf Juliets Fragen zu antworten, begnügte sich am Ende jedoch mit einem strahlenden Lächeln und einem zustimmenden Nicken.

Okay … Wahrscheinlich ist es etwas verwunderlich, dass Juliet fand, ich sähe so gesund, gut, wundervoll etc. aus, obwohl ich doch auf der Rückfahrt aus Cornwall ein komplettes Wrack gewesen war. Nun ja, seitdem waren ein paar Tage vergangen, und ich war wieder in meiner Wohnung untergekommen – zu meiner Freude sogar allein, denn Sarah war am Tag zuvor ausgezogen –, und bis jetzt hatte ich Juliet bloß angerufen gehabt, um ihr zu sagen, dass ich zurück war.

In der Zwischenzeit hatte ich meine Situation überdacht – vielmehr mein ganzes Leben – und war zu verschiedenen Schlussfolgerungen gekommen. Die erstaunlichste davon bestand darin, dass ich einen kompletten

Sinneswandel vollzogen hatte, was Juliet anging. Nachdem ich mir jahrelang gewünscht hatte, meine Mutter wäre eine verständnisvolle Kummerkastentante, und ich mich die ganze Zeit über ihren materialistischen, ichbezogenen Ansatz lustig gemacht hatte, begriff ich jetzt, dass Juliet vollkommen recht hatte. Sie kümmerte sich zuallererst um sich selbst. Anstatt gegen ihren Egoismus zu wettern und weiterhin auf irgendein Liebesmärchen zu hoffen, das im echten Leben sowieso nie vorkommt, hätte ich sie mir lieber zum Vorbild nehmen sollen. Die Beweise lagen schließlich auf der Hand. Sie hatte sich von Ehemann Nummer eins scheiden lassen, nachdem er sie im Stich gelassen hatte. Und hatte sie ihm jemals eine Träne nachgeweint? Nein. (Die Tränen, die sie in der Gegenwart von männlichen Tröstern vergossen hatte, zählen nicht – außer um meinen Standpunkt zu stützen.) Stattdessen machte sie sich so schnell wie möglich daran, einen Ersatz zu finden, der ihren Vorstellungen entsprach. Sie wählte nach Belieben angehende Kandidaten aus und das mit einer kühlen Abgeklärtheit und Unbeirrbarkeit, die eigentlich ziemlich beeindruckend war. Mit Dan war sie so lange verheiratet, wie es in ihre Pläne passte, und dann zog sie weiter. Sie blieb emotional und mental intakt, ihr Kontostand hatte sich erhöht, und es gab noch jede Menge Männer, die sie aufgabeln und ablegen konnte, wie es ihr gefiel. *Quod erat demonstrandum.*

Vielleicht mochte mein Ton bisher von einem gewissen Zynismus geprägt gewesen sein, wenn ich von Juliets Lebenswandel sprach, aber das war nun vorbei. Es ging einfach um eine Geisteshaltung. Sie hatte die ganze Zeit recht gehabt, und wenn mich die Erfahrung in Cornwall etwas gelehrt hatte, dann, dass es einem wirklich nicht guttat, wenn man bis zum Abwinken in seinem seelischen

Päckchen herumkramte. Es einfach dauerhaft in irgendeinem Gepäckfach abzustellen, war die einzige Möglichkeit, im Leben weiterzukommen.

Natürlich hatte ich den Menschen, die ich in Cornwall kennengelernt hatte, viel zu verdanken. Ich glaubte fest daran, dass Marsha mir geholfen hatte, ein besseres Verhältnis mir selbst gegenüber zu finden, und sie hatte mich außerdem gelehrt, dass es sich nicht lohnt, sein Vertrauen in jemanden zu setzen, denn am Ende wurde man doch nur enttäuscht. Juliet hatte mir so etwas Ähnliches zwar schon seit Jahren einzutrichtern versucht, aber wer hört schon auf seine Mutter, bevor es zu spät ist? Wie dem auch sei, ich würde mich immer liebevoll an Marsha und den wundervollen Sommer in Cornwall erinnern – zumindest bis zu dem Tag, an dem alles schieflief.

Und Adam – er war wohl auch Teil der Lektion. Er hat mir gezeigt, dass man, wenn man nicht extrem aufpasste und immer seinem Herz statt dem Verstand folgte, immer und immer wieder dieselben Fehler machte. In meinem Falle bestand er darin, dass ich mich immer wieder in einen gut aussehenden Mann verguckte, der mir anfangs das Gefühl gab, ich sei etwas Besonderes für ihn.

Also packte ich die Erinnerung an Adam in dieselbe Kiste wie die an Marsha und war mir sicher, dass ich schon bald aufhören würde, jedes Mal wenn ich die Augen zumachte, sein schönes Gesicht und das breite Lächeln und die gewinnenden grünbraunen Augen vor mir zu sehen … All das waren bloß Eindrücke, die verblassen würden, wie die Lichtflecke, die man noch immer sieht, wenn man die Augen schließt, nachdem man direkt in die Sonne geblickt hat. Und es war bloß reine Gewohnheit, dass ich manchmal das Gefühl hatte, ihn meinen Namen rufen zu hören, wenn ich die Straße entlangging; und Gewohnheiten erloschen irgendwann genauso wie die Liebe.

Wo war ich stehen geblieben? Ach ja, Juliet war gerade mit Philip im Schlepptau aufgetaucht, und ich erstaunte sie mit meinem neuen lebhaften und dynamischen Ich.

»Es war großartig!«, schwärmte ich. »Ich hätte nie gedacht, dass das Wetter so gut sein würde. Und diese Surfer! Die Strände waren fast wie die aus *Baywatch!* Ich fühle mich wie ein komplett neuer Mensch. Auch viel fitter, nach all der Bewegung!« Ich zwinkerte Philip fast unmerklich zu.

Meine Mutter warf mir einen eigentümlichen Blick zu, als sie bedächtig auf dem Sofa Platz nahm – vermutlich weil ich sehr nach ihr klang und sie wahrscheinlich dachte, ich nähme sie auf die Schippe, ohne genau zu wissen, warum.

»Das freut mich sehr für dich, Schätzchen. Hast du viele Fotos gemacht? Ich würde gerne mal all deine Künstlerfreunde sehen, die du kennengelernt hast.«

Ich lachte unbeschwert. »Ich habe total vergessen, meinen Fotoapparat mitzunehmen. Du weißt ja noch, in welchem emotionalen Zustand ich war, als ich weggefahren bin. Und dann wollte ich mir dort die ganze Zeit eine kleine Kamera kaufen, aber du weißt ja, wie das ist!« Es war ganz leicht. Man wischte einfach alles mit einer unbekümmerten Bemerkung beiseite. Die sechs Filmrollen, die in meinem Schlafzimmer lagen – *wisch, wisch* – vergessen! Adams Lächeln und sein vom Wind zerzaustes Haar auf den meisten von ihnen – *wisch, wisch* – Geschichte! Es war ganz leicht.

»Wie schade!«, sagte Juliet gerade. »Das müssen faszinierende Leute gewesen sein, wenn du so viel Zeit mit ihnen verbracht hast.«

»Ach, weißt du, Ferienbekanntschaften eben. Sie waren ganz nett.« Marsha in ihrem Liegestuhl, die mich mit ihren stechend blauen Augen ansah, während ich mein Leben vor ihr ausbreitete. Ihre Umarmung am Tag bevor ich abreiste. *Wisch, wisch.*

Es hätte mich nicht überrascht, wenn ein Hahn gekräht hätte.

Philip räusperte sich. »Und was«, fing er an und schien fast überrascht über den Klang seiner Stimme, die in Juliets Gegenwart nicht so oft zu hören war, »hast du jetzt vor, wo du wieder zu Hause bist?«

Ich sah mich in meinem kleinen Wohnzimmer um. War es schon immer so düster und stickig gewesen?

»Tja, also als Erstes werde ich diese Wohnung neu einrichten«, gab ich uns allen drei bekannt. »Ganz viel Weiß, denke ich. Ich habe gelesen, das sei die beste Farbe, wenn man irgendwann ans Verkaufen denkt. Und das werde ich vielleicht – wenn die Scheidung erst mal durch ist. Und sollte ich die Wohnung doch nicht verkaufen, finde ich Weiß trotzdem gut – Weiß macht alles so schön hell, nicht wahr? Das gibt dem Ganzen einen mediterranen Touch. Oder findet ihr Weiß feige?«

»Da fällt mir ein«, unterbrach mich Juliet, »Will hat neulich angerufen.« (War ihr das beim Wort ›Scheidung‹ oder beim Wort ›feige‹ eingefallen?) »Er wollte gerne mit dir reden … über das eine und andere.«

Früher hätte ich bei der Erwähnung seines Namens gezittert und hätte Juliet ängstlich gefragt, was er denn genau gewollt hatte, was jedoch meist zwecklos war, denn sie war sehr schlecht darin, sich Dinge zu merken, die sie nicht direkt betrafen. Aber jetzt löste sein Name rein gar nichts bei mir aus. *Danke, Cornwall.*

»Es waren ein paar Sachen für ihn in der Post, die

sich hier angesammelt hat, vielleicht geht es darum.« Ich zuckte mit den Achseln. »Ich lasse übrigens meine Telefonnummer ändern und will auch nicht mehr im Telefonbuch auftauchen – ich möchte keine dieser nervigen Werbeanrufe mehr bekommen. Aber ich melde mich bei Will, wenn irgendetwas Wichtiges in der Post ist.«

Die Anrufe, die ich wirklich nicht mehr wollte, waren die von Will selbst, genauso wie die seiner Geschäftskontakte, die nach unserer Trennung noch hin und wieder bei mir angerufen hatten, ohne unsere neue Situation zu kennen. Und manchmal hatte ich armes Klammeräffchen dann auch versäumt, sie über den wahren Stand der Dinge zu informieren. Aber das war vorbei. Von jetzt an würde jeder Kontakt mit meinem Ex-Mann streng nach meinen Bedingungen erfolgen.

Philip machte sich bereit, noch etwas zu sagen. »Und abgesehen vom Renovieren … hast du schon … über einen Job nachgedacht? Du weißt schon … was du jetzt arbeiten willst? Falls es mit dem Geld knapp wird oder so, helfe ich auch gern … falls du etwas brauchen solltest …«

Es fiel ihm ganz offensichtlich schwer, so ein unfeines Thema anzuschneiden. Ich lächelte ihn an, diesmal ganz aufrichtig. Als Antwort darauf bildeten sich um seine Augen kleine Fältchen. Offenkundig war er froh, es herausgebracht zu haben. Er war ein eleganter Mann, vermutlich gepflegte sechzig, in einem leichten Sommeranzug und mit einer teuren Uhr, die unter seinem makellosen maßgeschneiderten Hemd hervorlugte. Sein Gesicht war schmal und freundlich. Er könnte in einem Werbespot mitspielen. Vielleicht tat er das sogar.

»Ist er nicht ein Schatz?«, zirpte Juliet neben ihm. »Und er meint es auch wirklich so«, fuhr sie fort, als wäre er gar nicht da. »Er will nicht, dass sich jemand über so läppische Dinge wie Geld Sorgen machen muss.«

Mein Lächeln wurde noch breiter. Ich ging davon aus, dass Juliet dafür ihre übliche ›Halt ihn bei der Stange, indem du ihn schlecht behandelst‹-Nummer für eine Weile aussetzen würde.

»Das ist sehr nett von dir«, sagte ich zu ihm, »aber ich fange morgen bei einer vielversprechenden Zeitarbeitsagentur an, die mich über die Runden bringen wird, bis ich wieder etwas Festes gefunden habe.«

Als sie sich verabschiedeten, sagte Juliet: »Weißt du, Schätzchen, diese Strähnchen in den Haaren musst du unbedingt beibehalten. Damit siehst du nicht mehr so nach grauer Maus aus.«

Ich fragte mich, ob ein Friseur wohl genau diesen Meeres- und Sonnenton aus Cornwall hinbekommen würde.

Als ich die Haustür schloss, lächelte ich mich im Flurspiegel an. Es war ein Spiegel, den ich aus dem Haus meiner Mutter mitgebracht hatte, als Will und ich geheiratet hatten. Es war derselbe Spiegel, vor dem ich meinen rätselhaften Teenagerblick mit der hochgezogenen Augenbraue geübt hatte, und die letzten Tage hatte ich davor ausführlich einen Gesichtsausdruck einstudiert, den ich ›strahlende, unbeschwerte junge Frau‹ nannte. An diesem Nachmittag hatte ich ihn strapaziert, bis mir die Wangen wehtaten, und es schien funktioniert zu haben. Juliet hatte recht, ich sah anders aus. Meine Haut hatte eine gesunde Farbe, und meine Haare, die jetzt länger waren und mit den bereits erwähnten Sonnenreflexen leger mein Gesicht umspielten, nahmen mir mein zuvor eher steifes Aussehen.

Ich nahm das Haar oben am Kopf zusammen und warf mich in eine aufreizende Pose, den Kopf nach hinten geneigt blickte ich leicht über die Schulter. Adam hatte mir das beigebracht, als wir einmal herumgealbert hatten und ich gefragt hatte, ob er viele Unterwäsche-Models fotografieren würde …

Ich biss mir auf die Lippe und ließ mein Haar wieder herunterfallen.

»Du packst das!«, fauchte ich mein Spiegelbild an.

In dieser Situation schien mir die Vorstellung ganz reizvoll, dass mir die Zeitarbeitsfirma einen netten Job im Zentrum von London besorgen könnte, wo ich genau auf die Art von Leuten treffen würde, die ich zuvor noch verunglimpft hatte. Doch nun fand ich, dass ich, wenn ich mehr wie meine Mutter werden wollte, mich auch mit dieser Art von Leuten umgeben sollte und mich in den Bann von all den Büroklüngeleien und -liebeleien ziehen lassen sollte, die man so auf der Damentoilette aufschnappte. Von meinen letzten Ersparnissen kaufte ich mir sogar einen sexy, aber zweckmäßigen Businessanzug und ein paar Oberteile, die in der Anwaltskanzlei niemals durchgegangen wären. Ich suchte nach Agnes B., konnte aber nichts finden. Was schade war, denn ich hätte gerne einmal herausgefunden, wofür das ›B‹ steht – vermutlich für irgendetwas Unaussprechliches oder für etwas, das Agnes peinlich ist. Allerdings muss man sich dann schon fragen, warum jemand, der im Bezug auf seinen Nachnamen verschämt ist, bei einem Vornamen wie Agnes bleibt. Sicher eines der kleinen Rätsel des Lebens.

Wie dem auch sei, bereits nach ein paar Tagen schlug mir die Agentur eine Schwangerschaftsvertretung in der Zentrale einer Wohnungsgesellschaft in der Nähe von Westminster vor. Somit passte die Stelle gut in meine Vorstellung von After-Work-Abenden mit Wodka-Red-Bull in trendigen Bars und Frustshoppen während der Mittagspausen – was am Ende wahrscheinlich viel mehr kostete als eine ordentliche Psychotherapie.

Letztendlich befand sich die Firma in einem Gebäude südlich der Westminster Bridge, neben einem Gelände, das wie das letzte Trümmerfeld aus dem Zweiten Weltkrieg aussah und das großspurig als ›Waterloo-Eurostar-Parkplatz‹ beworben wurde. Doch es war bloß ein kurzer Spaziergang über die Brücke bis zum politischen Zentrum Großbritanniens, wo sich unzählige Männer in dunklen Anzügen mit kamerabehängten Touristen mischten.

Meinen schicken Anzug hätte ich da wirklich nicht gebraucht (auch wenn ich ihn trotzdem trug), denn die weibliche Belegschaft bestand hauptsächlich aus jungen Mädchen mit knackigen Hintern und Wespentaille, die sie in knallengen Jeans und knappen Pullis von Top Shop oder River Island zur Schau stellten. Mit drei von ihnen teilte ich mir das Büro: Stacey, Donna und Emma – oder ›Stace‹, ›Don‹ und ›Em‹, wie sie sich liebevoll gegenseitig nannten. Sie waren allesamt schwer beeindruckt, als sie mitbekamen, dass ich richtiges Steno konnte.

»Das bedeutet, dass sie Davids Briefe übernimmt, wenn seine Sekretärin weg ist«, maulte Donna.

»Tja, dich wird er auf jeden Fall nicht wieder fragen, so viel ist sicher«, warf Stace ein. »Nicht, nachdem du es beim letzten Mal so verpfuscht hast.«

David war einer der Chefs – ein großer, gut gebauter junger Mann mit dunklem Teint und einer Vorliebe für Nadelstreifenanzüge mit rotem Seideninnenfutter.

»Don ist total scharf auf ihn, aber wir haben ihr schon gesagt, dass sie keine Chance bei ihm hat. Er soll eine von seinem Schlag heiraten«, erklärte mir Emma. »Das ist hier ein jüdisches Familienunternehmen, weißt du, also sag nicht, dass irgendwas nicht ›koscher‹ ist, außer du meinst es wirklich so.«

»Wie auch immer, wer hat überhaupt gesagt, dass ich ihn heiraten will?«, verteidigte sich Donna. »Er ist bloß einer von den wenigen scharfen Kerlen, die je in unser Büro kommen.«

Unsere Abteilung fiel angeblich unter die Leitung eines Verkaufsleiters namens Derek, ein kleiner, untersetzter Mann, der Anzüge trug, die überall da schlabberten, wo sie nicht schlabbern sollten – vielleicht war aber auch sein Körper schlabberig, das war schwer zu sagen. Er behelligte uns nicht allzu oft, sondern streifte die ganze Zeit etwas verloren durchs Gebäude, was wohl daran lag, dass er nicht genau wusste, ob seine Frau unter einer postnatalen Depression litt oder eine Affäre mit seinem besten Freund hatte. Aber wenn Derek nicht da war, war es eigentlich ganz lustig. Wir mussten Anfragen zu verschiedenen Grundstückserschließungen im Südosten der Stadt bearbeiten und schickten den Interessenten Hochglanzbroschüren, in denen Häuser abgebildet waren, die offenkundig über größere Gärten verfügten als in der Realität vor Ort. Doch mit dem Verschicken eilte es nie sehr, und die restliche Zeit verbrachten wir mit den unzähligen Problemchen, die in anderen Abteilungen so anfielen (denn wir stellten auch das Büro der Geschäftsleitung dar). Außerdem steckten wir ständig Kleingeld in all die Sammelboxen, die für alle möglichen Feierlichkeiten herumgereicht wurden, von denen weder ich noch die Mädels je gehört hatten.

Es gab einige alleinstehende Männer in der Buchhaltung (und einen oder zwei, die sich so benahmen), über die Stace und Co. ausführlich und auf abgeklärt distanzierte Art diskutierten, egal ob die Betroffenen in Hörweite waren oder nicht. Dasselbe hatten sie an meinem ersten Tag auch mit mir gemacht.

»Meint ihr, wir sollten den anderen sagen, dass sie hier angefangen hat, und mit ihr ins *Goat* gehen?«

»Na ja, sie ist ja bloß 'ne Aushilfe …«

»Ja, aber vielleicht bleibt sie ja die ganze Zeit, solange Vic weg ist, wenn's ihr hier gefällt.«

»Und das wäre länger, als viele Leute bleiben, die fest hier anfangen.«

»Na gut. Ich sag in den anderen Büros Bescheid, dass wir eine Neue haben.«

Schließlich und nachdem sie noch einige Mails an Leute rausgehauen hatten, die bloß den Flur hinunter saßen, wandte sich Stace an mich. »Wir gehen immer ins *Goat and Bicycle,* wenn jemand neu anfängt oder geht – da gibt es gute Sandwiches und Paninis. Das ist so 'ne Art Tradition, bloß die Architekten und Chefs kommen nicht mit.«

Sie hatte recht, was die Sandwiches betraf, die auf Bestellung gemacht wurden und wirklich lecker waren. Eine ganze Reihe Leute tauchte auf, um den Neuzugang im Verkauf in Augenschein zu nehmen, auch wenn ich ›bloß 'ne Aushilfe‹ war, und ich erfuhr bald, dass Fergus, einer aus dem Marketingteam, welches die erstaunlich irreführenden Broschüren zusammenstellte, es immer auf die neuen Mitarbeiterinnen abgesehen hatte, man ihn aber nicht ernst nehmen sollte: »Er hat das Hirn in der Hose, weil da unten ansonsten nicht viel ist (Donna).«

Dann war da noch Miles, der unglaublich redselig war, und wenn er einmal in Fahrt war, nicht mehr aufhören konnte. Irgendwann nahm Stacey mich einfach am Arm, während er redete und redete, zog mich weg und stellte mich jemand anderem vor. Ich glaube nicht, dass Miles es überhaupt bemerkte.

Als immer mehr Leute in den Pub drängten, hörte ich jemanden »Adam! Hier drüben!« rufen. Gemeint war offenbar ein Kerl, der direkt hinter mir stand.

Ich erstarrte, das Sandwich auf halbem Wege zum Mund, und ein heißer Schauder durchfuhr mich von Kopf bis Fuß, als wäre ich verfrüht in die Wechseljahre gekommen. Ich zwang mich, mich umzudrehen und hochzusehen, um im nächsten Moment in diese grünbraunen Augen zu blicken. Das Beste war, es so schnell wie möglich hinter mich zu bringen …

Ein kleiner, nett aussehender Typ mit dunklen Locken lächelte mich an, bevor er sich an mir vorbeidrängte und ein Bier bestellte. Nix grünbraune Augen, nix schönes Gesicht. Auch gut.

Ich setzte wieder ein Lächeln auf und richtete meine Aufmerksamkeit auf eine ernste Frau aus der Buchhaltung, die mich fragte, was ich zuvor gearbeitet hatte.

Ich lernte vieles in diesen ersten Tagen. Zum Beispiel darüber, wie man eine Wespentaille bekam und behielt. Der Trick bestand darin, mittags nur dann etwas zu essen, wenn ein Neuzugang oder ein Abschied eine Zusammenkunft im oben erwähnten *Goat and Bicycle* erforderlich machte, und sonst die Mittagspausen in irgendwelchen Shops zu verbringen und sich von den Restaurants fernzuhalten, um dann zurück ins Büro zu rennen, weil man schon viel zu spät dran war, was einem noch das tägliche Sportpensum bescherte.

Und dann gab es ja noch das therapeutische Shoppen. Ich hatte mich vorher oft gewundert, wie es manchen Frauen gelingt, so oft in der Londoner Innenstadt einzukaufen und trotzdem noch Geld für Essen zu haben, oder wenigstens für Drinks und für all die anderen Dinge, die man so zum Überleben braucht. Der Trick bestand darin, ganz viel Zeit damit zu verbringen, sich Sachen anzuschauen und dann bloß eine winzige Kleinigkeit zu kaufen, um den ganzen Ausflug zu rechtfertigen. Vorzugsweise erstand man etwas, das man im Büro herumreichen konnte, wie zum Beispiel Nagellack, mit dem man dann gleich noch die langen Nachmittage totschlagen konnte.

Die Mädels waren eigentlich ganz lustig, nahmen mich in der Mittagspause abwechselnd und immer gut gelaunt mit zu ihren Lieblingsplätzen und zu einem tollen kleinen Markt in einer Seitenstraße hinter der Westminster Abbey. Anfangs waren sie etwas zögerlich, vor jemandem über ihr Privatleben zu sprechen, der um so viel älter und ganz offensichtlich nicht so wild unterwegs war wie sie (trotz meines neuen lockereren und strahlenden Images), doch dann vergaßen sie es zunehmend, redeten ungeniert und warfen bloß die eine oder andere Spitze ein, nach dem Motto: ›War das auch so, als du jung warst?‹

Sie waren offen, neugierig auf meine Vergangenheit und verwendeten, nachdem ich ihnen meine Ehe und Scheidung knapp skizziert hatte, Unmengen von Zeit darauf, darüber nachzugrübeln, was ich hätte tun können oder müssen und was meine nächsten Schritte sein sollten, und das alles aus der extrem erfahrenen Perspektive ihrer ungefähr neunzehn Jahre.

Emma, die schon einmal verlobt gewesen war, die Verlobung jedoch gelöst hatte (der Grund dafür war, dass er sich weigerte, seine Frisur zu ändern, weil diese seiner Ex so gut gefallen hatte), war die Autorität in Mistkerl-Fragen. Sie unterbrach manchmal ganz plötzlich ihre Arbeit, um Dinge zu sagen wie: »Also, ich glaube, ich hätte ihn früher damit konfrontiert – und sie im Übrigen auch.«

Woraufhin die beiden anderen ebenfalls ihre Arbeit unterbrachen und ihrerseits ernsthaft darüber nachdachten.

Aber da ihre Fragen und Bemerkungen immer so geradeheraus waren, nahm ich es ihnen nicht übel. (Über den Sommer in Cornwall verriet ich allerdings nichts. Aber das war auch gar nicht nötig, denn den hatte ich ja bereits sauber abgehakt.)

Ich glaube, sie hatten Derek bloß überredet, eine Aushilfe für die schwangere Vic zu finden, damit die Mittagspausenaufteilung weiterhin fair funktionierte und immer abwechselnd zwei zusammen gehen konnten, denn es gab eindeutig nicht genug Arbeit für uns alle. Doch manchmal machte ich freiwillig alleine Mittagspause und ließ die drei gemeinsam abziehen, was sich ein bisschen so anfühlte wie früher in der Schule hitzefrei.

»Ist das wirklich okay für dich?«, erkundigte sich Stacey, als ich es zum zweiten Mal anbot. »Was machst du denn dann so ganz allein?« Sie waren sprachlos, als ich ihnen erklärte, dass ich gern in die Westminster Abbey ging und mir die Gräber der toten Könige ansah, oder in die Vorhalle des House of Commons und die Parlamentsmitglieder und das Personal beobachtete, die geschäftig umhereilten und aus dem Augenwinkel prüften, ob auch alle Besucher ihre Wichtigkeit erkannten. Manchmal ging ich auch zu House of Fraser und suchte nach etwas für meine Wohnung.

Ich erzählte ihnen nicht, dass ich manchmal gerne einfach auf der Westminster Bridge stand und spürte, wie der Herbstwind vom Fluss aus mein Haar zerzauste, und mir erlaubte, mich ein paar Minuten in diesen magischen Sommer zurückzuversetzen, bevor ich die Gedanken wieder verscheuchte.

»Hast du jemand Interessantes getroffen?«, fragte mich Emma, während Donna die Lippen schürzte, als ich wieder einmal von so einem Ausflug zurückkehrte. Wie Donna vorausgesagt hatte, hatte ich wirklich am Tag zuvor für David, den Chef, gearbeitet, und anscheinend war er heute gesehen worden, wie er kurz nach mir das Gebäude verließ. Und für die Mädels klang ›in die Westminster Abbey gehen‹ sicher bloß wie ein Deckmäntelchen für eine Verabredung. Anscheinend ist das genau der Stoff, aus dem Büroklatsch gemacht ist.

Auch wenn mein Arbeitsleben also nicht gerade atemberaubend spannend war, war es doch auszuhalten und eine Abwechslung zu dem, was ich zuvor gemacht hatte. Es füllte meine Tage aus, und da auch die An- und Rückreise genug Zeit in Anspruch nahm, war auch für den frühen Abend meist schon gesorgt.

So blieben bloß noch die Abendstunden und die Wochenenden, die ich füllen musste. Also beschloss ich, die Renovierung der Wohnung anzugehen und dann selbst eine ›Willkommen zurück‹-Party zu schmeißen und all meine Freunde einzuladen. Ja, ich weiß, ich hatte monatelang darüber gejammert, keine Freunde zu haben, aber für eine Party braucht man ja auch nicht viele *enge* Freunde – man muss nur allen sagen, sie sollen noch ein paar Leute mitbringen. Meine neuen Kolleginnen und Sarah und Rob würden das schon machen, und ich konnte noch Jodie aus meinem alten Büro anrufen und ihr beweisen, dass ich doch nicht so ein Jammerlappen war. Und dann waren da ja noch meine Nachbarn im Haus, die sich vielleicht sowieso schon fragten, was seit der Zeit passiert war, als Will und ich im Streit noch Geschirr zerdeppert hatten.

Die Party müsste bald stattfinden, bevor meine Sommerbräune verschwunden war und ich nicht mehr so interessant aussah. Also machte ich mich jeden Abend nach der Arbeit und samstags nach dem obligatorischen Großeinkauf bei Sainsbury's daran, jeden Zentimeter Wand in meiner Wohnung mit weißer Dispersionsfarbe zu streichen. Was, da die Wohnung recht klein ist, nicht besonders lang dauerte.

»Schätzchen, glaubst du nicht, dass es ein klein bisschen karg wirken wird?«, fragte Juliet, als sie vom Flur aus durch die Tür ins halbfertige Wohnzimmer spähte, damit sie bloß keine Farbe auf ihr Jacky-Kennedy-Kostüm bekam.

»Quatsch! Hier ist alles viel zu düster. Ich brauche Licht. Ich werf auch noch den ganzen alten Kram raus. Die Farbakzente bring ich dann noch mit ein paar Dekosachen rein.« Plötzlich kam mir ein Bild in den Sinn, von einem großen Raum mit großen Fenstern, dessen helle Wände jede Menge Licht reflektierten und in dem nur von ein paar hübschen Töpferwaren warme Akzente gesetzt wurden; sie verschmolzen mit den grellen Wirbeln von Gwen Jarretts Kleidern …

»Alles in Ordnung mit dir? Du bist plötzlich so blass!« Juliets Stimme waberte in mein Bewusstsein, während mich das überwältigende Gefühl überkam, mich übergeben zu müssen.

»Ich glaube, das sind bloß die Farbdämpfe!«, japste ich.

»Ich glaube vielmehr, dass du nicht richtig isst«, sagte sie, also versicherte ich ihr, dass mit mir alles in Ordnung sei, willigte aber ein, mit ihr und Philip später noch abendessen zu gehen. Ein paar Stunden aus der Wohnung zu kommen und andere als meine Gesellschaft zu genießen, klang nach einer guten Idee.

Aber die meiste Zeit störte es mich nicht, beim Renovieren alleine zu sein. Ich fand heraus, dass es wichtig war, ganz laut Musik anzumachen und mitzusingen, während ich mit der Farbrolle hantierte. Ich entdeckte ein paar alte CDS von Take That, die ich ganz hinten in einem Schrank versteckt hatte, weil Will immer die Nase darüber gerümpft hatte. Jetzt versetzten sie mich ein Jahrzehnt zurück in eine Zeit, in der ich noch vor Optimismus sprühte. Aber ich übersprang »A Million Love Songs« – natürlich nicht aus Gründen der Sentimentalität, sondern weil der Rhythmus einfach nicht zum Wändestreichen passte.

Meine Abendlektüre hatte sich seit meiner Rückkehr verändert. Statt der Liebesromane, die mir inzwischen ein wenig zum Hals heraushingen, weil sie alle irgendwie gleich waren, und den Klassikern von Austen oder Hardy, denen ich momentan nichts abgewinnen konnte, studierte ich die neusten Einrichtungsmagazine und suchte heraus, welche Farbennuancen ich in welchem Raum hinzufügen würde.

»Ein bisschen bescheuert, eine Party zu schmeißen, nachdem man alles schön hergerichtet hat«, gab Em zu bedenken, als ich mit einem dunkelblauen Vorleger fürs Schlafzimmer ins Büro kam. »Ich würde ja nicht wollen, dass mir die Leute auf meine nagelneuen Sachen kotzen.«

Daran hatte ich noch gar nicht gedacht. Ich wollte ja einfach bloß zeigen, dass ich ein anderer Mensch geworden war, und natürlich musste meine Wohnung das widerspiegeln. Dass mir dabei eine viel gesittetere Party vorschwebte, als Em sich offensichtlich ausmalte, wollte ich aber nicht zugeben; trotzdem könnte es natürlich passieren, dass Wein verschüttet wurde.

»Okay, ich mach die Party vorher, bevor ich neue Möbel und alles habe.«

»Viel besser«, stimmte Donna zu. »Und wenn deine Wände weiß sind, kannst du immer noch mal drüberstreichen, falls dir jemand dagegenkotzt.«

13. Kapitel

Wie lange ich keine Party mehr gegeben hatte, konnte man leicht daran erkennen, wie lang ich dafür brauchte, mich, die Wohnung und das Essen fertig zu machen (allerdings in umgekehrter Reihenfolge), wie sehr ich mich quälen musste, alles vorzubereiten, und an der Tatsache, dass ich zwanzig Minuten vor offiziellem Beginn herausgeputzt wie ein Zirkuspferd bereitstand und mir absolut sicher war, dass kein Mensch auftauchen würde.

Ich warf einen allerletzten Blick in den Flurspiegel und machte mir eine gedankliche Notiz, dass ich unbedingt einen noch größeren fürs Schlafzimmer besorgen musste. Mein Haar war länger geworden, und es hatte mich eine halbe Ewigkeit gekostet, es so hinzubekommen, dass es aussah, als hätte ich es nur eben lässig hochgesteckt. Ich trug ein neues Kleid, ein cremefarbenes leichtes Trägerkleidchen mit gewagten roten Tupfen, die zum gewagten Rot meiner Finger- und Zehennägel passten. Letztere waren heute zu sehen, da ich lachhaft hohe, fast nicht vorhandene Schuhe trug, zu deren Kauf Stacey mich überredet hatte. Sie hatte behauptet, dass sie perfekt zum Flattersaum des Kleides passten, und sie hatte recht behalten, was meine anfängliche Skepsis dem Preis gegenüber, der sich im umgekehrten Verhältnis zur verwendeten Ledermenge zu bewegen schien, schließlich verscheuchte.

Doch der Spiegel sagte mir, dass ich, wenn ich auch nicht die Schönste von allen wäre, doch mit den anderen mithalten könnte – vorausgesetzt, es tauchte überhaupt jemand auf. Ich warf erneut einen bangen Blick auf meine Armbanduhr, und zu meiner Erleichterung klingelte es genau in dem Moment. Ich setzte wieder mein ›Mir geht's prima‹-Lächeln auf und öffnete die Tür.

»Allie? Wow! Du siehst ja fantastisch aus!«

»*Will!* Was machst *du* denn hier?«

»Na, ich wollte dich besuchen! Aber du wolltest anscheinend ausgehen ... Tut mir leid, da hab ich wohl einen schlechten Zeitpunkt erwischt.«

In meinem Kopf drehte sich alles. Will. Hier. Party in zwanzig Minuten. Er hatte gerade ›tut mir leid‹ gesagt. Zugegebenermaßen war er unangekündigt bei mir aufgetaucht, aber Entschuldigungen gehörten eigentlich nicht zu seinem Wortschatz. Gott sei Dank hatte ich mein neues Kleid an. Schön weiterlächeln. Denk an Wasser unter Brücken.

»Warum hast du denn nicht angerufen?«, war das Schlaueste, was mir einfiel.

»Hab ich. Mehrmals. Sarah hat gesagt, dass du weg bist, aber sie wusste nicht, wo und wie lange. Also habe ich Juliet angerufen, und sie sagte, dass du einen ganz tollen Urlaub machst. Sie wusste auch nicht, wann du wieder zurück sein würdest. Und jetzt hast du anscheinend deine Nummer geändert, also bin ich einfach mal auf gut Glück vorbeigekommen. Aber ist wohl ein schlechter Moment ...«

Ich hatte vergessen, wie gebräunt er immer war und wie sich sein Haar hinten am Kragen kringelte, wenn er es zu lang werden ließ. Ich hatte vergessen, mit welcher fast katzenhaften Anmut er sich bewegte, die, je nach Stimmung, sowohl sexy als auch bedrohlich sein konnte. Ich hatte vergessen, wie kleinlaut er aussehen konnte, auf eine Art, die ihn verdammt attraktiv machte. *Nein, du hattest es nicht vergessen,* schalt ich mich selbst, *du wolltest dich bloß nicht mehr daran erinnern.*

»Wenn es um die Papiere geht, die habe ich meinem Anwalt schon geschickt. Er hätte sie eigentlich an deinen weiterleiten sollen und …«

»Nein!«, unterbrach er mich. »Na ja, okay, es geht schon darum, aber nicht so, wie du denkst. Hör zu, du willst ja gerade ausgehen – du siehst übrigens großartig aus –, können wir uns vielleicht ein andermal treffen? Ich muss mit dir reden …«

»Ich gehe nicht aus. Ich hab bloß ein paar Leute eingeladen, die jeden Moment auftauchen müssten – 'ne kleine Party. Worüber wolltest du denn mit mir reden?«

»Eine Party?« In seinen kohlrabenschwarzen Augen war ein Funkeln zu sehen, das ich nicht kannte. »Feierst du deine Freiheit – oder etwas anderes?«

»Weder noch. Nicht dass es dich was angehen würde.« Meine Gedanken rasten. So viel zu meinem Leben ohne Telefonbucheintrag. »Hör zu, wenn du reden willst, kannst du mich in der Arbeit anrufen, morgen oder an irgendeinem Abend nächste Woche. Aber jetzt hab ich überhaupt keine Zeit. Ich geb dir die Nummer.«

Natürlich folgte er mir in die Wohnung, als ich mich nach Zettel und Stift umsah. Mist! Jetzt konnte ich ihm nicht mal mehr die Tür vor der Nase zuschlagen.

»Die Wohnung sieht ja ganz anders aus«, sagte er und begutachtete das Wohnzimmer. Dann taxierte er mich von oben bis unten. »Und nicht bloß die Wohnung … Das muss ein toller Urlaub gewesen sein – steht dir super, wenn du so gebräunt bist!« (Okay, bei der Bräune hatte ich nachhelfen müssen, denn es war schon Oktober, aber das musste er ja nicht wissen.)

»Das nennt man Weiterziehen. Neuanfang«, sagte ich bissig. »War es nicht das, was du uns beiden geraten hast? Und wenn alles fertig ist, werde ich vermutlich umziehen.«

Draußen waren Schritte zu hören, und ich wünschte, ich hätte die Haustür unten nicht extra offen gelassen, damit alle leichter reinkamen.

Es waren Sarah und Rob.

»Ich weiß, wir sind ein bisschen früh dran«, sagte Sarah außer Atem, »aber wir dachten, du könntest vielleicht noch ein bisschen Hilfe gebrauchen – oh, Will! Ich wusste ja gar nicht, dass du eingeladen bist!«

»Ist er auch nicht«, zischte ich. »Er wollte gerade gehen!«

Aber Rob hatte sich bereits an uns vorbeigeschoben. »Will! Schön, dich zu sehen!« Er schüttelte seinem Freund begeistert die Hand. »Wie läuft's denn so?«

Was ist das bloß mit den Männern? Wenn man Sarah gebeten hätte, die besten Eigenschaften ihres Liebsten aufzuzählen, hätten Rücksicht und Einfühlungsvermögen sicher ziemlich weit oben auf der Liste gestanden. Aber sobald zwei Männer aufeinandertreffen, die sich nach einem Rugbyspiel schon mal die Seife geteilt haben, nehmen sie plötzlich keinerlei soziale Nuancen oder emotionale Zustände mehr wahr, die sie sonst sofort wittern würden. Rob war mit Will bereits ins Wohnzimmer vorgedrungen und schwenkte die Flasche Wein, die er mitgebracht hatte. »War *doch* gut, dass wir schon so früh gekommen sind!«, sagte er. »Dann haben wir noch Zeit für ein Gläschen, bevor die anderen auftauchen.« Ich nahm an, er wollte Gläser holen, als er sich auf den Weg in die Küche machte, aber ich war zu perplex, um mir dessen sicher zu sein.

»Ich zeig dir, wo der Korkenzieher ist«, sagte Sarah, schob ihn vor sich her und formte mit den Lippen ein »Sorry« in meine Richtung.

Ich wandte mich an Will. »Ich halte das für keine gute Idee. Hier werden jeden Moment eine Menge neue Freunde von mir auftauchen, denen ich deine Anwesenheit nicht erklären müssen will.«

Will zog spöttisch die Augenbraue hoch. »Schämst du dich für mich?«

»Ich will einfach, dass du gehst. Wenn es für uns noch was zu besprechen gibt – was ich mir nicht vorstellen kann –, dann müssen wir das wann anders machen.«

Er lächelte leichthin. »Du hast natürlich recht. Ich wollte dich bloß ein bisschen aufziehen – wie früher. Ich fand es schon immer süß, wenn du darauf hereingefallen bist.«

Das hatte ich allerdings anders in Erinnerung. Ich weiß noch, dass Will mich immer absichtlich so sehr provoziert hatte, dass ich ganz gereizt und heftig reagierte und er mich dann beschuldigen konnte, mit dem Streiten angefangen zu haben.

Zu meiner großen Erleichterung ging er zur Tür. »Vielleicht können wir ja mal zusammen essen gehen. Ich muss wirklich mit dir reden. Wie wär's mit Abendessen nächste Woche?«

Ich machte den Mund auf, um ihn zu fragen, ob das mit oder ohne Lauren stattfinden sollte, doch bevor ich etwas sagen konnte, legt er mir die Hand auf den Arm und sah mich gefühlvoll an. »Bitte, Allie.«

»Nicht zum Abendessen – Mittagessen. Wir treffen uns mal mittags, wenn es wirklich so wichtig ist. Ruf mich an.«

»Okay. Das wäre schön. Danke, Allie. Sag Rob doch bitte Tschüss von mir, ja?« Er grinste auf diese schelmische

Robbie-Williams-Art. »Sarah hält ihn offenbar so lange in der Küche fest, bis du mich losgeworden bist.«

Der alten Allie hätte er jetzt schon wieder leidgetan, als würde sie einem kleinen Jungen seine Süßigkeiten verbieten. Aber hier stand die neue, verbesserte Version von mir, und die setzte ihn ohne Umschweife vor die Tür, bevor ich mich wieder Sarah und Rob widmete, die – wie Will vorhergesehen hatte – erst dann wieder aus der Küche auftauchten.

»Tut mir leid, Allie«, sagte Rob kleinlaut. »Ich hab nicht nachgedacht. Es war so normal, euch zusammen zu sehen – Allie und Will, wie in alten Zeiten.«

Sarah gab ihm einen Klaps auf den Arm. »Und jetzt denkst du offenbar auch nicht nach! Du solltest lieber mal damit aufhören und dem armen Mädchen was zu trinken geben – sie sieht aus, als könnte sie es gebrauchen.«

Bevor ich dem unglückseligen Rob vergeben konnte, wurde es unruhig auf dem Flur, als Stace & Co. in die Wohnung stürmten, zusammen mit ein paar Leuten, die ich nicht kannte.

»Wer war denn der sexy Typ, den wir gerade im Treppenhaus getroffen haben?«, erkundigte sich Donna sofort.

»Das«, sagte ich mit einem schiefen Lächeln, »war mein Ex-Mann. Wollt ihr was trinken?«

Die drei Mädels bekamen große Augen und sahen mich mit neuem Respekt an.

»Aber der ist ja scharf!«, rief Stacey. »Du hast uns gar nicht erzählt, dass er so gut aussieht! Wie schade, dass er nicht geblieben ist!«

»Das vom Wolf im Schafspelz hast du schon mal gehört, oder?«, fragte ich finster. »Tja, er ist ein Wolf im Wolfspelz. Außerdem hat er auch bereits Ersatz für mich gefunden – schon vergessen? Aber jetzt stellt mir mal eure

Freunde vor, dann stell ich euch meine vor. Und dann machen wir uns einen tollen Abend.«

Wenn eine gute Party daran gemessen wird, wie viele Leute bis zum frühen Morgen bleiben, wie viel Alkohol getrunken wird, wie laut die Musik ist und wie viele Leute tanzen, bis sie nicht mehr stehen können, dann war meine Party ein voller Erfolg. Und das Beste daran war, dass *ich* ein voller Erfolg war. Ich wollte nicht über meine Reaktion auf das unerwartete Wiedersehen mit Will nach all den Monaten nachdenken, also spielte ich, mit anfänglicher Unterstützung von Rob (der die ganze Zeit zerknirscht hinter mir herlief und mein Glas immer wieder auffüllte, bis ich ihm sagte, er solle es lassen), die strahlende Gastgeberin.

Und es funktionierte. Freunde und Bekannte, die ich seit Monaten nicht gesehen hatte, überhäuften mich mit Komplimenten über mein tolles Aussehen, und ich tanzte, bis mir die Füße wehtaten. Einer meiner treuesten Tanzpartner war Elliott, ein Freund von Jodie, dem ich während meiner ›Ich hasse alle Männer‹-Phase eine schlimme Abfuhr erteilt hatte, aber glücklicherweise schien er sich daran nicht mehr zu erinnern.

»Du bist schenschaschionell«, lallte er gegen zwei Uhr morgens, die Augen fest auf mein Wonderbra-gepushtes Dekolleté gerichtet, obwohl der Rest von ihm ziemlich schwankte. »Ich muss disch wiedersehen!«

»Warum rufst du mich nicht nächste Woche einfach mal an?«, schlug ich vor, gespannt, ob er sich am nächsten Tag noch an irgendetwas erinnern könnte. »Jodie hat meine Nummer.«

»Tolle Party!«, sagten alle, bevor sie etwas später nach und nach auf die verschlafene Straße hinausströmten, und ich wusste, es würde auf dem Nachhauseweg noch jede Menge ›Wow, hat Allie sich verändert‹-Kommentare geben.

Sarah bot mir an, zu bleiben und mir beim Aufräumen zu helfen, aber ich scheuchte sie davon, weil sie sicher bloß mit mir darüber spekulieren wollte, warum Will vor meiner Tür gestanden hatte, und dazu war ich einfach zu müde. Es wurde Zeit, das starre Lächeln aus meinem Gesicht zu bekommen.

Doch mittags tauchte sie wieder auf, worüber ich zugegebenermaßen froh war, denn das helle Tageslicht machte deutlich, was für ein Chaos in meiner Wohnung herrschte. Und zu diesem Zeitpunkt fühlten wir uns beide zu angeschlagen, als dass wir über besonders viel mehr hätten reden können als darüber, was wir als Nächstes erledigen wollten. Es war bereits später Nachmittag, als wir schließlich mit einer Tasse Kaffee am Küchentisch saßen und einen lilafarbenen BH in Größe 80 D betrachteten, auf den bedauerlicherweise keine von uns beiden Anspruch erheben konnte.

Katzenjammer machte sich in mir breit. Es war die Art von düsterem, melancholisch ruhigem Herbstnachmittag, die ich hasste. Ich konnte mich nicht daran erfreuen, dass die Bäume kupferrot und strahlend golden wurden, denn es änderte ja nichts an der Tatsache, dass das Jahr zu Ende ging und die Trostlosigkeit des Winters vor der Tür stand. Die Party kam mir jetzt wie sinnlose Zeitverschwendung vor. Die Gesichter der Anwesenden schwirrten mir durch den Kopf, während ich den Bodensatz meines Kaffees in der Tasse schwenkte. Keines der Gesichter hatte dieses Profil, diesen amüsierten, aber zärtlichen Blick …

»Er hat noch nicht angerufen, oder?«, drang Sarahs Stimme in meine Gedanken.

»Er hat nicht mal meine Nummer.«

»Will? Aber du hast doch gesagt, du hättest ihm deine neue gegeben.«

»Oh! Äh … sorry, ich dachte, du redest von jemand anderem …«, stammelte ich unter Sarahs allwissendem Blick. »Ähm … Elliott, der Typ, mit dem ich gestern getanzt habe … er wollte mich anrufen …«

Sarah zog vielsagend die Augenbrauen hoch. »Ich fand nicht, dass er dein Typ ist.«

»Du meinst, er ist nicht so ein Typ wie Will.« Ich zuckte mit den Schultern. »Aber Will hat sich am Ende ja auch nicht als ›mein Typ‹ entpuppt, oder? Von daher weiß ich nicht, was überhaupt mein Typ sein soll.« *Grünbraune Augen in einem gebräunten Gesicht. Kurz geschnittenes Haar und gleichmäßige weiße Zähne.*

Hör auf damit!

»Und wenn Will mich anruft, dann doch bloß, weil er noch mal über die Scheidungskonditionen verhandeln will, weil Lauren sich wahrscheinlich einen BMW erhofft, der zu seinem passt, oder irgend so was«, fuhr ich schroff fort.

Sarah erhob sich zum Gehen. »Also, wenn er sich meldet und du darüber reden willst, sag Bescheid.« Sie schob mir demonstrativ eine Packung Paracetamol über den Tisch.

Ich grinste reuevoll. »Ich weiß, ich bin eine miesepetrige Kuh, und das sollte ich nicht, wo du doch extra hergekommen bist, um mir zu helfen.« Ich stand auf und umarmte sie. »Tut mir leid. Katergejammer. Ich ruf dich an, versprochen – und geb dir einen detaillierten Bericht über jedes männliche Wesen, das an meine Tür hämmert!«

Mitte der folgenden Woche hatten Stace & Co. die Manöverkritik über die Party halbwegs abgeschlossen. Jeder gut aussehende Mann war seziert, alle Outfits der Frauen analysiert und verschiedenste Theorien über die beiden Mädels, die im Bad eine längere lautstarke und beinahe handgreifliche Auseinandersetzung geführt hatten, waren diskutiert worden.

Jeden Morgen hatte eine von ihnen gefragt, ob schon jemand angerufen hätte.

Am Mittwoch konnte ich dann berichten, dass Elliott angerufen und wir ausgemacht hatten, am Freitag etwas trinken zu gehen – bloß um zu sehen, ob wir noch wussten, wie der andere war, wenn er stocknüchtern war.

Am Donnerstag gab es erstaunt hochgezogene Augenbrauen, als ich das Büro in meinem schicken Anzug, einem Hemd, das sie noch nicht kannten, und mit hochgesteckten Haaren betrat.

»*O-ho!* Du hast eine Verabredung, oder?«, rief Donna. »Ich wette, es ist David, stimmt's? Ich hab seine Sekretärin heute noch nicht gesehen. Ich wette, sie ist auf einer Schulung oder so, was du schon wusstest, und gleich wird er dich in sein Büro rufen, damit du ihm aushilfst, und wenn er dich so sieht, wird er dich fragen, ob ihr zusammen mittagessen geht und …«

»Und dann zerrt er mich zu *Tiffany,* und ich komme mit einem riesigen Verlobungsring zurück«, sagte ich bissig. Ich hatte Kopfschmerzen und war mir überhaupt nicht sicher, was meine Frisur betraf. »Also, wenn ihr mich jetzt entschuldigen würdet, ich muss arbeiten.«

Ich konnte spüren, wie sie sich hinter meinem Rücken vielsagende Blicke zuwarfen, aber eine Weile sagte niemand mehr etwas. Dann meldete sich Emma zu Wort: »Du willst heute wahrscheinlich alleine Mittag machen?«

Ich drehte meinen Stuhl zu ihnen herum. »Äh … ja, würde ich gern … Wenn das in Ordnung ist?«

Sie zuckte mit den Schultern und schaute Donna an, bevor sie antwortete: »Kommt drauf an. Um wie viel Uhr willst du gehen? Vielleicht kollidiert das ja mit unseren Plänen.«

»Ja«, stimmte Donna ihr zu. »Wenn wir ausgerechnet um dieselbe Zeit …« – (plötzliche Eingebung) – »zum Beispiel unsere Nägel machen lassen wollen. Dann könnte es schwierig werden.«

»Okay, ich erzähl's euch«, knickte ich ein, denn ich musste unbedingt mit jemandem darüber reden, und Sarah war gestern Abend nicht zu Hause gewesen. »Will hat mich gestern angerufen, kurz bevor ich aus dem Büro bin. Er möchte sich mit mir zum Mittagessen treffen. Wisst ihr noch, er ist doch vor der Party bei mir aufgetaucht, weil er irgendwas mit mir besprechen wollte?«

»Wie könnten wir das vergessen?«, sagte Stace. »Was meinst du, will er?«

»Keine Ahnung«, sagte ich bestimmt. »Und es interessiert mich auch nicht besonders, solange es nichts ist, was die Scheidung verzögert.«

»Und als was gehst du dann heute?«

Ich blickte Stace verständnislos an.

»Du weißt schon – welches Bild willst du abgeben? Die erfolgreiche Karrierefrau, die die Männer einschüchtert? Die Verführerin, bei der er sich wünscht, er hätte sie nie verlassen? Oder was?«

»Das ist doch offensichtlich, oder? Sie ist eine Mischung aus ›Siehst du, wie gut es mir ohne dich geht?‹ und ›Bei mir stehen die Männer Schlange‹«, sagte Emma.

»So ungefähr«, meinte ich. »Auch wenn es da überhaupt keine Männer gibt.«

Aber sie hörten mir gar nicht zu. Sie waren so damit beschäftigt, mich von oben bis unten zu mustern und über mich zu reden, als wäre ich eine Schneiderpuppe.

»Die Klamotten sind gut. Was ist mit dem Make-up, Don?«

»Ich finde, sie sollte ein bisschen Lipgloss nehmen – da kommt ihre Bräune besser zur Geltung. Ich hab welchen dabei.«

»Und etwas Bodylotion auf die Beine – dann sehen sie glatter aus, wenn sie sich hinsetzt und die Beine überschlägt.«

»Was ist mit der Frisur? Unten ein bisschen lockerer, oder, was meint ihr? Bloß ein paar Strähnen?«

In diesem Moment kam Derek aus dem kleinen Kämmerlein, das sein Büro darstellte. »Sind die Broschüren über das Bauprojekt in Chorley eigentlich schon raus? Ich muss langsam anfangen, die Rückmeldungen zu bearbeiten …«

Er blickte in die leeren Gesichter der drei Mädels, die ihn ansahen, als würde er in einer fremden Sprache mit ihnen sprechen (ungeachtet des Stapels Hochglanzbroschüren, der deutlich sichtbar auf Donnas Tisch lag). Staceys Gesichtsausdruck sagte ganz klar: ›Sehen Sie denn nicht, dass Sie bei einer sehr wichtigen Sache stören?‹ Also gab er sich schulterzuckend geschlagen und zog sich in sein Büro zurück, während sich die Mädels wieder ihren wichtigen Geschäften zuwandten.

Um ein Uhr verließ ich gehüllt in eine Wolke *Miracle,* das mir freundlicherweise von Emma zur Verfügung gestellt worden war, das Gebäude und begab mich über die Westminster Bridge in ein angesagtes Fischrestaurant, das ich absichtlich ausgesucht hatte, als hätte ich vergessen, dass Will Meeresfrüchte nicht besonders mochte.

Will war bereits da, er trug einen eleganten Anzug. Ich

unterdrückte gerade noch eine Entschuldigung dafür, dass ich ihn hatte warten lassen, die mir automatisch auf der Zunge lag.

»Wie war die Party?«, fragte er, um den peinlichen Moment zu überbrücken, in dem er anscheinend nicht recht wusste, ob er mich auf die Wange küssen sollte oder nicht.

»Gut. Viele haben wen mitgebracht, und ich habe jede Menge interessante Leute kennengelernt. Es ging ewig, also scheinen alle Spaß gehabt zu haben.«

Wir richteten unsere Aufmerksamkeit auf die Getränke, die uns soeben gebracht wurden. Ich schwieg, entschlossen, ihn das Gespräch führen zu lassen.

»Und, wie läuft es so bei dir? Du siehst ziemlich businessmäßig aus«, sagte er, nachdem wir auch das Essen bestellt hatten, wobei mir die kleine Genugtuung zuteilgeworden war, dass er nichts auf der Karte gefunden hatte. Am Ende hatte er den Kellner gefragt, ob er ein einfaches Omelette bekommen könnte.

»Ich bin persönliche Assistentin des Leiters einer Wohnungsgesellschaft drüben auf der anderen Flussseite«, antwortete ich und spulte den Satz herunter, den ich am Vormittag mit den Mädels eingeübt hatte. »Aber bloß vorübergehend. Im Moment will ich mir alles offenhalten.«

»Und dann? Was sind deine Pläne für die Zukunft?«

Ich merkte, dass er hinter seiner umgänglichen Art (ähnlich der, die er auch Kunden gegenüber an den Tag legte) ungewöhnlich angespannt war.

Ich zuckte mit den Schultern. »Ich denke, ich hab's schon erwähnt – wenn alles geklärt ist, werde ich vermutlich umziehen. Neue Ufer und so.«

»Hast du schon was Bestimmtes im Auge?«

Schimmerndes Morgenlicht auf dem Wasser; unablässiges Wellenrauschen; das beruhigende Geräusch des über die Kiesel ins Meer zurücksickernden Wassers; Klippen, auf denen sich lange kratzige Büschel Seegras im Wind biegen …

Ich schüttelte den Kopf, um die Bilder loszuwerden. »Ich hab mich noch nicht entschieden. Aber vielleicht geh ich auch ganz aus London weg, womöglich ins Ausland. Ich hab da ein paar Jobperspektiven, die ich ins Auge fasse.« Ich war stolz auf meine Nonchalance.

»Ich bin sicher, es wird gut, wofür du dich auch entscheidest. Du strahlst diesen gewissen Erfolgswillen aus.« Seine Stimme klang sanft und bewundernd.

Ich nickte wohlwollend über dieses seltene Kompliment aus seinem Munde und fragte mich gleichzeitig, worauf er wohl hinauswollte. Lauren musste ja ungeheuerliche Ansprüche haben, wenn er so um mich herumscharwenzelte.

Will widmete sich voll konzentriert seinem Omelette und brauchte so lange, es in gleich große Stücke zu zerteilen, dass es langsam gummiartig wurde.

Mein Muschelgericht in einer cremigen Soße war zu köstlich, um es kalt werden zu lassen, doch sobald ich aufgegessen hatte, schob ich den Teller von mir.

»Okay, Will. Worum geht es? Du hast gesagt, du wolltest mit mir reden, aber dabei wird es ja nicht bloß um meine Zukunftspläne gehen. Es hat dich bislang ja auch nicht groß interessiert, was ich als bald geschiedene Frau so vorhabe. Aber ich warne dich – der Vergleich steht nicht noch mal zur Verhandlung. Ich bin froh, dass wir uns einig geworden sind, und wenn dir und Lauren das jetzt doch nicht passt, Pech gehabt.«

Das klang doch wohl entschlossen, oder? Ich wünschte, Stacey & Co. säßen jetzt am Nebentisch.

Er sah mich mit dem schmachtenden Ausdruck an, der mich all die Jahre so fasziniert und mit dem er mich immer wieder rumgekriegt hatte. Er sah so verdammt gut aus, dass mir erneut klar wurde, was mich so lange an ihn gebunden hatte. Er schob seinen Teller zur Seite und beugte sich vor. »Darum geht es nicht … Es fällt mir wirklich schwer. Du hast dich so verändert – ich weiß nicht recht, wie ich dir sagen soll, was mir auf dem Herzen liegt.«

»Erfahrungen verändern jeden, Will. Und, wenn ich mich recht erinnere, war eine Veränderung doch das, was du wolltest, oder?«

»Und ich hatte unrecht. Lauren und ich … Wir haben uns getrennt. Ich konnte nicht länger mit ihr zusammen sein. Ich musste immer an dich denken und daran, wie ich dich vor unserer Trennung behandelt habe. Das war unverzeihlich von mir, aber vielleicht kannst du mir ja, wenn du merkst, dass auch ich mich verändert habe, letztendlich verzeihen.«

Will und Lauren getrennt! Ich konnte es nicht glauben. Er war doch vollkommen vernarrt in sie gewesen.

»Verzeihen ist letztendlich nicht so schwierig«, erwiderte ich bissig, mit schrillerer Stimme, als mir lieb war. »Vergessen ist das größere Problem.«

»Da stimme ich dir durchaus zu«, sagte er und brachte mich damit noch mehr durcheinander. »Das Vergessen war ja auch mein großes Problem in all den Monaten! Ich konnte dich einfach nicht vergessen, verstehst du? Ganz egal, wie sehr ich es versucht habe, und … na ja, nach unserer Trennung habe ich plötzlich begriffen, wie furchtbar ich dich behandelt habe.«

»Du meinst wohl, dir sind die Rechtfertigungen für dein Verhalten ausgegangen!«, rief ich und bemerkte erst dann, dass meine laute Stimme die Aufmerksamkeit einiger Leute geweckt hatte. »Die besten hattest du ja auch schon die letzten zwei Jahre mir aufgetischt«, zischte ich stattdessen.

Er schüttelte den Kopf. »Ich will mich gar nicht rechtfertigen. Alles, was ich mir wünsche, ist eine Chance, es wiedergutzumachen.« Er hob abwehrend die Hand, als ich den Mund aufmachte, um zu protestieren. »Ich weiß, ich kann nicht erwarten, dass du mich wieder so liebst wie zuvor, und ich werde nie aufhören, mir vorzuwerfen, dass ich nicht zu schätzen wusste, was wir hatten, aber wenn du mir nur eine kleine Chance gibst, dann zeige ich dir, wie sehr ich mich geändert habe. Ohne Wenn und Aber, versprochen.«

Ich starrte ihn mit großen Augen an. So eine zweitklassige Schmonzetten-Rede hätte auf der Kinoleinwand absolut lächerlich geklungen, aber aus Wills Mund übte sie eine unwiderstehliche Faszination auf mich aus.

»Damit ich das richtig verstehe: Du hast mit *Lauren* Schluss gemacht, weil du nicht aufhören konntest, an *mich* zu denken, nachdem du *mich* verlassen hattest, weil du nicht aufhören konntest, an *Lauren* zu denken? Hast du schon mal daran gedacht, eine Therapie zu machen?«

Er sah so reizend zerknirscht aus, dass mein Herz, ohne dass ich es wollte, einen kleinen Sprung machte.

»Ich weiß, ich weiß!«, sagte er. »Ich hab alles komplett verbockt, und ich verdiene nicht mal, dass du jetzt hier mit mir sitzt! Aber alles, worum ich dich bitte, ist, dass wir die Scheidung erst einmal aussetzen, damit ich Zeit habe, dir zu beweisen, dass ich dich nie wieder so schlecht behandeln würde.«

Ich atmete tief durch und bemühte mich wieder um äußerliche Gefasstheit.

»Und worauf soll das am Ende hinauslaufen?«, fragte ich so unbeeindruckt, wie ich konnte.

»Was meinst du?«

»Ich meine, es ist ja ganz schön, wenn wir jetzt sagen, dass wir die Scheidung vorerst aussetzen, damit du den Galan spielen kannst, um mich wieder zu beeindrucken, aber das kann ja nicht ewig so gehen. Also nehme ich an, du möchtest, dass wir, wenn du so lange Buße getan hast, wie ich es für nötig erachte, wieder zusammenleben.«

Er sah mich mit unergründlichen Augen aufmerksam an. Ich wette, er brannte darauf, etwas zu meiner harten Reaktion zu sagen. Aber er hielt sich vorbildlich zurück.

»Letztendlich ist es das, was ich mir wünsche – mehr als alles andere auf der Welt.«

Ich musste daran denken, was ich mir mehr als alles andere auf der Welt wünschte, und der Deckel auf der Schachtel, in die ich meine Sommererlebnisse so entschlossen gepackt hatte, wackelte. Der Inhalt fing an herauszuquellen.

Ich wünsche mir, dass Marsha nicht stirbt. Ich will ihr sagen, dass ich das mit ihr und meinem Vater und ihre Entscheidung, es mir nicht zu sagen, verstehe. Ich wünschte, ich wäre wieder bei ihr und Adam in Cornwall, und dass die dummen Worte zwischen uns niemals gefallen wären. Ich will einen Mann lieben, der meine Liebe erwidert, mit ihm Kinder haben …

Es schien, als sehnte ich mich mein ganzes Leben lang nach Dingen, die vorbei und nicht mehr zurückzuholen waren: nach meiner Kindheit, als ich noch beide Elternteile hatte, nach meinem idyllischen Sommer mit Marsha und Adam … nach meiner Ehe.

Hier wurde mir die Gelegenheit geboten, eines davon zurückzubekommen. Noch vor ein paar Monaten hätte ich mich auf die Gelegenheit, Will zurückzubekommen, gestürzt und vor Freude darüber, dass Lauren bezwungen war, gejubelt. Aber jetzt … Ich wusste nicht, ob ich es noch wollte.

»Allie?«

Wills Stimme drang durch meine Gedanken. Er betrachtete mich aufmerksam, und ich konnte die Angst in seinen Augen sehen. Wollte er es *wirklich* noch einmal versuchen? Wollte ich ihm überhaupt die Chance geben, sich zu beweisen? Ich erinnerte mich an die verschiedenen Szenarios, in denen ich mir ausgemalt hatte, wie Will zu mir zurückkommen und ich darauf reagieren würde. Jetzt spielte sich eine dieser Szenen ab, und ich war mir meiner Rolle darin nicht mehr sicher. Ein Teil von mir wollte ihm so wehtun, wie er mir wehgetan hatte, ihn anschreien, ihn körperlich angreifen, damit er begriff, was er mir mit seinem Gehen angetan hatte, statt all das mit gewählten Worten und einem Lächeln zu überspielen.

Doch ich saß einfach bloß da. Reglos.

»Kannst du nicht irgendetwas sagen?«

Ich schüttelte den Kopf. »Das kommt alles so überraschend. Was erwartest du von mir? Ich habe jetzt mein eigenes Leben. Ich habe nicht vor, es einfach so wieder aufzugeben.«

»Und das erwarte ich ja auch gar nicht von dir«, sagte er schnell. »Ich bitte dich doch nur, dass wir uns wieder sehen, zusammen essen gehen, so was eben. Dass wir uns Schritt für Schritt noch einmal kennenlernen und sehen, ob der alte Funke wieder überspringt.«

»Wenn du sagst, dass mit Lauren Schluss ist – was heißt das genau? Heißt das, ihr wohnt nicht mehr zusammen, oder ihr habt nur gerade eine Beziehungspause, aber habt euch noch nicht richtig getrennt?«

Er sah schrecklich verletzt aus, war aber so vernünftig, nicht allzu viel zu sagen.

»Lauren ist ausgezogen«, erklärte er. »Als ich ihr gesagt habe, was ich fühle, ist ihr klar geworden, dass unsere Situation hoffnungslos ist. Also … bin ich wieder allein. Und ich vermisse dich, und du bist auch allein …«

»Ich hatte eine Affäre … diesen Sommer«, sagte ich, und verspürte eine gewisse Genugtuung, als sein beschwörender Blick kurz an Intensität verlor. »Es ist vorbei, aber ich treffe mich mit jemand anderem.«

Ich war zwar noch nicht mit Elliott ausgegangen, aber das musste Will ja nicht wissen.

»Na ja, du siehst so toll aus, da überrascht es mich nicht, wenn die Männer bei dir Schlange stehen«, sagte er galant und blendete dabei vollkommen aus, dass er während einer unserer vielen Streitereien, bevor er mich verlassen hatte, gestichelt hatte, wie langweilig und farblos ich geworden sei.

Ich warf einen Blick auf meine Uhr. »Ich muss los. Ich hab noch viel zu tun.« Wenn ich nicht bald ginge, hätte ich kaum noch Zeit, den Mädels von alldem hier zu berichten.

Er stand auf, um mir in die Jacke zu helfen. »Kannst du mir wenigstens einen kleinen Hinweis geben, ob ich noch irgendeine Chance bei dir habe?«

Er roch nach einem Aftershave, das ich nicht kannte – vermutlich hatte Lauren es ausgesucht. Ein Minuspunkt, Will, dafür, dass du dich nicht daran erinnerst, dass Davidoff mein Lieblingsduft ist. Aber seine körperliche Nähe wühlte mich trotzdem auf. In unserer Anfangszeit hatte er mir immer erst in den Mantel geholfen und mich dann auf den Hals geküsst, was mich nur so hatte dahinschmelzen lassen.

Ich machte einen Schritt zurück. »Warum rufst du mich nicht nächste Woche noch mal an? In den nächsten Tagen hab ich viel um die Ohren, und ich brauch ein bisschen, um über alles nachzudenken.«

Er nickte und runzelte dann besorgt die Stirn. »Aber die Scheidungsunterlagen – würdest du die fürs Erste zurückhalten?«

»Ich habe den letzten Stapel schon weggeschickt. Da kann man wohl nichts mehr machen, oder?«, fragte ich mit Unschuldsmiene und freute mich über das Unbehagen in seinem Gesicht. Sollte er es sich *wirklich* anders überlegt haben?

»Also gut«, lenkte ich nach einer Weile ein. »Ich sag meinem Anwalt, dass ich einen kurzen Aufschub möchte – aber damit meine ich auch wirklich *kurz* –, während ich darüber nachdenke, was du heute gesagt hast. Aber wenn ich ehrlich bin, Will, sehe ich keinen großen Sinn darin. Wahrscheinlich wäre es besser, wenn wir einfach einen Schlussstrich unter diesen Teil unseres Lebens ziehen und nach vorne schauen würden.«

Er schüttelte den Kopf. »Ich kann nicht nach vorne schauen – nicht ohne dich. Ich bin entschlossen, dich zurückzugewinnen.«

Beeindruckend, wenn auch ein wenig schmalzig.

»Da komm ich mir ja vor wie eine Trophäe«, zog ich ihn auf. »Das ist gar nicht mein Ding. Belassen wir es erst mal dabei, und dann reden wir nächste Woche noch mal.«

Ich beugte mich vor, hauchte ihm zur Provokation einen flüchtigen Kuss auf die Wange und drehte mich weg, bevor er mich auch nur am Arm fassen konnte. »Danke fürs Essen.«

14. Kapitel

Am Ende ging ich früh nach Hause, denn das ganze »Oh« und »Ah« der Mädels bei der Arbeit wurde mir zu viel. Trotz der Leichtfertigkeit, mit der ich ihnen erzählte, dass Will mich zurückhaben wollte, tat mir der Kopf weh, und ich brauchte Zeit für mich, um über alles nachzudenken.

Ich dachte daran, Sarah anzurufen, aber wenn Rob auch nur den Anflug einer Ahnung bekam, dass Will wieder auf der Bildfläche auftauchen könnte, dann würde er alles daransetzen, Sarah davon zu überzeugen, mich zum Einlenken zu bewegen. Juliet war von Philip auf eine Kreuzfahrt eingeladen worden, denn »das Mittelmeer ist zu dieser Jahreszeit ja so schön, Schätzchen!«. Genau genommen ist es zu jeder Jahreszeit schön, wenn jemand anderes die Reise bezahlt.

Juliet wäre mir sowieso keine große Hilfe gewesen. Auch wenn ich immer noch bemüht war, ihre besseren Eigenschaften zu bewundern, stand ihre Fähigkeit, mich hinsichtlich meines Ex-Mannes zu beraten, nicht gerade weit oben auf dieser Liste. In Wahrheit war er mehr ihr Typ als meiner – ein attraktiver Charmeur, der nach einem guten Leben strebte, und wer auch immer seine Partnerin war, sie wurde von allen anderen Frauen beneidet. Juliet würde mich drängen, es wieder mit ihm zu versuchen, und mich daran erinnern, dass ich nicht mehr allzu viel Zeit hatte, einen adäquaten Ersatz zu finden. Schließlich war sie damals genauso überrascht gewesen wie ich, dass es mir überhaupt gelungen war, ihn mir zu angeln.

Und seine Untreue? »Ach, Schätzchen, du weißt doch, wie die Männer sind. Man muss sie bloß an der kurzen Leine halten.«

Juliet hatte anscheinend über die Jahre selbst einiges unter den Teppich gekehrt. Es war interessant festzustellen, dass ich wenigstens eine Eigenschaft von ihr geerbt hatte.

Ich kuschelte mich in meinem schönen neuen stilvollen Wohnzimmer aufs Sofa und war zwar eigentlich allein, aber doch nicht ganz, denn ich hatte zwei unsichtbare Gefährten zu meinen beiden Seiten hocken. Links von mir war mein altes Ich, das noch wusste, wie mein Leben in der Anfangszeit von Wills und meiner Beziehung war. Erinnerungen, Hoffnungen und Bestrebungen wurden hervorgezerrt und vor einem nostalgischen Glückshintergrund abgespielt.

Und vergiss nicht, flüsterte mir mein altes Ich ein, *dass dein Traum letztendlich immer darin bestand, verheiratet zu sein und Kinder zu haben. Denk daran, wie schnell das wahr werden könnte, wenn du die Sache mit Will wieder ins Lot bringst.*

Auf der anderen Seite saß mein neues Ich und drängte mich, bloß nicht meine neu gewonnene Unabhängigkeit aus dem Blick zu verlieren und alles, was ich durchgemacht hatte, um sie zu erlangen.

Er könnte dich wieder enttäuschen, warnte mich mein neues Ich. *Und überhaupt, so schnell fällst du doch nicht mehr auf sein gutes Aussehen herein, oder? Deine Vorlieben haben sich doch in letzter Zeit etwas verändert.*

Vergiss den Sommer, sagte mein altes Ich. *Das war ein Ausreißer, und es hat sowieso nicht funktioniert. Du kannst diesen Mann doch nicht acht Jahre lang geliebt haben und jetzt gar nichts mehr für ihn empfinden. Gib ihm doch wenigstens eine Chance.*

Das ist bloß Zeitverschwendung, gab mein neues Ich zu bedenken. *Das bedeutet doch bloß noch mehr Tränen, und es führt zu nichts. Du hast dich verändert – ein ganz neues Leben wartet auf dich, also befreie dich von deinem alten.*

Wie in Cornwall, oder was?, spottete mein altes Ich. *Das hat dich ja weit gebracht. Du kannst noch immer neu anfangen – mit Will. Verkauf die Wohnung und kauf irgendwo ein kleines Häuschen und lebe so, wie du immer leben wolltest …*

Und jedes Mal, wenn Will spät heimkommt, musst du dir Sorgen machen, rief das neue Ich, *dass er wieder an einem langen Paar Beinen und einer blonden Mähne Gefallen gefunden hat. Hast du denn gar keine Selbstachtung?*

Schalt deinen Verstand ein, kreischte mein altes Ich. *Monatelang hast du dir genau das gewünscht – er will dich zurück!*

»Ich gebe ihm ein paar Wochen – aber mehr nicht! Ich lass ihn ein wenig hinter mir herrennen, während ich darüber nachdenke, wie ich zu ihm stehe. Aber ich halte mir alle Optionen offen«, sagte ich am Ende laut.

Meine beiden Gefährten verflüchtigten sich, wobei sie über mein Ausweichmanöver die Köpfe schüttelten.

Ich freute mich darauf, am nächsten Abend Elliott zu treffen, selbst wenn es nur eine willkommene Ablenkung war. Wir gingen in eine angesagte Bar in Croydon, was an sich schon interessant war, denn ich hatte gar nicht gewusst, dass es in Croydon angesagte Bars gab.

»Du wirkst so viel glücklicher als noch vor einem Jahr«, sagte er zu mir, nachdem ich strahlend meinen ersten Drink getrunken hatte. Oh, also erinnerte er sich doch. Ich blickte verlegen in mein Glas. »Ich war damals wohl extrem unfreundlich zu dir«, sagte ich. »Ich bin überrascht, dass du überhaupt mit mir ausgehen wolltest.«

Er zuckte mit den Schultern. »Schon okay. Ich wusste ja, was du durchmachst. Ich habe es selbst erlebt, nach der Trennung von Karen, meiner Ex. Da hatte ich auch für niemanden mehr ein nettes Wort.«

Jetzt fühlte ich mich noch schlechter. Wahrscheinlich hatte er damals sein Bestes versucht, und ich habe ihm alles um die Ohren gehauen, in der festen Überzeugung, dass niemand so litt wie ich.

Ich lächelte ihn an. »Damals war ich mir sicher, dass ich nie über das Scheitern meine Ehe hinwegkommen würde.«

»Tja, jetzt machst du aber sehr wohl den Eindruck, als seist du darüber hinweg. Ein anderer Mensch.«

Er war nett. Nicht der bestaussehende Mann der Welt, und von meiner Seite gab es nicht mal den Anflug eines Kribbelns, aber ich fühlte mich in seiner Gegenwart wohl.

Er bestellte für uns beide noch etwas zu trinken und wir unterhielten uns darüber, was wir beide im Moment so machten – ich muss zugeben, dass ich mich, nachdem ich ihm bei unserer ersten Begegnung eine Abfuhr erteilt hatte und bei unserer zweiten ziemlich betrunken war, nicht an viel von ihm erinnern konnte.

»Ich bin Marketingleiter bei einer Elektronikfirma«, erzählte er mir. Ich lächelte strahlend und erinnerte mich an die Dating-Regel Nummer eins: *Gib dich interessiert und stelle Fragen.*

»Und was machst du da genau?«, erkundigte ich mich.

Vielleicht hätte ich das Wort ›genau‹ vermeiden sollen, denn er nahm mich beim Wort und gab mir einen detaillierten Überblick über seinen Job, die Beförderung, die er sich wünschte und meinte, verdient zu haben (nur hatte bisher niemand seine wahre Begabung erkannt), und die negativen Auswirkungen, die die beruflichen Belastungen auf seine Ehe gehabt hatten.

Es gelang mir weiter, ein ›interessiertes‹ Gesicht zu machen und ein paarmal im rechten Moment »interessant« zu murmeln, doch es fiel mir schwer, weil ich ziemlich abgelenkt war – erstens von seiner Angewohnheit, sich ständig zu räuspern und den Hals zu strecken, und zweitens von der Tatsache, dass der Inhalt der Flasche Wein, die wir uns teilten, hauptsächlich in seinem Glas landete. Mein Strahlen ließ langsam nach.

Und von da an wurde es immer schlimmer. Irgendwie waren wir auf seine Trennung gekommen. »Natürlich muss man erst vollkommen über den ganzen Schlamassel hinweg sein, bevor man zurückblicken und erkennen kann, was überhaupt schiefgelaufen ist«, erklärte er und fuhr damit fort, alles aufzuschlüsseln, was in dem Schlamassel mit Karen in die Hose gegangen war. War es eigentlich schon immer so langweilig gewesen, Männer kennenzulernen? Ich musste es vergessen haben.

Trotz meiner guten Vorsätze oder vielleicht auch aus Verzweiflung hatte ich angefangen, mich auf den Wein zu stürzen. Meine Gedanken wanderten immer wieder zum vergangenen Sommer. Mit Adam hatte ich überhaupt keine richtigen ›Verabredungen‹ gehabt. Stattdessen war da jedes Mal, wenn wir zusammen waren, dieses erregende Kribbeln gewesen … auf dieser wundervollen Entdeckungsreise, die jeden Tag, den wir uns näher kennenlernten, zu einer betörenden Erfahrung gemacht hatte … *Stopp!*

Ich versuchte, die Gedanken wegzuwischen, und bemühte mich erneut, meine Aufmerksamkeit Elliott zu widmen. Doch dann drängte sich Will in meine leicht konfusen Gedanken. Wenn ich zu Will zurückginge, bliebe mir Mist dieser Art erspart – und Kinder, ich könnte Kinder haben …

»Ach, ich weiß nicht«, sagte ich laut, denn ich hatte die Nase voll von Will, von Elliott und von mir selbst.

»Bitte?«, fragte Elliott, den ich mitten im Satz unterbrochen hatte.

»Ähm … ich weiß nicht … ob ich das, was du eben gesagt hast, genauso sehe … äh … das kommt immer drauf an …«

»Aber du kennst Karen doch gar nicht. Woher willst du das denn wissen?«

»Stimmt! Es wäre unfair von mir, Stellung zu beziehen, oder?« Ich tastete hektisch nach Bruchstücken von dem, was Elliott gesagt hatte. »Ich meine, ich kann Karen ja nicht die Schuld geben, wenn ich sie nicht mal kenne …«

»Aber es ist doch nicht ihre Schuld, dass sie PCO hat, und das wollte ich damit auch nicht sagen!« Seine Stimme klang etwas streitlustig, und er sah mich mit fragendem Gesicht an.

»Natürlich nicht – und hast du ja auch nicht … Ach, weißt du, Elliott. Das ist doch hoffnungslos. Das ist seit Jahren meine erste Verabredung mit einem Mann, und ich glaube, ich weiß nicht mehr so recht, wie das geht. Ich denke, ich sollte langsam gehen. Es tut mir leid …«

Ungeachtet meiner Beteuerung, dass ich schon alleine klarkäme, bestand er höflich darauf, mich noch mit dem Taxi nach Hause zu bringen, doch es wurde eine sehr schweigsame Fahrt.

Er hüstelte und streckte wieder seinen Hals, als wir in meine Straße einbogen. »Ich schätze mal, du lädst mich nicht noch auf einen Kaffee zu dir ein?«

»Ich glaube nicht, dass das viel Sinn haben würde, oder?«

Er blickte auf seine Knie. »Das ist schade … denn ich steh echt total auf dich.«

Ich versuchte, ihn in dem dunklen Taxi verständnisvoll anzulächeln. »Aber wir sind doch beide noch nicht wirklich bereit für etwas Neues, oder? Du hast offensichtlich noch tiefe Gefühle für Karen …« Er machte den Mund auf, um mir zu widersprechen, aber ich ließ ihn nicht zu Wort kommen. »… und ich glaube auch nicht, dass ich schon alles richtig geregelt habe.« Das Taxi hielt. »Danke für den netten Abend«, sagte ich und beugte mich vor, um ihm einen Kuss auf die Wange zu geben. Doch er legte den Arm um meinen Hals, als wollte er mich in den Schwitzkasten nehmen, und gab mir einen feuchten, schlabbrigen Kuss auf den Mund. Als ich mich losgemacht hatte, konnte ich mir gerade noch verkneifen, mir mit dem Handrücken den Mund abzuwischen.

»Tut mir leid«, stammelte er, »aber bei mir ist es auch schon ziemlich lange her, seit ich mit jemandem aus war …«

»Gute Nacht, Elliott.« Ich stieg aus, ohne mich noch einmal umzublicken, und eilte ins Haus.

Insgesamt war das Wochenende dann etwas öde. Bisher war seit meiner Rückkehr immer ziemlich viel los gewesen: der neue Job, die neuen Kolleginnen, die Renovierung der Wohnung, die Partyvorbereitungen … Und auch die letzte Woche war mit dem Treffen mit Will und der Verabredung mit Elliott ziemlich aufregend gewesen, wie ich mir eingestehen musste – auch wenn beides recht nervenaufreibend gewesen war. Aber jetzt war all das vorbei. Ich war durcheinander, was Will betraf, und hatte nichts, auf das ich mich freuen konnte.

Ich hing den ganzen Samstag rum, bemitleidete mich selbst und hatte einen Hass auf alle, die mir beim Einkaufen oder auf der Straße begegneten und fröhlich aussahen, besonders, wenn sie zu zweit waren. Ich versuchte, meiner alten Freundin Gina zu schreiben, die seit ein paar Monaten in Schottland lebte. Ich hatte ein schlechtes Gewissen, keinen Kontakt mit ihr gehalten zu haben, aber was konnte ich ihr schon schreiben? Wenn ich anfangen würde, ihr von meinem Sommer zu erzählen, dann müsste ich wieder an Marsha und die anderen denken, was ich unbedingt vermeiden wollte, und sonst gab es nicht viel zu erzählen.

Also saß ich lange am Fenster, kaute auf meinem Stift herum und fragte mich, ob Lauren wohl genauso unter der Trennung von Will litt wie ich vorher, und ob jetzt vielleicht der Zeitpunkt gekommen war, mir eine Katze anzuschaffen. Übrigens mag ich Katzen eigentlich gar nicht, aber Hunde waren in meiner Vorstellung immer etwas für Leute gewesen, die ihrer Zukunft optimistisch entgegensehen. Die Anschaffung einer Katze würde jedoch dem Eingeständnis gleichkommen, dass meine Zukunft trostlos und leer war.

Als es am Sonntagmorgen bei mir klingelte, war das eine so willkommene Abwechslung, dass ich sofort hinrannte, um aufzumachen. Ein schneller Blick aus dem Fenster zeigte mir, dass Sarahs blauer Polo unten parkte. *Super! Rob ist wahrscheinlich beim Rugbyspielen, und sie schaut auf einen Klatsch vorbei.*

»Komm hoch!«, flötete ich in die Gegensprechanlage, bevor ich den Summer drückte und in die Küche eilte, um den Wasserkocher anzustellen. In Gedanken formulierte ich bereits meinen Bericht über meinen langweiligen, missglückten Abend mit Elliott.

Es klopfte leicht an der Wohnungstür, bevor ich sie aufriss. »Hi! Ich bin froh, dass du zu Hause bist!«

»*Will!* Ich dachte, es wäre Sarah!« Ich sah in den Hausflur hinaus, für den Fall, dass sie sich hinter ihm versteckte. Will warf einen Blick über die Schulter.

»Nein«, sagte er mit einem Grinsen, »hier bin eindeutig nur ich. Tut mir leid, dich enttäuschen zu müssen.«

»Oh. Was willst du? Du solltest mich doch anrufen.«

Ja, ich klang sehr schroff, aber das war auch kein Wunder, so wie ich aussah! Ich versuchte, mir einzureden, dass das keine Rolle spielte, denn ich hatte schließlich nicht vor, Will zu beeindrucken, und er hatte mich im Laufe der Jahre auch schon in den verschiedensten Stadien des Elends gesehen, aber ich konnte mich selbst nicht recht davon überzeugen. Gutes Aussehen hatte mir in diesem vorläufigen Versuch, wieder irgendeine Art von Beziehung zwischen uns aufzubauen, bisher die Oberhand beschert, und jetzt hatte ich das Gefühl, entscheidend ins Hintertreffen zu geraten.

»Ich weiß, ich sollte dich nächste Woche anrufen«, sagte er, »aber ich musste die ganze Zeit an dich denken, und es ist so ein schöner Tag, also bin ich einfach spontan in mein Auto gestiegen und hergekommen. Ich dachte, du hast vielleicht Lust, irgendwas zu unternehmen. Aber wenn du schon was vorhast ... oder wenn Sarah auf dem Weg zu dir ist ...?

War das ein Grinsen in seinem Gesicht? Er musste allein daran, wie ich aussah, erkannt haben, dass ich nichts vorhatte.

»Ähm ... na ja, ich weiß nicht ... Komm erst mal rein ... Sarah wusste noch nicht genau, ob sie es schafft ...«

Ich führte ihn ins Wohnzimmer und spähte erneut aus dem Fenster. Direkt hinter dem Polo, der offenbar nicht Sarah gehörte, stand Wills BMW. Verdammt! Warum hatte ich das nicht gesehen? Und er hatte recht, es war ein schöner Morgen. Strahlend blauer Himmel, und immer wieder blitzten Sonnenstrahlen durch das bunte Laub. Es war die Art von Herbsttag, an der nicht mal ich etwas aussetzen konnte.

»Ich dachte, wir könnten vielleicht irgendwo am Fluss brunchen gehen?«, sagte Will zu meinem Rücken. »Oder wir könnten auch ans Meer fahren, wenn du magst …«

»Nein, nicht ans Meer!« Ich fuhr herum. Okay, Brighton war nicht Cornwall, aber trotzdem wollte ich nicht mit Will zusammen am Strand stehen und die Wellen anschauen. »Das lohnt sich doch gar nicht. Es wird doch jetzt schon so früh dunkel«, sagte ich in etwas versöhnlicherem Ton. »Und überhaupt, ich weiß nicht … Ich hab nicht damit gerechnet … Ich wollte heute eigentlich noch ein paar Sachen an der Wohnung machen …« Ich machte eine halbherzige Handbewegung in meinem makellosen Wohnzimmer.

Früher hätte meine Unentschlossenheit Will enorm verärgert, denn er hatte es lieber, wenn ich mich von seiner Begeisterung einfach mitreißen ließ. Doch jetzt sagte er, als er den Wasserkocher in der Küche klicken hörte, einfach: »Komm, trinken wir einen Kaffee, und du überlegst es dir in Ruhe. Okay?«

»Okay.« Ich ärgerte mich mehr über mich selbst als über ihn, denn die Aussicht darauf rauszukommen, und sei es mit meinem Ex-Mann, war unendlich verlockender, als weiter alleine zu Hause rumzuhocken, doch ich wollte auf keinen Fall bedürftig wirken. »Ich hab mich schon entschieden«, sagte ich nach einer Pause, während der mich Will weiter hoffnungsfroh angesehen hatte. »Ich könnte gut ein bisschen frische Luft gebrauchen, also trinkst du jetzt mal einen Kaffee, und ich zieh mich inzwischen um.«

Ich machte ihm seinen Kaffee – mit Milch und einem

Löffel Zucker –, und dann ging ich ins Schlafzimmer und schloss sorgsam die Tür hinter mir.

Es fühlte sich alles so unwirklich an. Mein Mann, der auf seinem alten Platz saß und auf mich wartete, während ich mich fertig machte. Ich im Schlafzimmer, die Tür geschlossen, damit er keinen Blick auf mich erhaschen konnte, wenn ich mich umzog, als wären wir Fremde. Seltsam.

Ich entschied mich für eine recht neue Jeans und ein nagelneues Oberteil, das ich kürzlich bei einem Streifzug zu *River Island* mit Em erstanden hatte. Ich wollte nichts anziehen, was vielleicht sentimentale Erinnerungen an vergangene Tage weckte, aber genauso wenig den Eindruck machen, dass ich mir besondere Mühe gab. Aber ich musste etwas Make-up auflegen, weil ich um die Augen ein bisschen müde aussah – sonst gab es dafür natürlich keinen Grund.

»Gefällt mir, was du aus der Wohnung gemacht hast«, sagte Will, als ich wieder ins Wohnzimmer kam. »Es wirkt alles viel heller und größer. War das allein deine Idee, oder steckt da noch jemand anders dahinter?«

»Was?« Ich spürte, wie ich unter dem Make-up rot wurde. Woher wusste er von Adam? Wie konnte er wissen, woher meine Inspiration kam?

»Du hast gesagt, dass du dich mit jemandem triffst. Ich dachte, ihr habt das vielleicht zusammen gemacht.«

Oh. Er meinte wohl Elliott.

»So komisch das klingt, aber ich kann selbst entscheiden, wie ich wohnen will«, sagte ich hochmütig. »Ich muss mich von niemandem beeinflussen lassen.«

»Entschuldige«, sagte er. (Die zweite spontane Entschuldigung in einer guten Woche! Versuchte er, irgendeinen Rekord aufzustellen?) »Ich hoffe eben so sehr, dass wir wieder zusammenkommen, und das war gerade meine etwas ungeschickte Art herauszufinden, welche Rolle dieser Kerl in deinem Leben spielt.« Er schien meine Überraschung über seine bis dato unbekannte Tendenz zum Einlenken erneut für Hochmut zu halten und hob beschwichtigend die Hände. »Ich verbocke es. Ich habe kein Recht, etwas über dein Privatleben zu erfahren. Ich fang noch mal von vorne an: Was möchtest du unternehmen?«

Letztendlich einigten wir uns auf Brunchen am Fluss und gingen in einen kleinen Laden nicht weit von Hampton Court, wo wir noch nie zuvor gemeinsam gewesen waren. Ich fragte lieber nicht nach, woher er ihn kannte. Es war zu kühl, um draußen zu sitzen, aber wir suchten uns einen Tisch, von dem aus man auf die Themse hinausblicken konnte, was uns ein Gesprächsthema verschaffte, immer wenn die Unterhaltung ins Stocken geriet.

Nicht, dass es uns besonders schwergefallen wäre, miteinander zu reden. Ich hatte beschlossen, so scharfzüngig wie möglich zu sein, damit Will sich nicht einbildete, er bräuchte bloß aufzutauchen und schon stünde ich ihm sofort wieder zur Verfügung – so wie heute (ich wäre allerdings nicht auf sein Angebot eingegangen, wenn mir in meiner eigenen Gegenwart nicht so sterbenslangweilig gewesen wäre). Doch es war schwer, diese Haltung aufrechtzuerhalten, wenn er sich einfach nicht davon verunsichern ließ. Er hatte ja bereits gelobt, superfreundlich zu mir zu sein, also führten wir eine ausgesprochen höfliche Unterhaltung, die direkt aus einem Benimmratgeber für das Gespräch mit einem Ex-Partner hätte stammen können. Noch ein paar solche Situationen, und ich hätte ihn sogar selbst verfassen können.

Es gab einige Verbotszonen, Lauren zum Beispiel, und ich weigerte mich, darüber zu sprechen, was ich den Sommer über getan hatte. Ein weiteres Tabuthema war meine angebliche Beziehung mit dem Anderen – ein Mythos, den ich vorerst aufrechterhalten wollte, obwohl ich nicht den Wunsch hegte, Elliott jemals wiederzusehen.

Blieben als Gesprächsthemen noch unsere Arbeit und die Familie, über die wir uns also höflich unterhielten. Ich erzählte von Juliet und Philip und erfuhr Neuigkeiten über den jüngsten Nachwuchs von Wills Schwester Annabel.

Seine Schwester hatte ich noch gar nicht erwähnt, oder? Na ja, es hatte bisher auch keine Notwendigkeit dazu bestanden, vor allem weil sie und ihre Familie während Wills und meiner Ehe keine besonders große Rolle gespielt hatten. Doch es schien, als hätte Will sie nach unserer Trennung sehr viel häufiger gesehen.

»Annabel ist so glücklich«, sagte er. »Ich hätte nie gedacht, dass ich meine kleine Schwester einmal so zufrieden sehen würde. Das passiert wohl, wenn man Kinder hat. Und ihre beiden sind wirklich tolle kleine Kerlchen, ich hab sie echt ins Herz geschlossen. Es macht Riesenspaß mit ihnen.«

Wie bitte? Will, der immer drauf und dran gewesen war, aus dem Zimmer zu flüchten, sobald Annabels Erstgeborenes sich auch nur im Schlaf bewegt hatte, für den Fall, dass es vielleicht irgendetwas Unappetitliches von sich geben könnte, pries nun das Kinderglück?

»Ich habe festgestellt, dass ich mit den kleinen Monstern viel mehr anfangen kann, seit sie aktiver sind«, fuhr er fort, als ob er meine Skepsis bemerkt hätte. »Ich glaube, das ist bei vielen Männern so.«

»Hm.«

Siehst du?, flüsterte mir mein neues Ich zu. *Schon bald könntest du nicht bloß eine verlassene Ehefrau, sondern auch noch alleinerziehende Mutter sein.*

»Das war lecker«, sagte ich laut, als ich mein Rührei aufgegessen hatte. »Ich hatte gar nicht gemerkt, wie hungrig ich war.«

»Es ist gar nicht so einfach, richtig zu essen, wenn man nur für sich selbst kocht, oder?«, fragte Will. »Und du weißt ja, wie meine Kochkünste sind – sie haben sich nicht verbessert.«

»Hm.«

»Hast du Lust, spazieren zu gehen?«, fuhr er fort, als ich nichts weiter sagte. »Wir waren nie in den Hampton Court Gardens, oder? Zumindest war ich noch nie da … Was ist mit dir?«

»Nein, ich auch nicht. Gute Idee.«

Der Park war herrlich, sogar so spät im Jahr, und ich gab mir Mühe, mich für den Irrgarten zu begeistern, auch wenn es so viele Lücken in den Hecken gab, dass sich gar nicht vermeiden ließ zu sehen, welchen Weg man nehmen musste. Doch als der Nachmittag voranschritt und die Sonne langsam verschwand, spürte ich, dass mich wieder meine alte Abneigung gegen diese Jahreszeit überkam. Vielleicht konnte man sich nur daran erfreuen, wenn man noch klein war und gespannt auf all die Feierlichkeiten wartete: erst Halloween, dann Bonfire Night und dann Weihnachten. Und vielleicht konnte man sie auch erst wieder wirklich genießen, wenn man dann selbst Kinder hatte. Plötzlich schien mir *Hampton Court Palace* ein trauriger Ort zu sein. Schließlich war es ein Denkmal für eine der größten tragisch endenden Liebesgeschichten – dafür, wie vernarrt Heinrich der Achte in Anne Boleyn gewesen war, wenn man den Geschichtsbüchern Glauben schenken konnte, und wie schnell seine Liebe zu ihr geschwunden war.

Und hier war ich nun, an einem Sonntagnachmittag,

während die Kälte mir langsam in die Knochen kroch, und betrieb höflich Konversation mit einem Mann, der mich anfangs über alles geliebt zu haben schien, mich dann aber zutiefst enttäuscht hatte und nun behauptete, alles wiedergutmachen zu wollen. Ich fragte mich, ob Heinrich auch nur flüchtig daran gedacht hatte, seine Meinung noch einmal zu ändern, bevor das Beil über seiner Ehefrau fiel, er diesen Gedanken dann aber schnell unterdrückt hatte, da er schließlich König war und keinen Fehler eingestehen konnte – und dann war es zu spät.

Ich wandte mich Will zu, um ihm zu sagen, dass ich nach Hause wollte, und sah ihn kurz ohne seine weltmännisch selbstbewusste Fassade. Sein Gesicht wirkte verhärmt und kalt in der zunehmenden Oktoberdüsterkeit, und einen Moment lang tat er mir leid.

Er tat mir *leid.* Während ich noch bestürzt über meine Reaktion nachdachte – denn *Mitleid* war absolut keine Regung von mir, die ich Will gegenüber je erwartet hätte, und sie erschien mir auch viel zu wohlwollend –, hatte er seine Fassade auch schon wieder errichtet. Er lächelte mich strahlend an, sodass ich mich fragte, ob ich mir das gerade bloß eingebildet hatte, weil sich meine eigene Laune verdüsterte.

»Ich glaube, ich würde jetzt gerne wieder nach Hause«, sagte ich, als wäre ich eine gebrechliche Kranke, die man zu einem kleinen Muntermacherausflug mitgenommen hatte, der ihre Kraftreserven erschöpft hatte.

»Natürlich«, erwiderte er mit der Fürsorglichkeit eines Pflegers.

Ich weiß nicht, ob er erwartet hatte, dass ich ihn noch zu mir hinauf bitten würde, aber er selbst schlug es auch nicht vor.

»Können wir das bald wiederholen?«, war alles, was er sagte.

»Vielleicht«, antwortete ich. »Aber ich hätte wirklich gerne ein paar Tage, um über alles nachzudenken. Können wir es erst mal dabei belassen?«

»Ich hab dir gesagt, dass ich nicht kampflos aufgebe, aber ich will dich auch nicht drängen.« Er schenkte mir ein entwaffnendes Lächeln. »Ich hoffe, ich habe mir meine Chancen nicht zerstört, weil ich heute unangemeldet vorbeigekommen bin?«

Mir gelang ein müdes Lächeln. »Ich hatte einen sehr schönen Tag, Will. Belassen wir es dabei, okay?«

Sobald ich in meiner Wohnung war, sank meine Laune noch weiter. Es erschien mir alles irgendwie so sinnlos. Liebe zu suchen, geliebt werden zu wollen, Kinder bekommen zu müssen – für was? Ich vergoss keine Tränen (denn ich weine ja nie … außer in Cornwall), mich überkam bloß wieder einmal das überwältigende Gefühl, dass das Leben selbst sinnlos war. Echt erbärmlich.

Ich widerstand dem Drang, Will auf dem Handy anzurufen und ihm zu sagen, er solle wieder umdrehen und zurückkommen, um den Abend mit mir zu verbringen, bloß damit ich Gesellschaft hatte. Denn das hätte ihm ganz falsche Signale gesendet.

Marshas Stimme ging mir nicht aus dem Kopf, und die eine einfache Frage, die sie mir gestellt hatte, als ich wie so oft mit ihr über Will gesprochen hatte, spielte sich in meinen Gedanken ab wie eine kaputte Schallplatte: *»Liebst du ihn noch?«*

Ich hatte ihr damals keine klare Antwort gegeben und konnte es auch jetzt nicht, aber ich sehnte mich sehr danach, wieder mit ihr zusammen zu sein und mich von ihrer besonderen Art der Fürsorge umfangen zu lassen. Ich hatte nicht einmal ihre Telefonnummer, auch wenn sie sicherlich im Telefonbuch stand. Aber ich konnte es nicht tun. Ich konnte nicht bei einer todkranken Frau anrufen und noch mehr von meinen jämmerlichen Problemen auf sie abwälzen.

Genauso wenig hätte ich es ertragen, wenn ich bei ihr angerufen und von jemandem gesagt bekommen hätte, dass sie gestorben sei.

Meiner selbst vollkommen überdrüssig tat ich das Einzige, was ich in so einer Situation tun konnte: Ich machte die Musik so laut an, dass ich mitsingen konnte, und stellte das Bügelbrett auf. Denn wenn man glücklich ist, hat doch niemand Lust zu bügeln, oder?

15. Kapitel

Wenn man sich selbst eingesteht, unter PMS zu leiden, ist das ja okay, aber es von anderen unterstellt zu bekommen, nervt wirklich extrem – besonders wenn es sich dabei um eine männliche Person handelt, und immer auf diese herablassende Art und als sei das der Grund für deine schlechte Laune, deine mangelnde Leistung oder dein Versäumnis, besagter (männlicher) Person die nötige Unterwürfigkeit und Achtung entgegenzubringen. Egal, ich gebe gerne zu, dass PMS an diesem Sonntag wenigstens *ein* Grund für meine schlechte Laune war, denn danach sahen die Dinge wieder ein bisschen besser aus.

Am Montag kam eine von Juliets regelmäßigen Postkarten an. Die vergangenen Monate hatten wir hauptsächlich auf diese Art kommuniziert, und ich war sehr zufrieden damit. Diese Karte informierte mich, dass sie und Philip nun, da die Kreuzfahrt abgeschlossen war, auf den Weg an die Algarve waren, wo einer von Philips Freunden eine Villa besaß.

»Wir haben jede Menge wunderbare neue Bekanntschaften gemacht«, jubelte sie. »Ich hoffe, du auch, Schätzchen!« Ich konnte mir ihren Gesichtsausdruck vorstellen, wenn sie wüsste, dass mein gesellschaftliches Leben momentan hauptsächlich aus sorgfältig organisierten Treffen mit meinem Ex-Mann und Abenden mit Stace, Em und Don bestand. Gott sei Dank war sie noch eine Weile weg.

Bei der Arbeit kam es in dieser Woche zu Veränderungen, weil Derek ausgeschieden war, den die Besorgnis über das Treiben seiner Frau so mitgenommen hatte, dass er sich langfristig hatte krankmelden müssen. An seine Stelle trat Merrill, die aus einer der Filialen zu uns geholt worden war und auf einen Karrieresprung in der Hauptstelle hoffte. Wir durften auch gleich für sie springen und allen überflüssigen Kram aus den Büros verbannen, bis eine minimalistische Atmosphäre herrschte, die auch die Zustimmung des strengsten Innenarchitekten gewonnen hätte. Die Broschüren über das Bauprojekt in Chorley wurden entstaubt und mit wochenlanger Verspätung an ihre vorgesehenen Empfänger verschickt. Im Nu hielt eine bis dato ungekannte Arbeitsmoral in der Zentrale Einzug.

Anfangs rebellierten die drei Mädels gegen das Regime, das uns von dieser (zugegebenermaßen) sehr eleganten Chefin aufgezwungen wurde.

»Ich an deiner Stelle würde die Agentur fragen, ob sie dir nicht einen anderen Posten besorgen können«, sagte Donna in mürrischem Ton, »jetzt wo es hier überhaupt keinen Spaß mehr macht. Als Nächstes wirft sie noch ein Auge auf David, wartet's nur ab.«

Aber da ich nun mal so eine Tugendboldin war, gefiel mir Merrills professioneller Ansatz eigentlich ganz gut, genauso, wie mal wieder richtig zu arbeiten. Die Mädels versuchten, Merrill zu zermürben und sie genauso arbeitsscheu und einkaufssüchtig zu machen, wie sie selbst waren. Für mich war es recht unterhaltsam zu beobachten, wie unsere unbeugsame neue Vorgesetzte der gebündelten Raffinesse von Emma & Co. Paroli bot.

Unterdessen wurde ich von Will umworben (aber noch nicht zurückerobert), indem er mich weiterhin regelmäßig zum Abendessen oder ins Kino einlud. Manchmal ging ich mit, manchmal nicht und manchmal sagte ich ihm im letzten Moment ab. Manchmal hatte ich Zeit, mit ihm zu telefonieren, manchmal nicht, und ich rief ihn niemals selbst an. Einmal sagte ich ihm ab, weil ich lieber mit ein paar Kollegen aus dem Büro in eine Karaokebar gehen wollte, wo ich alle und auch mich selbst mit einer lauthals geschmetterten Version von Aretha Franklins »Say a Little Prayer« überraschte und überhaupt ziemlich viel Spaß hatte.

Kurz gesagt, ich verhielt mich Will gegenüber so launenhaft, wie ich nur konnte, und wie ich es noch nie zuvor gewesen war. Aber es gelang mir nicht, ihn zu vergraulen. Seine gute Laune war erschreckend beständig, ganz gleich wie ich ihn behandelte, und er versuchte nicht, aufs Tempo zu drücken. Er holte mich von zu Hause ab, bestand aber nie darauf, am Ende eines Abends noch mit hochzukommen, und er lud mich auch nie zu sich ein.

»Aus naheliegenden Gründen«, sagte er dazu reumütig. »Es wäre dir sicher unangenehm, dort zu sein .... Aber ich ziehe bald um, in eine Wohnung ohne Vorgeschichte. Vielleicht kommst du ja dann mal zum Abendessen vorbei?«

Also das war verlockend, wenn auch nur, um zu sehen, was für ein Abendessen zu fabrizieren er in der Lage wäre.

Er unternahm kleine Versuche, wieder einen körperlichen Aspekt in unsere Beziehung einzuführen, indem er mich einmal, als er mich nach einer Verabredung abends zu Hause absetzte, zärtlich küsste und ein andermal leidenschaftlicher, als wir nach einem romantischen Abendessen bei Kerzenschein durch eine kleine Seitenstraße gingen. Beinahe hätte ich mich seinem Kuss hingegeben, denn er rief Erinnerungen an alte Zeiten in mir wach, in denen mich allein Wills Berührung schon wohlig erschaudern ließ. Doch dann fingen wieder die Alarmglocken in meinem Kopf an zu schrillen, die mich davor warnten, dass dies mein betrügerischer Ex-Mann war, der Lauren vermutlich auf dieselbe Art umworben hatte.

»Tut mir leid«, sagte er in diesem Moment, als er spürte, wie ich zurückwich. »Ich konnte einfach nicht widerstehen – du siehst heute Abend einfach so wundervoll aus.«

Genau das richtige Maß an Schmeichelei im richtigen Moment, und ich fragte mich, warum ich meinen Widerstand und das Scheidungsvorhaben nicht einfach komplett aufgab.

»Ich glaube, er hat sich wirklich geändert«, meinte Sarah, als sie mich einmal im Büro anrief. »Er war ein paarmal was mit Rob trinken, und da hat er ein einziges Loblied auf dich gesungen und sich selbst dafür verflucht, dass er so ein Idiot war. Wie dem auch sei«, fuhr sie fort, bevor ich etwas dazu sagen konnte. »Könnte ich deine Waschmaschine benutzen? Meine ist kaputt, und ich bekomme sie erst bis Ende der Woche repariert.«

»Kein Problem«, sagte ich. »Ich komme heute bloß erst ziemlich spät heim – Merrill hat uns dazu verdonnert, so lange zu bleiben, bis wir den Rückstand bei den Anfragen aufgearbeitet haben. Und danach geh ich vielleicht noch mit den anderen was essen.«

»Äh … kein Problem, ich hab ja noch einen Schlüssel.« Ihre Stimme klang etwas verlegen. »Den hatte ich für Rob nachmachen lassen, und dann hab ich vergessen, ihn dir zu geben … Wäre das okay für dich?«

»Natürlich. Nur zu. Ich muss auflegen, ich werde beobachtet.«

Es war schon fast zehn, als ich nach Hause kam, doch das Telefon klingelte, als ich die Wohnung betrat. Wahrscheinlich Will, der wissen wollte, wo ich den ganzen Abend lang war, dachte ich leicht genervt.

Aber es war wieder Sarah.

»Siehst du? Ich hab dir doch gesagt, dass er sich geändert hat!«

»Wovon redest du?«

»Von den Blumen«, meinte Sarah. »Gott, waren die schön! Und wann hat er dir früher jemals einfach so Blumen geschickt?«

»Ich habe keine Blumen bekommen«, sagte ich und sah mich um, für den Fall, dass ich etwas übersehen hatte. »Fang noch mal von vorne an.«

»Als ich gerade die Wohnung verlassen wollte, ist dieser Bote aufgetaucht – du weißt schon, die in schwarzer Ledermontur auf dem Motorrad kommen –, und er hatte einen riesigen Strauß dabei und hat nach dir gefragt. Ich habe ihm gesagt, dass du noch nicht zu Hause bist, und habe ihm angeboten, die Blumen für dich anzunehmen. Aber er meinte, er müsste die Blumen persönlich zustellen. Also habe ich ihm die Adresse von deinem Büro gegeben – im Nachhinein war das vielleicht nicht so eine gute Idee, aber er wirkte echt vertrauenswürdig –, und dann war er auch schon wieder weg. Hast du sie nicht bekommen?«

»Nein, habe ich nicht. Anscheinend hat er mich im Büro auch verpasst. Vielleicht tauchen sie ja morgen auf.«

Aber auch am nächsten Tag bekam ich keine Blumen, und Will, der anrief und fragte, ob ich Lust auf einen ruhigen Abend mit Lieferessen und einer Flasche Wein hätte, »damit wir reden können«, machte auch keine Andeutungen.

»Worüber willst du denn reden?«

»Ähm ... ich hab da ein paar Ideen ... die Zukunft betreffend … die wollte ich dir kurz unterbreiten und hören, was du davon hältst …«

Will, so zaghaft?

Das war einfach nicht er, und es fühlte sich nicht richtig an. Zumindest noch nicht, aber ich konnte nicht genau sagen, warum.

»Heute Abend nicht, Will. Ich habe diese Woche immer lange gearbeitet, und ich glaube, bei einem Abend auf der Couch mit einer Flasche Wein würde ich sofort einschlafen. Vielleicht am Freitag?«

Es herrschte kurz Stille. »Gut. Dann Freitag. Aber dann muss ich wirklich mit dir reden. Es ist wichtig.«

Ich kam mir ja ein bisschen gemein vor. Ich ließ ihn ganz schön zappeln. Aber ich gab nicht nach. Ich war noch nicht bereit, über Zukunftspläne zu reden. Ich war noch viel zu unsicher, was die Gegenwart betraf.

In der Mittagspause starrte ich von der Westminster Bridge in die dunklen Tiefen der Themse, die auch durch die fahlen Sonnenstrahlen, die sich durch die tief hängenden Wolken kämpften, nicht aufgehellt wurden. Merrill bestand darauf, dass wir immer zu zweit in die Mittagspause gingen, doch heute hatte Stace zur Kosmetikerin gewollt, weil sie abends ein wichtiges Date hatte, und so war ich froh, einen Moment für mich zu haben, und genoss es, die Atmosphäre der Stadt in mich aufzusaugen.

Ich musste daran denken, dass auch Wordsworth vor fast zwei Jahrhunderten hiergestanden hatte, und wünschte mir, auch ›solchen Frieden‹ empfinden zu können, wie er es in einem seiner Sonette beschrieb. Wie erginge es ihm wohl heute damit?

Gedankenverloren, wie ich war, hörte ich gar nicht, dass sich jemand neben mich stellte, und bemerkte es erst, als eine Stimme sagte: *»Die Erde hat nicht Schöneres zu zeigen* ... An die nächste Zeile erinnere ich mich nicht mehr.«

Es war dasselbe Gedicht! Genau dasselbe, an das ich gerade gedacht hatte! Und die Stimme kam mir so bekannt vor! Ich drehte mich hastig um und erblickte eine in Leder gekleidete Gestalt mit einem Motorradhelm unterm Arm.

»Adam!«

»Hi, Allie.«

Wir standen da und grinsten dämlich. Sahen uns bloß an. Der Streit, den wir in Cornwall gehabt hatten, spielte keine Rolle mehr. Die verletzten Gefühle waren verschwunden. Er war da.

»Blake oder Wordsworth?«, fragte er schließlich.

»Wordsworth«, sagte ich wie aus der Pistole geschossen.

»Wordsworth ist viel greifbarer, und außerdem kann ich Blakes Tiger nicht ausstehen.«

»Aber schade um all die Narzissen.«

Nach ein paar Augenblicken schaffte ich es schließlich, ihn zu fragen: »Woher wusstest du, wo ich bin?«

»Ich hab's zuerst bei dir zu Hause versucht – Gwen Jarrett hat mir deine Adresse verraten –, und deine Freundin hat mir gesagt, wo du arbeitest. Also hab ich hier stundenlang herumgelungert, in der Hoffnung, dass ich dich erwische.«

»Du bist also der James-Bond-artige Bote in schwarzer Lederkluft, wie in dieser alten *Milk Tray*-Schokoladen-Werbung!«

»Na ja, eigentlich hab ich keine Schokolade gebracht, sondern Blumen, aber ins Büro wollte ich sie dir dann doch nicht bringen. Ich dachte, vielleicht würdest du ... na ja ... egal, jetzt welken sie jedenfalls in meiner Wohnung vor sich hin.«

Wieder entstand eine Pause. Es gab so viel, was ich ihn fragen wollte: Warum jetzt? War etwas mit Marsha? Was war seit September geschehen? Die Fragen drehten sich in meinem Kopf. Und die ganze Zeit nahm ich seinen Körper wahr, sein Gesicht, seine Augen, seine Nähe.

»Wie geht es dir, Allie?«, fragte er schließlich, ehrlich interessiert.

Und das war es! Auf einmal verstand ich es! Das war es, was bei all den Schmeicheleien und Aufmerksamkeiten von Will gefehlt hatte. Das war es, was mich so unsicher gemacht hatte! Wie hatte ich das übersehen können?

Nicht ein einziges Mal hatte er mich gefragt: *›Wie geht es dir, Allie?‹* Nie hatte er den Wunsch gezeigt zu verstehen, wie sehr er mich verletzt hatte. Bloß die Versprechungen, dass er sich geändert habe, dass es in Zukunft anders laufen würde. *Seine* Pläne, *seine* Veränderung sollten all den Schmerz und die Verletzungen hinwegfegen! Warum war ich so dumm gewesen und hatte nicht gesehen, dass sich hinter all den oberflächlichen Schmeicheleien derselbe skrupellose Will verbarg, der nur wollte, dass ich und der Rest der Welt sich seinen Wünschen fügten? Sogar heute, als er mir sagte, dass er unbedingt mit mir reden müsse, ging es nur um *seine* Pläne, *seine* Vorstellungen von der Zukunft.

Es war wie eine Offenbarung. Mit diesen vier kostbaren Worten hatte Adam mir die Augen geöffnet.

»Allie?« Seine schönen Augen, die jetzt, da er nicht mehr so gebräunt war, noch besser zur Geltung kamen, waren besorgt auf mich gerichtet. »Vielleicht war das doch keine so gute Idee … Ich hätte dich anrufen sollen … oder dir schreiben …«

»Nein!«, rief ich und packte ihn am Arm, damit er nicht wegging. »Nein, alles in Ordnung, wirklich. Ich freue mich sehr, dich zu sehen. Es kommt bloß so überraschend, und es gibt so viel zu sagen …«

Wir strahlten uns wieder an. Standen da und strahlten uns an diesem kalten Novembertag an und waren allen Leuten im Weg, die in beiden Richtungen an uns vorbeieilten.

»Können wir irgendwo einen Kaffee trinken gehen?«, fragte er, als der Big Ben zur vollen Stunde schlug.

»Oh Adam, ich kann nicht, nicht jetzt. Meine Mittagspause ist schon fast wieder rum.«

Aber ich wusste, dass ich nicht ins Büro zurückgehen konnte. Nicht, wenn das bedeutete, dass wir uns voneinander verabschieden mussten.

»Dann später, wenn du Feierabend hast? Ich kann hier auf dich warten … oder wo du willst …«

»Versprochen?«

Er nickte. »Versprochen.«

Wir gingen langsam über die Brücke zurück, als ich plötzlich stehen blieb. »Was ist mit Marsha? Ist sie …«

»Sie ist immer noch bei uns. Aber sehr schwach. Sie möchte dich sehen – aber deswegen bin ich nicht hier«, fügte er schnell hinzu. Offenbar war ihm wieder eingefallen, wie ich ihn immer damit aufgezogen hatte, dass er Marshas Botenjunge sei. »Ich bin hier, weil ich dich sehen musste. Ich hab bloß so lange gebraucht, bis ich den Mut aufgebracht habe.«

»Bin ich so furchterregend?«

»Beängstigend.« Er grinste.

Wir hatten das Bürogebäude erreicht.

»Hier arbeite ich«, sagte ich.

»Ich weiß. Vierter Stock. Soll ich dich abholen, wenn du Feierabend hast?«

Ich nickte zum Abschied. »Halb sechs.«

Während ich auf die Eingangstür zuging, fragte ich mich, wie um alles in der Welt ich die nächsten Stunden überstehen sollte, ohne dass die anderen etwas merkten. Die Geschehnisse des Sommers waren viel zu kompliziert und persönlich – viel persönlicher als eine laufende Scheidung, fiel mir auf –, und ich wollte nicht, dass man sich darüber das Maul zerriss. Vor der gläsernen Drehtür blieb ich stehen. Das war lächerlich. Ich drehte mich auf dem Absatz um und rannte über den gepflasterten Weg zurück.

»Adam!« Ich war außer Atem, als ich ihn einholte, aber das hatte nichts mit meiner mangelnden Fitness zu tun.

»Ich dachte nur – vielleicht hast du ja doch jetzt schon Zeit? Ich glaube nicht, dass ich wieder da reingehen kann …« Ich deutete mit dem Kopf auf das Gebäude. »Und ich bin ja bloß eine Aushilfe, die vermissen mich bestimmt gar nicht. Ich könnte mich krankmelden …«

Er lächelte. »Ich hab heute Nachmittag frei – keine Ahnung, wie so eine Auftragslücke bei Fotografen heißt. Ich habe auf jeden Fall alle Zeit der Welt. Na ja, zumindest bis morgen.«

»Ich könnte Migräne bekommen haben«, sagte ich. »Das kommt ganz plötzlich.«

»Dann solltest du besser anrufen, oder?«, sagte er ernst.

Ich sah mich hastig um. Aber warum sollte es zwischen einem Bürokomplex und einem heruntergekommenen Parkplatz eine Telefonzelle geben? Adam kramte in seiner Tasche und holte sein Handy hervor.

»Du hast wohl immer noch keins?«

»Ein Handy schon, aber noch kein Guthaben«, gab ich zu.

Um Merrill meine Lügen aufzutischen, entfernte ich mich lieber ein paar Schritte von ihm, damit ich mich krank anhören konnte, ohne dass er lachen müsste. Merrill war voller Mitgefühl, aber selbst das bereitete mir kein schlechtes Gewissen.

»Soll dich jemand nach Hause bringen?«, fragte sie besorgt.

»Nein, nein, wenn ich jetzt losfahre, sollte ich es nach Purley schaffen, bevor es richtig schlimm wird. Danke, Merrill.«

»Auf dem Motorrad kann ich dich leider nicht mitnehmen«, meinte Adam, als wir uns aus dem Staub machten, bevor wir noch mit Stace oder irgendjemandem auf dem Rückweg aus der Pause zusammenstießen. »Ich habe keinen zweiten Helm.«

Also gingen wir zur Waterloo Station und setzten uns in ein Bahnhofscafé.

»Ist wirklich alles okay mit dir?«, erkundigte er sich, sobald wir an einem Tisch Platz genommen hatten. »Du siehst so anders aus.«

Da war er wieder, der einfühlsame Ton, der besorgte Blick. Ich verzog das Gesicht. »Blasser – die Sommerbräune ist weg. Jetzt bin ich wieder ein Mauerblümchen.«

»Zerbrechlicher, aber ganz bestimmt kein Mauerblümchen.«

Ich sah weg, plötzlich war ich verlegen. Es gab so viel zu bereden, und trotzdem saßen wir jetzt hier und es schien unmöglich, es auszusprechen.

»Hat Marsha dir …«

»An dem Nachmittag …«

Wir hatten gleichzeitig angefangen zu reden und mussten lachen, was uns ein wenig entspannte.

»Bitte«, sagte ich, um ihm den Vortritt zu lassen.

»Nein, du zuerst«, erwiderte er und neigte den Kopf.

»Ich habe mich bloß gefragt, ob Marsha dir von unserem Gespräch erzählt hat? Hat sie dir erklärt, warum ich so plötzlich weg bin?«

Er nickte. »Sie hat mir alles erzählt, was sie dir erzählt hat, denke ich. Von ihrer Affäre mit deinem Vater und von dem Kind.«

»Hat es sie sehr mitgenommen?«

»Ich glaube, letztendlich war sie froh, dass sie darüber reden konnte. Aber sie war traurig, weil sie dich damit verjagt hat. Deshalb würde sie dich auch so gerne wiedersehen, um es wiedergutzumachen.«

»Also von meiner Seite aus gibt es da nichts wiedergutzumachen. Ich hatte auch Zeit, über alles nachzudenken, und ich verstehe es, wirklich. Es war falsch von mir, darüber zu urteilen. Ich weiß nicht, was ich in ihrer Situation getan hätte. Es war bloß alles ein ganz schöner Schock.«

»Allie, an diesem Nachmittag, als du gegangen bist … als wir uns gestritten haben …«

»Oh, das war auch dumm …« In meinem Eifer, mich für alles zu entschuldigen, fegte ich mit der Hand über den Tisch und hätte beinahe meinen Kaffee umgeworfen. »Ich hätte nicht einfach so abhauen sollen …«

»Hey, einen Moment!« Er ergriff meine herumfuchtelnde Hand und hielt sie auf dem Tisch fest. »Willst du auch gleich noch die Verschuldung der Dritten Welt auf deine Kappe nehmen? Was *ich* dir sagen wollte«, fuhr er fort, »ist, dass ich dir nachgehen und dir hätte erklären sollen, warum ich so gezögert habe. Die Sache ist die: Als du gesagt hast, ich solle mich zwischen dir und Marsha entscheiden …« Ich schüttelte den Kopf und schämte mich, überhaupt an diese dummen Worte zu denken, doch er hatte den Kopf gesenkt und sah es nicht. »… da wurde mir plötzlich klar, dass, wenn ich mich wirklich entscheiden müsste … dann würde ich mich für dich entscheiden, Allie. Ich würde mich immer für dich entscheiden. Und das nach all den Jahren, in denen Marsha immer für mich da war, mir Wurzeln gegeben hat und all das, was meine Mutter versäumt hat … Und als mir das klarwurde, hab ich mich so dafür geschämt, dass jemand, den ich gerade erst kennengelernt habe, die Macht hat, mich von Marsha wegzureißen, wenn sie mich am meisten braucht.«

Wieder überkam mich Scham, zum x-ten Male seit diesem schrecklichen Tag. Was hatte ich mir bloß dabei gedacht, ihn so etwas zu fragen, wo ich es doch sowieso nicht von ihm verlangen würde, sich zwischen uns zu entscheiden? Meine Entscheidung wäre für ihn *und* Marsha als Teil meines Lebens ausgefallen, und bei ihm war es sicher genauso, also warum war alles nur so schrecklich aus dem Ruder gelaufen?

»Es war so eine Offenbarung zu merken, wie viel ich für dich empfand, dass ich noch ewig in diesem Café gesessen und darüber nachgedacht habe, wie es in der nahen Zukunft weitergehen sollte«, fuhr Adam fort. »Aber natürlich dachte ich, ich könnte später bei Marsha mit dir darüber reden, wenn du Zeit hattest, mit ihr zu sprechen, was dir ja offensichtlich sehr wichtig war, und vielleicht hättest du dann auch schon eine klarere Vorstellung von der Zukunft gehabt.«

Also hatte er mich doch geliebt. Was für ein bescheuerter, unsicherer, egozentrischer Trottel ich doch war! Aber er sprach die ganze Zeit in der Vergangenheit. Was hatte ich da bloß weggeworfen?

»Ich hatte gehofft, du würdest an dem Abend noch zur Pension kommen«, sagte ich und dachte an die Stunden, die ich am Fenster gesessen und auf ihn gewartet hatte. »Ich selbst war erst zu stolz, um noch mal zu Marshas

Haus zu gehen. Und später war ich leider schon zu betrunken, um es überhaupt zu versuchen!«

»Und ich war irgendwann so wütend über die ganze Sache«, gab er zu. »Es tat mir leid, Marsha so verzweifelt zu sehen, weil sie dich verletzt hatte, und irgendwann wurde ich dann wütend auf dich, weil du das alles ausgelöst hattest. Als ich mich am nächsten Tag schließlich beruhigt hatte, warst du schon weg.«

Ich nickte. Wir schwiegen eine Weile, während der wir dasaßen und unseren Kaffee tranken, jeder in seine eigenen Gedanken versunken. Ich musste daran denken, was hätte sein können, wenn ich meine Abreise bloß ein paar Stunden nach hinten verlegt hätte – aber wer konnte das schon wissen?

Schließlich redete Adam weiter. »Ungefähr eine Woche später bin ich wieder nach London zurückgefahren, ich hatte deine Adresse und Marsha versprochen, dass ich Kontakt mit dir aufnehmen würde, aber irgendwie … na ja, irgendwie schien es mir nie der richtige Zeitpunkt zu sein. Und je länger ich wartete, desto mehr redete ich mir ein, dass du sowieso nichts mehr mit mir zu tun haben wolltest, und dann sagte ich mir, dass es besser wäre, einen Schlussstrich unter diese ganze Sommergeschichte zu ziehen und in die Zukunft zu blicken …«

Das kam mir irgendwie bekannt vor.

»Und am Ende hat mich wohl der Mut verlassen«, fuhr er fort, »und dann habe ich versucht, wieder in einen Arbeitsrhythmus hineinzukommen und hin und wieder in Cornwall vorbeizuschauen … Und darauf beläuft sich meine jämmerliche Entschuldigung.«

»Aber jetzt hast du den Mut doch noch aufgebracht. Hat Marsha dir keine Ruhe gelassen?«

»Nein, es war ausgerechnet Marie.«

»Marie?« Sie war doch diejenige, die sich immer am wenigsten für unsere Beziehung interessiert zu haben schien.

»Ja, als ich letzte Woche dort war, hat sie mich zur Seite genommen und gesagt, dass sie es satthat, mich immer so hundeelend zu sehen, und gefragt, wann ich denn gedenke, etwas dagegen zu tun. Und ich habe gesagt, dass ich überhaupt nichts tun werde, weil es sowieso zu spät ist. Selbst Marsha hatte aufgehört, von dir zu sprechen, also dachte ich, sie will die Dinge auf sich beruhen lassen. Aber Marie meinte, dass Marsha sich bloß nicht einmischen will, sie den Mädels gegenüber aber oft sagen würde, was für Sorgen sie sich um mich und dich macht, und dass sie wünschte, irgendetwas tun zu können, um die Sache wieder ins Lot zu bringen. Und dann meinte Marie, wenn ich noch etwas für Marsha tun will, bevor sie stirbt, dann soll ich dich ausfindig machen, mich wieder mit dir versöhnen und dich überreden, wieder nach Cornwall zu kommen.«

»Wow! All das hat Marie gesagt?«

»Und noch einiges mehr. Sie kann ein ganz schöner Hitzkopf sein, wenn sie erst mal in Fahrt kommt, das sage ich dir.« Er grinste. »Ich bin jetzt bloß hier, weil ich geringfügig weniger Angst davor hatte, möglicherweise von dir in der Luft zerrissen zu werden, als Marie gestehen zu müssen, es gar nicht erst versucht zu haben.«

»Ist sie immer noch so oft im Stall? Und ist Kate noch da? Und Simon?«

Plötzlich war da so viel, was ich über sie alle wissen wollte, und ich bombardierte Adam nur so mit Fragen, was auch half, der wichtigsten Frage auszuweichen: Falls ich nach Cornwall zurückkehren würde, wäre es als Single oder als Teil eines Paares?

Wir tranken noch zwei weitere Kaffees und aßen ein paar süße Teilchen, während wir uns gegenseitig von unserem Leben erzählten. Um uns herum sammelten Bedienungen schmutziges Geschirr ein, Putzkräfte wischten den Boden und Reisende kamen und gingen, trafen sich mit jemandem oder verabschiedeten sich – und sie alle hatten keine Ahnung, dass sie sich an diesem Nachmittag in der Gegenwart der glücklichsten Frau der Welt befanden, die sich lebhaft mit dem Menschen unterhielt, von dem sie hoffte, dass er der glücklichste Mann der Welt war.

Es gab so viel zu bereden, dass wir ständig von einem Thema zum anderen sprangen und dann wieder zu einem früheren zurückkamen, das noch nicht abgeschlossen war. Meine Beschreibungen von Stace, Em und Don brachten ihn zum Lachen, was mir einen erfreuten Schauder den Rücken hinunter bescherte, und er informierte mich über alles, was in Cornwall passiert war. Bald war es später Nachmittag.

»Ich sollte gehen«, sagte ich. »Bevor alle das Büro verlassen – sonst sieht mich vielleicht noch jemand. Es ist zwar nicht der spannendste Job der Welt, aber davon bezahle ich meine Rechnungen.«

»Wann kann ich dich wiedersehen? Es gibt noch so viel, worüber ich mit dir reden will. Und wir haben noch gar nicht darüber gesprochen, ob du Marsha besuchen kommst.«

Ich zögerte. Wäre es zu aufdringlich, ihm vorzuschlagen, dass wir uns heute Abend noch mal sehen? Würde es zu verzweifelt rüberkommen?

»Ich hätte heute Abend Zeit«, sagte Adam genau in dem Moment, als ich darüber nachdachte. »Es sei denn, du hast schon was vor …?«

»Nein, nein, das wäre toll. Warum kommst du nicht einfach bei mir vorbei? Wir könnten was essen und uns weiter unterhalten. Du weißt ja schon, wo ich wohne. Außer es ist dir zu weit? Ich weiß ja nicht mal, wo du wohnst.«

»Ich habe Chris' Rat angenommen und bin umgezogen. Ich wohne jetzt in einer besseren Besenkammer in Shepherd's Bush«, sagte er. »Aber ich komme gern zu dir, kein Problem.«

»Behältst du deine Ledermontur an?«, fragte ich schmunzelnd. »Sie ist sehr … ähm … kleidsam!« Was stimmte. Die Lederhose und die weiche, enge Jacke schmiegten sich an seinen Körper, und er sah darin schlank und irgendwie verrucht aus.

Er lachte. »Ich wollte eigentlich mit dem Auto fahren. Das Motorrad benutze ich nur, wenn ich in der Innenstadt unterwegs bin, damit ich besser von einem Auftrag zum anderen komme. Aber ich kann trotzdem die Ledermontur anbehalten, wenn du willst!«

Sein Gesichtsausdruck war so anzüglich, dass ich kichern musste und rot wurde. »Wie du willst«, sagte ich schließlich.

»Und soll ich dir diesmal Schokolade liefern?«

»Unbedingt! *Milk Tray* ist meine Lieblingsschokolade.«

16. Kapitel

Wie in Trance fuhr ich zur Victoria Station und stieg dort um in die Bahn nach Hause. Innerhalb weniger Stunden hatte sich alles verändert. Das Einzige, was wir gar nicht erwähnt hatten, war meine Scheidung, und ich hatte Adam auch nichts davon erzählt, dass Will wieder auf der Bildfläche erschienen war. Das war auch nicht nötig gewesen, denn ich wusste jetzt genau, was ich tun würde: Ich würde Will sagen, dass ich nicht mehr zu ihm zurückkommen und dass ich die Scheidung durchziehen würde. Will hatte sich nicht verändert, dessen war ich mir jetzt sicher. Er war noch immer ein Wolf im Wolfspelz. Trotz seiner beflissenen Aufmerksamkeit die letzten paar Wochen hatte ich mit Adam an nur einem Nachmittag eine bedeutungsvollere Unterhaltung und einen ehrlicheren und warmherzigeren Austausch gehabt. Auch wenn die Sache mit Adam nicht weitergehen sollte, konnte ich mit dem Wissen, dass ich für einen anderen Mann so viel mehr empfand als für Will, unmöglich zu ihm zurückkehren.

Ich war so beschäftigt, über all das nachzudenken, dass ich beinahe meine Haltestelle verpasst hätte, doch sobald ich zu Hause angekommen war, lief ich auf Hochtouren. Ich bereitete eine schnelle Bolognese vor, die ich später mit Nudeln servieren könnte, stellte eine Flasche Wein in den Kühlschrank und holte Brot aus dem Gefrierschrank, damit es auftauen konnte, während ich mich meinem Aussehen widmete. Ein duftendes Bad und eine gründliche Haarwäsche schadeten sicher nicht, gefolgt von der schwierigen Entscheidung, ob ich meine Haare zusammenbinden oder offen tragen sollte, wie leger die Klamotten sein sollten, und der Frage, welchen Eindruck meine Wohnung von mir vermitteln würde. Immerhin war dies das erste Mal, dass Adam mich in meinem normalen Umfeld sehen würde.

Wenn es jemals einen Moment gegeben hatte, in dem ich den abgeklärten Rat der Mädels gebraucht hätte, dann jetzt. Um zehn vor sieben tigerte ich schließlich in einer legeren schwarzen Hose, einem scharlachroten Pulli mit großem, weitem Kragen und mit locker nach oben gesteckten Haaren in meiner Wohnung umher.

Adam tauchte pünktlich um sieben auf, mit Schokolade *und* Blumen, aber ohne seine Ledermontur. »Drinnen wird's mir darin zu warm«, sagte er entschuldigend. Stattdessen hatte auch er sich für eine legere Aufmachung entschieden. Er trug Cordhose und Hemd, und sein Haar, das nicht mehr ganz so kurz war wie im Sommer, ging ihm gerade bis zum Kragen.

Er folgte mir in die Küche und machte den Wein auf, während ich die Blumen ins Wasser stellte. Sarah hatte recht; sie waren wunderschön, und es waren so viele, dass ich alle Vasen brauchte, die ich besaß.

»Deine Wohnung ist viel schöner, als du sie mir im Sommer beschrieben hast«, sagte er und sah sich anerkennend um.

»Das liegt daran, dass ich alles verändert habe, nachdem ich zurück war. Neuanfang und so. Und außerdem war ich damit wenigstens beschäftigt.«

Wir gingen mit unseren Gläsern ins Wohnzimmer, aber keiner von uns beiden dachte ans Trinken. Behutsam nahm mir Adam mein Glas ab und stellte es neben seins. Dann nahm er mich zärtlich in die Arme und küsste mich. *Himmlisch!*

Ich hatte ihm gerade die Arme um den Hals gelegt und wollte ihn enger an mich ziehen, als es ungeduldig an der Tür klopfte. Widerwillig löste ich mich von ihm. »Lauf nicht weg«, hauchte ich.

Mir rutschte das Herz in die Hose, als ich die Tür aufmachte und Will im Flur stand.

»Tut mir leid, dass ich nicht unten geklingelt habe – ich bin mit Dave von oben reingekommen. Ich weiß, dass du heute einen ruhigen Abend zu Hause verbringen möchtest, also will ich dich auch nicht lange stören. Ich wollte bloß, dass du dir das kurz anschaust …«

Bevor ich noch irgendetwas sagen konnte, spazierte er auch schon ins Wohnzimmer durch und blieb abrupt stehen, als er Adam erblickte, der nun sein Glas in der Hand hielt.

»Oh, tut mir leid«, sagte Will. »Ich wusste nicht, dass du Besuch hast.«

»Das wusste ich vorhin auch noch nicht«, sagte ich, ohne das gefährliche Funkeln in Wills Augen zu übersehen. »Will, das ist Adam, ein Freund, den ich im Sommerurlaub kennengelernt habe. Wir sind uns heute zufällig über den Weg gelaufen. Adam, das ist mein Ex-Mann, Will.«

»Na ja, genau genommen noch immer ihr Ehemann – bis zum Ex sind wir noch nicht gekommen«, sagte Will. Er legte einen Stapel Papiere auf dem Wohnzimmertisch ab und streckte Adam die Hand entgegen. Ihm musste klar sein, dass Adam die ›Affäre‹ war, von der ich ihm erzählt hatte. »Schön, Sie kennenzulernen.«

»Hallo. Allie hat mir viel von Ihnen erzählt«, sagte Adam mit ruhiger Stimme und ohne mich anzusehen.

Will sah sich im Zimmer um, bemerkte die Blumen, die Schokolade und den Wein, aber ich war entschlossen, ihm nichts zu trinken anzubieten.

»Ich dachte, wir würden uns Freitag unterhalten«, sagte ich demonstrativ.

»Das machen wir auch«, meinte er und schenkte mir sein unwiderstehlichstes Lächeln, »aber ich bin heute zufällig auf diese äußerst attraktiven Immobilien gestoßen, und ich dachte, dass sie dich interessieren könnten. Und weil du ja heute Abend eigentlich die Füße hochlegen wolltest, dachte ich mir, du könntest sie dir schon mal ansehen.« Er legte mir die Hand leicht auf die Schulter, bevor er sich wieder an Adam wandte. »Ich nehme an, Allie hat Ihnen gesagt, dass wir noch mal einen Neuanfang wagen.«

»Das stimmt überhaupt nicht!«, sagte ich hitzig, bevor Adam etwas erwidern konnte, und schüttelte Wills Hand ab.

»Ach, komm schon, Schatz, guten Freunden können wir doch von unseren Plänen erzählen. Und so gut, wie wir uns die letzten Wochen wieder verstanden haben, wirst du mich doch jetzt nicht enttäuschen, oder?«

»Will, das ist jetzt wirklich weder der richtige Zeitpunkt noch der rechte Ort!«, sagte ich mit zusammengebissenen Zähnen. Warum nur hatte ich Adam heute Nachmittag nichts davon erklärt?

»Nein, du hast recht«, sagte Will, seine kohlrabenschwarzen Augen waren dunkler denn je und vollkommen unergründlich. »Verzeih. Ich bin sicher, ihr beide wollt jede Menge Urlaubsfotos austauschen oder was auch immer. Dann lasse ich euch mal allein. War nett, Sie kennenzulernen … Adam, nicht wahr?«

Wie konnte man nur so herablassend sein! Bevor ich

ihm in den Flur folgen konnte, um ihm meine Meinung zu geigen, war er auch schon wieder aus der Wohnung marschiert.

Ich machte die Wohnzimmertür hinter ihm zu und lehnte mich dagegen, schloss die Augen und nahm einen großen Schluck Wein, bevor ich die Augen wieder öffnete und Adam ansah.

»Es ist überhaupt nicht so, wie er es darstellt«, fing ich an. »Er und Lauren haben sich getrennt – na ja, anscheinend hat er sie verlassen. Und seit Wochen bemüht er sich jetzt darum, dass wir wieder zusammenkommen, aber ich war nicht überzeugt – ich hab ihm nur gesagt, dass ich es mir überlegen würde. Aber ich hatte mich schon, *bevor* ich dich heute getroffen habe, entschieden, dass ich ihm am Freitag sagen werde, dass es einfach nicht funktioniert …«, quasselte ich drauflos. Ich konnte gar nicht aufhören. Während Adam, der genauso unergründlich wirkte wie Will zuvor, keinerlei Reaktion zeigte.

»Das geht mich wirklich nichts an«, sagte er schließlich, »aber wenn er jetzt schon auf Immobiliensuche für euch geht, scheint die Botschaft noch nicht so ganz bei ihm angekommen zu sein, oder? Übrigens hat er sein Handy liegen gelassen.«

Es lag tatsächlich auf dem Wohnzimmertisch, oben auf den Unterlagen, die er dagelassen hatte. Da Wills Handy eigentlich an seiner Hand festgewachsen war, musste er aufgewühlter gewesen sein, als er sich hatte anmerken lassen. Gerade als ich das Handy ungeduldig an mich nehmen wollte, klingelte es unten an der Tür.

»Das wird er sein«, sagte ich. »Hätte mich auch gewundert, wenn er es nicht sofort vermisst hätte.«

Am liebsten hätte ich es in der Hoffnung, dass es ihn an einer sensiblen Körperstelle traf, einfach aus dem Fenster geworfen, aber ich konnte mich gerade noch beherrschen, und so betätigte ich den Türöffner, um ihn reinzulassen.

»Das tut mir leid«, sagte ich zu Adam, als Will bereits an die Tür klopfte.

Doch dort auf der Stufe stand gar nicht Will. Es war ein grauhaariger Mann mit einem kurzen, aber struppigen Bart, den ich auf Ende fünfzig schätzte. Das war wie bei *Noel's House Party,* wo jeden Samstag wieder ganz überraschend verschiedene Prominente vor der Tür standen!

»Allie?«, sagte der Mann.

Ich spähte in das etwas düstere Licht des Flurs und machte erstaunt einen Schritt zurück.

»Dad?«

Ich konnte es nicht glauben! Mein Vater – hier vor meiner Tür, vollkommen unerwartet nach wer weiß wie langer Zeit.

Ich war so perplex, dass ich mich bloß wiederholen konnte: »Dad?«

Sein Haar war viel grauer als bei unserem letzten Treffen, aber das war ja auch schon einige Jahre her – ich konnte gar nicht sagen, wie lange genau. Damals hatte er noch längere Haare gehabt und noch keinen Bart getragen (der nicht unbedingt eine Verbesserung darstellte), weswegen ich ihn nicht sofort erkannt hatte. Sein Gesicht war schmaler, doch trotz des Bartes war sein zaghaftes Lächeln noch immer dasselbe.

Er hatte den Kopf leicht zur Seite geneigt und streckte schüchtern die Arme nach mir aus. »Ich weiß, es ist lange her, aber willst du deinen alten Mann nicht erst mal umarmen?«

Wie benommen ging ich auf ihn zu, unsicher, ob ich diesen Mann, der zwar so eng mit mir verwandt war, mir aber dennoch so fremd vorkam, wirklich umarmen wollte. Wir küssten uns auf die Wangen, wie man es in Frankreich so macht, bevor ich mich wieder von ihm löste.

»Stimmt irgendwas nicht? Hast du Probleme? Ist irgendwas passiert?«

Verschiedene Szenarios spukten mir in Lichtgeschwindigkeit durch den Kopf. Er musste in schrecklichen Schwierigkeiten stecken, wenn er hier so unerwartet auftauchte. Vielleicht war der Bart ja dem Versuch geschuldet, nicht erkannt zu werden – immerhin hatte es bei mir beinahe funktioniert!

»Alles in Ordnung, alles gut«, sagte er schnell. »Ich wollte dich einfach sehen, aus einer Laune heraus, weißt du?«

»Aber warum hast du mir denn nicht gesagt, dass du kommst? Ich hätte doch auch gar nicht da sein können …«

»Ich wollte dich ja anrufen, aber anscheinend stehst du nicht mehr im Telefonbuch«, meinte er. »Und heute war ich zu sehr mit der Anreise beschäftigt, um es noch einmal zu versuchen, also habe ich einfach auf mein Glück vertraut.«

Plötzlich wurde mir bewusst, dass wir noch immer an der Tür standen. »Komm rein, komm rein, ich mach uns Kaffee, und du bekommst was zu essen«, sagte ich, als wäre er direkt vom Himalaya hergewandert, und führte ihn über den Flur zum Wohnzimmer. Meine Gedanken drehten sich im Kreis. Ich hatte fast vergessen, dass Adam noch da war.

»Adam, das ist mein Vater. Dad, das ist Adam, ein Freund, den ich diesen Sommer in Cornwall kennengelernt habe«, sagte ich und wiederholte damit fast die gleichen Worte von kurz vorher. Offenbar sollte Adam heute Abend gleich alle Menschen kennenlernen, mit denen mich eine schwierige Beziehung verband. Jetzt müsste nur noch Juliet mit Philip im Schlepptau auftauchen, um die fröhliche Runde perfekt zu machen.

»Dad ist gerade aus Frankreich gekommen, um mich zu besuchen«, erklärte ich, als mache er das ständig, während ich versuchte, mich zu erinnern, wie viel von meinem familiären Hintergrund ich Adam gegenüber preisgegeben hatte. Wahrscheinlich das meiste davon.

Adam war aufgestanden, um meinen Vater zu begrüßen. Dann sagte er: »Vielleicht gehe ich jetzt besser. Ihr beide werdet sicher viel zu bereden haben.«

Hm. Offensichtlich hatte ich ihm alles erzählt.

»Oh nein! Bleib doch!«, rief ich. »Du bist doch gerade erst gekommen, und wir haben noch gar nicht gegessen. Es ist genug für drei …«

»Nein, wirklich. Wahrscheinlich taucht Will auch jeden Moment wieder hier auf, um sein Handy zu holen, und dann sind wir auf jeden Fall zu viele.« Er nahm das Handy an sich. »Weißt du was? Ich kann es ihm doch eigentlich auch bringen. Dann muss er nicht noch mal extra herkommen, und du bist es los. Wo wohnt er denn?«

Ich stöhnte innerlich. Das wurde ja immer schlimmer. Was war bloß aus meinem erhofften romantischen Abend mit Adam geworden, bei dem all unsere frühere Leidenschaft wieder hätte aufflammen sollen? (Ich gebe zu, dass ich sogar mein Bett frisch bezogen hatte. Okay, am Anfang dieser Geschichte habe ich über die Vorstellung, gleich mit jemandem ins Bett zu springen, dem man gerade erst begegnet ist, noch die Nase gerümpft, aber das hier war ja, wie schon gesagt, eine wieder entfachte Leidenschaft. Also etwas total anderes.)

Was war schlimmer? Wenn Adam bei Will vorbeifahren und sich möglicherweise mit ihm über meine angebliche

Absicht, wieder eine Beziehung mit Will einzugehen, unterhalten würde? Oder wenn ich Adams Angebot ablehnen und es dadurch so aussehen würde, als wäre es nicht wahr, dass Will mir nichts mehr bedeutete.

»Es tut mir leid, wenn ich Ihren Abend gestört haben sollte«, sagte mein Vater zu Adam.

Natürlich hast du uns gestört!, wollte ich ihn am liebsten anschnauzen. *Wieso konntest du denn nicht während der ganzen Zeit auftauchen, als ich allein hier in dieser Wohnung gehockt habe und eine Schulter zum Ausheulen gebraucht hätte? Statt ausgerechnet jetzt, wo ich endlich das Gefühl hatte, dass sich das Blatt gerade mal zu meinen Gunsten wendet!*

»Ganz und gar nicht«, sagte Adam. »Wir wollten bloß ein paar Urlaubsfotos austauschen, wenn ich das richtig verstanden habe. Aber das können wir auch ein andermal machen.«

Autsch! … Ich gab klein bei, notierte Wills Adresse auf einem Zettel und reichte ihn Adam. »Aber es liegt nicht gerade auf deinem Weg.«

»Kein Problem. Ich habe viel Zeit.«

War das noch so eine Stichelei? Eigentlich war das gar nicht seine Art, aber ich war mir da nicht mehr sicher. Ich war mir überhaupt bei gar nichts mehr sicher. Ich folgte ihm in den Flur hinaus.

»Es wäre echt kein Problem, wenn du bleiben würdest. Mein Vater ist vielleicht schon bald wieder weg, bei ihm weiß man nie. Wir haben doch noch nicht mal geklärt, wie das jetzt mit Marsha ist … Und, was ich über Will gesagt habe, meine ich ernst, das ist alles bloß seiner Fantasie entsprungen …« Oh Gott, ich klang wirklich armselig. Aber ich wollte, dass er mich wieder küsste und mir sagte, dass alles in Ordnung sei, dass er mir vertraute.

Er schüttelte den Kopf. »Wenn ich mich recht erinnere,

hast du mit deinem Vater jede Menge zu klären. Da wird er bestimmt nicht vor einem komplett Fremden mit dir drüber reden wollen.«

Seine Stimme klang bestimmt, aber verständnisvoll – dachte ich jedenfalls oder ich hoffte es. Er wedelte mit dem Handy. »Ich bring das mal besser zurück, sonst steht dein … äh … Will bald wieder vor deiner Tür. Ich melde mich.«

Und dann war er auch schon die Treppe hinunter und aus der Tür, bevor ich den Mut fassen konnte, ihm hinterherzurufen und nach seiner Telefonnummer zu fragen oder seiner Adresse oder irgendetwas.

Langsam ging ich in die Wohnung zurück. Wie konnte ich an einem Tag derart auf Wolke sieben schweben und dann wieder so hart auf dem Boden der Tatsachen, mit all seinen Problemen, ankommen?

Ich hatte Adam wiedergefunden, oder er mich, aber ich hatte noch immer keine Möglichkeit, ihn zu kontaktieren. Und jetzt musste ich mich dem Problem widmen, vor welches auch immer mein Vater mich stellen würde – denn ein Problem gab es auf jeden Fall, daran bestand kein Zweifel. So impulsiv er auch war, ich machte mir nicht die Illusion, dass er nur aus einer Laune heraus den ganzen Weg hierher auf sich genommen hatte, bloß weil wir uns schon so lange nicht mehr gesehen hatten. Vielleicht hatte sich Yvon in das Maurerdekolleté eines der zahllosen gallischen Handwerker verguckt, die ständig in ihrem Haus ein- und ausgingen. In Anbetracht der Geschichte meines Vaters war es aber wohl wahrscheinlicher, dass er seines französischen Idylls überdrüssig geworden war und sich aus dem Staub gemacht hatte.

Er stand unbeholfen im Wohnzimmer, und mein Herz schmolz ein wenig dahin, als ich ihn so sah. Immerhin war er der Vater, der für einen Großteil meiner schönen Kindheitserinnerungen verantwortlich war, auch wenn er am Ende auch derjenige gewesen war, der sie alle zerschlagen hatte. Außerdem hatte Marsha mich erkennen lassen, dass ich über die letzten Jahre selbst einen wesentlichen Anteil zu unserer Entfremdung beigetragen hatte.

»Ich hätte dich wirklich vorher kontaktieren sollen«, sagte er geradeheraus. »Jetzt hab ich dir den Abend verdorben.«

Ich schüttelte den Kopf. »Hast du nicht. Dafür hat Will vorhin schon gesorgt.«

Er zog fragend die Augenbraue hoch, sagte aber nichts.

»Kaffee, Wein, erst essen oder alles zusammen?«, fragte ich.

»Trinken wir erst mal ein Glas Wein und unterhalten uns«, antwortete er. »Und dann dachte ich, können wir vielleicht irgendwo einen Happen essen gehen – ich lade dich natürlich ein.«

Ich sagte nicht gleich etwas dazu, sondern schenkte ihm ein Glas Wein ein, und dann nahmen wir gegenüber voneinander Platz. Ich wollte erst einmal sehen, wie die Unterhaltung verlief, bevor ich mich auf ein Abendessen in der Öffentlichkeit mit ihm einließ.

»Also, wie läuft's so bei dir, Dad?«

Er lächelte. »An deinem Blick erkenne ich, dass du eigentlich fragen willst: ›Warum bist du hier?‹ Aber bei mir ist alles in Ordnung, du kannst ganz unbesorgt sein. Yvon und den Kindern geht's prima. Ich soll dich ganz lieb grüßen. Ich bin deinetwegen hier.«

»Wegen *mir*? Warum?«

Er nahm einen Schluck Wein und lehnte sich zurück. »Deine Mutter hat mich angerufen, als du in Cornwall verschwunden warst. Sie schien ehrlich beunruhigt.«

»Ich war nicht verschwunden! Ich hatte sie bloß eine Weile nicht angerufen, weil ich ein bisschen Zeit für mich haben wollte!«, sagte ich hitzig. »Juliet kann es einfach nicht haben, wenn meine Ideen nicht in den Schlachtplan passen, den sie für mich für richtig hält!«

»Ich weiß, ich weiß«, sagte er beschwichtigend. »Und anfangs hab ich mir auch keine großen Sorgen gemacht, bis sie mich wieder anrief, um mir mitzuteilen, dass sie dich ›gefunden‹ hat und du eine tolle Zeit mit den Freunden einer Künstlerin hättest, die mit dem großen Stubbs verwandt sei.«

»Oh«, sagte ich. »Das hat sie mir nicht erzählt.«

Mein Vater beugte sich vor, das Glas in beiden Händen, und starrte auf seine Füße.

»Da wurde mir klar, wo genau in Cornwall du sein musstest … und dass die Stubbs-Nachfahrin, die du kennengelernt hattest, wahrscheinlich … Marsha war?«

Er sah mich an, doch ich schwieg.

Er seufzte. »Und ich dachte, dass sich wahrscheinlich eine von euch letztendlich an irgendetwas aus der Vergangenheit erinnern und euch dann klarwürde, wer die jeweils andere ist. Und du vielleicht auch einiges von dem, was damals passiert ist, verstehen würdest. Und das ging mir einfach nicht aus dem Kopf.«

Er nahm einen großen Schluck Wein.

»Bisher sind alle Punkte korrekt«, sagte ich leise.

»Ich musste also die ganze Zeit an euch beide denken«, fuhr er fort, als hätte er mich gar nicht gehört, »und daran, wie ich euch beide im Stich gelassen habe. Marsha vor so langer Zeit und dann dich, meine geliebte Tochter. Ich habe zugelassen, dass sich diese Kluft zwischen uns aufgetan hat, und habe mir eingeredet, dass du das so wolltest. Aber *ich* war der Erwachsene. Ich hätte mich mehr bemühen müssen, mit dir Kontakt zu halten und herauszufinden, was du *wirklich* willst.«

Betreten und reuevoll blickte er mich an. »Ist ein bisschen spät für all die Schuldgefühle, ich weiß. Und wohl auch ein bisschen spät, um es auf eine Art ›männliche Wechseljahre‹ zu schieben, aber emotional gesehen war ich nun mal schon immer ein Spätzünder. Wie dem auch sei, die Schuldgefühle oder die Angst haben die ganzen letzten Wochen an mir genagt. Ich musste dich einfach sehen. Ich wäre ja schon gekommen, als die Sache mit Will in die Brüche ging«, fuhr er fort, »wenn ich das Gefühl gehabt hätte, dass du das möchtest. Aber der Brief, in dem du mir vom Ende eurer Ehe geschrieben hast, war … na ja … er war ein bisschen … abweisend, würde ich sagen.«

Damit hatte er nicht ganz unrecht. Der knappe Brief, den ich ihm geschickt hatte, erinnerte mehr an eine förmliche Bekanntmachung, wie man sie in die Zeitung setzen würde.

Aber als ich noch klein war, hast du meinen Schmerz trotzdem erkannt, wenn ich mir wehgetan, aber nicht geweint habe, wollte ich zu ihm sagen, *und du hast mich trotzdem in den Arm genommen, weil ich so tapfer war.*

Stattdessen sagte ich: »Aber jetzt bist du gekommen.«

Er nahm noch einen Schluck Wein, bevor er antwortete. »Mir dämmerte, dass du, wenn du nach Tremorden fährst, ohne Juliet Genaueres zu sagen, womöglich auf der Suche nach Antworten, nostalgischer Bestärkung oder was auch immer bist. Jedenfalls ging es mir damals so, und irgendwie habe ich das verstanden. Also habe ich Yvon alles erzählt – ich hatte ihr vorher nie wirklich gestanden, wie sehr du mir fehlst –, und sie meinte, ich solle dich gleich besuchen und dir sagen, was ich auf dem

Herzen habe.« Er lachte kurz auf. »Auf Französisch hat es sich gut angehört! Also, hier bin ich.«

Ich nickte. Mir wirbelten so viele Gedanken durch den Kopf.

»Und meine Mutter?«, war die Frage, mit der ich anfing. »Hast du wegen ihr auch ein schlechtes Gewissen?«

Er riss den Kopf hoch. »Was meinst du?«

»Na ja, wenn ich das richtig verstehe, hast du ein schlechtes Gewissen, weil du Marsha verlassen hast. Und du hast Schuldgefühle, weil wir beide unseren Kontakt, gelinde gesagt, etwas haben einschlafen lassen – obwohl ich glaube, dass das nicht allein an dir lag ... Aber als du nicht mehr zu Marsha zurückkonntest, hast du auch Juliet verlassen. Tut dir das heute auch leid?«

Ich war überrascht, wie wütend meine Stimme klang. So viel zu meinem Irrglauben, ich hätte meine Gefühle unter Kontrolle.

»Ich war nicht derjenige, der unsere Ehe beendet hat«, sagte er leise.

»Aber du warst doch derjenige, der gegangen ist!«, rief ich.

»Ich weiß, ich weiß. Aber so klar war das nicht. Hast du schon mal mit Juliet über all das gesprochen?«

Ich schüttelte den Kopf. »Sie weiß nichts von Marsha. Und über eure Trennung hat sie bloß mal gesagt, dass sich Menschen eben verändern oder so was in der Art. Also«, ich lächelte bitter, »kannst du deine Version zuerst loswerden.«

Er nahm die Weinflasche und schenkte uns beiden nach. »Und du kannst entscheiden, was du glauben willst«, sagte er genauso grimmig. »Aber ich bin nicht hergekommen, um dir irgendwelche Märchen aufzutischen. Ich könnte auch weiterhin einfach nichts sagen und dich das glauben lassen, was auch immer dir deine Mutter oder sonst irgendwer erzählt hat.«

Ich schwieg – ein Trick, den ich von Marsha gelernt hatte.

Er holte tief Luft. »Marsha war die Liebe meines Lebens. Die Zeit, die wir zusammen in Cornwall verbracht haben, war etwas ganz Besonderes. Aber ich konnte mir nicht vorstellen, dass es immer so weitergehen würde. Hinter meiner Hippie-Fassade kam dann doch der männliche Ernährer durch, und ich wollte zurück nach London und eine solide Zukunft für uns aufbauen. Ich hatte weder Marshas künstlerisches Talent noch wollte ich mich mein restliches Leben lang von ihr aushalten lassen. Also stritten wir uns, und ich ging. Kaum war ich zurück in London, habe ich Juliet kennengelernt. Sie war das komplette Gegenteil von Marsha – zierlich, raffiniert, witzig, materialistisch und voll und ganz im gesellschaftlichen Leben Londons integriert. Es war leicht, sich von ihr mitreißen zu lassen, um Marsha zu vergessen.«

Was sollte ich dazu sagen? Hatte ich nicht versucht, genau dasselbe zu tun, seit ich wieder aus Cornwall zurück war?

»Dann, ehe wir's uns versahen«, fuhr er fort, »warst du unterwegs. Wir verstanden uns ganz gut – liebten uns in gewisser Weise –, und Juliet war geradezu panisch, dass sie alleine mit einem Baby dasitzen könnte.« Also heirateten wir, und als du dann da warst, waren wir für eine gewisse Zeit auch glücklich. Wir waren beide ganz vernarrt in dich, aber ich denke, letztendlich war es einfach nicht genug. Juliet sehnte sich nach dem Leben, das sie geführt hatte, als sie noch Single war, und sie stellte fest, dass ich doch nicht so aufregend oder so ambitioniert war, wie sie gedacht hatte. Das kann ich ihr aber auch nicht verdenken – sobald du da warst, wurde in mir wieder das Bedürfnis wach, mich aus dem Hamsterrad zu befreien, der Stadt zu entfliehen. Ich wollte das ganze hektische Gesellschaftsleben nicht mehr.«

»Aber ich kann mich nicht erinnern, dass ihr euch gestritten hättet«, sagte ich. »Deswegen war ich ja auch so geschockt, als du uns verlassen hast. Ich hatte überhaupt nichts gemerkt.«

»Nein, es gab keine großen Auseinandersetzungen – zumindest nicht so, dass du es mitbekommen hättest. Wir sind dann irgendwann einfach getrennte Wege gegangen. Juliet ging immer öfter aus, traf sich mit Freunden, während ich mich wieder meinen Vorstellungen von einem unkonventionelleren Leben zuwandte – was sie zur Verzweiflung brachte.«

»Aber sie war es, die eure Ehe beendet hat?«, hakte ich nach.

Man merkte ihm sein Unbehagen an. »Deine Mutter pflegte viele … na ja, auf jeden Fall einige … engere Freundschaften.«

»Du meinst, sie hatte Affären?«, unterbrach ich ihn. »Ist schon okay. Du kannst ehrlich zu mir sein. Ich habe mich seit Anfang dieses Sommers schon mit vielen unangenehmen Wahrheiten konfrontiert. Ich bin es langsam gewohnt, ich kann damit umgehen.«

»Na ja, es gab ein oder zwei, die über die Grenzen einer Freundschaft hinausgingen«, räumte er ein. »Dann eröffnete mir Juliet plötzlich, dass sie die Scheidung will. Sie meinte, ich würde sie davon abhalten, wirklich glücklich zu sein … und dass sie jemand Neuen gefunden hätte … und so weiter. Bis dahin hatte ich gedacht, dass wir einfach weiter nebeneinanderher leben könnten, bis du alt genug wärst, und uns dann vielleicht trennen würden. Von daher kam ihr Wunsch nach einer Trennung auch für mich ein wenig überraschend. Was ziemlich dumm von mir war, wenn ich bedenke, wie wenig wir gemeinsam hatten.«

Ich lachte kurz auf. »Tja, wenigstens ist es ein kleiner Trost, dass ich nicht die Einzige war, für die es überraschend kam! War das der Grund, warum du mit mir nach Cornwall geflohen bist?«

»Ich schätze, schon, ja. Juliet zwang mich, meiner Zukunft ins Auge zu sehen, dabei hatte ich noch nicht mal meine Vergangenheit richtig bewältigt. Ich nahm dich in der versponnenen Hoffnung mit nach Cornwall, dass Marsha und ich wieder zusammenkommen und ich dich mitnehmen könnte, falls sie bereit wäre, dir eine Mutter zu sein. Ich hatte nicht das Gefühl, dass Juliet so begeistert vom Muttersein war, als dass es ihr etwas ausgemacht hätte.«

»Aber so ist es nicht gekommen.«

Er lächelte reuevoll. »Nein, ist es nicht. Ich benahm mich mal wieder wie ein Elefant im Porzellanladen und erwartete, dass Marsha von der Idee genauso begeistert sein würde wie ich, aber sie wollte nichts davon hören. Ich war am Boden zerstört. Und dann, als ich wieder zurückkam, bestand Juliet darauf, dass du bei ihr bleibst. Sie redete die ganze Zeit davon, dass man dich nicht aus deinem gewohnten Umfeld reißen dürfe …«

»Hmm«, sagte ich, »ich glaube, genauso hat sie auch geredet, als sie sich von Dan scheiden ließ.« Ich runzelte die Stirn. »Aber er war doch noch nicht auf dem Plan, als sie sich von dir scheiden lassen wollte, oder?«

»Nein. Da war es ein Kerl namens Philip, aber das verlief im Sande, nachdem wir uns getrennt hatten. Ich vermute, dass seine Frau es herausgefunden hatte oder so was in der Art. Aber ich weiß es nicht genau. Zu dem Zeitpunkt hatte ich mich schon komplett losgesagt und war nach Frankreich gezogen.«

Philip? Wow! Das hatte sie also damit gemeint, dass sie sich noch von früher kannten!

Es wurde Zeit, dass ich meine Ansichten noch einmal komplett überdachte. Seit dem Sommer hatte mein Vater meine Mutter als Schuldtragender meiner verkorksten Kindheit eigentlich abgelöst gehabt, doch jetzt erfuhr ich, dass meine Mutter die größere Missetäterin war – wovon ich bereits während meiner Jugend überzeugt gewesen war, aber aus den falschen Gründen. Damals waren es bloß meine jugendliche Verachtung und die Schwierigkeit, mit ihr zusammenzuleben, die diese Überzeugung geschürt hatten, aber inzwischen wusste ich es besser. Jetzt wurde mir auch klar, dass es in diesem Spiel eigentlich gar keine Schuldtragenden gab, bloß Menschen, die sich gegenseitig unglücklich machten.

»Eigentlich«, sagte mein Vater in meine Gedanken hinein, »hätten wir nie heiraten dürfen. Wir haben einfach nicht zusammengepasst. Das einzig Gute, das dabei herausgekommen ist, bist du, und selbst das habe ich vermasselt.«

Ich seufzte, denn plötzlich war ich all dieser Eingeständnisse von Angst und Irrtum überdrüssig. Ich wusste auch nicht recht, was ich von dieser gefühlsduseligen Unterhaltung mit meinem Vater halten sollte, denn der Mann, an den ich mich erinnerte – auch wenn diese Erinnerung auf Erfahrungen basierte, die bereits Jahre zurücklagen –, hätte alle Nabelschau energisch beiseitegewischt und alle dazu ermutigt, etwas zu unternehmen, um sich abzulenken. Ich musste an einen Fernsehwerbespot denken, in dem es hieß: »In meinem Leben gibt es zwei Männer …« Na ja, im Moment gab es in meinem sogar drei, die allesamt in der Lage waren, mich in ein emotionales Chaos zu stürzen. Ich schwor mir, diese Zahl bis Ende der Woche auf zwei zu reduzieren.

»Lass uns was essen«, schlug ich fröhlich vor, »und dann unterhalten wir uns über andere Dinge. Das ist im Moment alles ein bisschen viel.«

Offensichtlich erleichtert über meinen Vorschlag stand er auf. »Wohin gehen wir?«

Doch ich schüttelte den Kopf. »Ich würde lieber hierbleiben, wenn es dir nichts ausmacht. Ich muss bloß ein paar Nudeln aufsetzen.«

Er schien damit einverstanden zu sein. Er sah sich in Küche und Wohnzimmer um, während ich das Essen zubereitete, und kommentierte meine Bücher- und Musiksammlung, stellte mir jede Menge Fragen über mein Leben und beantwortete meine höflichen Erkundigungen nach meinen Halbgeschwistern in Frankreich. Ich bemühte mich, Interesse am Studienbeginn des Ältesten und den Talenten der vier folgenden Geschwister zu zeigen, doch es fiel mir schwer, nicht daran zu denken, dass dies eigentlich ein romantischer Abend mit Adam hätte sein sollen. Jedes Mal, wenn ich daran dachte, dass ich ihn vielleicht nicht wiedersehen würde, krampfte sich mein Herz zusammen – vor allem wenn ich mir vorstellte, dass Will ihm noch mehr Blödsinn über uns erzählte.

Als ich formlos zwei Teller Bolognese auf den Tisch stellte, kam mir plötzlich ein Gedanke.

»Hast du dir schon eine Unterkunft besorgt?«

Mein Vater versuchte, ganz ungezwungen zu wirken, doch dahinter verbarg sich eine deutliche Verlegenheit.

»Ach, ich dachte mir, ich finde schon noch was vor Ort«, sagte er leichthin. »In Purley wird es ja nicht allzu viele Hotels geben, die gerade aus allen Nähten platzen.«

»In Purley gibt es überhaupt nicht allzu viele Hotels«, sagte ich. Eine Weile aß ich einfach weiter, bevor ich die naheliegende Einladung aussprach. »Ich habe ein Gästezimmer. Du kannst gerne hier übernachten.«

Eigentlich hätte ich ihn gerne darauf hingewiesen, dass sein plötzliches Auftauchen eine zu große Zumutung war, als dass er auch noch hier übernachten könnte. Nur zu gern hätte ich ihm meine Empörung darüber klargemacht, dass er nach so langer Zeit einfach unangekündigt aufgetaucht war. Aber ich war es auch leid, mich mit jedem männlichen Wesen, das über meine Schwelle trat, zu überwerfen – und immerhin war er mein Vater.

»Das ist wirklich nett von dir«, sagte er beinahe förmlich. »Aber ich will dir keine Umstände machen. Ich bin nicht davon ausgegangen, dass du mich bei dir unterbringst.«

Ich lächelte, denn ich wollte nicht noch mehr Hindernisse zwischen uns. »Du würdest mich doch auch aufnehmen, wenn ich plötzlich in Frankreich auftauchen würde. Auch wenn ich vielleicht nicht so großzügig gewesen wäre, wenn ich hier mit meinem leidenschaftlichen Liebhaber wohnen würde!«

Er erwiderte mein Lächeln. »Also … ist Adam …?«

»Bloß jemand, den ich über Marsha kennengelernt habe«, sagte ich schnell und bereute meine unbefangene Bemerkung schon wieder.

Wir schwiegen eine Weile, bevor er sagte: »Und Marsha? Wie geht es ihr?«

Diese Frage hatte ich schon befürchtet. Letztendlich war es wohl das Beste, so offen damit umzugehen, wie Marsha es getan hätte.

»Wie du ja weißt, lebt sie noch immer in Tremorden, und sie ist umgeben von Menschen, denen sie sehr am

Herzen liegt, weil sie zu ihnen allen wie eine Mutter war. Sie verkauft ihre Töpferwaren in den Geschäften vor Ort – die Touristen sind ganz scharf darauf, weil sie so originell und farbenfroh sind. Aber die Einheimischen, oder zumindest einige von ihnen, betrachten sie noch immer ein bisschen argwöhnisch, auch nach all den Jahren. Vielleicht weil sie kein Blatt vor den Mund nimmt, sie ist ihr ganzes Leben lang eine Art Freigeist geblieben – und sie genießt ihren schlechten Ruf ziemlich.«

Er grinste. »Ja, das klingt ganz nach Marsha.«

Ich seufzte. »Aber sie ist krank, Dad, sehr krank. Sie wird auch nicht mehr gesund werden.«

Sein Grinsen erstarb. »Was hat sie?«

Ich erzählte ihm alles. Über Marshas Krankheit und wie ich es herausgefunden hatte, und dass Kate und die anderen sich gut um sie kümmern wollten. Ich erzählte ihm, wie ich sie kennengelernt und wie sie mir geholfen hatte und was sie mir mittlerweile bedeutete. Ich erzählte ihm, dass sie nie geheiratet hatte, und wie sie all ihre überschüssigen Gefühle dadurch sublimierte, dass sie so vielen Menschen mit ihren Problemen half.

Aber ich sagte ihm nichts von Anna. Das war Marshas Geheimnis, und es stand mir nicht zu, es preiszugeben.

Er unterbrach meine Erzählungen immer wieder mit jeder Menge Fragen, doch als ich fertig war, schüttelte er wehmütig den Kopf.

»Wir haben uns damals im Streit getrennt«, sagte er. »Ich habe immer gedacht, dass wir uns eines Tages wiederbegegnen würden und ich alles wiedergutmachen könnte.«

»Tja, falls dich das irgendwie tröstet, ich habe es genauso gemacht«, sagte ich zu ihm. »Adam war vorhin hier, weil sie mich wiedersehen möchte.« Die nächsten Worte waren bereits heraus, bevor ich darüber nachdenken konnte. »Warum fahren wir nicht zusammen runter – und machen beide unseren Frieden mit ihr, solange wir noch die Chance dazu haben?«

Er nahm die Idee bereitwillig auf. »Das würde ich gerne. Aber meinst du, dass sie mich nach all der Zeit überhaupt wiedersehen will, besonders wenn sie so krank ist?«

Ich erinnerte mich daran, dass sie etwas von einer Liste von Menschen gesagt hatte, die sie gerne noch einmal sehen würde. Sicher stand mein Vater auch auf dieser Liste. Vielleicht war das letztendlich die einzige Sache, die ich noch für sie tun konnte.

»Da bin ich mir sicher«, sagte ich voller Überzeugung.

»Wann geht's los?«, fragte er, und seine alte Impulsivität kam wieder durch. »Morgen? Können wir gleich morgen fahren?«

»Warum nicht?«, sagte ich und ließ mich von seiner Energie anstecken. »Ich hab gerade nur eine Aushilfsstelle und mich heute Nachmittag schon krankgemeldet. Ich kann sicher ein paar Tage draus machen. Mehr als rausschmeißen können sie mich ja nicht!«

17. Kapitel

Gleich nach dem Frühstück fuhren wir mit meinem kleinen Wagen los, obwohl es am Abend zuvor noch ziemlich spät geworden war. Und als ich endlich im Bett gelegen hatte, kreisten mir die Ereignisse des Tages noch ewig im Kopf herum. Ich schwankte zwischen ungläubigem Staunen darüber, dass mein Vater da war und wir wieder eine Beziehung zueinander aufbauten, noch größerem Erstaunen darüber, dass auch Adam aufgetaucht war, der Sehnsucht, ihn jetzt bei mir zu haben und mich von ihm in den Arm nehmen zu lassen, und der Angst, dass es Will gelungen sein könnte, Adam davon zu überzeugen, dass meine Zukunft bei ihm, meinem Ex-Mann, lag. Und dann fing alles wieder von vorne an und quälte mich von Neuem, bis ich endlich Schlaf gefunden hatte und das Gedankenkarussell in meinen Träumen weiterging.

Nachdem ich Merrill eine kurze Nachricht hinterlassen hatte, ärgerte ich mich zum ersten Mal, dass ich keinen Anrufbeantworter besaß. Denn falls Adam anrufen sollte, würde ich es nicht einmal erfahren, und vielleicht würde er es nicht allzu oft versuchen. Andererseits könnte er natürlich genauso gut selbst vorhaben, am Wochenende nach Tremorden zu fahren … Und das wäre der perfekte Ort, um alle falschen Vorstellungen auszuräumen, die Will womöglich in ihm geweckt hatte.

Entschlossen richtete ich all meine Hoffnungen auf diesen Ausgang und widmete meine Aufmerksamkeit meinem Vater, der einen Anruf in beeindruckend schnellem Französisch bei Yvon getätigt hatte, inklusive wilder gallischer Gesten, obwohl sie ihn gar nicht sehen konnte, um ihr unsere Pläne mitzuteilen – von denen sie, wie er mir berichtete, begeistert war. Mein Französisch war nicht annähernd gut genug, um alles zu verstehen, doch wenn er ihr wirklich alles über Marsha erzählt hatte, dann stieg sie in meiner Achtung ein paar Stufen höher dafür, dass sie uns für diese Reise ihren Segen gab.

Die erste gute Stunde unserer Fahrt, während der wir uns über die M25 zur M3 durchkämpften, war mein Vater vollauf damit beschäftigt, seiner Verblüffung darüber Ausdruck zu verleihen, wie weit die Tentakel von London mittlerweile ins Umland hinausragten und wie verstopft die Straßen doch waren. Doch als wir den schlimmsten Verkehr schließlich hinter uns gelassen hatten, entspannte er sich und fing an, mir ausführlicher von seinem Leben in Frankreich zu erzählen. Diesmal schenkte ich ihm ein aufmerksameres und offeneres Ohr als am Abend zuvor, denn ich war aufrichtig daran interessiert, unsere neue Nähe zu fördern, und außerdem machte ich mir nicht mehr so viele Gedanken über Adam. Cornwall würde schon seinen Zauber ausüben und alles in Ordnung bringen.

»Ich würde mich freuen, wenn du uns jetzt, wo du dein Leben wieder etwas geordnet hast, wieder öfter besuchen kommen würdest«, sagte mein Vater. »Yvon und ich hätten dich wirklich gern als Teil unserer Familie.«

»Vielleicht«, erwiderte ich und erinnerte mich aufs Neue an das Gefühl, das ich als Jugendliche gehabt hatte, als ich mich in dem französischen Umfeld wie ein Fremdkörper fühlte. »Aber ich müsste erst mal meine Sprachkenntnisse wieder auffrischen. Ich kann jetzt noch weniger als damals mit vierzehn.«

»Na ja, wenn du lang genug bleibst, schnappst du es sicher schnell wieder auf, oder du kommst öfter mal für ein paar Tage vorbei, wenn dir das lieber ist. Für unsere Rasselbande wäre es auch schön, ihre englische Schwester besser kennenzulernen.«

Die langen Gespräche mit Marsha kamen mir wieder in den Sinn. Letzten Endes hatte ich verstanden, dass ich es zumindest genauso versäumt hatte, unserer Entfremdung entgegenzuwirken wie mein Vater. Wie viel Zeit wir bloß verschwendet hatten! Und es wäre wohl noch immer so, wenn ihn nicht schlimme Gewissensbisse befallen und ich nicht etwas darüber gelernt hätte, Friedensangebote anzunehmen.

»Es ist schon komisch«, sagte mein Vater nachdenklich, »aber das Leben, das ich jetzt führe, ist genau so, wie ich es mir mit Marsha vorgestellt hatte. Ich kann wirklich froh sein, dass ich dieses Glück noch mit jemand anderem gefunden habe.«

Was uns wieder auf Marsha brachte.

Je näher wir Cornwall kamen, desto mehr mussten wir beide an sie denken. Es war erst ein paar Monate her, dass ich sie zuletzt gesehen hatte, trotzdem wurde mir bei dem Gedanken an ein Wiedersehen bange. Sie hatte schon so zerbrechlich gewirkt, als ich wegging – wie würde es ihr jetzt wohl gehen? Und falls mich ihr Anblick schockieren sollte, wäre ich in der Lage, es mir nicht anmerken zu lassen?

Außerdem war ich langsam fast genauso nervös über die bevorstehende Begegnung meines Vaters mit Marsha wie er selbst. Was, wenn ich mich getäuscht hatte, und sie ihn gar nicht sehen wollte?

Es war schon fast Abend, als wir schließlich in Tremorden eintrafen. Gwen Jarrett hatte natürlich über Winter geschlossen, also konnten wir dort nicht unterkommen – was schade war, denn Dad hätte ihre komische Art gefallen. Andererseits war es auch gut, denn ich hatte meine überstürzte Abreise damals mit dem vermeintlichen Tod meines Vaters begründet. Da wäre es schwierig, jetzt mit ihm aufzutauchen, wo er so offensichtlich gesund und munter war. Stattdessen kehrten wir im Tremorden House Hotel ein, eine deutlich schickere Adresse, dessen erhabenes Portal sicher nicht oft Touristen in schäbigen kurzen Hosen und T-Shirts empfing. Jetzt schien es das einzige Hotel zu sein, das geöffnet hatte, und man wies uns schnell zwei nebeneinanderliegende Einzelzimmer und einen Tisch zum Abendessen zu.

»Wunderbar! Das geht auf mich!«, rief mein Vater und unterschrieb für einen dreitägigen Aufenthalt. Er hatte bereits verkündet, dass er sich, unabhängig davon, wie die Dinge mit Marsha liefen, ein paar Tage umsehen wollte. Ich fragte mich, wie ich ihn auf den Preisunterschied zwischen englischen und französischen Hotels hinweisen konnte, ohne ihn vor den Kopf zu stoßen. Er hatte gesagt, dass er noch immer als Übersetzer arbeitete und hin und wieder unterrichtete, und ich wusste nicht, was für eine finanzielle Belastung seine Großfamilie darstellte. Doch ich schüttelte den Gedanken ab. Wenn er wirklich nicht die komplette Rechnung übernehmen könnte, würde ich gerne zu gegebener Zeit einspringen.

Sobald ich in meinem Zimmer war, suchte ich Marshas Nummer heraus und wählte sie hastig, bevor die Mischung aus Nervosität und Vorfreude zu stark wurde. Marie nahm schon beim zweiten Klingeln ab.

»Hallo. Hier ist Allie – vom Sommer. Ich bin für ein paar Tage in Tremorden und dachte, ich könnte vielleicht vorbeischauen und Marsha besuchen kommen?« Ich klang schrecklich formell, als wollte ich sie treffen, um mit ihr über einen Versicherungsabschluss zu sprechen.

»Allie? Du bist wieder da!«, kreischte Marie durch die Leitung. »Das ist ja toll! Ja, natürlich will sie dich sehen, du Dummkopf. Wir wollen dich alle sehen!«

Eine Welle der Erleichterung schwappte über mich, als ich ihre begeisterte Stimme hörte, und ich merkte, dass meine Anspannung genauso viel damit zu tun gehabt hatte, dass ich den anderen gegenübertreten würde, wie mit meinem bevorstehenden Wiedersehen mit Marsha. Ich hatte ganz vergessen, wie unvoreingenommen sie alle waren.

Marie redete noch immer: »Sie kann mich nicht hören – ich bin unten am Telefon –, aber sie wird sich so freuen, wenn ich es ihr erzähle. Hat dich Adam also gefunden?«

»Äh … ja …«

»Dann ist er mit dir hier?«

»Äh … nein … Die Sache ist die, ich bin mit meinem Vater hier. Er ist mich überraschend besuchen gekommen. Ähm … ich weiß nicht, wie viel du darüber weißt …«

»Schon okay. Wir wissen alle, was passiert ist. Will er Marsha sehen?«

»Ja. Ich habe ihm vorgeschlagen, dass wir zusammen runterfahren, weil Marsha mal etwas davon gesagt hat, dass sie gerne ein paar Menschen aus ihrer Vergangenheit wiedersehen würde. Aber ich weiß nicht wirklich, ob sie damit auch ihn gemeint hat. Wie geht es ihr, Marie?«

Diesmal zögerte sie.

»Mental ist sie noch immer auf der Höhe, sie wird nur schnell müde, und dann spricht sie etwas schleppend. Aber körperlich … na ja, du wirst merken, dass sie viel geschwächter ist als noch im Sommer. Es gibt gute und schlechte Tage, wie du dir denken kannst …« Sie unterbrach sich und ich konnte mir vorstellen, wie sie sich auf die Unterlippe biss, wie sie es immer tat, wenn sie scharf nachdachte. »Weißt du was? Warum kommt ihr nicht einfach morgen, sagen wir am späten Vormittag, dann hat Marsha genug Zeit, wach zu werden und so. Dann gehst du zuerst zu ihr, damit wir wissen, was für einen Tag sie hat und du vorsichtig vorfühlen kannst. Sag ihr, dass du deinen Vater wiedergesehen hast oder so – dann sagt sie vielleicht, dass sie ihn gerne noch mal sehen würde. Was meinst du?«

Es klang nach einem guten Plan. »Wer ist denn noch hier?«, fragte ich als Nächstes.

»Bloß Kate und ich im Moment, aber Simon wird vermutlich am Wochenende herkommen. Und Adam hoffentlich auch. Habt ihr beide das zwischen euch endlich geklärt?«

Ich lachte trocken. Ich hatte vergessen, wie direkt dieser Haufen sein konnte. »Wir haben den Anfang gemacht, Marie, aber dann ist mein Vater aufgetaucht … und nicht nur er … es wurde ein bisschen kompliziert. Ich weiß nicht, was Adam jetzt macht. Ich erzähl dir morgen mehr, wenn das okay ist.«

Von alldem berichtete ich meinem Vater beim Abendessen im Hotel, wo wir im Restaurant fast die einzigen Gäste waren. Nur ein paar lärmende Damen mittleren Alters, die Angestellte des örtlichen Ärztezentrums waren, hielten eine Art Vorweihnachtsfeier ab.

»Glaubst du, Marsha wird auch solche Probleme haben, dich wiederzuerkennen, wie ich – mit dem Bart?«, fragte ich.

Er lachte und strich sich über das wuchernde Barthaar. »Den Bart haben doch alle männlichen Hippies, die was auf sich hielten, getragen. Ich habe ihn nur abrasiert, um in den Augen deiner Mutter respektabler zu wirken. Allerdings«, fuhr er bedauernd fort, »war er damals noch etwas dichter, und es sah nicht so aus, als hätte ich mir weiße Farbe drübergeschüttet.«

Nach dem Essen tranken wir noch einen Kaffee in der Hotellobby, doch die gemütlichen Sessel vor dem offenen Kamin machten uns ziemlich schnell schläfrig. Als wir auf unsere Zimmer gingen, gab ich ihm einen flüchtigen Kuss auf die Wange. »Gute Nacht, Dad.«

Daraufhin umarmte er mich, und diese simplen Gesten stellten für uns beide eine Rückkehr zu unserer alten Beziehung dar. Diese Nacht verbrachte ich nicht damit, darüber nachzugrübeln, was hätte sein können oder was mich noch erwartete, sondern schlief erleichtert darüber, dass wenigstens eine gestörte Beziehung gekittet war, bald ein.

Am nächsten Morgen machten wir einen Spaziergang durch die Stadt, aber ein bitterkalter Wind ließ uns die Strandpromenade meiden. Wir behielten beide die Zeit im Auge, und als ich uns schließlich zu dem Haus zwischen den Felsen führte, verspürte ich eine gewisse Erleichterung.

Marie erwartete uns bereits und begrüßte meinen Vater wie einen alten Bekannten und nicht, als würde sie ihn nur vom Hörensagen kennen. Dann schlang sie die Arme um mich, ohne jedes Zeichen des Vorwurfs darüber, dass ich einfach verschwunden war, ohne mich zu verabschieden.

»Kate ist noch oben bei Marsha, aber sie wird gleich da sein.«

Der Raum, in dem sich Marshas Werkstatt befunden hatte, war in einen gemütlichen Wohnbereich verwandelt worden, mit Sofas und abgewetzten Sesseln, einem Fernseher und einer Hi-Fi-Anlage. Dort, wo der Brennofen und die Töpferscheibe gestanden hatten, war nun eine behelfsmäßige Küche.

»So haben wir ein zweites Wohnzimmer, wenn wir alle auf einmal hier sind, denn manchmal werden wir Marsha sonst ein bisschen zu viel«, erklärte Marie.

»Ihr Bett ist jetzt im alten Wohnzimmer, damit sie uns nicht so leicht entkommt.«

In dem Moment kam Kate die Treppe heruntergepoltert und ins Zimmer geplatzt, genauso rank und schlank und zauberhaft, wie sie auch im Sommer gewesen war.

»Ach, es ist so schön, dich wiederzusehen«, sagte sie, als wir uns umarmten. »Marsha kann es kaum erwarten, also gehst du besser gleich hoch zu ihr, und wir unterhalten uns dann später. Und mach dir keine Sorgen wegen deines Dads«, fuhr sie fort. »Ich löchere ihn inzwischen, was Krankenschwestern in Frankreich so verdienen.«

»Möchtest du, dass ich mit hochkomme?«, erkundigte sich Marie, aber ich schüttelte den Kopf und stieg die Treppe hinauf.

Mein Mut verließ mich ein wenig, als ich zögerlich die Tür aufmachte, doch da hörte ich auch schon Marshas Stimme, die noch fast genauso kräftig war, wie ich sie in Erinnerung hatte.

»Ich kann dir leider nicht entgegenkommen, es dauert zu lange, bis ich dann wieder richtig sitze, also kommst du besser gleich rein.«

Sie saß genau dort am Fenster wie Ende des Sommers, als ich sie verlassen hatte, bloß in einem anderen Sessel. Doch diesmal war sie umgeben von Dingen, die auf ihre Krankheit hindeuteten, darunter auch ein Beatmungsgerät. Ihr Bett weiter hinten im Zimmer war teilweise von einem Rattan-Paravent abgeschirmt. Doch der Raum hatte, trotz des winterlichen Tags, nichts Düsteres an sich. Marshas leuchtende Töpferwaren waren noch immer überall verteilt, sie hatte eine bunte Decke über den Knien, und im Kamin brannte ein Feuer.

Sobald sie mich sah, breitete sie die Arme aus, und ich eilte durchs Zimmer auf sie zu. In ihrer Umarmung lag eine überraschende Kraft, aber ich traute mich nicht, sie so fest zu drücken, wie ich gerne gewollte hätte. Ihr Körper hatte überhaupt keine Substanz mehr. Meine Hände berührten die knochigen Knubbel ihrer Wirbelsäule unterhalb der scharf hervorstehenden Schulterblätter, und als sie sich wieder im Sessel zurücklehnte und ich neben ihr Platz nahm, sah ich, dass die Haut ihrer Unterarme fast durchsichtig war. Wie in einem dieser Kinderbücher über den menschlichen Körper, bei denen man die erste Seite umblätterte und darunter all die leuchtend roten und blauen Blutgefäße sichtbar wurden. Aber auch wenn ihr Körper offensichtlich sehr geschwächt war, erkannte man an ihrem durchdringenden Blick, dass ihr Geist noch immer sprühte.

»Ich bin so froh, dass du gekommen bist«, sagte sie, während sie mit ihrer sehnigen, fleckigen Hand die meine hielt.

»Ich habe dir gar nichts mitgebracht«, stammelte ich, »… Blumen oder so … Ich hab gar nicht dran gedacht …«

»Gut!«, rief sie. »Zu dieser Jahreszeit bekommt man sowieso bloß Chrysanthemen, und die kann ich nicht ausstehen. Das sind Friedhofsblumen, und für die ist es noch zu früh!«

»Wie geht es dir?«, erkundigte ich mich. »Du siehst …« Oh Gott, es war schrecklich, nach Worten zu ringen, die positiv klangen.

»Furchtbar aus!«, sagte sie für mich. »Ich weiß. Von daher ist es nur gut, dass ich mir schon lange nichts mehr aus meinem Aussehen mache und kaum noch Spiegel im Haus habe! Aber ansonsten geht es mir nicht allzu schlecht, die ganzen Medikamente halten mich ziemlich bei Laune.«

»Und die anderen haben mir diesen wunderbaren Sessel besorgt«, fuhr sie fort. »Guck!« Sie drückte ein paar Knöpfe an einer Fernbedienung und die Sessellehne fuhr zurück und wieder hoch, und auch die Fußstütze bewegte sich. »Ich nenne ihn meinen Omasessel!«, rief sie mit ähnlicher Munterkeit wie früher.

Dann beugte sie sich verschwörerisch zu mir vor. »Das Schlimmste ist eigentlich, dass ich nicht mehr rauchen kann, wann ich will. Wegen dieses Dings hier.« Sie zeigte auf das Beatmungsgerät. »Die haben Angst, dass ich uns alle in die Luft sprenge, also darf ich nur hin und wieder unter Kates wachsamem Auge ein Zigarettchen rauchen, wenn sie das Gerät vorher in den Flur geschoben hat.«

Es hatte keinen Sinn, gegen Marshas Beschreibung ihres Erscheinungsbildes zu protestieren. So eine Art von Schmeichelei war einfach nicht ihre Sache.

»Ich wollte mich eigentlich melden … als ich wieder in London war … nachdem ich Zeit hatte, noch mal über alles nachzudenken … Aber irgendwie konnte ich nicht …«

Sie legte auch noch ihre zweite Hand auf meine. »Ich weiß, ich weiß«, sagte sie beruhigend, und es war nicht bloß eine Floskel. Kaum war ich in der Gegenwart dieser Frau, wusste ich, dass sie alles verstand, ausgesprochen oder unausgesprochen. »Es war ein schwieriger Tag für uns beide – und für Adam. Aber jetzt bist du ja hier. Erzähl, was hast du so getrieben? Ich bin so eine Einsiedlerin geworden, dass meine einzige Aufregung darin besteht, andere darüber auszufragen, was sie so machen. Und weil ich krank bin, musst du mich aufheitern!«

Ihre Stimme war noch immer kräftig, aber jeder Satz wurde von heftigen Atemzügen unterbrochen, welche die Haut zwischen ihren Schlüsselbeinen zum Vibrieren brachten. Es war offensichtlich besser, wenn ich das Reden übernahm, und ich brauchte auch keine weitere Aufforderung. Zum dritten Mal in drei Tagen lieferte ich einen Bericht über meine jüngste Vergangenheit ab und passte ihn jedes Mal der Person an, mit der ich gerade sprach. Ich hatte Adam nichts von Will erzählt und meinem Dad nichts von Marshas verlorenem Kind. Diesmal ließ ich die Ankunft meines Vaters unerwähnt.

Marsha schwieg eine Weile, nachdem ich zu Ende erzählt hatte, und starrte vor sich hin.

»Bist du müde?«, fragte ich sie. »Möchtest du dich ausruhen?«

Sie schüttelte den Kopf. »Ich habe bloß darüber nachgedacht, wie anders du jetzt klingst als bei unserem ersten Gespräch im Sommer. Da warst du so verletzt und defensiv, und jetzt sieh dich an. Du klärst Dinge alleine und fängst an, dein Leben wieder in die Hand zu nehmen. Aber«, fuhr sie fort und drehte den Kopf so, dass ich die ganze Kraft ihres eindringlichen Blicks zu spüren bekam, »es gibt noch immer zwei Dinge, die du noch nicht geklärt hast.«

Ich hätte wissen müssen, dass ich mich nicht allzu lange in ihrem Lob sonnen könnte.

»Was«, fragte sie, »wirst du mit Will machen?«

Ich hob entschlossen das Kinn. »Das ist leicht. Sobald ich wieder in London bin, sage ich ihm, dass keine Chance besteht, dass wir wieder zusammenkommen. Mir ist klar geworden, dass ich ihn einfach nicht mehr liebe. Die ganze Zeit, als ich hier in Cornwall war, dachte ich, dass ich das vielleicht noch tue. Und als er dann wieder auftauchte, hatte ich kurz das Gefühl, dass wir das, was wir früher hatten, vielleicht wieder aufleben lassen könnten. Aber jetzt weiß ich, dass es eigentlich schon von vornherein nicht gereicht hat.«

Es für Marsha so in Worte zu fassen, machte es mir noch deutlicher, als es je gewesen war, und wieder überkam mich enorme Erleichterung. Ich hatte mich von Will befreit und von allem, was zwischen uns vorgefallen war.

Einen Moment herrschte Schweigen, das nur von Marshas schwerem Atem unterbrochen wurde.

»Und die zweite Sache«, sagte sie schließlich. »Was ist mit Adam?«

Da wollte ich jetzt nicht mit ihr drüber reden. Wenn es ihr so sehr am Herzen lag, dass wir etwas aus unserer Beziehung machten, wollte ich ihre Hoffnungen nicht zunichtemachen, zumindest nicht, bis ich die Gelegenheit hatte, ihn noch einmal zu sehen und die Sache mit Will klarzustellen.

»Wir hatten nicht wirklich viel Zeit. Ich denke, er kommt dieses Wochenende her.« In Gedanken drückte ich mir selbst die Daumen. Ich holte tief Luft.

»Aber da gibt es noch etwas anderes, worüber ich mit dir sprechen muss.«

Sie hob fragend eine Augenbraue, sagte jedoch nichts.

»Mein Vater ist gestern überraschend bei mir aufgetaucht. Er hatte einen Anfall von Schuldgefühlen mir gegenüber, nachdem er mit meiner Mutter gesprochen hatte, und wollte die Dinge zwischen uns klären. Deshalb hatte ich auch nicht viel Zeit, um mit Adam zu reden.« Ich rasselte die Worte herunter, denn ich wollte alles so schnell wie möglich loswerden.

»Ian? Ian ist in England?«

Ich nickte und sah sie genau an, um ihre Reaktion einordnen zu können. Hatte sich da ein Anflug von Farbe auf ihre eingefallenen Wangen gelegt?

Behutsam fuhr ich fort: »Meine Mutter hat ihm etwas erzählt, wodurch er sich denken konnte, dass wir uns kennengelernt haben, und das hat in ihm das Bedürfnis geweckt, die Dinge zwischen uns allen in Ordnung zu bringen.«

»Du hast ihn mitgebracht …« Es war mehr eine Feststellung als eine Frage.

Ich nickte wieder. »Du hast einmal gesagt, dass es ein paar Leute gibt, die du gerne noch einmal sehen würdest, bevor du … solange du noch die Chance dazu hast … und ich dachte, er wäre vielleicht einer davon. Aber es ist deine Entscheidung«, fügte ich hastig hinzu. »Du musst nichts tun, was du nicht willst.«

Ihre Lippen verzogen sich zu einem ironischen Lächeln, das früher ein schallendes Lachen gewesen wäre. »Wann habe ich je etwas getan, was ich nicht will?«, fragte sie.

Sie schwieg einen Moment, als konzentrierte sie sich darauf, mehr Sauerstoff in ihre verstopften Lungengefäße zu bekommen.

»Habt ihr euch wieder versöhnt?«, fragte sie schließlich.

»Ja«, antwortete ich. »Wir haben gestern Abend viel geredet, und auf der Fahrt hierher. Uns ist beiden klar geworden, dass alles ganz anders hätte laufen können, wenn wir uns nur ein bisschen mehr Mühe gegeben hätten. Und wir sind uns einig, dass wir das in der Zukunft tun wollen. Also, ja, ich habe mich mit ihm versöhnt.«

Sie hatte schreckliche Mühe, tief Luft zu holen, und atmete dann so langsam sie konnte wieder aus. »Dann sollte ich das wohl auch«, sagte sie. »Weiß er denn Bescheid? Wie es mir geht?«, fragte sie als Nächstes, und ich konnte den Schmerz in ihrem Gesicht sehen.

»Ich habe ihm alles erzählt«, versicherte ich ihr. »Alles außer das von Anna. Ich dachte, das wäre nicht richtig, wenn ich ihm von ihr erzählen würde.«

Sie hatte den Kopf gesenkt und den Blick auf ihre verschränkten Hände gerichtet, die über ihren Knien auf der Decke ruhten. »Aber er sollte von seiner Tochter wissen. Ich habe viel darüber nachgedacht, seit du weg warst. Das war einer der Gründe, warum ich dich wiedersehen wollte.« Sie blickte mich an. Ihre saphirblauen Augen waren vom Schmerz getrübt, aber ich wusste nicht, ob es einen körperlichen oder emotionalen Grund hatte. »Ich wollte dich bitten, ihm von Anna zu erzählen, wenn ich nicht mehr bin, damit ihr kleines Leben auch weiterhin jemandem etwas bedeutet …«

»Das kann ich gerne machen, wenn dir das lieber ist«, sagte ich schnell. »Ich wollte dir keinen Kummer bereiten …«

Sie suchte wieder nach meiner Hand und drückte sie fest. »Das hast du nicht, das hast du nicht«, versicherte sie mir. »Und ich möchte Ian wiedersehen. Du hattest recht, er war auf meiner Liste. Es ist bloß … jetzt … mit all dem hier …« Sie zeigte auf die Sauerstoffflasche, die Beatmungsmaske und die Pillen auf dem Tisch und schließlich auf ihren ausgemergelten Körper. Sie setzte ein grimmiges kleines Lächeln auf. »Offenbar bin ich doch eitler, als ich immer behauptet habe!«

»Er hat gesagt, dass du die Liebe seines Lebens warst«, sagte ich leise, weil wieder, typisch Cornwall, die Tränen in meinen Augen brannten. »Er wird dich immer schön finden. Noch dazu«, ich lehnte mich vor und legte meine andere Hand auf ihre, »hat er sich einen Bart wachsen lassen, weil er meint, dass du ihn dann besser wiedererkennst, aber er ist schon ziemlich grau, und wenn seine Haare ein bisschen länger wären, würde er aussehen wie Fagin aus Oliver Twist!«

»Also, jetzt kann ich's ja wirklich kaum noch erwarten«, sagte sie mit einem Anflug ihres alten trockenen Humors.

»Aber es muss nicht gleich jetzt sein, nicht unbedingt heute. Wir sind noch mindestens bis Sonntag da. Du hast genug Zeit, es dir zu überlegen.«

»Nein«, meinte sie und tat ihr Bestes, die Schultern zu straffen. »Es ist Zeit, die Sache anzugehen. Das zu tun, was ich euch allen immer predige. Und ob du's glaubst oder nicht, das ist gerade meine beste Tageszeit. Also schick ihn hoch, aber sag ihm, er soll Tee mitbringen. Wahrscheinlich reden wir uns den Mund fusselig, wenn wir erst mal angefangen haben.«

Ich überbrachte den dreien, die unten warteten, die Nachricht, und drückte meinem Vater aufmunternd den Arm, als ich ihn wie angeordnet mit einem Tablett mit Tee nach oben schickte. Kate bestand darauf, mit ihm zu kommen, um nach ihrer Patientin zu sehen, kam aber schon bald mit der Anweisung wieder nach unten, dass wir einen Spaziergang machen oder andernfalls das Mittagessen vorbereiten sollten.

Sobald mein Vater nach oben gegangen war, hatte Marie mir prüfend ins Gesicht geblickt und mir schweigend eine Tasse Tee gereicht. »Es ist schlimm, wenn man sie eine Weile nicht gesehen hat«, sagte sie, nachdem ich ein paarmal genippt hatte. »Wenn man wie wir jeden Tag mit ihr zusammen ist, dann fallen einem die Veränderungen nicht so auf.«

»Wie lange hat sie noch?«, fragte ich heiser und war dankbar für die Wärme des Getränks.

»Die Ärzte können es nicht sagen. Niemand weiß, ob der Tumor in ihrem Kopf oder der in der Lunge sie zuerst erwischt. Oder ob ihr Herz der Belastung irgendwann nicht mehr standhält, auch wenn sie immer so zäh wie Schuhleder war. Und eine wie Marsha gibt natürlich auch nicht gern zu, wenn es ihr schlechter geht.«

Zu diesem Zeitpunkt war Kate auch wieder zu uns gestoßen, und wir fingen an, gemeinsam eine kräftige Gemüsesuppe fürs Mittagessen zu kochen, was wir in der provisorischen Küche unten taten, damit es nicht so aussähe, als würden wir lauschen.

»Dein Vater ist ein netter Mann«, sagte Kate zu mir.

»Ja«, antwortete ich, »das ist er. Ich war nur leider fast ein ganzes Jahrzehnt unfähig zu unterscheiden, wer ein netter Mann ist und wer nicht.«

»Adam ist einer«, sagte Marie betont.

»Ich weiß«, erwiderte ich.

Beide warteten schweigend ab, genau wie Marsha es getan hätte, bis ich mich genötigt sah, die Stille mit einer Erklärung zu Will und einer Zusammenfassung der Geschehnisse von vorgestern zu füllen. War das tatsächlich erst vor zwei Tagen gewesen?

»Also denkt Adam jetzt wahrscheinlich, dass ich wieder zu Will zurückgehen wollte und mir davor mit ihm noch ein kleines Geschäker für einen Abend genehmigen wollte. Und als er Will das Handy zurückgebracht hat, hat Will bestimmt alles getan, um ihn in diesem Glauben zu bestärken. Und ich hatte nicht mal die Möglichkeit, Adam zu kontaktieren, und kann bloß hoffen, dass er dieses Wochenende auch hierherkommt.«

»Meine Güte, was ist nur los mit euch beiden!?«, rief Marie, knallte das Messer hin, mit dem sie sich gerade über einen Haufen Karotten hermachen wollte, und nahm einen Zettel von der Pinnwand neben dem Küchenschrank. »Hier ist seine Handynummer. Ruf ihn an und sag ihm, dass du hier bist und alles, was du denkst, das er sonst noch wissen sollte. Nimm das Telefon mit in den Flur oder von mir aus ins Bad oder sonst wohin, wenn du nicht willst, dass wir mithören.«

Ich tat widerspruchslos wie mir geheißen und setzte mich unten auf die schmale Treppe. Mein Herz klopfte wie wild, als ich die Nummer wählte, und es war eine ziemliche Enttäuschung, als ich bloß eine sonore Frauenstimme hörte: »Dies ist die Mailbox …«

»Oh. Hi, Adam, hier ist Allie«, sagte ich mit der gekünstelten Stimme, die irgendwie jeder bekommt, wenn man auf eine Mailbox spricht – als würde die Frau mit der sonoren Stimme zuhören und über unsere Befangenheit lachen. »Ähm, ich wollte dir bloß sagen, dass ich Marsha besuchen gefahren bin – mit meinem Vater. Sie reden gerade. Was gut ist, denke ich – na ja, zumindest besser, als wenn sie nicht reden würden …Also … äh … Vielleicht sehen wir uns ja am Wochenende hier oder … Wie dem auch sei, danke, tschüss.«

Danke? Wofür dankte ich ihm denn? Dieses Wort war genau so ein Reflex, wie ›Tschuldigung‹ zu sagen, wenn man von jemandem mit dem Einkaufswagen über den Haufen gefahren wird.

Marie warf gerade Gemüseschalen in den Mülleimer, als ich wieder hereinkam, während Kate alle Zutaten in einen altmodischen Schnellkochtopf schichtete.

»Und?«, fragte Marie. »Hast du mit ihm gesprochen?«

»Er ist nicht rangegangen. Ich hab eine Nachricht hinterlassen«, antwortete ich. »Soll ich uns noch mal Tee machen?«

Kate warf Marie einen schnellen Blick zu, der wohl sagen sollte: *Lass sie erst mal in Ruhe,* und so gingen wir dazu über, Neuigkeiten über Simon und Chris und seine Familie auszutauschen, während wir darauf warteten, dass mein Vater wieder herunterkam.

Nach einer gefühlten Ewigkeit tauchte er mit undurchdringlichem Gesichtsausdruck im Türrahmen auf.

»Alles in Ordnung?«, fragte ich schnell.

»Ja, alles gut«, erwiderte er mit einem kurzen Lächeln. »Ich denke, Marsha könnte jetzt ein Mittagessen vertragen.«

Wir gingen mit heißer Suppe und Brötchen zu ihr hinauf. Beim gemeinsamen Essen führten wir absichtlich heitere Gespräche und taten so, als merkten wir nicht, dass Marsha bloß ein bisschen auf ihrem Teller herumstocherte. Ein oder zwei Mal fing ich einen liebevollen oder auch mal einen schwerer zu definierenden Blick zwischen ihr und meinem Vater auf, und viele ihrer Sätze begannen mit »Weißt du noch, als …?«, aber es war klar zu erkennen, dass Marsha erschöpft war. Also versprachen wir, später wiederzukommen, als Kate uns aus dem Zimmer scheuchte, damit Marsha schlafen konnte.

Das Wiedersehen von Marsha und meinem Vater war nicht thematisiert worden, doch nachdem wir Marie beim Aufräumen geholfen hatten, sagte er leise zu mir: »Gehen wir ein bisschen spazieren?« – und ich wusste, wohin wir gingen.

18. Kapitel

Eine Steinmauer umgab die niedrige alte Kirche, die sich auf dem Hügel oberhalb von Marshas Haus duckte, als sei sie von der beständigen, sie seit Jahrhunderten angreifenden Meeresbrise flachgedrückt worden. Im Schutze dieser Mauer fanden wir das Grab meiner Halbschwester.

Die Ruhestätte des Kindes war gut gewählt, windgeschützt und an einem sonnigen Fleck. Die Stelle wurde von einem einfachen weißen Marmorkreuz markiert, auf dem in einem Kreis in der Mitte ›Anna Stubbs‹ und ihr Geburts- und Todesdatum stand. Keine sentimentalen Worte darüber, dass sie nun ein Engel sei, oder über den Verlust, der ihr Tod für die Frau bedeutete, die sie geboren hatte – welche Worte hätten auch jemals dafür ausgereicht?

Mein Vater hatte auf dem Weg zur Kirche wenig gesprochen, und nun stand er kopfschüttelnd da und sagte immer wieder: »Ich hatte keine Ahnung … keine Ahnung …«

Nach einer Weile setzten wir uns gegenüber vom Grab auf eine Bank hinter der Kirchenmauer.

»Wenn ich doch nur gewusst hätte, dass sie schwanger war, dann wäre ich nie gegangen. Es war sowieso blöd, uns zu trennen. Vermutlich hätten wir einen Kompromiss finden können, wenn wir beide nicht so stur gewesen wären. Und wenn sie es mir gesagt hätte … als wir damals im Sommer hier waren … dann wäre vielleicht alles ganz anders verlaufen. Ich hätte es doch *irgendwie* merken müssen, wie verletzt sie war … aber ich war bloß mit meinen eigenen Gefühlen beschäftigt …«

»Aber wenn es damals anders gelaufen wäre und wir hier in Tremorden bei Marsha geblieben wären, was wäre dann alles nicht geschehen? Zum Beispiel hättest du keines deiner süßen Kinder in Frankreich – und das kannst du dir doch nicht wünschen?«, gab ich zu bedenken und fühlte mich plötzlich um Jahre älter als mein unglückseliger, impulsiver Vater. »Es ist immer leicht, mit dem Wissen von dreißig Jahren später zurückzuschauen und zu denken, wie anders man die Dinge doch hätte angehen sollen.«

»Hättest du es mir je erzählt?«, fragte er.

»Wahrscheinlich. Aber nicht, solange Marsha noch lebt. Ich hielt es nicht für richtig, etwas preiszugeben, was sie so lange für sich behalten hat«, antwortete ich. »Ich weiß, das mit dem Kind zu erfahren war ein ziemlicher Schock für dich, aber bist du trotzdem froh, dass du mit mir hergekommen bist?«

»Natürlich«, sagte er entschieden. »Wir konnten fast sofort wieder miteinander reden wie früher – nach den ersten paar unangenehmen Minuten, in denen wir uns ein bisschen beschnuppert haben. Es ist, als wären all die Jahre, die dazwischen liegen, von uns abgefallen. Ich wünschte bloß, sie wäre nicht so krank – dann hätten wir gemeinsam hierherkommen können …« Er starrte wieder auf das winzige Grab.

»Ich frage mich«, sagte ich ein paar Minuten später, nachdem wir uns ein wenig über Marshas Gesundheitszustand unterhalten hatten, »ob sie ihre letzte Ruhe hier neben Anna finden will.«

Er schüttelte den Kopf. »Nein, das möchte sie nicht. Sie

will verbrannt werden, und ihre Asche soll von den Felsen bei ihrem Haus verstreut werden. Sie hält nicht viel von Beerdigungen. Nur als es um das Kind ging, konnte sie es einfach nicht ertragen, dass sie so endgültig voneinander getrennt sein würden.«

Ich zog überrascht die Augenbraue hoch, was ihn verlegen grinsen ließ.

»Wir waren schon immer gut darin, direkt auf den Punkt zu kommen, und dieser Aspekt unserer Beziehung scheint sich auch überhaupt nicht verändert zu haben. Und, ob du's glaubst oder nicht, genau solche Dinge haben wir schon besprochen, als wir noch richtige Hippies waren – die Freiheit des Geistes und so weiter.«

Wir verließen den Kirchhof und machten uns auf den Weg nach Morwenna Terrace zu dem hohen, schmalen Haus, wo mein Vater mir davon erzählte, wie es war, als er und Marsha noch zusammen mit ihrer Clique dort gewohnt hatten. Offensichtlich war es damals eine aufregende und kreative Zeit gewesen, doch verglichen mit Raves und Ecstasy und der Art von sexuellen Ausschweifungen, die heutzutage gang und gäbe waren, schien es eine Zeit der Unschuld und Naivität gewesen zu sein. Es wurde bereits dunkel, als wir uns auf den Weg zurück zu Marsha machten.

»Adam hat angerufen«, sagte Kate, als wir unsere Mäntel und Schals ablegten. »Er hat deine Nachricht abgehört, aber er sagt, er steckt gerade mitten in einem Auftrag und schafft es vor Samstagnachmittag nicht hierher.«

»Oh«, sagte ich und versuchte, mir nichts anmerken zu lassen. »Hat er gesagt … hat er noch was gesagt?«

»Die Verbindung war ziemlich schlecht«, antwortete sie. »Es gab immer wieder Unterbrechungen, aber ich glaube, er hat irgendwas von ›verdammt schwer zu erreichen‹ gesagt, aber ich weiß nicht, ob er damit sich selbst meinte oder dich.«

Auch Simon und Chris hatten sich gemeldet. Anscheinend war es üblich, dass sie sich donnerstagnachmittags meldeten und die Mädels wissen ließen, mit wem sie fürs Wochenende rechnen konnten. Simon hatte sowieso vorgehabt, am Freitag zu kommen, und erfreulicherweise disponierte Chris, nachdem er gehört hatte, dass ich zurück war, um, und nahm sich ebenfalls ein paar Tage Zeit.

Ich freute mich, dass sie beide schon am nächsten Tag ankommen würden, denn es half, die Wartezeit bis Samstagnachmittag erträglicher zu machen.

Wir verbrachten einen gemütlichen Abend zusammen in Marshas neuem Schlaf- und Wohnzimmer und sahen uns Familienfotos meines Vaters an, von denen ich gar nicht gewusst hatte, dass er sie mitgebracht hatte. Yvon wirkte pummeliger und unscheinbarer, als ich sie in Erinnerung hatte, worüber Marsha sicher erfreut war, und seine Kinder strahlten irgendetwas zwischen linkischer Pubertät und gesunder Jugendlichkeit aus.

»Man sieht ihnen an, dass sie Franzosen sind, oder?«, sagte Marie in ihrer direkten Art.

»Wie denn?«, wollte Kate wissen.

»Die Frisuren«, antwortete Marie sofort, »und die olivfarbene Haut. Ich wette, sie bekommen nie einen Sonnenbrand wie wir, sie werden bloß dunkler – und in T-Shirts und kurzen Hosen sehen sie nie so schlimm aus wie wir.«

Mein Vater lachte. »Wisst ihr, ich lebe jetzt schon seit vielen Jahren in Frankreich, und alle unsere Kinder sind dort geboren und haben eine französische Mutter, und doch heißen wir in unserem Dorf immer noch ›die Engländer‹. Von daher wären sie sicher hocherfreut zu hören, dass sie so französisch aussehen!«

Marsha schickte Kate in ihr altes Schlafzimmer, um eine große Kiste zu holen, die ganz hinten im Schrank verstaut war. Sie enthielt mehrere Fotoalben von Marsha und meinem Vater in ihrer Hippiezeit. Mein Vater jauchzte vor Freude und verdrehte mit Marsha zusammen die Augen, als wir drei Mädels uns über ihre ungeheuerlichen Klamotten und Frisuren lustig machten.

»Ich möchte euch darauf hinweisen, dass wir damit absolut im Trend lagen«, sagte Marsha und versuchte beleidigt zu klingen, während wir über die Schlaghosen und Batikwesten, die wilden Haare und die langen Bärte biblischen Ausmaßes der Männer kicherten.

Auch wenn Marsha in manchen Momenten sehr lebhaft wirkte, fiel mir immer wieder auf, dass sie zwar bei uns war, aber gleichzeitig auch weit weg. Hin und wieder raunte ihr Kate ein »Alles okay?« zu, worauf sie mit einem raschen Nicken und einem leichten Lächeln antwortete, als teilten sie beide ein Geheimnis miteinander.

Letztendlich wurde mir klar, dass es Einsamkeit war, die sich wie eine Decke über sie legte. Die Einsamkeit eines Menschen, der gegen etwas kämpfte, an dem keiner von uns wirklich teilhaben konnte, ganz gleich wie sehr wir sie mit Liebe und Fürsorge überhäuften. Ich hatte noch nie zuvor jemanden gekannt, der nicht mehr lange zu leben hatte, und hatte noch nicht recht verstanden, dass wir unserem Tod letzten Endes ganz alleine entgegentreten mussten.

»Ist in der Kiste noch mehr drin, Marsha?«, fragte ich in aufmunterndem Ton, um meine Verzweiflung zu verbergen.

»Nur noch eine Sache«, sagte sie und holte ein kleines silbrig-weißes Büchlein heraus, das aussah wie ein Hochzeitsalbum. Einen Moment zögerte sie, und auf ihre Wangenknochen legte sich ein feiner roter Schimmer.

»Das habe ich noch nie jemandem gezeigt, aber heute scheint es mir angebracht. Das sind alle Fotos – weniger, als ich gerne hätte – von meiner …«, sie lächelte meinen Vater an, »… von *unserer* Tochter.«

Sie hielt ihm das Buch hin, und er nahm es zögernd entgegen. Marie stand auf.

»Das ist jetzt wohl der Augenblick, in dem wir euch drei allein lassen sollten. Wir sehen uns die Bilder ein andermal an, wenn wir dürfen. Komm, Kate, wir holen inzwischen etwas zu trinken.«

Wir drängten uns dicht um Marshas Sessel, während mein Vater die Seiten umblätterte. Es war nicht nötig, etwas zu sagen, bloß um Marsha zu schmeicheln; Anna war wirklich ein schönes Baby gewesen. Jedes Foto wurde begleitet von ein paar kurzen Details, Daten und Kommentaren über ihre Entwicklung.

»Ich wollte alles protokollieren«, erklärte Marsha meinem Vater, »nicht nur, weil sie mein erstes Kind war und ich ganz vernarrt in sie war, sondern ich glaube, weil ich irgendwie schon immer gewusst habe, dass ich es dir eines Tages zeigen könnte.«

Er betrachtete jedes Bild aufmerksam. »Sie ähnelt dir als Baby, Allie. Es kommt mir vor, als hätte ich dasselbe Kind vor mir.« Er wandte sich an Marsha. »Ich kann mir vorstellen, wie sehr dich das getroffen haben muss, als wir nach Jahren bei dir auftauchten.«

Marsha nickte. »Ich konnte nur noch Anna sehen, nicht Allie – es war so schmerzvoll damals.«

Sie lächelte mich an. Es war dasselbe Lächeln wie Anfang des Sommers, als wir uns kennengelernt hatten und sie mir ihre Freundschaft angeboten hatte. »Aber ich bin sehr froh, dass ich die Chance bekommen habe zu sehen, wie sie als junge Frau gewesen wäre.«

Da kamen Kate und Marie mit heißen Getränken für alle zurück, doch an diesem Abend wurde das Album nicht wieder aufgeschlagen. Zu viele Emotionen waren damit verbunden, und so verabschiedeten wir uns kurze Zeit später, damit Kate Marsha mit den mühsamen Vorbereitungen für die Nacht helfen konnte.

Als wir am Freitagmorgen wiederkamen, schien niemand da zu sein. Die Terrassentür war unversperrt, wie immer tagsüber, doch die ehemalige Werkstatt war leer, auch wenn noch Frühstücksgeschirr auf dem Abtropfgitter stand.

»Hallo!«, rief ich laut. Ich zögerte hinaufzugehen, denn ich wollte in keinem privaten Moment stören. Ein paar Sekunden später erschien Kates Kopf oben an der Treppe.

»Hi!«, rief sie. »Wir sind ein bisschen durch den Wind heute Morgen. Marsha fühlt sich nicht so gut, und Marie ist kurz zur Apotheke. Ich bin noch eine Weile hier oben beschäftigt, macht es euch einfach bequem.«

»Kann ich irgendwas tun? Brauchst du Hilfe?«, erkundigte ich mich, obwohl mir vollkommen klar war, dass ich als Pflegerin am Krankenbett hoffnungslos nutzlos wäre.

»Nein, wir kommen schon klar, danke. Aber du könntest Wasser aufsetzen«, bekam ich zu meiner großen Erleichterung als Antwort.

Wir wuschen und trockneten das restliche Geschirr ab und räumten alles weg, ohne uns groß dabei zu unterhalten. Wir waren beide froh, etwas zu tun zu haben, während wir innerlich unserer Sorge nachhingen. Schließlich kam Kate zu uns herunter. Sie hatte zwar ihr professionelles, beruhigendes Lächeln aufgesetzt, doch um die Augen herum wirkte sie angespannt, als sie den Kaffee entgegennahm, den ich ihr anbot.

»Möchte Marsha auch einen?«, fragte ich Kate, doch sie schüttelte den Kopf.

»Ich bringe ihr nachher etwas hoch«, sagte sie. »Das morgendliche Waschen hat sie heute sehr erschöpft, also lasse ich sie noch mal ein bisschen schlafen.«

Dann erzählte sie uns, dass sie in der Früh den Arzt rufen mussten, weil Marsha sich ausgesprochen unwohl gefühlt hatte.

Mein Vater und ich tauschten schuldbewusste Blicke aus. »Glaubst du, das war vielleicht alles ein bisschen viel für sie gestern?«, fragte er Kate.

Doch sie schüttelte entschieden den Kopf. »Wie kann man bei jemandem, der nicht mehr lange zu leben hat, sagen, dass irgendetwas zu viel ist? Euch beide wiederzusehen hat ihr bestimmt mehr innere Zufriedenheit gebracht als beliebig viele ›Extratage‹, an denen sie in ihrem Sessel sitzt und das Gefühl hat, dass da noch Dinge ungeklärt sind … Wie dem auch sei«, fuhr sie fort. »Sie hat den Arzt kommen lassen, weil sie am Ende zugeben musste, dass die Schmerzen schlimmer geworden sind. Er wollte ihr eine Morphium-Infusion geben, aber ihr wisst ja, wie sie ist! Sie hat ihm gesagt, dass sie erst mal nur stärkere Tabletten will, weil sie das Wochenende das Haus voller Gäste hat und ihr eine Infusion da nur im Weg rumsteht! Ich weiß zwar nicht, was sie vorhat, aber weder ich noch der Arzt haben gewagt, ihr zu widersprechen! Sie meinte, er soll am Montag wiederkommen und dann würden wir weitersehen.«

Erleichtert darüber, dass Marsha im Wesentlichen noch die Alte war, tauschten wir ein schwaches Lächeln aus.

»Was hat er denn über ihren Allgemeinzustand gesagt?«, erkundigte ich mich.

»Na ja, sie hat auch zugegeben, dass ihre linke Seite sich irgendwie schwächer anfühlt, was allerdings schon seit Tagen so ist, aber ihm gegenüber hat sie so getan, als sei es neu. Er meint, dass sie entweder einen leichten Schlaganfall hatte oder dass es vom Gehirntumor kommt. Er hat ihre Medikamentendosis erhöht, was den Druck im Gehirn reduziert. Abgesehen davon«, sie zuckte mit den Schultern, »kann sie jeden Moment einen schweren Schlaganfall erleiden oder uns einfach langsam entgleiten …«

Den restlichen Tag wechselten wir uns an Marshas Krankenbett ab. Mein Vater und ich übernahmen längere Zeiten, damit Kate und Marie sich ein wenig erholen konnten. Wenn ich bei ihr saß, schauten wir lange Zeit einfach aufs Meer hinaus und machten hin und wieder eine Bemerkung über die wilden Eskapaden der Möwen, und ein paar Mal döste Marsha leicht ein. Erneut traf mich die Einsamkeit ihres Kampfes gegen ihre Krankheit.

»Oh nein, jetzt bin ich schon wieder eingenickt«, sagte sie, als sie wieder einmal aus dem Schlaf erwachte. »Hab ich gesabbert?«

Ich versicherte ihr, dass dem nicht so war.

»Das ist gut«, meinte sie. »Ich bin auch ein- oder zweimal weggedöst, als Ian hier war, und ich hätte es nicht so gern, wenn er mich sabbern gesehen hätte.« Sie grinste. »Es ist schon komisch, ich hab mir nie viel aus Schlaf gemacht, Schlaf kam mir immer wie Zeitverschwendung vor. Aber jetzt schleicht er sich irgendwie an mich heran, wenn ich gar nicht damit rechne, und dann hab ich ihm überhaupt nichts entgegenzusetzen, weil mein Körper immer so müde wird. Eines Tages wird er mich wahrscheinlich ganz übermannen, und ich werde mit einem großen Gefühl der Erleichterung in einen ganz tiefen Schlaf sinken und einfach viel zu müde sein, um jemals wieder aufzuwachen. Und dann war's das.«

»Das klingt gar nicht ganz so beängstigend«, sagte ich und nahm ihre Hand, weil *ich* Trost brauchte.

»Nein«, meinte auch sie, »das tut es nicht.« Ihr Gesicht wurde lebendiger. »Aber ich freue mich schon sehr auf dieses Wochenende. Ich will dich und Adam als glückliches Paar sehen, und ich werde Simon sagen, dass er sich um Marie kümmern und ihr seine Gefühle mitteilen soll. Dann habt ihr alle jemanden, und ich kann endlich aufhören, mich in eurer Leben einzumischen!«

Ich brachte es nicht über mich, ihr zu sagen, dass es vielleicht nicht so einfach sein würde, aber bevor ich das Thema wechseln konnte, waren von unten neue Stimmen zu hören.

»Das müssen Chris und Simon sein«, meinte Marsha. »Geh doch mal eben runter und sag ihnen, dass sie zu mir raufkommen können, wann immer sie wollen.«

Ich weiß nicht, ob es an den Neuankömmlingen oder an den stärkeren Schmerzmitteln lag, aber den restlichen Tag schien sie aufzuleben und konnte sogar an einem frühen Abendessen mit uns allen teilnehmen.

»Morgen«, verkündete sie, »müssen wir feiern! Adam wird hier sein, das heißt, es ist das erste Mal seit dem Sommer, dass wir wieder alle zusammen sind. Und da Ian auch da ist, wird es ein ganz besonderer Abend werden.«

»Großartige Idee!«, stimmte Simon ihr in seiner üblichen enthusiastischen Art zu. »Schade, dass kein Grillwetter ist, sonst könnte ich eine meiner Spezialitäten zaubern! Aber wisst ihr was? Chris und ich werden das Essen vorbereiten. Dann habt ihr Mädels mal Pause. Was meinst du, Chris?«

Chris stöhnte gespielt. »Solange du mich nicht dazu

verdonnerst, schon im Morgengrauen einkaufen zu gehen! Die einzige Gelegenheit, dass ich samstags mal ausschlafen kann, ist, wenn ich hier bin.«

»Dann also abgemacht«, sagte Marsha mit einem zufriedenen Nicken. »Kate, wenn du mir jetzt nur noch zurück ins Bett helfen könntest? Und dann werde ich so unhöflich sein und euch sagen, dass ich heute Abend bloß Ians Gesellschaft haben will. Er reist am Sonntag schon wieder ab, also will ich noch so viel wie möglich von ihm haben. Ist das okay für dich, Ian?«

Er lächelte sie an. »Dein Wunsch ist mir Befehl.«

»Schön. Und ihr jungen Leute könnt ja aufräumen und dann noch zusammen ausgehen, während sich mal jemand anderes um mich kümmert. Genießt es, solange ihr noch könnt.«

»Sie hat recht«, meinte Simon, als Kate sich wieder zu uns gesellte, nachdem sie Marsha zu Bett gebracht und sie mit Ian an ihrer Seite zurückgelassen hatte. »Wir sollten losziehen und uns mal auf andere Gedanken bringen. Vor allem du und Marie.«

»Ich weiß nicht«, sagte Kate widerstrebend. »Was ist, wenn etwas passiert? Heute Morgen ging es ihr gar nicht gut ...«

»Dann kann Ian uns anrufen«, sagte Chris ebenso entschlossen wie Simon. »Wenn wir nur ins Smugglers' gehen, sind wir in fünf Minuten wieder zurück. Marsha wird sehr enttäuscht sein, wenn wir nicht gehen.«

Schließlich ließ auch Kate sich überzeugen, sodass wir es uns schon kurze Zeit später mit ein paar Bier in der stickigen Atmosphäre des Smugglers' Arms gemütlich machten.

Es war ganz anders als während der geschäftigen Sommermonate, wenn die Türen offen standen, die Sonne hereinfiel und die Luft vom beißenden Geruch öliger Schiffstaue und alten Fischs erfüllt war. Jetzt, da die stabilen Eichentüren fest geschlossen waren und die Elemente aussperrten, hing stattdessen der Geruch des Kaminfeuers in der Luft, der hin und wieder durch eine Windböe im Rauchfang in den Raum gedrückt wurde, vermischt mit dem Duft, der aus der Küche herüberdrang, wo die berühmten Barsnacks zubereitet wurden.

Nachdem wir die beiden Mädels erst einmal dazu überredet hatten, das Haus zu verlassen, entspannten sie sich sichtlich, und alle waren sich einig, dass nicht über Themen wie Gebrechen oder Krankenzimmer gesprochen wurde. Ich fragte mich, ob die anderen Adam genauso vermissten wie ich.

Marshas Wunsch, mich und Adam als glückliches Paar zu sehen, hallte immer noch in meinen Ohren wider, und ich gab mir mehr Mühe als alle anderen, die Unterhaltung auf einer heiteren, unbefangenen Ebene zu halten, und wurde so, sehr zu meiner und der Überraschung der anderen, der Mittelpunkt des fröhlichen Abends.

Schließlich wurde Kate aber doch unruhig, und so wurde es Zeit zu gehen. Die anderen begleiteten mich noch zum Tremorden House Hotel und bedachten mich mit allerlei Sticheleien darüber, dass ich es wohl inzwischen zu etwas gebracht hätte, hier zu logieren. Ich wartete nicht auf meinen Vater, sondern ging direkt hinauf in mein Zimmer, um mir zu überlegen, wie ich Adam überzeugen konnte, dass es, ganz gleich, wie die Dinge zwischen uns standen, wichtig war, das Spiel um Marshas willen mitzuspielen.

19. Kapitel

Ich verbrachte eine unruhige Nacht voller lebhafter Träume, in denen ich Adam anbettelte, bei mir zu bleiben, doch er war wild entschlossen, mich zurück in Wills Arme zu schicken, während Marsha im Hintergrund stand und immer wieder sagte: »Sind sie nicht ein schönes Paar?« – aber ich wusste nicht, wen sie damit meinte. Ich war froh, als ich endlich aufstehen, duschen und zum Frühstück gehen konnte.

Mein Vater war schon zur Hälfte mit dem Frühstück fertig und an diesem Morgen gar nicht in Plauderlaune. Er betonte nur, er sei gar nicht so spät ins Hotel zurückgekommen – als hätte er ein heißes Date gehabt –, und dass es Marsha gut gegangen sei, als er sie gestern verlassen hatte. Da hörte oder vielmehr spürte ich das Hallen schwerer Schritte, das nicht einmal von dem edlen *Wilton*-Teppich gedämpft werden konnte, und blickte im nächsten Moment in das freundliche Gesicht von Rosie, ehemals Kellnerin bei Gwen Jarrett.

»Rosie!«, rief ich mit so viel Begeisterung, als würde ich nach langer Zeit eine alte Schulfreundin wiedersehen. »Wie schön, Sie zu sehen! Ich wusste gar nicht, dass Sie hier arbeiten.«

»Bloß an den Wochenenden und nur den Winter über, weil Mrs Jarrett bis zum Frühling geschlossen hat, aber auch dann werde ich nur noch an den Wochenenden für sie arbeiten, weil ich jetzt aufs College gehe«, verkündete sie stolz.

»Das ist ja toll«, sagte ich. »Was studieren Sie denn?«

»Pädagogik. Ich mochte kleine Kinder und Babys schon immer, und heutzutage kann man als Erzieherin gutes Geld verdienen.«

Vor meinem inneren Auge sah ich ein flüchtiges Bild von Rosie, die sich mit ihren kräftigen Armen ein zartes Baby über die Schulter warf und ihm ordentlich auf den Rücken klopfte, damit es ein Bäuerchen machte, was es vermutlich aus Überraschung, so energisch behandelt zu werden, auch sofort tat. Aber eigentlich konnte es sich auch glücklich schätzen, ein so unermüdlich gut gelauntes Kindermädchen zu haben.

Sie wartete darauf, dass ich bestellte, wobei sie meinen Begleiter neugierig beäugte.

»Ah! Darf ich Ihnen meinen Vater vorstellen?«, sagte ich sofort.

»Oh, ich dachte, er wäre … aber da hab ich mich wohl getäuscht, was? Denn er ist ja mit Ihnen hier, also kann er ja gar nicht oder würde nicht, stimmt's? Hier mit Ihnen sein, ich meine … so wie jetzt … wenn er es wäre … und möchten Sie Tee oder Kaffee zum Frühstück?«, haspelte sie verlegen, woraufhin mein Vater sie vollkommen verwirrt ansah.

»Ich nehme Tee und pochierte Eier mit Toast«, antwortete ich, bevor ich mich leicht zu ihr vorbeugte. »Es kann sein, dass Mrs Jarrett dachte, ich wäre im Sommer so überstürzt abgereist, weil meinem Vater etwas zugestoßen ist. Aber Sie sehen ja, sie hat sich geirrt, es geht ihm gut.«

Sie machte sich hastig Notizen auf ihrem Block, bevor sie sich ebenfalls ein wenig zu mir vorbeugte und in hörbarem Flüsterton sagte: »Ich verstehe. Und ich finde, Ihr … *Vater* … sieht sehr nett aus.« Und mit einem feierlichen Zwinkern, das sie vermutlich von Gwen Jarrett höchstpersönlich gelernt hatte, verschwand sie durch die Schwingtür in die Küche.

»Was um alles in der Welt war denn das?«, fragte mein Vater, also erzählte ich ihm vom Lansdowne-ohne-Meerblick und von Gwen Jarrett und ihrer seltsamen Art, was uns beide in gesprächigere Laune versetzte.

»Rosie, die offenbar von Mrs Jarrett gelernt hat, über ihre Gäste Schlüsse zu ziehen, scheint fest davon überzeugt zu sein, dass du mein Sugardaddy bist und nicht mein richtiger Vater, und diese Information wird sich vermutlich bis heute Mittag in der ganzen Bay verbreitet haben«, stellte ich fest.

»Oh, da fühle ich mich aber geschmeichelt«, sagte mein Vater galant und schenkte Rosie, als sie mit dem Tee zurückkam, sein charmantestes Lächeln.

Wir wussten, dass das genau die Art von Geschichte war, die Marsha gefallen würde. Indem wir sie ihr erzählten, wurde ein heiterer Ton für den Tag gesetzt, und Marsha fing an, meinen Vater mit allerlei Geschichten darüber zu unterhalten, wie sie über die Jahre ihren eigenen leichtlebigen Ruf in Tremorden gefestigt hatte.

An diesem Tag herrschte eine rege Betriebsamkeit im ganzen Haus, ausgelöst hauptsächlich durch Marshas Wunsch nach einer abendlichen Miniparty und von Simons Tigger-mäßiger Art, alle Wünsche von Marsha zu verwirklichen. Doch es hatte durchaus sein Gutes, denn auf einmal waren alle mit einer freudigen Zielstrebigkeit erfüllt, wo zuvor die Tendenz bestanden hatte, mit gedämpfter Stimme und bedeutungsvollen Blicken um die Kranke herumzuschleichen. Vielleicht verleitete mich aber auch meine eigene gesteigerte Freude über Adams bevorstehende Ankunft dazu zu glauben, dass auch die anderen so voller unterdrückter Aufregung waren wie ich.

Aber die Aufregung war gemischt mit einer schrecklichen Befürchtung. Ich konnte mich einfach nicht von dem Gedanken befreien, dass Will sein Möglichstes getan hatte, Adam davon zu überzeugen, dass unsere Ehe weiter Bestand hätte, und dass Adam, wenn auch widerwillig, glauben würde, dass ich nichts als eine oberflächliche Fremdgeherin war. Mir ging auch nicht aus dem Kopf, was er im Sommer gesagt hatte, dass er deshalb noch immer Single sei, weil es ihm schwerfallen würde zu vertrauen. Würde er mir jetzt noch vertrauen können? Auch was er sonst noch gesagt hatte, schwirrte mir durch den Kopf: »Ich würde mich immer für dich entscheiden.«

Er kam erst am späten Nachmittag, als die Vorhänge schließlich zugezogen worden waren, um die tintenschwarze Dunkelheit des Meeres auszusperren, und ich schon dachte, dass er überhaupt nicht mehr auftauchen würde.

Simon und Chris trafen, beflügelt von einigen Gläsern Wein, in der Küche Vorbereitungen, mein Vater wich schon fast den ganzen Tag lang nicht von Marshas Seite, und wir Mädels schmückten unter Marshas Regie das Wohnzimmer mit Luftballons. Sie waren ganz hinten in irgendeiner Schublade aufgetaucht, und die meisten trugen Aufschriften wie *Alles Gute zum 18.* oder *Glückwunsch,* aber das störte nicht.

Marsha, die auf Kates Drängen hin zwei Stunden geschlafen und danach ausgiebig mit verschiedenen Medikamenten inhaliert und eine Dosis Schmerzmittel bekommen hatte, war bereits für die Party angezogen und in ziemlich guter Verfassung.

»Das wäre aber nicht nötig gewesen!«, rief Adam theatralisch, als er in der Wohnzimmertür erschien und sofort zu Marsha ging, um ihr einen Begrüßungskuss zu geben.

»Wir haben schon gedacht, du verpasst alles«, sagte sie mit einem Lächeln, als er sich über sie beugte. »Das ist eine Willkommens- und Abschiedsparty für Ian, den du, glaube ich, schon kennengelernt hast. Er ist am Donnerstag mit Allie hergekommen, aber morgen fährt er zurück nach Frankreich.«

Die beiden Männer schüttelten sich die Hände, bevor Adam auf die Mädels zuging und etwas Lustiges zu ihnen sagte, was ich jedoch nicht verstand, weil es in meinen Ohren so pochte. Er küsste sie zur Begrüßung und wandte sich dann an mich.

»Ich hab dir was mitgebracht«, sagte er und kramte in seiner Hosentasche.

»Oh?« Das Pochen kam von meinem Herzen. Allein seine Nähe weckte in mir den Wunsch, ihm ohnmächtig in die Arme zu fallen wie irgendeine viktorianische Jungfrau. Er hatte mir etwas mitgebracht – ein Geschenk, ein Liebesbeweis –, es war egal, was es war oder ob es mir gefiel, aber es war auf jeden Fall eine romantische Geste, die bedeutete, dass zwischen uns alles in Ordnung war …

Er reichte mir eine Prepaidkarte. »Für dein Handy. Es ist ganz schön nervig, dich nicht erreichen zu können.«

Ich wusste nicht, ob ich lachen oder weinen sollte. Nervig! Das war nicht gerade das, was ich hören wollte.

»Ich hab mein Handy in London gelassen«, war alles, was mir als Antwort einfiel.

»Tja«, sagte er schulterzuckend und beugte sich dann vor, um mich auf die Wange zu küssen, so wie er es auch bei den anderen getan hatte, doch ich, die ich mir Marshas Blick bewusst war, schlang die Arme um ihn und küsste ihn auf den Mund. Was uns beide überraschte.

Mit einem Gesicht, das unergründlicher war denn je,

wich er zurück und sah mich fragend an. Doch bevor einer von uns etwas sagen konnte, platzte Chris herein.

»Lass den armen Mann in Ruhe, Allie, und gib ihm was zu trinken. Wir haben uns einiges zu erzählen. Wie geht's dir, Kumpel?«

Er trug ein Tablett mit Gläsern, und hinter ihm tauchte Simon mit einer Flasche Champagner auf.

»Ich weiß, es ist noch ein bisschen früh«, sagte er. »Aber weil Adam bestimmt am Verhungern ist und ich um die Zeit sowieso immer schon Kohldampf hab, wird das Essen gegen sechs fertig sein, also legen wir schon mal mit einem Aperitif los.«

Wir stürzten uns alle begeistert auf die Gläser und beteuerten, dass es eine gute Idee wäre, früh zu essen, statt einzugestehen, dass Marsha ab halb neun zu müde dafür sein würde. Als alle Gläser gefüllt waren, stand mein Vater auf.

»Ich möchte einen Toast aussprechen«, sagte er feierlich. »Auf alte Freundschaften, die für immer bestehen«, er verneigte sich leicht vor Marsha, »und auf neue Freundschaften, mit denen es genauso sein sollte. Danke euch allen, dass ihr Allie und mich so nett aufgenommen habt, und ich hoffe, dass wir auch noch viele Jahre bei euch so willkommen sein werden.« Er erhob sein Glas. »Auf die Freundschaft!«

»Auf die Freundschaft!«, wiederholten wir alle.

»Das war ein wunderbarer Toast«, sagte Marsha in das kurze Schweigen, das folgte, hinein. »Aber jetzt wechseln wir um Himmels willen besser das Thema, sonst holt Simon wieder seine schreckliche Gitarre und quält uns mit »Auld Lang Syne«!«

»Was für eine großartige Idee!«, rief er. »Ich muss sie später mal raussuchen, aber leider kann ich diesem

Wunsch nicht gleich nachkommen, weil ich erst noch in der Küche gebraucht werde! Adam, vielleicht könntest du, nachdem du deine Sachen nach oben gebracht hast, mit Ian den Esstisch in die Mitte des Zimmers schieben und noch ein paar Stühle aus dem Flur holen? Das ist heute schließlich kein Essen – was sag ich, Festessen! –, das wir vom Schoß essen können.«

Er wuselte in die Küche davon, kehrte aber bald noch einmal zurück, um Chris zu holen, der sich noch mit Adam und Marsha unterhielt.

»Ehrlich!«, sagte er. »Wenn ich nicht die ganze Zeit ein Auge auf ihn habe, dann lässt er sofort alles fallen und lässt mich die ganze Arbeit alleine machen!« Er warf theatralisch den Kopf zurück und scheuchte Chris vor sich her.

Ich verzog mich in eine Zimmerecke, um mich weiter um die Luftballons zu kümmern, und spürte kurz darauf, eher als ich es sah, dass Adam neben mir stand.

»Wir müssen reden«, sagte er leise, als ich auf einen Hocker stieg, um ein Bündel Ballons an die Bilderleiste zu pinnen.

»Ich weiß«, antwortete ich und stieg wieder hinunter, ohne ihn jedoch anzublicken. Ich hätte es nicht ertragen, Ablehnung in seinem Gesicht zu sehen. Und es würde eine Weile dauern, bis ich ihn überzeugt hätte – wenn es mir überhaupt gelänge –, dass ich nicht die Absicht hatte, zu Will zurückzukehren, ganz gleich was war. »Ich muss dir das erklären … mit Will und mir … aber nicht jetzt. Marsha setzt all ihre Hoffnung darauf, dass wir beide zusammenkommen, und ich will sie nicht enttäuschen … nicht dieses Wochenende, wo sie so glücklich darüber ist, dass mein Vater hier ist und wir alle zusammen sind wie im Sommer … Können wir einfach so tun … bitte? Bloß für dieses Wochenende?«

»Ich denke, das bekomme ich hin«, sagte er ruhig, doch ohne dass ich ihn ansah, konnte ich nichts aus seiner Stimme heraushören.

»Danke«, sagte ich leise und fügte dann lauter und fröhlicher hinzu: »Da drüben noch ein paar, komm.«

Ich schob den Hocker in die gegenüberliegende Ecke und konnte gerade noch hören, wie er sagte: »Aber sobald wir wieder in London sind, reden wir.« Diesmal war die Härte in seiner Stimme nicht zu überhören, was wieder ein heftiges Pochen in meiner Brust auslöste.

Aber er hielt Wort und blieb während des ganzen Abends in meiner Nähe, lächelte gewinnend so wie im Sommer, als ich zum ersten Mal sein gutes Aussehen bewunderte. Er legte wie zufällig den Arm um mich, nahm meine Hand oder stand ganz dicht bei mir und flüsterte mir etwas ins Ohr. Es waren jedes Mal bloß ganz banale Dinge, aber ich bin mir sicher, dass wir eine ausreichend überzeugende Vorstellung ablieferten, um allen vorzutäuschen, dass es echt war. Hin und wieder schmiegte ich mich sogar so in seinen Arm, dass ich mich beinahe selbst täuschte.

Marsha hatte für den heutigen Anlass ein langes mitternachtsblaues Kleid aus Knautschsamt angezogen und sich ein hübsches Fransentuch um die Schultern gelegt.

»Das ist ein *Biba*-Kleid von etwa 1965«, erzählte sie uns und zupfte an dem Kleid herum. »Ich habe es all die Jahre aufbewahrt, weil es das einzige elegante Kleid war, das ich damals besaß, und ich habe nie eines gefunden, was mir besser gefallen hätte. Natürlich hatte ich damals noch mehr Busen, um es auszufüllen, und ich hatte mir immer die Haare hochgesteckt und ein dünnes Kropfband aus schwarzem Samt umgebunden, wenn ich es trug. Weißt du noch, Ian?«

Man sah deutlich, wie qualvoll dünn sie war, denn das Kleid hing nur so an ihr herunter, obwohl es vermutlich bloß Größe achtunddreißig war, aber es brachte noch immer ihre Augenfarbe zur Geltung.

Schließlich war auch der Tisch fertig gedeckt, und Simon und Chris brachten unter vielen Neckereien das Essen herein. Marsha stand auf, um zum Tisch zu gehen, doch nachdem sie ein paar Sekunden ihr Gleichgewicht gesucht hatte, sagte sie: »Ach, du meine Güte, das ist jetzt doch plötzlich ganz schön weit weg.«

Ihre Worte lösten einen dieser stillen Momente aus, als würde eine Band aufhören zu spielen, wenn man gar nicht damit gerechnet hatte, und die eigene Stimme plötzlich laut durch den Raum dringt. Als hätte ein Regisseur ›Cut!‹ gerufen, standen wir alle da, vor Schreck wie erstarrt, als uns das wahre Ausmaß ihrer Gebrechlichkeit vor Augen geführt wurde. Marsha, die noch so entschlossen über den Strand geschritten war, als ich ihr das erste Mal begegnet war, mit so viel Lebenslust, hatte nun Mühe, ihre Beine dazu zu bringen, ein paar Schritte über den Teppich zu machen.

Mein Vater brach den Bann. Mit einer flinken Bewegung hob er sie hoch und trug sie nicht ans Kopfende, sondern in die Mitte der langen Tafel, sodass wir uns alle um sie scharen konnten.

»Ich hab dir doch gesagt, du sollst mit dem Champagner aufpassen«, sagte er. Ich hätte ihn küssen können.

»Was für ein starker Mann!«, murmelte Marsha bewundernd, als er sie auf den Stuhl setzte, und ihr Blick strahlte noch immer große Entschlossenheit aus und verbot uns, sie zu bemitleiden.

Daraufhin fingen wir alle gleichzeitig zu reden an, häuften uns Essen auf die Teller und füllten unsere Gläser nach, lachten über jede Witzelei, ganz gleich, wie schwach sie auch war, bis wir uns wieder wohl in unserer Haut fühlten.

Der Tisch ächzte unter all den verschiedenen Gerichten, die von einfacher Pasta bis hin zu raffinierten, in Weinblätter gewickelten Speisen reichten.

»Ihr müsst von allem etwas probieren«, schwor Simon uns ein und schichtete eigenhändig winzige Portionen für Marsha auf einen Teller, die aber bloß ein paar Bissen schaffte, bevor sie den Rest hin und her schob wie ein Kind, das versucht, seine Erbsen unter dem Kartoffelbrei zu verstecken.

»Kompliment an die neuen Starköche«, verkündete Adam, nachdem er seinen Teller zum zweiten Mal geleert hatte. Er erhob das Glas, während er die andere Hand auf meine Schulter legte und sich die Berührung durch den Stoff meines Kleides brannte. »Und wir sind sehr dankbar, dass Simon nicht einen auf *Naked Chef* à la Jamie Oliver gemacht hat!«

Später im allgemeinen Geklapper der Teller, die in die Küche getragen wurden, bekam Simon die Erlaubnis, seine Gitarre zu holen, als Belohnung für seine kulinarischen Bemühungen, und ich fand ein paar Minuten mit Marsha allein.

»Also«, sagte sie, »dann ist wieder alles gut zwischen euch beiden.«

Ich wusste nicht, ob es eine Frage oder eine Feststellung war, aber ich bemühte mich, ihrem fragenden Blick standzuhalten, und das erste und einzige Mal log ich sie an.

»Alles wieder in Ordnung.« Ich lächelte. »Vollkommen in Ordnung.«

Wir sahen uns noch einen Moment in die Augen, dann

zeigte sie mit einem Kopfnicken zu meinem Vater. »Es waren wunderbare Tage. Danke, dass du Ian zu mir gebracht hast.«

»Ich bin froh, dass es so gut gelaufen ist. Auf dem Weg hierher hab ich mich gefragt, ob es nicht vielleicht zu Auseinandersetzungen kommt.«

Sie grinste fast so wie die alte Marsha. »Es gab Zeiten, da haben wir buchstäblich Sachen nacheinander geworfen – auch wenn ich immer darauf geachtet habe, dass wir bloß Töpfe nahmen, die sowieso schon Macken hatten! Die Tage sind so schnell rumgegangen«, fuhr sie fort. »Man könnte denken, wenn man hier nur so rumsitzt, würden sie langsam vergehen, aber das tun sie nicht. Die Nächte kommen mir manchmal endlos vor, aber nicht die Tage. Ihr werdet mir fehlen …« Sie biss sich auf die Zunge und sprach nicht weiter.

Ich wollte ihr sagen, dass alles gut würde, um den schmerzerfüllten Blick zu vertreiben, den man flüchtig zu sehen bekam, wenn sie vorübergehend ihre Deckung vergaß. Ich wollte ihr sagen, dass wir wiederkommen würden – ich, mein Vater, Adam, vielleicht schon in ein paar Wochen, noch vor Weihnachten, wer weiß. Aber das hatte keinen Sinn. Wir wussten beide, wie ungewiss es war, dass sie Weihnachten noch erleben würde, und wir wussten auch, dass nichts und niemand ihren unvermeidlichen Verfall aufhalten konnte.

Sie holte ein paar Mal keuchend Luft und fasste sich dann wieder.

»Ich hab mich noch gar nicht richtig mit Simon unterhalten können – du weißt schon, wegen Marie. Ich habe das Gefühl, dass ich das tun sollte, solange noch Zeit dazu ist. Du musst mir dabei helfen.«

»Ich?«

»Ja, ich will, dass du mit Marie sprichst, nicht mit Simon. Simon wird sein Leben lang für sie da sein, das weiß ich. Aber sie braucht Hilfe, ihn anzunehmen. Bitte versuch, mit ihr zu reden, heute Abend. Ich denke, es sollte noch heute Abend geschehen.« Sie sprach mit eindringlicher Stimme, und ihr Atem wurde schwerer. Ihre Lippen zeigten einen bläulichen Schimmer.

»Ich hole Kate«, sagte ich und stand vom Stuhl auf. »Ich glaube, du solltest noch mal inhalieren …«

Aber sie hielt mich zurück, umfasste mein Handgelenk, und ihr Blick forderte, wozu ihr Atem nicht mehr reichte.

»Ich tue, was ich kann«, versprach ich ihr. Daraufhin nickte sie und löste ihren Griff, damit ich Kate holen konnte.

Das Inhalieren stärkte sie ausreichend, dass sie den restlichen Abend genießen konnte, wenn auch mit winzigen Sauerstoffkanülen in den Nasenlöchern, um ihr das Atmen zu erleichtern. Aber wie wir alle gewusst hatten, hatte sie nach ein paar Stunden genug. Wir zogen uns taktvoll zurück und überließen sie Kates Fürsorge, doch sie bestand darauf, dass wir alle noch einmal zurückkämen, sobald sie im Bett wäre, um ihr richtig gute Nacht zu sagen.

Das war meine Gelegenheit, um mit Marie zu sprechen, was mich in gewisser Weise erleichterte, denn es verschaffte mir etwas Ablenkung von Adam. Ein Teil von mir war stolz, dass Marsha mich gebeten hatte, in ihrem Namen zu handeln. Ich machte mir eine verklärte Vorstellung davon, wie Marie und ich ein vertrauliches Gespräch unter Frauen hätten, nach dem sie so von einer gemeinsamen Zukunft mit Simon überzeugt sein würde, dass sie ihm umgehend ihre unsterbliche Liebe gestehen würde. Ich hörte schon die Geigen im Hintergrund. Als sie hinauf in ihr Zimmer ging, um sich eine Strickjacke zu holen, folgte ich ihr und probte in Gedanken ein Dutzend verschiedener Wege, das Gespräch mit ihr zu eröffnen, aber letztendlich wusste ich, dass ich bloß mit direkter Offenheit weiterkam.

»Kann ich reinkommen?«, fragte ich von der Tür aus. »Marsha hat mich gebeten, mit dir zu reden.«

»Hat sie?« Abrupt drehte sie sich vom Schrank zu mir um und sah mich argwöhnisch an. »Und worüber?«

Ich ging ins Zimmer und pflanzte mich energisch auf die Bettkante, während sie sich in einen Korbsessel setzte.

»Simon«, sagte ich einfach. »Du weißt ja, wie Marsha ist, krank oder nicht, ihr entgeht nichts. Sie hat beobachtet, wie sehr sich Simon um dich bemüht, wie sehr du ihm am Herzen liegst, und sie glaubt, dass du tief in dir drin dasselbe für ihn empfindest, es dir aber nicht eingestehst … oder so in etwa …«

Meine Zuversicht ebbte ab, als sich Maries Gesicht verhärtete und sich ihre Augen in meine bohrten.

»Weißt du, Marsha liegt nicht immer richtig.«

»Mag sein. Aber sie hat mich gebeten, mit dir zu reden, also habe ich es ihr versprochen.« Ich versuchte ein schwaches Lächeln. »Obwohl ich nicht genau weiß, was ich sagen soll.«

»Du sollst mir sagen, dass es Zeit wird, dass ich meine Abneigung gegen Sex ablege; dagegen, von einem Mann auf irgendeine andere als bloß brüderliche Weise berührt zu werden; dass ich endlich merken soll, dass nicht alle Männer Arschlöcher sind wie mein Vater; und dass ich es, wenn ich mich mit dem richtigen Mann nur ausreichend locker mache, sogar genießen lernen kann.« Ihre Stimme war genauso hart wie ihr Gesicht. »Manchmal weiß Marsha einfach nicht, wann sie aufhören sollte, sich einzumischen – und ich glaube nicht, dass es sie etwas angeht. Ich muss selbst damit fertigwerden.«

Okay … also würde das nette Mädelsgespräch eventuell doch ein bisschen komplizierter ausfallen, als ich gedacht hatte. Die Geigen konnten wieder aufhören zu spielen.

Der Fairness halber muss ich sagen, dass ich, wenn ich solche Gewalt erfahren hätte wie Marie, auch nichts mit Männern hätte zu tun haben wollen. Aber hier ging es um Simon, und es gab wohl keine gutmütigere Seele als ihn, und ich hatte Marsha versprochen, es zu versuchen.

»Du hast dich doch auch bei Adam und mir eingemischt«, fuhr ich unbeirrt mit leicht entrüsteter Stimme fort. »Und genau genommen ging dich das auch nichts an. Aber du wolltest, dass Marsha aufhört, sich Sorgen zu machen. Ich versuche bloß, das Gleiche zu tun. Und du wirst ganz offensichtlich *nicht* selbst damit fertig, sonst würde sich Simon nicht immer noch die ganze Zeit bloß Hoffnungen machen müssen, und du würdest es nicht mehr vorziehen, ohne Mann durchs Leben zu gehen … und stattdessen Pferde als Ersatz hernehmen!«

Super gemacht, Allie. Werde direkt wütend, und wenn du schon mal dabei bist, mach doch gleich noch Sodomie-Andeutungen.

Psychologische Beratung war damit von der Liste meiner möglichen zukünftigen Berufe gestrichen.

»Glaubst du, das habe ich alles nicht schon oft genug gehört? Von Leuten, die ich schon viel länger kenne als dich? Hör zu, danke, dass du dir Sorgen machst, und ich weiß, dass du es für Marsha machst, aber es ist alles gut, so wie es ist. Es scheint vielleicht nicht so, wenn du bloß hin und wieder zu Besuch kommst, aber bei allem Respekt, du weißt nicht, wovon du redest!«

Auch ihre Stimme klang wütend, doch alles, was ich hörte, war ihr herablassendes ›du weißt nicht, wovon du redest‹ – was vermutlich stimmte, aber wen kümmert schon die Wahrheit, wenn man sich von oben herab behandelt fühlt? Abgesehen davon hatte ich all dieses Beziehungszeug langsam satt. Ich und Will, ich und Adam, Simon und Marie, ich und mein Vater, mein Vater und Marsha – es reichte langsam. Vor allem, da ich mehr Weißwein intus hatte, als gut für mich war. Und Marsha hatte nicht mehr lange zu leben.

Plötzlich suchte ich Streit.

»Und *du* scheinst nicht zu verstehen«, sagte ich, stand auf und zeigte mit dem Finger auf sie, »dass diejenigen, die bloß zu Besuch sind, die Dinge manchmal klarer sehen können als diejenigen, die ständig hier sind! Marshas einziger Fehler besteht, soweit ich das sehe, darin, dass sie euch zu sehr unterstützt. Da ist eine Art Nabelschnur, die euch alle noch immer mit ihr verbindet und die euch von ihr abhängig macht. Die anderen haben wenigstens die Notwendigkeit erkannt wegzuziehen, voranzukommen, diese Schnur so dünn wie möglich werden zu lassen, zu lernen, im Leben alleine klarzukommen. Aber wann bist du denn schon mal über die sicheren Grenzen von Marshas Bemutterung und Tremorden hinausgekommen?«

»Ich muss nirgends hingehen! Ich bin glücklich, wie es ist!«

»Bist du das? Bist du das wirklich?«, hakte ich nach. »Glücklich darüber, die besten Jahre deines Lebens verstreichen zu lassen, ohne je die Höhen und Tiefen einer richtigen Beziehung kennengelernt zu haben? Ohne die Aussicht darauf, eines Tages Kinder zu haben?«

Sie antwortete nicht, starrte mich bloß überrascht über meine Heftigkeit an.

»Also was«, fragte ich vehement, »wirst du machen,

wenn Marsha tot ist? Erwartest du dann immer noch, dass Simon für dich da ist, wann immer du willst?«

Bei diesen Worten wurde sie ganz blass, daraufhin drehte ich mich um und wollte schon einen grandiosen Abgang hinlegen. Doch sie hinderte mich daran, indem sie sagte: »Ich mag ihn, weißt du, ich mag ihn sehr.«

Ich wandte mich ihr wieder zu. »Dann mach was, oder erlöse ihn endlich aus seinem Elend und lass ihn seiner Wege ziehen, damit er jemand anderen kennenlernen kann, der ihm ein richtiges Leben bietet!«

Ich marschierte eilig davon, zu geladen, um ihr betroffenes Gesicht zu bemerken, und rannte die Stufen bis ins Souterrain hinunter. Ich wollte nicht zu Marsha reingehen oder all die anderen sehen – auch nicht Adam –, bis ich mich beruhigt hatte.

Mein Ärger verflog ziemlich schnell, nachdem ich das Haus verlassen hatte und auf die kalte Terrasse getreten war. Der Wind, der vom rauschenden Meer herüberwehte, trug winzige Spritzer Salzwasser mit sich, die mir auf den heißen Wangen brannten. Plötzlich wurde mir bewusst, was für schreckliche Dinge ich gerade gesagt hatte.

Ich hatte es schon wieder getan. Ich war hier aufgetaucht, hatte die Gastfreundschaft aller in Anspruch genommen und ihre Freundlichkeit meinem Vater gegenüber, und am Ende brach ich einen Streit mit einer von ihnen vom Zaun. Wie konnte ich das Marie nur antun, die sich im Laufe der letzten Tage so um meine Freundschaft bemüht hatte und mir viel nähergekommen war als den ganzen Sommer über? Wie konnte ich mir herausnehmen, irgendjemandem zu sagen, wie er sein Leben zu führen hatte, wo ich mein eigenes vollkommen verpfuschte? Wie war das noch mal mit dem Glashaus und den Steinen?

Ich fing an zu zittern, aber es kam nicht bloß von der

kalten Nacht. Ich zwang mich zu bleiben, wo ich war, und dachte darüber nach, warum ich so übertrieben sauer auf Marie geworden war.

Ich brauchte nicht lange, um auf den Grund dafür zu kommen. Ich war eifersüchtig! Eifersüchtig auf Marie, denn ohne dass sie sich viel Mühe geben musste und ohne ihn dazu zu ermutigen, konnte sie sich der uneingeschränkten Liebe eines anständigen Mannes sicher sein, der bereit zu sein schien, ewig auf sie zu warten. Ich drang tiefer in meine verworrene Gefühlswelt vor und erkannte, dass ich außerdem eifersüchtig auf das ruhige, bescheidene Leben war, das sie hier unter Marshas Fittichen führte, während ich nach London zurückgekehrt war und mich, wenn man es genau betrachtete, ohne großen Erfolg bemühte, mir ein neues Leben aufzubauen.

Ich schlang die Arme um mich und senkte vor Scham den Kopf. Ich schämte mich dafür, dass ich eifersüchtig auf eine Frau war, die bereits mehr Gewalt und Erniedrigung erlebt hatte, als mir in meinem ganzen Leben begegnen würde …

Hinter mir wurde die Tür aufgemacht, und ein Strahl gelben Lichts fiel heraus. Ich spürte, wie jemand neben mich trat, doch selbst Adam wäre jetzt kein Trost für mich. Ich könnte ihn nicht einmal ansehen.

Doch es war Marie. Wir standen Seite an Seite und starrten schweigend in die Nacht.

»Alles in Ordnung mit dir?«, fragte sie schließlich.

»Das sollte ich eigentlich dich fragen«, murmelte ich. »Ich weiß nicht, warum ich so außer mich geraten bin, das ist unverzeihlich … es tut mir leid … wirklich leid … ich …«

Sie unterbrach meine jämmerliche Entschuldigung. »Du hattest recht. Mit allem. Ich weiß das. Ich weiß es schon ewig, aber«, ich sah flüchtig weiße Zähne aufblitzen und erkannte daran, dass sie lächelte, »niemand hat es mir bisher so deutlich gesagt! Ich reagiere jedes Mal so defensiv – selbst bei Marsha –, dass normalerweise alle gleich zurückschrecken oder vorsichtig um mich herumschleichen, aus Rücksicht auf ›meine Vergangenheit‹ und all das.«

Ich blickte kurz zu ihr auf, aber sie schaute schon wieder auf den Horizont. »Das mit dem ›vorsichtig Herumschleichen‹ ist wohl nicht gerade meine Stärke«, sagte ich.

»Auch mit der Nabelschnur hattest du recht. Es stimmt nicht ganz, dass wir uns hier alle immer so gewissenhaft versammeln, um uns um Marsha zu kümmern. Wir tun das genauso für uns selbst.«

»Das wäre bei jedem so, um den sich jemand so gekümmert hat, wie Marsha es bei euch getan hat«, sagte ich. »So würde jeder für seine Mutter empfinden …«, hier musste ich an Juliet denken und daran, was für eine fordernde Egoistin sie oft war, und schob hinterher: »… na ja, das heißt, außer man hat so eine Mutter wie ich. Aber es wäre so, wenn Marsha meine Mutter wäre.«

»Ich sehe meine Mutter noch hin und wieder«, sagte Marie mit einem Funken Wehmut. »Aber wir empfinden nichts füreinander. Ich glaube, sie sieht in mir nur das Problemkind, das schuld am Scheitern ihrer Ehe ist.«

»Das tut mir leid.«

Sie zuckte mit den Schultern. »Vermutlich ist es leichter für sie, das zu denken, als sich mit der Tatsache auseinanderzusetzen, dass sie wusste, was vor sich ging, und nichts dagegen unternommen hat.«

»Ich meine, es tut mir alles leid. Ehrlich.«

»Ist schon gut, wirklich. Ich glaube bloß, dass ich mich nicht einfach ändern kann, nicht jetzt.« Sie drehte sich lächelnd zu mir. »Aber bei dir und Adam scheint ja wieder alles in Ordnung zu sein.«

Ich lächelte kleinlaut. »Wir sind bloß beide gute Schauspieler. Marsha zuliebe. Er wollte eine Aussprache, aber ich hab gekniffen. Aber es steht immer noch an, wenn wir wieder zurück in London sind. Und ich habe leider kein gutes Gefühl, was das Ergebnis betrifft.«

Ich konnte sehen, wie ihr Lächeln breiter wurde. »Dann sind wir wohl beide hoffnungslose Fälle, was?«

Ich nickte.

Sie nahm mich am Arm. »Komm, gehen wir rein und sagen Marsha gute Nacht.«

Marsha war bereits ziemlich schläfrig, sodass sie, als ich sagte, dass ich am nächsten Morgen noch einmal vorbeischauen würde, bevor wir nach London zurückkehrten, bloß noch schwach nickte. »Es war eine wundervolle Party«, murmelte sie. Aber sie wollte, dass mein Vater noch an ihrer Seite blieb. »Weiter ins Bett bekomme ich ihn leider nicht, jetzt, wo er ein anständiger Ehemann ist«, schaffte sie noch zu witzeln, mit einer Stimme, die noch undeutlicher klang als gewöhnlich.

Ich wartete unten bei den anderen auf ihn, aber ich suchte nicht mehr Adams Nähe, und auch er machte keine Anstalten, auf mich zuzukommen. Die anderen schienen mein Widerstreben, mich zu beteiligen, auch zu spüren, und ließen mich mit meiner Tasse Tee dasitzen, während sie träge darüber diskutierten, welchen Film sie noch sehen wollten.

Obwohl Marsha schon so müde gewirkt hatte, dauerte es eine gefühlte Ewigkeit, bis mein Vater sich zu uns gesellte. »Sie schläft tief und fest«, sagte er zu Kate und sah dabei selbst ziemlich erledigt aus. »Ich glaube nicht, dass du vor morgen früh nach ihr sehen musst.«

20. Kapitel

Es regnete stark, als wir ins Hotel zurückgingen, wo mein Vater dann noch darauf bestand, dass wir einen Schlaftrunk nahmen. »Damit du keine Erkältung bekommst«, meinte er. »Du bist klatschnass, und bei mir ist es auch nicht besser.«

Der Regen schien ihn wieder wach gemacht zu haben. Rastlos beobachtete er die Leute, die zurückhaltend gekleidet, aber eindeutig in ihren besten Sachen für ein feines Abendessen an einem Samstag aus dem Speisesaal in die Hotellobby kamen. Sein Blick huschte von einem zum anderen, während er seinen Brandy in dem Cognakglas schwenkte, aber er erwartete keine spannende Unterhaltung von mir.

»Um wie viel Uhr willst du morgen losfahren?«, fragte ich schließlich, nachdem mir klar geworden war, dass jetzt nicht der Zeitpunkt für einen intellektuellen Schlagabtausch war.

»Ähm … wann immer es passt … oder wann du willst … Ich nehme an, du gehst Montag wieder zur Arbeit?«

»Ich denke, das wäre besser, sonst hab ich bald überhaupt keine Arbeit mehr. Wann fährst du nach Frankreich zurück?«

»Irgendwann am Montag … ja, am Montag«, sagte er, als hätte er es soeben erst entschieden. Er nahm einen Schluck Brandy. Ich hatte bisher nicht gewusst, dass er Brandy überhaupt mochte, allerdings gab es noch viele

Dinge, die ich als Teenager nicht über ihn erfahren hatte. Ich trank meinen Baileys aus und beschloss, auf mein Zimmer zu gehen.

»Zu viel Wein und gutes Essen«, sagte ich und sah ihn fragend an.

»Ich glaube, ich bleibe noch und genehmige mir noch so einen. Mir ist noch nicht so recht nach Schlafen.«

»Oh, möchtest du, dass ich noch ein bisschen bleibe?«, fragte ich pflichtbewusst, obwohl sich mein Körper nach dem Bett sehnte.

»Nein, nein. Ich sitze hier nur noch ein bisschen und hänge meinen Erinnerungen nach – und überlege mir, wie ich das alles den Kindern erkläre, wenn ich wieder zu Hause bin.«

Ich schlief tief und fest, als es an meiner Tür klopfte, sodass ich eine Weile brauchte, bis ich aus den Schlummerschichten auftauchte und mir bewusst wurde, was das Geräusch überhaupt war. Ich hatte das Gefühl, es wäre noch mitten in der Nacht, doch als ich zur Tür wankend einen Blick auf die Uhr warf, sah ich, dass es bereits acht Uhr morgens war.

Vor der Tür stand, bereits fertig angezogen, mein Vater.

»Chris hat angerufen«, sagte er. »Er meint, wir sollten rüberkommen.«

»Oh.« Die Trockenheit in meinem Mund breitete sich bis in meinen Hals aus. »Hat er gesagt, warum?«

Er kam ins Zimmer, nahm meine Hand und zog mich auf die Bettkante.

»Marsha ist gestorben. Letzte Nacht. Im Schlaf. Es war … es dürfte ganz friedlich gewesen sein.«

Ich hatte zwar gewusst, dass es irgendwann geschehen würde, aber mein Körper war wie im Schock, als ich die Worte hörte. Mir wurde abwechselnd heiß und kalt, sehr kalt.

»Wie? War sie …?«

»Kate hat sie gefunden, als sie vor ein paar Stunden nach ihr gesehen hat. Sie wollten uns aber nicht mitten in der Nacht wecken.«

Ich nickte mehrmals und schluckte schwer, bevor ich anfing, planlos durchs Zimmer zu wuseln, und versuchte, meine Anziehsachen zu finden und gleichzeitig darüber nachzudenken, was zu tun war. »Gut. Okay. Ich brauch nur eine Minute. Ich muss nur … ähm …«

Mein Vater stand auf und nahm wieder meine Hand. »Immer mit der Ruhe. Es gibt keinen Grund zur Eile.«

Doch, den gab es schon. Ich hatte das starke Bedürfnis, dort zu sein, in Marshas Haus, wo vielleicht noch etwas von ihr zu spüren war, und bei all den anderen, die um sie trauerten.

»Ich warte unten auf dich«, sagte mein Vater.

Ich war schon fast im Badezimmer, mit einem Bündel Anziehsachen in der Hand. »Nein … nein, bitte bleib hier! Warte auf mich, bitte.«

Ich stolperte weiter in Richtung Bad, blieb dann aber wieder stehen und drehte mich noch mal zu ihm um. »Geht es dir … gut?«

Er nickte. Und dann lag ich ihm auch schon in den Armen, und wir hielten uns ganz fest. »Los«, sagte er nach einer Weile. »Zieh dich an. Ich warte hier.«

Wir fuhren über leere Sonntagmorgen-Straßen, deren Stille der Situation angemessen schien, zu Marshas Haus. Auch dort herrschte diese Stille, obwohl wir so viele waren. Wir umarmten uns schweigend gegenseitig, und als Adam die Arme um mich legte – zwei Freunde, die ihren

Kummer teilten –, musste ich mich sehr zusammennehmen, nicht loszuheulen.

Maries Augen waren vom Weinen gerötet, doch Kate war lediglich blass, aber gefasst und verließ sich vermutlich auf ihre berufliche Erfahrung im Umgang mit dem Tod. Uns wurden Tassen mit Tee oder Kaffee – ich weiß nicht, was es war – in die Hand gedrückt, während wir die unvermeidlichen Fragen stellten. Darüber, was heute Nacht passiert war und was nun geschehen sollte.

»Der Arzt war schon da«, erklärte Kate. »Er hat auch gleich die Todesurkunde ausgestellt. Er war ja am Freitag hier und hatte da schon das Gefühl, dass sie jederzeit von uns gehen könnte. Der Bestatter kommt später, und der Pfarrer schaut gleich nach dem Morgengottesdienst vorbei.

»Der Pfarrer?«, fragte mein Vater überrascht. »Ich wusste gar nicht, dass Marsha etwas mit der Kirche am Hut hatte. Als sie jung war, hatte sie zumindest wenig Sinn dafür.«

Simon lächelte leicht. »Anscheinend wollte sie auf Nummer sicher gehen. Sie konnte sich bis zuletzt nicht entscheiden, ob an der Religion etwas dran ist, aber sie hat sich für einen Pfarrer entschieden, nur für den Fall!«

»Ähm … sie ist natürlich noch oben … wollt ihr … möchtet ihr sie noch mal sehen … bevor der Bestatter kommt?« Kate blickte von mir zu meinem Vater. Auch ich sah ihn an. Ich hatte noch nie einen toten Menschen gesehen.

Adam schien meinen Gesichtsausdruck richtig zu lesen. »Sie wirkt ganz friedlich«, sagte er ruhig. »Dafür hat Kate gesorgt. Nichts, wovor man Angst haben müsste.«

Kate biss sich auf die Lippe. »Ich wünschte nur, ich wäre bei ihr gewesen. Ich krieg den Gedanken einfach nicht aus dem Kopf, dass sie ganz alleine war … Vielleicht hätte sie etwas gebraucht … oder jemanden … Vielleicht hat sie bloß nicht mehr rufen können … Ach, ich weiß auch nicht.«

Wieder mischte sich Adam ein, diesmal schroffer. »Quäl dich doch nicht mit solchen Gedanken. Der Arzt meinte, dass sie entweder einen Schlaganfall hatte oder dass ihr Herz einfach aufgehört hat zu schlagen. Sie hat bestimmt gar nicht mitbekommen, was passiert.«

»Ich bin sicher, Adam hat recht«, sagte mein Vater. »Ich würde sie gerne sehen, bitte.«

»Ich komme mit«, sagte ich und musste daran denken, was Marsha darüber gesagt hatte, ›in einen ganz tiefen Schlaf‹ zu sinken.

Sobald ich sie sah, verstand ich, warum Adam gesagt hatte, dass ich keine Angst davor haben müsste. Marsha war einfach nicht mehr da. Ihr Körper war noch da, ihr Gesicht so ruhig und befreit von den Furchen des Schmerzes, dass man sehen konnte, wie umwerfend sie in ihrer Jugend ausgesehen haben musste. Doch das war alles. Wo auch immer Marsha jetzt war, hier war sie nicht mehr, in dem Zimmer, das in den vergangenen Monaten zu ihrer Welt geworden war.

Jemand hatte ein paar Stiefmütterchen gefunden und sie aufs Kopfkissen gelegt, und ihre Farbe zeichnete sich tief und lebendig gegen Marshas blasse Haut ab. Ich beugte mich hinunter, um Marsha auf die kalte Stirn zu küssen, und flüsterte Worte des Abschieds, auch wenn sie nicht mehr da war. Dann trat ich zurück, um meinem Vater Platz zu machen. Auf der anderen Seite des Rattanwandschirms war der Raum noch genauso, wie wir ihn letzte Nacht verlassen hatten. Auf dem Esstisch standen eine halb leere Weinflasche und benutzte Gläser, und auf dem Teppich unter dem Tisch lagen Krümel. Auf dem Sofa und den Sesseln waren noch die Abdrücke unserer Körper zu erkennen, und neben einem Stuhl lag eine zerknüllte Serviette. Es war eine erschütternde Erinnerung daran, dass die Party nun wirklich vorüber war.

Ich schob einen Stuhl durchs Zimmer an seinen Platz und fing an, die Luftballons mit ihren unpassenden festlichen Botschaften abzunehmen. Ich konnte meine Mutter fast sagen hören: ›Was wird der Pfarrer denken, wenn er das Zimmer in diesem Zustand sieht?‹ Marsha hätte so eine Bemerkung amüsant gefunden und vermutlich erst recht alles so gelassen, aber ich konnte mir das Aufräumen nicht verkneifen.

In Gedanken versunken hatte ich überhaupt nicht bemerkt, dass Adam ins Zimmer gekommen war, bis er mich ansprach.

»Ist alles okay?«

Ich nickte. »Du hattest recht. Es gab nichts, wovor ich hätte Angst haben müssen. Danke.«

Ich reichte ihm die Ballons herunter, sagte aber nichts mehr. Ich fürchtete, dass ich, wenn ich ihm sagen würde, dass die Trauer sich anfühlte, als hätte mir jemand in den Magen getreten, und ich das Gefühl hatte, der Schmerz würde nie vergehen, ihm vermutlich in die Arme stürzen und ihn anflehen würde, mich nie mehr zu verlassen. Doch das wäre in diesem Moment wirklich nicht angemessen gewesen. Stattdessen konzentrierte ich mich aufs Aufräumen, und als mein Vater zu uns trat, ging Adam wieder nach unten.

»Ich denke, wir sollten trotzdem heute Nachmittag fahren«, sagte mein Vater. »Wir können hier sowieso nichts mehr ausrichten.«

Ich nickte. Das Haus wirkte jetzt schon durch Marshas

Tod verändert. Ich hatte mich getäuscht, als ich geglaubt hatte, dass noch etwas von ihr hier wäre.

Den restlichen Vormittag über wurde es immer wieder sehr emotional. Wir redeten darüber, wie dankbar wir waren, dass wir alle zusammen hier waren, und was für ein schönes Wochenende es gewesen war, wie glücklich Marsha gewesen war, bevor sie starb, und dass sie Ian, Gott sei Dank, noch einmal wiedergesehen hatte. Immer wieder übermannte einen von uns die Trauer, woraufhin die anderen sich redlich bemühten, denjenigen zu trösten, und noch ein paar Tassen Tee oder Kaffee gekocht wurden.

Dann folgte der schmerzhafte Moment, den wir alle heimlich gefürchtet hatten, als der Bestatter mit seinen Leuten kam, um Marshas Leiche abzuholen. Obwohl wir uns einig waren, dass ihre Seele fort war und der Körper, der noch übrig war, nicht mehr sie war, hielten wir uns gegenseitig an den Händen, als die Männer mit den Treppenstufen kämpften. Das Erscheinen des Pfarrers, der genauso überrascht darüber war, gerufen worden zu sein, wie wir, war weniger traumatisch verlaufen, hatte uns jedoch die Notwendigkeit, einige Vorkehrungen zu treffen, vor Augen geführt, was wir in gewisser Weise als willkommene Abwechslung empfanden.

Am frühen Nachmittag war die Trauerfeier provisorisch für den folgenden Freitag vereinbart worden, vorausgesetzt, dass die Einäscherung zur selben Zeit stattfinden konnte, und Simon und Chris wurden beauftragt, Marshas prallvolles Adressbuch durchzugehen.

»Hat sie wirklich keine Verwandten mehr?«, fragte ich.

»Sie war ein Einzelkind, und auch ihre Eltern waren Einzelkinder«, sagte mein Vater. »Ich glaube, ihre Eltern waren schon recht alt, als sie sie bekamen, denn sie waren bereits verstorben, als wir uns kennenlernten – vielleicht ein weiterer Grund, warum sie ihre eigene Art von Familie gegründet hat.«

Er wandte sich an alle, die in Marshas ehemaliger Werkstatt versammelt waren.

»Ich hoffe, dass ihr mich bald – vielleicht im Frühling – in Frankreich besuchen kommt. Ich würde mich sehr freuen, wenn ich euch alle wiedersehen würde, und wir haben jede Menge Zimmer.«

»Bist du denn am Freitag gar nicht da?«, fragte Marie.

Mein Vater schüttelte den Kopf. »Ich habe mich bereits von ihr verabschiedet, und ich muss wirklich wieder zurück zu meiner Familie. Aber das mit der Einladung habe ich ernst gemeint. Deinen Kindern würde es gefallen, Chris.«

Alle versicherten, dass sie es versuchen würden. Ich bemerkte Adams fragenden Blick.

»Ich bin am Freitag hier«, sagte ich.

»Gut«, war alles, was er sagte, aber mir wurde trotzdem ein bisschen wärmer ums Herz.

Bevor wir abfuhren, reichte Kate meinem Vater ein Paket.

»Marsha hat für alles ziemlich klare Instruktionen hinterlassen – das wird dich sicher nicht überraschen –, aber sie hat nicht gesagt, was damit geschehen soll. Also haben wir uns gedacht, dass du sie haben sollst. Das sind die Fotos, die sie uns neulich Abend gezeigt hat.«

»Die Fotos von Anna?«, fragte er und nahm das Paket entgegen.

Kate nickte. »Und die früheren von euch beiden zusammen.«

Zum ersten Mal an diesem Tag schien mein Vater sichtlich bewegt. Seine gestammelten Dankesworte gingen im allgemeinen Abschiednehmen unter.

»Meld dich die Woche«, sagte Marie eindringlich, als sie mich umarmte. »Und steck um Himmels willen diese blöde Karte in dein Handy!«

»Mach ich«, versprach ich und rang mir ein schwaches Lächeln ab.

Adam umarmte mich und gab mir einen brüderlichen Kuss auf den Scheitel, was mich, als wir die Stufen zum Holztor erklommen, beinahe zum Heulen gebracht hätte – über alles, was nun vorbei schien; nicht nur über Marshas Tod. Dann waren wir auch schon auf der Straße, die aus Tremorden herausführte, verfolgt von einer winterlichen Sonne, die heute eigentlich wirklich kein Recht hatte, an dem hellblauen Nachmittagshimmel zu scheinen.

Wir schwiegen beide fast die ganze Fahrt nach London über, bis der Schmerz in meinem Bauch nur noch gelindert werden konnte, indem ich über Marsha sprach und die Ereignisse des Wochenendes noch einmal Revue passieren ließ.

»Kate hat sich so hingebungsvoll um sie gekümmert, sie hätte nicht besser gepflegt werden können. Ich hoffe nur, dass sie keine Schuldgefühle mit sich herumschleppen wird, weil sie nicht da war, als Marsha gestorben ist.«

»Hm«, war alles, was mein Vater sagte. Er hockte zusammengesunken auf dem Beifahrersitz, die Hände in den Manteltaschen, als wäre ihm kalt, obwohl die Heizung lief. Vermutlich spürte er die Nachwirkungen des Brandy vom Vorabend, aber ich musste einfach weiterreden.

»Es ist schon seltsam, wie es letztendlich ausgegangen ist. Dass Marsha gestorben ist, als wir alle zusammen waren. Sie hat mir neulich gestanden, dass sie ein echter Kontrollfreak war. Vermutlich lacht sie sich jetzt irgendwo ins Fäustchen, dass selbst sie es nicht besser hätte vorhersehen können, wie alles gelaufen ist. Gott sei Dank bist du noch rechtzeitig aufgetaucht …«

Hin und wieder sah ich verstohlen zu ihm hinüber, während ich redete. Und plötzlich ließ mich etwas in seinem Blick alles begreifen. Wir näherten uns gerade einer Ausfahrt nach wer weiß wo, und ich riss den Wagen herum und schoss mit quietschenden Reifen auf die Abfahrtsspur, fuhr durch den Kreisverkehr und hielt in einer Parkbucht.

»Es war so geplant, oder?«, keuchte ich. »Marsha hat es so geplant, und du hast ihr dabei geholfen!«

Er hatte sich kerzengerade hingesetzt, als wir von der Autobahn rasten. Jetzt sagte er: »Können wir hier irgendwo was trinken gehen?«

»Sag's mir«, forderte ich. »Du hast Marsha dabei geholfen, sich umzubringen … oder … *du hast ihr Leben für sie beendet!«,* rief ich entsetzt.

»Ist es wirklich wichtig, wie genau sie gestorben ist?«, fragte er mit ganz ruhiger Stimme, trotz meiner schrillen Anschuldigung. »Reicht es nicht, dass ihr Leiden vorbei ist und dass sie nicht noch mehr erdulden muss?«

»Aber wenn du sie getötet hast, hast du gegen das Gesetz verstoßen, ganz gleich, wie krank sie war!«, rief ich, und seine Ruhe machte es nur noch qualvoller für mich. »Wenn das irgendwer herausfindet, dann könntest du dafür belangt werden!«

Er seufzte tief. »Ich habe Marsha nicht umgebracht. Aber sie hatte für sich entschieden, dass sie nicht mehr weiterleben wollte.« Sein Blick schweifte wieder durch die zunehmende Dunkelheit des Nachmittags. »Ich wünschte wirklich, wir würden irgendwo hingehen, damit wir in Ruhe darüber reden können.«

»Tja, hier ist aber nichts, also geht das nicht. Du wirst es mir schon hier erzählen müssen.«

Ich wartete. Schließlich stieß er einen weiteren Seufzer aus.

»Marsha hat schon vor einiger Zeit beschlossen, dass sie, wenn sie das Gefühl hätte, ihre Zeit sei gekommen, ihr Schicksal selbst in die Hand nehmen würde. Trotz Kates Wachsamkeit ist es ihr gelungen, einen kleinen Vorrat Schmerztabletten anzuhäufen, indem sie anfing, sie einzunehmen, wenn Kate das Zimmer verließ, und dann eine zurückbehielt. Wie dem auch sei, sie wusste, dass sie die Mittel hatte, aber sie war sich noch nicht über das Wann und Wie im Klaren. Sie wollte nicht, dass man Kate oder irgendjemanden sonst verdächtigte, wenn man sie eines Morgens finden würde.«

»Aber warum hat sie dann dich um Hilfe gebeten? Sie wusste ja nicht einmal, dass du kommen würdest!«

»Nein, aber sie wusste, dass du kommen würdest. Und das bedeutete, dass mit ein bisschen Glück ihre ganze Familie versammelt sein würde – vielleicht zum letzten Mal, denn sie wusste, dass sie wahrscheinlich bloß noch ein paar Wochen zu leben hätte. Also hatte sie bereits vor, ihr Leben an diesem Wochenende zu beenden, nach einer letzten großartigen Zusammenkunft. Es war also wirklich eine Abschiedsparty, verstehst du?«

Ich konnte mir vorstellen, wie sie in den einsamen, nicht enden wollenden Nächten, von denen sie gesprochen hatte, beschlossen hatte, was sie tun würde, und sich langsam an die Idee gewöhnt hatte, um sie dann unerschrocken umsetzen zu können.

»Deshalb hat sie auch noch mal den Arzt kommen lassen«, fuhr er fort. »Sie war so besorgt, dass der Verdacht auf Kate fallen könnte. Aber sie wusste, wenn ihr Arzt bestätigen würde, dass sich ihr Zustand verschlechtert hatte, dann würden am Ende keine Fragen gestellt werden.«

»Und das hat sie dir alles erzählt? *Dir,* den sie all die Jahre nicht gesehen hatte? Was, wenn du ihre Pläne hättest auffliegen lassen?«

Er lächelte schief. »Du vergisst, wie gut Marsha uns alle gekannt hat. Schon am Freitagabend haben Marsha und ich so viel geredet, dass sie wusste, dass wir noch immer auf derselben Wellenlänge waren. Sie wusste, dass ich sie nicht davon abhalten würde. Sie musste es einfach irgendwem sagen, und sie hätte es keinem von euch sagen können, weil sie wusste, dass es zu schmerzlich für euch gewesen wäre.«

»Also hat sie dich um Hilfe gebeten?«

Er schüttelte den Kopf. »Ich habe nicht geholfen. Ich bin nur bei ihr geblieben, bis zum Ende. Sie hatte Angst, weißt du? Angst, dass sie vielleicht im letzten Moment der Mut verlassen würde. Aber genauso viel Angst hatte sie davor, was die letzten paar Wochen noch mit sich bringen würden, vor dem Schmerz, den Demütigungen – Inkontinenz, Sprachverlust, das Schwinden ihrer Kräfte. Sie wusste, dass sie das alles treffen könnte, und die Vorstellung konnte sie nicht ertragen. Und sie wollte euch alle aus der Verantwortung entlassen. Sie hatte das Gefühl, ihren Liebsten genügend abverlangt zu haben.«

Tränen glänzten auf seinen Wangen. Er holte tief und zitternd Luft. Ich nahm seine Hand. »Du musst nicht weiterreden.«

Er schien mich gar nicht gehört zu haben. »Es war das Einzige, was ich noch für sie tun konnte. Nachdem ich sie in der Vergangenheit so im Stich gelassen hatte … all diese verlorenen Jahre. Es war der einzige Weg, es wiedergutzumachen. Ich konnte sie doch nicht wieder hängen lassen.«

Ich kramte ein Taschentuch aus der Tasche und reichte es ihm. Ich hörte Marshas Stimme, die mich eindringlich bat, mit Marie zu reden: *»Es muss noch heute Abend sein.«* Kein Wunder, dass sie so darauf bestanden hatte. Ich betrachtete meinen Vater mit neuem Respekt. »Du hast es schon den ganzen Samstag über gewusst. Du wusstest, dass sie in dieser Nacht sterben würde.«

Er nickte, wieder etwas gefasster. »Deswegen bin ich auch den ganzen Tag nicht von ihrer Seite gewichen. Und während der Feier habe ich ihr immer wieder Champagner nachgeschenkt, wenn keiner hinsah. Kate war besorgt, dass sie zu viel trinken könnte, bei all den Schmerzmitteln, die sie einnahm, aber das war natürlich genau, was sie wollte. Und dann, nachdem alle ihr gute Nacht gesagt hatten, hat sie die Tabletten genommen. Es war alles ganz friedlich … ich hielt sie einfach fest, redete mit ihr … bis sie eingeschlafen war. Und dann hat sie einfach … aufgehört zu atmen.«

»Also war sie schon tot, als du runtergekommen bist?«

»Ein Arzt hätte vielleicht noch einen Puls feststellen können, ich aber nicht. Ich habe Kate gesagt, dass sie sie ein paar Stunden nicht stören soll, damit sie auch mit Sicherheit tot ist. Aber wenn irgendetwas schiefgelaufen wäre, wäre Kate wenigstens nicht die Letzte gewesen, die bei ihr war. Das war Marsha sehr wichtig.«

Ich wusste nicht, was ich sonst noch sagen sollte. Gesprächsfetzen, die Unruhe meines Vaters, als wir wieder im Hotel waren, alles passte plötzlich zusammen.

»Wirst du es den anderen je sagen?«, fragte ich schließlich.

»Nein. Deshalb will ich auch gleich zurück nach Frankreich. Ich will mich bei der Bestattung nicht verplappern. Ich wünschte zwar, Kate würde erfahren, dass Marsha zum Schluss nicht alleine war, aber ich denke, es ist besser so. Und ich habe es Marsha versprochen.«

Wir saßen noch eine Weile im warmen Kokon des Wagens, an einem namenlosen Ort, und es war irgendwie tröstend.

»Es tut mir leid, dass ich dich jetzt mit dem Wissen belastet habe«, sagte er nach einer Weile. »Ich hoffe, du kannst es verstehen.«

»Ist schon okay«, sagte ich reflexhaft und dachte dann noch mal darüber nach. Es war wirklich okay.

Wann habe ich je etwas getan, was ich nicht wollte?

Marshas Stimme ertönte so klar in meinem Kopf, dass sie auf dem Rücksitz hätte sitzen können. Was eigentlich ein letzter Sommer hatte sein sollen, hatte sich bis in einen trüben Winter erstreckt, und sie wollte alle von ihren Verpflichtungen befreien.

Dennoch war es schockierend. Gedanken und Bilder wirbelten mir durch den Kopf. Wie konnte sie mit dem Wissen umgehen, dass es der letzte Tag ihres Lebens war, selbst wenn es ihre eigene Entscheidung war? Woher nahm sie den Mut, die Pillen wirklich eine nach der anderen zu schlucken? Und wie konnte mein Vater dabei zusehen, ohne einzugreifen und sie davon abzuhalten, ohne sie im letzten Augenblick davon zu überzeugen, noch durchzuhalten, auch wenn es nur für ein paar Tage wäre?

Ich wusste, dass ein riesiger Besen nötig wäre, um all das hinwegzufegen, und selbst dann würde es mir noch für lange, lange Zeit im Hinterkopf herumspuken und sich in Zeiten der Mutlosigkeit seinen Weg bahnen, genauso wie es mit der schrecklichen Trennung von Will vor einer gefühlten Ewigkeit gewesen war.

Aber diesmal wusste ich, dass ich nicht alleine war. Auch in Frankreich würde mein Vater wohl Momente haben, in denen er innehalten würde, um noch einmal an diese letzten Stunden zu denken, um sich selbst zu vergewissern, dass es aus Marshas Blickwinkel richtig gewesen war, und dann, das hoffte ich, bei Yvon Trost finden, wenn er einmal zweifeln sollte. Oder vielleicht würde er auch mich anrufen, weil ich Bescheid wusste und ihn verstehen würde.

Ich beugte mich hinüber und küsste meinen Vater auf die Wange. »Danke, dass du es mir erzählt hast. Das ist mir wichtig.« Ich setzte mich wieder gerade hin und drehte den Schlüssel in der Zündung um. »Und jetzt, denke ich, ist es Zeit, dass wir beide nach Hause fahren.«

21. Kapitel

»Allie!« – »Mein Gott, du siehst ja furchtbar aus! Du warst wirklich krank, oder?« – »Wir haben versucht, dich anzurufen, aber du warst nicht zu erreichen. Wir dachten schon, Will hätte dich zu einem langen Liebeswochenende entführt, aber keine Sorge, wir haben dem Teufelsweib nichts gesagt.« – »Dann wussten wir, dass er dich nicht entführt haben konnte, weil er ein paar Mal hier angerufen hat, aber das haben wir ihr auch nicht erzählt.«

Donna, Stace und Em scharten sich um mich, sobald ich am Montagmorgen ins Büro gewankt kam. Glücklicherweise war das ›Teufelsweib‹ Merrill noch nicht da.

»Wo steckt sie eigentlich?«, fragte ich, um all den unvermeidlichen Fragen auszuweichen. »Sie ist doch sonst immer so früh dran.«

»Besprechung mit David«, sagte Donna schnaubend. »Eine geschäftliche Besprechung, *behauptet* sie.«

Es war eine Erleichterung, wieder im Büro zu sein, zu sehen, dass wenigstens hier noch alles beim Alten war und die Mädels genauso tratschten wie zuvor. Es war so viel passiert, dass ich das Gefühl hatte, monatelang weg gewesen zu sein, und nicht bloß ein paar Tage, und deshalb war ich auch etwas überrascht, dass sich in meiner Abwesenheit nichts verändert hatte.

»Also, wenn du nicht mit Will weg warst, wo warst du dann?«, wollte Stace wissen. »Warst du im Krankenhaus? Wir hätten dich doch besucht, wenn wir das gewusst hätten«, fügte sie hinzu, um zu verdeutlichen, dass es nur die Sorge um mein Wohlbefinden war, die sie antrieb, mich mit Fragen zu löchern, nicht bloß schnöde Neugier.

»Du siehst ganz schön blass aus«, stellte Em fest, und ich konnte ›Abtreibungsklinik‹ in den vielsagenden Blicken lesen, die sie austauschten.

Ich ließ mich auf meinen Schreibtischstuhl sinken und fing an, den Papierkram durchzugehen, der sich dort angesammelt hatte.

»Mir geht's gut, wirklich«, sagte ich. Aber ich wusste, dass sie sich damit nicht zufriedengeben würden. Also hörte ich auf, in den Unterlagen zu kramen, und blickte hoch in ihre erwartungsvollen, aber zugegebenermaßen auch besorgten Augen.

»Ein ... Freund aus Cornwall ist überraschend bei mir aufgetaucht und hat mir gesagt, dass eine gemeinsame Freundin im Sterben liegt. Also bin ich nach Cornwall gefahren, um sie noch mal zu sehen. Oh, und mein Vater ist mich unerwartet besuchen gekommen, aus Frankreich, was das Ganze noch ein bisschen komplizierter gemacht hat. Er ist auch mit nach Cornwall gekommen.«

»Dein Vater ist den weiten Weg aus Frankreich gekommen, ohne es dir vorher zu sagen?« Em kniff die Augen zusammen. »Was wollte er denn?«

Ems Vater lebte in Walthamstow im Nordosten von London und tauchte regelmäßig unangemeldet bei ihrer Mutter auf, wenn er mal wieder knapp bei Kasse war.

»Er wollte mich einfach sehen. Wir hatten ewig keinen Kontakt, und er hat sich Sorgen gemacht«, erwiderte ich, und ein warmes Gefühl machte sich in mir breit, als ich an den liebevollen Abschied von heute Morgen dachte, der so ganz anders war als unsere Begrüßung einige Tage zuvor, als ich noch genauso argwöhnisch war wie Emma.

Donna räusperte sich. »Und, äh, deine Freundin aus Cornwall ist sie … ist sie …?«

»Sie ist gestorben. Samstagnacht. Am Freitag fahre ich zur Beerdigung«, sagte ich schlichtweg.

»Oh … tut mir leid«, sagte Donna.

»Ja … mir auch«, schloss sich Em an.

»Oh, das ist ja furchtbar, wenn jemand so jung stirbt«, sagte Stace mit einem leichten Schaudern und zog sich hinter ihren Schreibtisch zurück, als wäre die Rede vom Tod eine ansteckende Krankheit. Ich beschloss, dass es zu kompliziert wäre, die ganze Sache mit Marsha zu erklären, also überließ ich die drei ihren Vermutungen. Sie wussten auch nicht, was sie noch sagen sollten, also herrschte, als Merrill kurz darauf erschien, eine gedrückte Atmosphäre und der ungewöhnliche Anschein von konzentrierter Arbeit.

»Ah, Allie, Sie sind wieder da!«, sagte sie, ohne Donnas verstohlene Kontrolle, ob ihr Haar oder ihre Kleidung derangiert waren, zu bemerken. »Fühlen Sie sich besser? Sie sehen immer noch ein bisschen blass aus.«

»Magenverstimmung«, sagte ich prompt. »Vermutlich hat das auch die Migräne ausgelöst. Aber es ist alles wieder in Ordnung, wirklich.«

»Gut.« Sie ging weiter in ihr Büro, das gar nicht mehr so sehr wie ein Kabuff aussah, jetzt, wo alles so aufgeräumt und geordnet war, und tauchte bis zur Mittagspause nicht mehr auf.

»Wahrscheinlich schreibt sie ihm E-Mails«, murmelte Donna.

»Seit wann ist sie denn eifersüchtig auf Merrill?«, fragte ich Stace, als Donna wenig später zur Toilette gerauscht war.

»Seit letztem Donnerstag, als sich herausstellte, dass David Geburtstag hatte, was keine von uns wusste, obwohl wir schon seit Ewigkeiten hier arbeiten, aber Merrill hat es wohl herausgefunden, ihm eine Karte geschenkt und hing, laut Donna, an ihm wie eine Klette.«

»Also dann wusste Will nichts davon, dass du in Cornwall warst?«, fragte Em, nun da ich das Eis wieder gebrochen und damit klargemacht hatte, dass sie keine Rücksicht nehmen mussten, bloß weil meine Freundin gerade gestorben war.

»Ich hatte keine Zeit, es ihm zu sagen«, antwortete ich schnell. »Und außerdem fand ich nicht, dass es ihn etwas anging.«

»Oh, also war deine Freundin, die gestorben ist, keine gemeinsame Freundin aus der Zeit, als ihr noch ein Paar wart?«

»Nein, das war sie nicht.«

Ich war versucht, ihnen die ganze Geschichte zu erzählen, weil ich mir gerne etwas davon von der Seele geredet hätte, vor allem, was Adam betraf, aber es war einfach zu kompliziert, und ich wusste, dass es mich nur wieder ganz durcheinanderbringen würde, wenn ich davon anfinge. Doch ich fühlte mich sehr einsam, jetzt, wo mein Vater wieder zurück in Frankreich war und Kate und Marie, die wenigstens fast alles wussten, diese Woche selbst zu viel anderes im Kopf hatten.

Das Gefühl der Einsamkeit nahm im Laufe des Tages noch zu, obwohl es in gewisser Weise beruhigend war, dass die Mädels wie gewöhnlich vor sich hinquasselten. Also freute ich mich fast ein bisschen darüber, als am Nachmittag mein Telefon klingelte und ich Wills Stimme am anderen Ende der Leitung hörte.

»Allie! Ich hab auf allen nur erdenklichen Wegen versucht, dich zu erreichen! Wo *warst* du denn? Ich dachte schon, du gehst mir absichtlich aus dem Weg!«

»Ich war ein paar Tage weg.«

»Na ja, *das* hab ich gemerkt. Ich hab am Freitag bei dir vorbeigeschaut, wie wir besprochen hatten, und du warst nicht da. Einer der Nachbarn hat gesagt, du seist schon seit ein paar Tagen nicht mehr aufgetaucht.«

»Ich hatte keine Zeit, dich zu informieren. Ich musste nach Cornwall. Um eine Freundin zu besuchen, die sehr krank war.«

»Nach Cornwall? Mit diesem Kerl, Adam?«

Ein harter Ton hatte sich in seine sorgsam regulierte Stimme eingeschlichen. Bis jetzt hatte er nicht besonders besorgt geklungen. Keine Spur von: ›Ich dachte schon, du liegst irgendwo tot im Graben, geht's dir gut?‹ Deshalb bekam er auch keine Entschuldigung von mir.

»Nein, ich bin nicht mit Adam gefahren, sondern mit meinem Vater.«

Ich spürte, wie die Mädels die Ohren spitzten, vor allem als Adams Name fiel.

»Deinem Vater?«, fragte Will. »Aber der ist doch in Frankreich.«

»Ja, da ist er jetzt auch wieder. Zurück in Frankreich. Aber die letzten paar Tage war er nicht dort. Sondern mit mir in Cornwall.«

»Oh, ich verstehe«, sagte er, obwohl das ganz offensichtlich nicht der Fall war. »Also, kann ich heute Abend bei dir vorbeikommen? Ich muss einiges mit dir besprechen.«

»Nein«, sagte ich schnell, »kannst du nicht. Weiß der Himmel, wer sonst wieder bei mir auf der Matte steht, wenn du da bist.« Im schlimmsten Fall wäre das Adam – was vermutlich Wunschdenken war, aber gut. »Lass uns besser irgendwo treffen.«

Wir einigten uns auf einen Pub in Croydon. Ich wartete noch immer darauf, dass er sich nach meinem Wohlbefinden erkundigte, aber es kam nichts.

»Übrigens ist gerade eine Freundin von mir gestorben«, sagte ich schließlich, bevor ich abrupt auflegte.

Dann machte ich eine Reihe ziemlich sinnloser Anrufe, damit er mich nicht zurückrufen konnte, womit ich Merrill unabsichtlich mit meinem Arbeitseifer beeindruckte und gleichzeitig die Mädels daran hinderte, die Frage zu stellen, die alle brennend interessierte: *»Wer ist Adam?«*

Will musste allerdings von meinem plötzlichen Auflegen aufgeschreckt worden sein, denn als wir uns trafen, war er die Aufmerksamkeit in Person, nahm mir den Mantel ab und bestellte mir sofort etwas zu trinken.

»Es tut mir leid«, sagte er, als wir an unserem Tisch Platz genommen hatten. »Ich war so froh, dass du wieder da warst, dass ich gar nicht daran gedacht habe, dich zu fragen, was in Cornwall los war. Das mit deiner Freundin tut mir leid.«

Er hatte diese Gabe, mich immer dann zu verblüffen, wenn ich gerade das Schlimmste von ihm hielt. Jeder, der ihm jetzt zuhören würde, wie er das Gespräch gekonnt auf freudigere Themen lenkte, wäre beeindruckt von seiner zuvorkommenden Art und würde sich zweifelsohne fragen, warum ich nicht wieder mit offenen Armen zu ihm zurückgelaufen kam.

Ich zuckte zusammen, als ich ihn etwas von einem Haus sagen hörte. »Es war bei den Unterlagen, die ich dir letzte Woche vorbeigebracht habe, aber wahrscheinlich hattest du noch keine Gelegenheit, einen Blick darauf zu werfen. Wie dem auch sei, es steht noch immer zum Verkauf, aber wir müssen es uns so bald wie möglich anschauen, denn ich bin sicher, dass es bald weggeht …«

Es wird Zeit, dem ein Ende zu setzen, hatte Marsha wohl zu meinem Vater gesagt, als sie beschloss, aus dem Leben zu gehen. Und es wurde auch Zeit, dieser Farce hier endlich ein Ende zu setzen.

Marsha. Es traf mich erneut, dass ich sie nie wiedersehen würde. Und wenn es Adam und mir nicht gelingen sollte, etwas aus dieser ins Stocken geratenen Beziehung zu machen, wonach es leider bisher aussah, würde ich auch ihn nach diesem Freitag nicht wiedersehen. Und wenn ich nun auch Will endgültig Lebwohl sagte, dann wäre ich allein, ziemlich allein – mal wieder. Aber Marshas Stimme ging mir nicht aus dem Kopf, und plötzlich wurde mein Blick von Tränen verschleiert. Ich sah mich hektisch um, versuchte sie wegzublinzeln, denn ich wollte nicht, dass Will meine Schwäche sah. Ich musste stark sein, um das hier zu beenden. So stark wie Marsha gewesen war.

»Entschuldige«, murmelte ich und stand hastig auf. »Ich bin gleich wieder da.«

Der Pub war riesig, mit verschiedenen Bars und Essensbereichen auf mehreren Ebenen, und nur schummrig beleuchtet. Ich brauchte eine Weile, bis ich die Toiletten gefunden hatte, doch als ich schließlich dort war, schloss ich mich in eine der Kabinen ein und ließ meinen Tränen freien Lauf; wütend auf mich selbst, darüber, dass ich ausgerechnet hier zusammenbrach, aber ohne viel dagegen ausrichten zu können, denn meine Tränenkanäle schienen ihren eigenen Willen entwickelt zu haben.

Ich hatte die Schluchzphase soeben hinter mir gelassen und die Zitterphase erreicht, als zwei Frauen den Vorraum betraten und ein wenig tratschten, während sie ihr Make-up auffrischten. Ich verhielt mich ganz still, in der Hoffnung, dass sie bald wieder gehen würden, damit ich mir das Gesicht waschen und etwas Schadensbegrenzung betreiben könnte.

»Also hatte ich irgendwann genug«, sagte eine der Frauen, »die ganzen Lügen und Betrügereien. Es gab immer andere Frauen. Und als ich dann noch herausfand, dass auch sein Geschäft den Bach runterging und kein Geld mehr da war, hab ich mir gesagt: Genug ist genug. Ich hab was Besseres verdient. Also bin ich gegangen. Er hat versucht, mich zurückzubekommen, aber ich bin gar nicht darauf eingegangen …«

Also, das klang konsequent. So musste ich es auch machen.

»Schade«, sagte die andere Frau. »Er schien echt nett zu sein.«

»Na ja, du weißt ja, was man sagt. Wenn er seine Frau mit dir betrogen hat, dann wird der Schweinehund mit dir das Gleiche machen!«

»Man kann es nur vorher leider nicht wissen, oder? Ich weiß noch, als ich deinen Will zum ersten Mal getroffen habe, dachte ich …«

Will? Ich richtete mich auf, trocknete mir mit einem Taschentuch das Gesicht und öffnete die Tür. Ich trat an das erstbeste Waschbecken. Ich musste hier raus.

»Meine Güte, Sie haben mich vielleicht erschreckt!«, sagte die erste der beiden Frauen. »Ich wusste nicht, dass jemand hier ist.«

»Entschuldigung«, murmelte ich und konzentrierte mich aufs Händewaschen, als sei es ein obsessives Ritual.

»Alles in Ordnung mit Ihnen?«, erkundigte sie sich freundlich.

Ich hob den Kopf und unsere Blicke trafen sich im Spiegel über den Waschbecken. Sie war groß und blond und hatte lange Beine und einen üppigen Busen unter ihrem Lycra-Oberteil. Ich war klein, dunkelhaarig, und mein Gesicht war rot und fleckig.

»Alles in Ordnung«, antwortete ich und hielt ihrem Blick stand, obwohl meine Wimperntusche verschmiert war.

Sie hatte immerhin den Anstand, auf unvorteilhafte Art zu erblassen, und wir starrten uns noch einen Moment lang an. Ihre Stimme klang ein wenig krächzend.

»Sicher?«

Ich nickte und wischte die Mascarareste weg. Es war mir egal, was für einen Anblick ich abgab. Ich straffte die Schultern. Ich würde es jetzt zu Ende bringen. »Ziemlich sicher«, sagte ich. »*Ich* hab nämlich auch was Besseres verdient.« Ich schenkte dem verblüfften Gesicht ihrer Freundin keine Beachtung, drehte mich auf dem Absatz um und legte einen würdevollen Abgang hin.

Will studierte gerade die Speisekarte, als ich zurückkam, und blickte bloß flüchtig auf. Glücklicherweise war es zu düster, als dass er mein Gesicht deutlich hätte sehen können. »Musstest du warten?«, fragte er. »Das hat ja ewig gedauert. Das Essen hier sieht übrigens gut aus. Ich hoffe, du hast Hunger.«

»Nicht wirklich«, sagte ich. »Genau genommen möchte ich, glaube ich, gar nichts essen.«

Etwas an meinem Ton ließ ihn aufhorchen, und er sah mich alarmiert und fragend an.

»Leg mal einen Moment die Karte weg, Will. Ich muss dir was sagen.«

Er tat, wie ihm geheißen, machte aber sofort den Mund auf, um etwas zu sagen. Ich spürte Marsha auf meiner Schulter und hob abwehrend die Hand.

»Ich möchte das nicht weiterführen – ich möchte all das nicht. Es war ein Fehler zu denken, dass wir wieder zusammenkommen könnten. Das geht nicht.«

»Aber es war doch alles in Ordnung, wir haben uns doch so gut verstanden! Woher kommt das jetzt?«

»Ich liebe dich einfach nicht mehr, Will. Ich dachte, ich tu's. Die ganze Zeit, als wir getrennt waren, dachte ich, dass ich dich noch liebe, aber es war bloß meine Traumvorstellung von unserer Ehe, die mir noch am Herzen lag, nicht die Realität. Wir passen eigentlich gar nicht zusammen, und wenn wir uns wieder zusammentun, dann machen wir uns bloß wieder unglücklich.«

Es war eine noble Rede, mindestens genauso nobel wie die Reden, die er geschwungen hatte, nachdem er wieder bei mir angekrochen gekommen war. Ich war ziemlich beeindruckt davon.

Will jedoch nicht. Sein Gesicht verfinsterte sich. »Hör zu, Allie, ich hab dir doch gesagt, wie es um meine Gefühle stand, als ich mit Lauren zusammen war – dass mir klar geworden ist, was du mir bedeutest, und das habe ich seitdem jeden Tag versucht, dir zu beweisen. Ich dachte, dass du langsam anfängst, wieder dasselbe zu empfinden. Wenn das irgendwas mit diesem Typen zu tun hat, der letzte Woche aufgetaucht ist, dann sag ich dir …«

»Es hat nichts mit Adam zu tun!«, unterbrach ich ihn heftig. »Hier geht es um *mich* – Allie –, und ich treffe meine Entscheidungen selbst! Ich weiß, das ist für dich jetzt vielleicht schwer zu begreifen, weil du ja, als wir noch zusammen waren, immer alle Entscheidungen für uns getroffen hast und ich dumm genug war, das geschehen zu lassen. Aber ich bin jetzt ein anderer Mensch! Ich bin eine *eigenständige* Person! Das ist *meine* Entscheidung!«

Ich spürte, wie Marsha mir applaudierte. *›Sieh dich an‹*, hörte ich sie sagen, *›du fängst an, dein Leben in die Hand zu nehmen!‹* Vielleicht tat ich das wirklich endlich.

Wills Tonfall wurde schmeichelnd. »Du hattest eine

schwere Woche. Du bist traurig, das merke ich. Wie wäre es, wenn ich dich ein paar Tage in Ruhe lasse, dir Zeit zum Nachdenken gebe … damit du dir klar werden kannst, wie sehr ich dich liebe … darüber nachdenken kannst, wie wir unsere Ehe retten können …«

Ich stand auf. »Okay. Du kapierst es einfach nicht, oder? Dann versuchen wir's so. Du bist ein Lügner, ein Betrüger, ein egoistischer Mistkerl und mit so einem will ich nicht den Rest meines Lebens verbringen!« *Tief durchatmen.* »Ich gehe jetzt«, fuhr ich freundlicher fort, »und ich will nicht, dass du mitkommst. Ich will auch nicht mehr von dir angerufen werden. Genau genommen ist es besser, wenn wir uns nicht mehr wiedersehen – nie mehr!« Ich nickte mit dem Kopf in Richtung der belebteren Teile des Pubs. »Hier gibt es jede Menge Mädels. Versuch dein Glück doch bei denen.«

Ich nahm meinen Mantel und rauschte aus dem Pub. Ich konnte spüren, dass Marsha noch immer auf meiner Schulter saß. Diesmal schmunzelte sie.

Als ich meine Wohnung betrat, klingelte das Telefon. Ich eilte hin, nahm ab und versuchte, nicht enttäuscht zu klingen, als es Marie war, die anrief, um mir den Zeitpunkt der Bestattung durchzugeben.

»Wie geht es allen so?«, erkundigte ich mich.

»Im Moment sind nur Kate und ich hier. Die Jungs sind heute früh alle abgereist, damit sie am Freitag wiederkommen können. Aber im Moment fühlt es sich okay an, weil es so viel zu erledigen gibt, und wir sind beide wie erschlagen. Ich denke, wir gehen bald ins Bett, und dann sehen wir mal, wie die Dinge morgen früh aussehen.«

Wir unterhielten uns noch ein paar Minuten weiter, aber ich sagte nichts von Will, denn ich wusste, dass es zu einer Diskussion über Adam führen würde, und im

Moment wollte ich das nicht. Ich war noch immer dabei, mein Leben wieder in die Hand zu nehmen.

Die Immobilienunterlagen, von denen Will gesprochen hatte, lagen noch immer auf dem Couchtisch. Bei dem Haus handelte es sich um eine kleine Doppelhaushälfte in Sidcup. *Sidcup?* Wo sollte das denn bitteschön sein? Es war mir ein echtes Vergnügen, die Unterlagen in den Müll zu werfen. Dann folgte ich Maries Beispiel und ging früh zu Bett, in der Hoffnung, dass ein paar gute Stunden Schlaf meine geschwollenen Augen und die fleckige Haut kurieren würden. Ich war plötzlich so müde, dass ich an niemanden anders mehr denken konnte.

»Hallo, Schätzchen, wir sind wieder da! Oh, siehst du aber blass aus, jetzt, wo deine Urlaubsbräune weg ist. Mutest du dir etwa zu viel zu? Ich weiß ja nicht, warum du für eine Zeitarbeitsstelle jeden Tag durch halb London reisen musst …«

Es war der nächste Tag am frühen Abend, und meine Mutter kam dicht gefolgt von Philip und einer starken Wolke Chanel in meine Wohnung gefegt.

»Ich sehe nur so blass aus, weil du so schön braun geworden bist«, erwiderte ich mit einem Lächeln. »Willkommen zu Hause, ihr beide! Schön, dass ihr wieder da seid!«

Und ich merkte, dass ich es wirklich so meinte, als ich Juliet als Reaktion auf ihre Luftküsse etwas länger an mich drückte und dann auch den überraschten Philip umarmte. »Hattet ihr eine gute Zeit?«

»Ja, Schätzchen, es war toll!« Juliet seufzte, als sie es sich auf dem Sofa bequem machte. Ich bemerkte, wie die beiden sich geheimnistuerisch anlächelten, als Philip sich neben sie setzte.

»Wir müssen dir etwas sagen!«, verkündete sie, zog sich

schwungvoll den linken Handschuh aus und wedelte mit ihren Fingern vor mir herum. »Philip und ich haben uns verlobt!«

Drei Diamanten funkelten mich an, so groß, dass ich sie, wenn sie ihr nicht von Philip geschenkt worden wären und nicht von Juliet getragen worden wären, für Zirkonia gehalten hätte.

»Wundervoll, oder!?«, jubelte Juliet, und obwohl ich mir nicht sicher war, ob sie die Verlobung oder den Ring meinte, stimmte ich ihr eilig zu.

»Ich freu mich sehr für euch beide«, sagte ich. »Wann soll der glückliche Tag denn sein?«

»Das entscheidet mein Zukünftiger.« Juliet wandte sich so kokett an Philip, dass ich mir das Lachen verkneifen musste. Wusste er, wie oft sie diesen Weg schon gegangen war?

Philip räusperte sich, ich denke, um sicherzugehen, dass seine Stimmbänder noch funktionierten. »Ich ... wir ...« Hatte er da wirklich gerade ihren frivolen Blick erwidert? »Wir wollen, dass die Hochzeit so bald wie möglich stattfindet. Ich weiß, man könnte meinen, wir wären erst seit Kurzem zusammen, aber in Wahrheit kennen wir uns schon sehr lange. Da wäre es doch dumm, noch mehr Zeit zu vergeuden.« Sein Gesicht wurde ganz ernst. »Aber es ist uns – uns beiden – sehr wichtig, dass wir deinen Segen haben.«

»Natürlich habt ihr den! Ihr seid erwachsen und euch einig – da habe ich nun wirklich nichts reinzureden, solange ihr beide glücklich seid!«

»Oh, das sind wir«, versicherte er mir und nahm Juliets Hand. »Sehr glücklich.«

Er war wirklich nett, fand ich, ein sehr netter Mann. Wie hatte Juliet das gemacht? Drei anständige Männer waren in ihrem Leben bereit gewesen, sie zu heiraten, und zahllose andere hatte sie zappeln lassen. Sie musste etwas in den Genen haben, was sie nicht an mich weitervererbt hatte.

»Wir sind uns aber noch nicht sicher, ob wir im Claridges oder im Ritz feiern werden«, sagte Juliet. »Das hängt ganz von Joan Collins ab.«

»Joan Collins?«, wiederholte ich beeindruckt. »Ist sie auch eingeladen?«

»Nein, Schätzchen, sei nicht albern. Ich muss prüfen, wo sie ihre letzte Feier hatte, denn man möchte ja nicht denselben Ort wählen.«

Oh nein, das möchte man nun wirklich nicht. Also wirklich, wie dumm von mir.

»Also«, sagte sie, als wir die Hochzeit besprochen hatten, »was hast du so getrieben, während wir weg waren?« Ihr Blick wanderte umher, auf der Suche nach Anzeichen für ein ausschweifendes Leben oder zumindest einem Hauch von Aufregung.

»Ach, dies und das. Ähm … Will ist wieder aufgetaucht. Erinnerst du dich? Er hatte doch versucht, mich zu erreichen. Tja, er wollte die Scheidung doch nicht, unserer Ehe noch einmal eine Chance geben, aber …«

»Will?«, kreischte Juliet. »Wollte dich zurück?« Ihr ungläubiger Ton ließ mich beinahe meine frühere Bemerkung, dass ich mich freute, sie wiederzusehen, bereuen. »Aber warum? Was ist passiert? Was hast du dazu gesagt?«

Philip tippte ihr sanft auf den elegant bedeckten Oberschenkel und sagte: »Lass sie doch in Ruhe erzählen, Schatz.« Zu meinem großen Erstaunen verstummte meine Mutter. Vielleicht waren ja wirklich alle guten Dinge drei.

»Ich habe abgelehnt. Ich bin jetzt über ihn hinweg. Es gibt kein Zurück mehr. Ich liebe ihn nicht mehr.«

»Aber …«

Philip stupste Juliet fast unmerklich an.

»Na ja, ich bin sicher, du hast das Richtige getan, Schätzchen«, brachte Juliet heraus. Was ihr offensichtlich schwerfiel, weil sie immer ganz begeistert von Will gewesen war.

»Ach … und Dad hat mich letzte Woche besucht«, sagte ich fröhlich, um die kurze Gesprächslücke zu füllen.

»Ian? War hier?«, rief sie und sah sich erneut um, für den Fall, dass er sich noch irgendwo im Hintergrund versteckt hielt. »Erzähl mir nicht, dass er ohne Vorwarnung hier aufgetaucht ist.«

»Doch, so war es tatsächlich. Er meinte, er wäre wegen eines Anrufs von dir ein wenig beunruhigt gewesen …«

Sie besaß den Anstand, ein wenig betreten zu schauen. »Ja, na ja, ich habe mir eben Sorgen gemacht, als du verschwunden warst … und ich fand es an der Zeit, dass er auch ein wenig von der Sorge auf sich nimmt. Ich dachte ja nicht, dass er plötzlich aus heiterem Himmel bei dir auftaucht … Aber klar, er war ja schon immer so schrecklich impulsiv …«

»Na ja, ich bin froh, dass er da war«, unterbrach ich sie, bevor sie wieder in den *›Du weißt ja, wie dein Vater ist‹*-Modus schalten konnte. »Wir haben ein paar Tage zusammen verbracht und vieles klären können.«

Wir hatten uns beide darauf geeinigt, Cornwall Juliet gegenüber nicht zu erwähnen, sofern es nicht absolut notwendig wäre.

»Gut«, sagte Philip bestimmt. »Es ist wichtig, dass Kinder ein gutes Verhältnis zu beiden Elternteilen haben, egal wie alt sie sind. Und auch zu ihren angehenden Stiefeltern«, fuhr er fort und sah mich strahlend an. »Also, warum kommst du heute Abend nicht mit uns essen, und wir feiern ein bisschen?«

Ich erwiderte sein Lächeln, sagte aber bedauernd: »Das würde ich wirklich gern, aber heute Abend kann ich leider nicht. Ich habe schon etwas vor.«

Nachdem wir uns zum Mittagessen am folgenden Samstag verabredet hatten, gingen die beiden. »Damit du noch genug Zeit zur Vorbereitung hast – was auch immer du heute Abend geplant hast«, sagte Juliet noch schnippisch, denn ich hatte ihr nicht verraten, was es war.

Das lag natürlich hauptsächlich daran, dass ich selbst noch nicht recht wusste, was ich eigentlich vorhatte. Aber Juliet und Philip so glücklich zusammensitzen zu sehen und zu wissen, dass sie dieses Glück auch die letzten zwanzig Jahre hätten leben können, wenn nicht beide die Falschen geheiratet hätten, weckte wieder den Entschluss in mir, die Sache in die Hand zu nehmen. Alles, was ich bisher getan hatte, war rumzusitzen und darauf zu warten, dass Adam sich bei mir meldete, und mich zu bemitleiden, weil dies nicht geschah. Es wurde Zeit, dass ich selbst etwas unternahm.

Ich hatte noch immer seine Handynummer, aber ich konnte sie sowieso noch auswendig, also wählte ich, ohne mir Zeit für einen Rückzieher zu lassen, seine Nummer.

»Adam Palmer.«

»Adam, ich bin's, Allie. Bist du heute Abend zu Hause?«

»Äh … ja … ja, bin ich. Ich wollte dich sowieso noch anrufen … Alles in Ordnung bei dir?«

»Alles in Ordnung. Adam, wo wohnst du?«

»Shepherd's Bush. Das hatte ich dir, glaub ich, schon erzählt …«

»Ja, aber wo genau?«

Er nannte mir seine Adresse und beschrieb mir den Weg von der U-Bahn-Station.

»Gut. Bist du den ganzen Abend zu Hause?«

»Na ja, jetzt sieht es ganz danach aus … Ich wollte eigentlich vorschlagen, dass ich zu dir komme. Es gibt etwas, das ich dringend mit dir besprechen muss …«

»Ich komm zu dir. Wie du bei Marsha gesagt hast: Wir müssen reden.«

»In Ordnung …« Seine Stimme klang vorsichtig, als wäre ich jemand, der grob werden könnte, wenn man ihm nicht seinen Willen lässt. »Soll ich dich von der U-Bahn abholen? Mein Haus ist ein bisschen schwer zu finden.«

»Nein, keine Sorge, ich finde es schon. Und falls nicht, habe ich die SIM-Karte in mein Handy gesteckt. Ich brauch ungefähr eine Stunde.«

Auf dem Weg dorthin sagte ich mir, dass auch das zu Ende gebracht werden musste. Ich war so konzentriert darauf, dass ich erst, als mich in der U-Bahn ein Mann mir gegenüber auffordernd anlächelte, merkte, dass ich die ganze Zeit die Lippen zu meinen Gedanken bewegte. Ich sah ihn mürrisch an, um ihm klarzumachen, dass das keinerlei Einladung war, was ihn so sehr in Verlegenheit brachte, dass er nach einer herumliegenden Zeitung griff und den Kopf darin vergrub.

Ich wandte mich wieder meinen Überlegungen zu. Ich hatte meine Beziehung mit Will endgültig beendet, nun musste ich die richtigen Worte für Adam finden. Ich würde ihm einfach alles erzählen, was zwischen mir und Will vorgefallen war, und dann müsste er selbst entscheiden. Wenn er mich nicht wollte, okay. Es würde mir zwar das Herz brechen, aber das war mir schon einmal passiert, und jetzt wusste ich, dass es letztendlich auch wieder heilen würde. Aber zumindest würde ich wissen, woran ich bin, und mein restliches Leben würde nicht verpfuscht von innerer Zerrissenheit und verpassten Gelegenheiten wie das von meinen Eltern und Marsha.

Nachdem ich die U-Bahn-Station verlassen hatte, machte ich mich mutig auf den Weg in die Richtung, die mir nach Adams Beschreibung stimmig erschien, aber natürlich wusste ich nicht genau, ob ich richtiglag. Doch ich war fest entschlossen, ihn nicht anzurufen, also fragte ich ungefähr sechs Leute – von denen zwei noch weniger zu wissen schienen, wo sie sich befanden, als ich, ein weiterer offenbar ein albanischer Flüchtling war und noch ein anderer links nicht von rechts unterscheiden konnte.

Schließlich fand ich es inmitten einer langen Reihe hoher, alter Häuser, die in der Dunkelheit romantisch aussahen, aber bei Tageslicht betrachtet wahrscheinlich eher etwas heruntergekommen waren. Als ich Adams Stimme knackend durch die Gegensprechanlage hörte, wurde ich auf einmal doch ziemlich nervös.

»Hi, komm rauf. Ich wohne ganz oben.«

Ich erklomm die scheinbar nicht enden wollende Treppe und versuchte, Marsha wieder auf meiner Schulter zu spüren, doch sie war nicht da. Diesmal war ich ganz auf mich allein gestellt.

Oben wartete Adam auf mich. Er lehnte über dem Treppengeländer. »Entschuldige die Kletterei«, sagte er leichthin. »Hier oben gibt es Sauerstoff, falls du welchen brauchst.«

Aber es waren nicht bloß die Stufen, die mich außer Atem geraten ließen, sondern es hatte auch etwas mit dem Klopfen meines Herzens zu tun.

Adam führte mich durch einen winzigen Gang in ein längliches Zimmer. An dem einen Ende standen Sofas und Sessel vor einem großen Fenster mit Vorhängen, in der Mitte befand sich eine Kücheninsel, und am hinteren Ende stand ein Tisch mit Stühlen vor einem noch größeren Fenster, von dem aus man vermutlich die Dächer von ganz Shepherd's Bush überblicken konnte. Doch jetzt sah man bloß jede Menge funkelnder Lichter vor einem pechschwarzen Hintergrund, als wäre weit und breit alles voller Weihnachtsbeleuchtung. Hinter einer Flügeltür neben dem Fenster schien sich ein kleiner Wintergarten zu befinden, der aussah, als würde er frei im Nachthimmel hängen.

Das Zimmer war cremefarben gestrichen und hatte einen geschliffenen, polierten Holzfußboden. Alles war so minimalistisch, dass meine Wohnung dagegen geradezu überladen wirkte, und trotzdem herrschte eine warme, einladende Atmosphäre.

»Ich hab dir ja gesagt, dass es bloß ein besserer Besenschrank ist«, sagte Adam. Er zeigte durchs Zimmer: »Wohnzimmer, Küchenbereich, Essbereich und Arbeitsplatz …«, er zeigte auf den Wintergarten, »und das Schlafzimmer und das Bad sind da hinten«, sagte er und zeigte auf eine Tür neben dem Wintergarten.

»Schön«, hauchte ich und wünschte mir sofort, ich hätte ein weniger fantasieloses Adjektiv gebraucht. Das Gespräch geriet ins Stocken.

»Am Tag ist es bestimmt schön hell«, fuhr ich fort, um das Schweigen zu brechen.

»Ja, das ist es. Und ruhig, weil es so weit oben ist.«

Wieder herrschte Schweigen. *Sag was,* ermahnte ich mich. *Sag ihm, warum du hier bist …*

Aber diesmal füllte er die Lücke.

»Für mich ist es groß genug – ich bin eh nicht viel hier. Aber wenn, dann fühle ich mich sehr wohl.«

Ich nickte. Er nickte. Es war schrecklich. Seit wann fiel es mir schwer, mit Adam zu reden?

»Komm, ich nehm dir erst mal den Mantel ab«, sagte er plötzlich und kam auf mich zu, während ich, froh darüber, etwas tun zu können, hastig den Mantel aufknöpfte und dabei meine Tasche fallen ließ, sodass der gesamte Inhalt herausfiel. Wir knieten uns beide hin, um die Einkaufszettel, alten Kassenbons und fusseligen Taschentücher wieder einzusammeln. Ich beschloss, natürlich zu spät, meine Tasche in Zukunft öfter auszuräumen, so wie man die Wohnung sauber macht, sobald einen Besucher verlassen haben, die einen im Chaos erwischt haben.

»Das erinnert mich an den ersten Abend in Tremorden«, sagte Adam und überreichte mir feierlich eine Zwei-Pence-Münze und ein ausgeblichenes Smartie, das ich bescheuerterweise wieder in meine Tasche steckte, da ich nirgendwo einen Mülleimer sah.

»Das ist ein Abend, an den ich lieber nicht erinnert werden möchte«, sagte ich. »Oh, na ja, natürlich abgesehen davon, dass ich euch da alle kennengelernt habe – daran erinnere ich mich gern –, ich meinte bloß …« Ich stöhnte innerlich. Was war bloß aus meiner Kontrolle über das, was ich so von mir gab, geworden? Das hier war viel schwerer zu klären als die Sache mit Will.

Ich umklammerte noch immer ein großes Knäuel aus meinem Mantel, dem Schal und meiner Handtasche. »Gib mir das mal«, sagte Adam und brachte alles zu einem der Stühle hinüber, wobei er es auf dem Weg dorthin entwirrte. Mir fiel auf, dass er müde und abgespannt wirkte, und am liebsten hätte ich ihn in den Arm genommen und die Furchen in seinem Gesicht geglättet. Plötzlich fühlte ich mich wieder stark.

»Adam …«

»Allie, es gibt etwas, was ich dir erklären muss.« Er hatte sich hastig umgedreht, als hätte er zur selben Zeit wie ich einen Entschluss gefasst. Er nahm mich bei den Händen und zog mich zu einem Stuhl beim Esstisch. Dann setzte er sich mir gegenüber hin, damit er mich direkt ansehen konnte. Er hielt noch immer meine Hände, und mir wurde schon etwas wärmer.

»Ich werde dir das alles erzählen, auch wenn es dir wahrscheinlich nicht gefallen wird, aber bitte denk daran, dass ich es dir nur sage, weil du mir wichtig bist.«

Mir wurde auf einmal ganz heiß. Das war's. Er wies mich zurück. Ich hörte es an seinem Tonfall. Als Nächstes würde er wahrscheinlich sagen: ›Es hat nichts mit dir zu tun, es liegt nur an mir.‹ Auch wenn das immer das Gegenteil bedeutete.

»Du kannst nicht zu Will zurückgehen«, sagte er energisch. Erleichterung machte sich in mir breit.

»Aber ich …« Doch bevor ich weiterreden konnte, unterbrach er mich.

»Als ich ihm sein Handy zurückgebracht habe, habe ich vorher kurz ein paar der Nummern angesehen. Eine davon war die von Lauren – also habe ich sie mir notiert. Als ich dann bei ihm war, hat er mir wieder diesen ganzen Stuss erzählt, von wegen, dass ihr es noch einmal miteinander versuchen wollt, weil euch klar geworden sei, dass ihr Seelenverwandte wärt, und dass ich besser verschwinden solle und so weiter und so fort …«

»Ich weiß, aber …«

Adam hob abwehrend die Hand. »Nein, lass mich erst ausreden. Das ist nicht leicht, also muss ich es dir alles in einem Rutsch sagen. Am nächsten Tag habe ich mich mit Lauren getroffen, Allie. Da warst du schon auf dem Weg nach Cornwall. Sie hat mir erzählt, dass sie Will verlassen hat, weil er so gut wie pleite ist. Er hat sich finanziell verhoben, hat jede Menge Schulden wegen seiner Wohnung und hat sich deshalb in einen Albtraum verwandelt. Allie, sie hat mir gesagt, dass der einzige Grund, warum Will versucht, wieder mit dir zusammenzukommen, der ist, dass er sich die Scheidungskosten sparen und etwas Geld aus dem Verkauf deiner und seiner Wohnung ziehen will. Es tut mir leid … aber ich dachte, das solltest du wissen.«

»Ich weiß es.«

»Was? Du weißt, dass er ein totaler Scheißkerl ist, und überlegst trotzdem, zu ihm zurückzugehen?«

Beim Anblick des Kummers in seinem Gesicht zog sich in mir alles zusammen, und ich wusste, dass ich nie aufhören würde, ihn zu lieben, selbst wenn er mich nicht mehr wollte, ungeachtet dessen, was ich mir auf dem Weg hierher eingeredet hatte.

»Ich gehe nicht zu Will zurück«, sagte ich entschieden. »Ich gehe aus allen möglichen Gründen nicht zu ihm zurück, aber der Hauptgrund ist, dass ich ihn nicht mehr liebe. Übrigens habe ich Lauren auch getroffen.«

»Hast du? Wann?«

»Gestern Abend, in einem Pub, wo ich mich mit Will getroffen habe, um ihm zu sagen, dass es vorbei ist. Sie war auf der Damentoilette und hat sich mit einer Freundin unterhalten, und da habe ich alles gehört, was ich hören musste.«

»Oh, verstehe.«

Er ließ meine Hände los und seine eigenen in den Schoß sinken.

»Nein, Adam, du verstehst nicht. Zumindest nicht richtig.« *Komm schon, Marsha, ich brauch dich jetzt hier! Das wird die wichtigste Rede meines Lebens.*

Ich nahm seine Hände und holte tief Luft, bevor ich

anfing. »Bis ich diesen Sommer nach Cornwall kam, dachte ich, dass ich Will noch lieben würde. Ich hatte sinnlose Stunden damit verbracht, mir auszumalen, was ich tun würde, wenn er wieder zu mir zurückkäme. Nach dem Sommer in Cornwall – nachdem ich mir ziemlich sicher war, dass ich es mit dir richtig verbockt hatte – tauchte Will wieder in meinem Leben auf und sagte all die Dinge, von denen ich die ganze Zeit geträumt hatte. Ich gebe zu, ich war angetan und wäre fast darauf reingefallen. Aber nur *fast.* Denn irgendetwas fehlte.« Adams grünbraune Augen bohrten sich mit solcher Intensität in meine, dass ich fast wegschauen musste. Aber ich musste ihn überzeugen.

»Als du mich dann auf der Westminster Bridge überrascht hast, war ich gerade dabei zu versuchen, eine Entscheidung zu treffen. Aber sobald ich dich gesehen hatte, wusste ich, was die ganze Zeit gefehlt hatte. Will interessierte sich nicht wirklich für mich, nicht für mein *wahres* Ich, weil er eigentlich nie herausgefunden hat, wer ich wirklich bin. Aber du wusstest es. Von Anfang an wusstest du so viel mehr von mir. Und ich war so glücklich, dich wiederzusehen, dass Will ganz unbedeutend wurde. Da habe ich erkannt, dass ich bloß nach Strohhalmen gegriffen hatte, indem ich überhaupt darüber nachgedacht hatte, vielleicht wieder mit ihm glücklich zu werden.«

»Du musst nicht weiterreden …«, sagte Adam und zuckte angesichts meiner offensichtlichen Qualen zusammen. Na ja, wohl eher wegen *seiner* Qualen, denn ich hielt seine Hände so fest, dass sich meine Fingernägel in seine Handflächen bohrten. Aber ich war nicht aufzuhalten; er musste sich anhören, was ich ihm zu sagen hatte.

»Noch am selben Abend war ich davon überzeugt, dass wir es noch einmal miteinander versuchen würden, aber dann tauchte Will plötzlich auf – und er war so siegessicher und so überzeugend –, und ich hatte dir nicht einmal von ihm erzählt, also musstest du ja denken, dass ich zweigleisig fahre. Und dann tauchte auch noch mein Vater auf, also hatte ich keine Gelegenheit, dir alles zu erklären, und dann waren wir wieder in Cornwall – und dann war das mit Marsha –, und ich wollte dir eigentlich sagen, dass ich dich liebe, aber ich konnte nicht, weil … weil … Und wenn du letztendlich gar nicht mit mir zusammen sein willst, dann ist das in Ordnung, aber wenigstens hast du die Wahrheit gehört, und wir vertrödeln unsere Leben nicht so wie meine Eltern und Marsha … und …«

Meine Stimme war mittlerweile ganz schrill geworden und zitterte deutlich. Ich biss mir fest auf die Lippe. *Fang jetzt bloß nicht an zu heulen, fang jetzt bloß nicht …*

Doch da zog mich Adam auch schon hoch und nahm ganz behutsam mein Gesicht zwischen die Hände. Er küsste mir die Tränen aus den Augenwinkeln, und dann spürte ich seine Lippen auf meinen. Und aus einem behutsamen Kuss wurde der leidenschaftlichste Moment meines Lebens. Genug der Erklärungen. Es brauchte keine Worte mehr.

Später, viel später, als ich schließlich Zeit hatte zu bemerken, dass man von seinem Bett aus durch das Dachfenster direkt in den Nachthimmel sehen konnte, sagte Adam: »Das Einzige, was ich nicht verstehe, ist die Sache mit dem Smartie. Ich dachte, du wärst eher ein M&M-Mädel.«

22. Kapitel

Okay … Als ich das hier angefangen habe, habe ich vielleicht behauptet, dass ich nicht auf der Suche nach einem Mann wäre, mit dem ich wieder das Leben teilen könnte, aber letztendlich ist es wohl doch das, wonach wir alle suchen, wenn wir vollkommen ehrlich sind, oder? Wir suchen doch alle nach jemandem, mit dem wir diese seltsame Reise bestehen können und der unsere körperlichen und emotionalen Wünsche erfüllt. Man muss sich doch nur Juliet und ihr großes Vorbild Joan Collins anschauen, um zu erkennen, dass die Hoffnung immer wieder über die Erfahrung siegt.

Ich jedenfalls muss zugeben, dass Adams Versprechen von lebenslanger Treue – das er mir, für alle, die es wissen wollen, später an diesem Abend noch gegeben hat – alles war, was ich hören wollte. Trotzdem war ich auch nicht so versunken in unserem Glückstaumel, dass mir nicht klar gewesen wäre, dass noch die eine oder andere Feuerprobe vor uns lag, bevor wir in den Sonnenuntergang reiten können würden.

Da war erstens Marshas Bestattung, die uns alle sehr bewegte, vor allem, als wir sahen, wie viele Leute dort erschienen, weil Marsha zum einen oder anderen Zeitpunkt in ihrem Leben eine besondere Rolle gespielt hatte. Wie zu erwarten war es teilweise auch sehr unterhaltsam, da Marsha die ganze Sache im Voraus geplant hatte. Zum Beispiel musste sich der sehr ernsthafte und strenggläubige Pfarrer durch einen Abschnitt aus *Abaelard und Heloise* quälen, der nahelegte, dass man Gott in seinem Gegenüber lieben sollte, wenn man Schwierigkeiten hatte, an ihn selbst zu glauben, was der ganzen Sache eine leicht frevlerische Note verlieh.

Aber da war natürlich nicht nur ihre Bestattung. Es lag auch noch jede Menge Trauerarbeit vor uns – vor allem vor Adam –, bevor die Sonne wieder für uns scheinen würde. Aber die ›Familie‹ gelobte zusammenzubleiben, egal was kommen würde. Und auch dafür hatte Marsha vorgesorgt, indem sie für ihr Haus eine komplizierte Nachlassregelung verfügt hatte, in der alle fünf berücksichtigt wurden, damit sie noch viele Sommer zusammen verbringen könnten.

Aber schon gab es Anzeichen dafür, dass das Leben weiterging. Nicht nur bei Adam und mir, sondern auch bei Simon und Marie. Sie hatte zugestimmt, ein paar Wochen bei Simon zu verbringen, um zu sehen, wie die Dinge sich entwickelten.

»Ich weiß nicht, ob das klappt«, flüsterte sie mir zu, »aber ich muss es versuchen. Ich liebe ihn wirklich … ich lass dich wissen, was passiert.«

»Das möchte ich auch hoffen«, flüsterte ich energisch zurück.

Später an diesem Nachmittag, als Adam und ich auf den Felsen unterhalb von Marshas Haus standen und auf das Meer hinausblickten, wo Marshas Seele nun frei herumschwebte, wussten wir beide, dass es Zeit war zu gehen.

»Wollen wir nach Hause?«, fragte Adam.

Ich lächelte und hakte mich zuversichtlich bei ihm unter.

»Okay.«

Mein besonderer Dank gilt:

Meinem Mann Peter und meinen Kindern Daniel, Catherine, Robert und Elizabeth für ihre allgegenwärtige Liebe und Ermutigung.

Rosemary Johnson für ihren beharrlichen Glauben in mich.

Barbara Daniels erneut für ihren gekonnten Blick.

Ann und Allan, Debbie und Georgia, Vi und Linda für ihre anhaltende Unterstützung.

Meinen großartigen Verlegern Jo und Andrew Holloway für ihre Adleraugen, ihre wohlwollende Haltung und dafür, dass sie erneut dafür gesorgt haben, dass mir das Schreiben so viel Freude bereitet hat.

Und allen Menschen, die sich die Zeit genommen und die Mühe gemacht haben, mich zu kontaktieren und mir zu sagen, dass ihnen meine Arbeit gefällt!